KB176386

스트라디바리우스와 아비

스트라디바리우스와 아비(상)

2020년 6월 22일 처음 펴냄

지 은 이 | 송상훈
펴 낸 이 | 송상훈
펴 낸 곳 | 문미디어

출판등록 | 2015년 2월 3일(제2015-000029호)
주   소 | 경기도 고양시 덕양구 고골길117-55 B동 201호(10265)
대표전화 | 070-8954-2012 | 010-3390-2016
전자우편 | ssk7387@naver.com
편   집 | junglebook
인   쇄 | 프린에이드

ⓒ 송상훈, 2020
ISBN 979-11-957973-2-5 (03810)

송상훈 장편소설

스트라디바리우스와 아비

문미디어

차례

꽃뱀

꽃뱀은 하나님의 피조물인가. 아니면 저항할 수 없는 삶의 요구에 의해서 만들어지는 것인가. 실존의 거친 항해 속에서 자신의 정체성을 지키기 위해서 취하는 나약한, 퇴행적인 여인이 할 수 있는 최선의 방어 수단인가. 그것도 아니면 적자생존의 치열한 경쟁 속에서 자신의 숭고한 가치를 높이고 유지하며 나아가는 하나의 방편인가. 어쩌면 타고난 자신의 아름다움과 고움으로 사내들의 애간장을 녹이는 것이 재미있어 허둥지둥 갈피를 잡지 못하게 이리저리 헤매는 모습을 보며 지금까지 경험하지 못한 희열을 느끼며 삶의 자양분으로 삼아서 오늘의 향상을 꾀하여 내일을 기약하는 것인지도.

꽃뱀은 퇴행적인 진화의 형태를 유지하고 있었던 것이 아니라 점진적인 진화의 형태를 유지하고 있었던 것이다. 세상 속에 그들은 혼재되어 흩어져서 자신의 고유의 영역 안에서 달콤하고 여유로운 안식을 취할 때도 있었고, 보통은 경계를 정하지 않고 어느 곳에서나 자신의 처지와 가치를 은근한 미소와 밝고 싱그러운 웃음으로 드러내기를 좋아했다. 또 어떨 때는 잔잔하게 빛을 발하는 교태의 비늘을 화사한 햇살에 드러내어 사내들의 육감적이고 원초적인, 적극적인 충동적이고 본능을 자극해서 마소의 고삐처럼 자신이 바라고 원하는 방향과 질감으로 이끌다가 멈추고 이끌다가 멈추기를 반복적으로 할 수도 있었다. 그러면서 꽃뱀은 지난 무수한 세기 동안 가까이 누구에게도 말할 수 없었던, 착취당했고, 유린당했고, 배제되었던 삶의 순간순간을 그런 불경한 행위로 말미암아 다소나마 위안의 손길을 받았던 것인지도 모를 일이었다.

꽃뱀은 점차 대범해져서 한 나라의 정사에 관여하여 지대한 영향을 미쳐서 막강한 왕의 권위와 총기를 짓밟고 흐리게 하여 정통성과 혜안을 잃게 한다든지 한 나라의 신무기 구입에 직접적으로 개입하여 고혹적인 외모와 진지한 친절로 우매하고 어리석고 넋 나간 장성들의 허한 곳을 깊이 찔러들어 자신의 약은 가치를 보이며 커미션을 챙기는 것이었다. 또 개인과 개인 사이에서도 간교한 혓바닥과 치밀한 음모로 이리저리 중상을 하고 거짓말을 하며 저울질을 했고, 줄 듯 말 듯 주고 줄 듯 말 듯 주지 않는 수위 조절로 달콤함과 부드러움과 질퍽함의 절제 속에서 사내들을 헤어나지 못하게 방치하는 것이 꽃뱀의 수완 중에 으뜸이었다. 더욱이 요즘은 더욱 진화하여 꽃뱀 자신에게 지나친 관심으로 시선을 거두지 못하고 넋 잃고 있으면 개인적인 자신의 마법과 사술을 접목해서 보이지 않는 끈끈한 끈으로 묶어놓는 것이었다. 어쩌면 지금 만나는, 질퍽한 섹스와 풍성한 교성을 나누는 사내들과의 이별의 아쉬움과 쓸쓸함을 잊고 갈무리하기 위해서 임시방편으로 사용하기 위한 편리하고 익숙한 도구로 남겨두기도 하는 것이었다. 그것이 내일을 위한 차선책이라고도 하고 보험이라고도 하는 것이었다.

오늘 여러분들이 만나는 영악하고 치밀하고 간교한 꽃뱀은, 거룩하고 온유한 하나님의 성전인 교회의 터전 위에서 어릴 적부터 생활하고 생육한 여인으로서 교인들에게 겉으로 드러나는 모습은 귀하고 아름답고 우아하고 음전한 품행으로 은근하고 격한 칭찬과 찬사를 받으며 살아왔었다. 교인 중에서는, 그 누구도 꽃뱀이라는 사실을 모르고 생활하며 살았고, 심지어 부모도 모르고 있었을 것이리라. 그것이 그녀의 불경한 삶의 지경을 넓히는 데에 제한을 두지 않아도 되는 계기가 된 것인지도 모른다. 그녀의 이름은 김은지였다. 하나님의 은혜로운 지혜가 깃들기를 바라며 그녀의 할아버지가 생전에 지어놓고 세상을 떠났다.

어쩌면, 그녀도 하나님이 아담의 갈비뼈로 만든 하와처럼 간교한 뱀의 조상에게 놀아난 것인지 명확하게 알 수 없는 것이겠지만, 아무튼 그녀는 찬란하고 거룩한, 신실하고 성스러운 공간인 교회 안에서는 꽃뱀의 저급하고 낮은 단계의 불경하고 거친 행동을 자제했고, 경건하고 성실하고 말 없이 봉사하고 복종하며 어떠한 질문에도 또록또록하게 대답하는 것이었다. 총기 있는 교교한 눈빛과 은은하게 빛나는 다소 넓은 이마에서 조촐한 행실이 무의식적으로 나올 것 같았고, 종교적으로 단련된 짜인 알찬 생활에서도 무기력한 한숨과 한탄이 흘러나올 것 같지는 않았다. 가지런하고 정갈하고 차분한 말투로 아이들의 머리를 쓰다듬어주며 자상하게 얘기한다든지 공손하게 어른들에게 다가간다든지 예측할 수 있는 단정한 모습을 보이는 것이었다.

그 꽃뱀이 교회의 울타리에서만 벗어나면 자신의 본성에 깃든 악랄한 변덕과 숨겨둔 불경스런 악행을 서서히 드러내었다. 그것은 충실하게 나래를 펼치며 세상의 지저분하고 더러운 부유물과 섞여 독주를 마시고 섹스를 하며 표변한 자신을 내려다보며 대견하다고 생각했다. 한편으로 자신의 그런 모습들에서 오는 출처를 알 수 없는 자만과 오만이 스스럼없이 드러나는 것에 만족하며, 그 순간을 즐겼다. 무시할 수 없는 것이었다. 그러면서 그녀는 흐뭇한 미소를 머금는 것을 잊지 않았다.

꽃뱀의 영악한 변모는 보통의 여인에게도 미세하고 조직적인 혈관 속에 소량으로 떠돌아다니며 가까스로 가쁜 숨결을 이어나가며 머물러 있는 것이 고작이었다. 일반적이고 보편적인 여인들은 그것을 의식하지 못하고 지나쳤고, 가끔씩 일정한 주기로 다가와도 강하게 억누르며 살아갔고, 귀여운 아기를 키우다가도 불쑥불쑥 느닷없이 튀어나오는 것을 가냘프게 느끼면서도 자신의 젖무덤 사이에 온화한 미소를 머금은 채 젖을 부드럽게 빨다가 온순하고 얌전하고 새근새근하게 자고 있는 아기를 은근하게 내려다보며 이내 녹아내렸고, 더욱이 퉁퉁 부은 자신의 육체의 현실적인 초라한 모습과 현실 인정으로 서서히 사그라지는 것이었다. 그럼에도 어떤 여인들은 아이들의 성장하는 속도와 함께 꼬리를 감추고 있던 짓눌린 강한 욕구와 꽃뱀 기질이 다시 샘솟기 시작하는 것이었다. 어쩌면 그것이 한 여인의 젊음과 활기를 되찾아주고 되살려주는 것이기도 했다. 대개 보통 여인들은 그것으로 끝났지만, 꽃뱀은 처녀 때와 마찬가지로 속도전으로 사내들을 만나고 살살 눈웃음을 치며 교태의 꼬리를 유혹적으로 움직이며 지경을 넓히는 것이리라. 그러면서 꽃뱀은 남편을 출근시키고 익숙한 체위에 싫증이 난 그녀는 며칠 전에 어렴풋이 만난 단단하고 싱싱한 육체를 소유한 사내를 만나서 격한 육체적 진실을 확인했고, 즐거운 교성을 지르며 질퍽한 섹스의 탐닉에 빠져드는 것이었다.

그렇다고 모든 여인이 꽃뱀이 될 자격 요건을 갖추는 것은 아니었다. 그 자격 요건은 아나운서 시험보다도 더 힘들지도 모른다. 타고난, 빼어난 미모의 바탕 위에 정제된 말투와 바른 말씨를 구사하고 얌전하고 정숙한 모습을 항상 유지하며 웃음기 있는 미소를 연신 보이다가도 어느새 새침하고 퉁명스러운 표정으로 표변하다가 또 어느새 들떠 있는 다소 흥분한 마음을 고요하게 가라앉혀 포커페이스를 유지하면, 머지않아 주위에 뭇 사내들이 그녀의 마수에 걸려들어 핑크빛 호감을 가지고 시선을 집중했다. 그 집중된 시선 속에서 사내들은 꽃뱀을 천천히 간음하고 격정적으로 강간하는 것이었다.

그 모든 자격요건을 갖춘 꽃뱀이 김은지였다. 그녀는 야구에서 4번 타자였고 축구에서 7번의 등번호를 단 에이스였다. 그렇게 늘씬한 키와 몸매를 소유하고 태어나지 않았는데도 이상하게 늘씬해 보이고 섹시하고 매력적으로 보이는 것이었다. 유난히 하얗고 투명한 피부에 방긋하게 웃는 웃음으로 단출하게 무장을 해도 완전무장한 여인의 맵시가 묻어나는 것이었다. 여인의 단장한 외출은 사내들의 은근한 시선을 잡아두기 위한 수단이겠지만, 정작 그녀는 모른 척 시치미를 떼고 태연자약한 행위로 천천히 자신의 나래를 펼치며 뭇 사내들과 보이지 않는 끊임없는 소통으로 자신의 눈길 앞에 머물게 하는 탁월한 재주가 있었고, 그것이 능력이고 그 세계에서는 인정을 받는 것으로 때로는 경외와 찬사를 받는 일이기도 했다. 얼마만큼 사내들의 시선을 끌어다놓고 자유자제로 자신이 원하는 방향과 모습으로 끌고 다닐 수 있는가가 그녀의 능력과 가치를 평가하는 기준이 되었던 것이다. 비근한 예로 세인들의 시선들을 강하게 흡입하여 자연스레 때로는 강제적으로 끌고 다니는 스타들도 그 부류에 속한다고 할 수 있는 것이었다. 그 강제적으로 끌어당기는 시선들이 연이어 금전으로 이어지는 것이기에.

꽃뱀헌터

꽃뱀헌터는 고동색 인조가죽소파에 두꺼운 차렵이불을 덮고 자고 있었다. 소파는 이미 낡고 쭈글쭈글하고 탄력이 많이 죽어 있었다. 양말을 신지 않은 유난히 건강해 보이는 구릿빛 양쪽발이 소파 밖으로 튀어나와 있고 무성하게 자란 검은 털이 종아리 쪽으로 오밀조밀하게 길고 촘촘하게 자라고 있었다. 그 사이로 파란 혈관이 유독 선명하게 불규칙적인 움직임으로 얕게 묻혀서 넓적다리 쪽으로 재빠르게 뻗어나가고 있었다. 그는 자다가 간헐적으로 한번씩 잠꼬대를 했고, 불길하고 화염에 휩싸이는 악몽에 쫓기는지 불안하고 억눌린 표정으로 일관하다가도, 때로는 곁에 있는 사람에게 대화를 하듯이 진지하고 성실하게 혼잣말을 하다가, 어느새 낮게 가라앉은 느슨한 침묵 속으로 빨려들어가서 달콤하고 평온한 표정으로 되돌아오는 것이었다. 언제 그랬냐는 듯이.

사무실은 잠도 자고 식사도 할 수 있는 오피스텔이었다. 출입문에서 들어오면 오른쪽에 신발장이 있고 왼쪽에는 화장실이 있었다. 왼쪽으로 돌아들어가면 다소 밝은 회색 인조대리석이 넓고 반듯하게 자리를 잡고 있었다. 그 위로 주방선반이 두꺼운 벽에 정교하게 밀착해서 하얀색으로 반짝거리며 윤기를 내고 있었다. 그럼에도 가까이 다가가서 자세히 들여다보면 몇 달째 걸레질을 하지 않아서 그런지 먼지가 켜켜이 쌓여 있고 그 위에 군데군데 파리똥도 있고 흐릿하게 손금이 찍혀 있기도 했다. 꽃뱀헌터는 가끔씩 인조대리석으로 만든 식탁에서 식사를 할 때도 있었다. 붉은색으로 덧입혀진 팔걸이와 발걸이가 있는 다소 높은 홈바체어에 앉아서 회전을 하면서 말이다. 곁에서 보면 산만한 아이가 부모의 잔소리를 들으면서도 음식을 게걸스럽게 먹는 모습 같기도 했으나 바닥에 흘리지는 않았다. 식사 중에 그는 늘 슈베르트의 피아노 5중주 '송어'를 들었다. 아마도 그는 늘 송어처럼 맑은 물속에서 유영하며 유쾌하고 활기차고 명랑하게 살기를 바랐는지도 모른다.

식탁에서 정면으로 보이는 곳에는 두껍고 훤한 유리창이 크고 널찍하게 따스한 햇살을 깊이 받아들이고 있었다. 그 유리창 언저리에는 누군가에게서 얻은 것인지, 아마미가 청초한 모습으로 가늘고 긴 줄기가 풍성하게 자라고 있었다. 사이사이, 물기를 다소나마 품고 있는 수태를 의탁해서 공기에 노출된 굵고 긴 수염뿌리가 어지럽게 뻗어나온 것이 기괴하게 보일 정도였다. 그 곁으로 좁고 높은 조그마한 화분에 조그마한 대엽풍란이 나란히 줄을 서서 일주일에 한 번씩 주는 물뿌리개로 받아들이는 시원한 물줄기에 대한 기다림으로 마르고 굳은 표정을 간신히 유지하고 있었다. 그 언저리에 사무용 책상과 의자가 오래 전부터 그 자리에 있었는지 어색하지 않았고, 세련되고 정돈된 모습으로 차분하게 주인이 잠에서 깨어나기를 기다리는 충복 같았다. 그럼에도 책상 위에는 어수선하게 두 권의 책과 볼펜이 널브러져 있었다. 동그랗고 검은 연필꽂이에 연필은 없고 볼펜과 샤프만 존재할 뿐이었다. 그 앞으로 검고 가는 긴 줄을 달은 핑크빛 노트북이 오롯이 중앙에 위치하고 있었고 그 오른쪽과 왼쪽에 세르반테스의 '기발한 기사 라 만차의 돈 끼호떼' 1, 2권이 있었다. 다소 붉은색 계열의 두꺼운 표지에 800페이지가 넘는 두꺼운 책이었다. 그 책상 왼편에 3단 크기의 검은색 책꽂이가 책상 높이와 엇비슷하게 안정감 있게 버티고 있었다. 그 책꽂이는 고전 전집으로 가득 채워져 있었다.

그 의자 뒤로 40인치 TV가 마루판 위에 그대로 놓여 있었다. TV거실장이 없어 검은색 전기선이 어수선하게 엉켜서 너저분하기 그지없었다. 그래도 TV를 시청하는 데 별 어려움은 없어 보였다. 어젯밤에도 늦게까지 장국영의 아비정전을 구매해서 보면서 잤었다. 바람둥이인 그는 늘 뭇 여성들이 가까이에서 사랑스럽게 머물고 있었지만, 자신과의 견고한 연인의 매듭으로 결속될 것 같으면 부담스러워서 거리를 두었고 차갑게 밀쳐내었다. 그는 아비가 '발 없는 새'를 나레이터 할 때 그는 부지불식간에 잠이 들었던 것이다.

아직도 꽃뱀헌터는 차렵이불을 머리 위까지 덮고 있었다. 보라색 솔채꽃이 푹신한 이불 속에 여기저기 깃들어 고혹적인 향기를 발산하고 있는 듯했다. 다소 풀기가 빠져 흉하고 어수선하게 늘어져 있어도 솔채꽃은 언덕과 들판 위에서 바람의 잔잔하고, 불규칙적인 거친 숨결을 온전히 받아내며 슬픈 듯 기쁜 듯 외로운 듯 침울한 듯 자유분방한 듯 명랑한 듯 소박하게 피어 있었다. 솔기가 없는, 시선이 한곳에 오랫동안 맺히지 않는 광활한 몽골 초원 위의 자유로운 바람은 파란 하늘 사이로 자유자제로 쉼 없이 끊어졌다가 이어지고 끊어졌다가 이어졌다. 엉거주춤 고요하게 멈춘 듯이 머물러 있다가도 끊어지지 않고 이어져 형태를 재빠르게 변형시키며 끊임없이 움직이는 순백의 구름도 바람의 여유와 보살핌에 알아서 지친 몸을 의탁하고 있었고, 늘 빠른 변화를 독자적으로 구속 없이 추구하며 나아가기를 원하는 순백의 구름에게 바람의 정체는 삶의 변화이고 에너지이고 활력소인 것이었다. 아마도 광활한 초원을 움직이는 것은 예측할 수 없는 바람이었고, 그 바람에 이끌려서 촉촉한 비도 왔고 꽃씨도 먼 항해를 준비하고 있다가 뜻하지 않는 곳으로 나래를 펴는 것이었다. 몽골가젤도 바람의 방향을 향해 뛰면서 힘을 비축해뒀다가 포식자의 출현이 있으면 살기 위해 미친 듯이 뛰었던 것이었다.

꽃뱀헌터는 이불 밖으로 얼굴을 내밀었다가 유리창으로 들어오는 밝고 강한 햇살을 바라보고 인상을 쓰며 재차 이불 속으로 얼굴을 깊이 묻었다. 그러고는 한참을 멈춰 있는 주검처럼 그대로 있다가 어느새 머리를 들고 이불 속에 파묻혀 있는 스마트폰을 찾느라 여념이 없었다. 그는 이불 속에서 알아들을 수 없는 혼잣말을 구시렁거리다가 이내 조용해지는 것이었다. 거의 무의식적으로 내뱉는 다소 불안하고 못마땅한 목소리임에 틀림없었다. 그러다가 그는 언제 그랬냐는 듯이 조용했고 유리창 너머 도로에서 들려오는 바삐 달리는 자동차의 소음이 다소 차단된, 그 웅성거리는 소음이 차창 틈서리로 긴박하게 파고들고 있는 쪽으로 시선을 돌렸다. 그럼에도 실내는 따스하고 흐릿한 공기가 느릿하게 고여 있어 도로에서 발생하여 들려오는 매듭 없이 찢어지는 격한 소음들과는 거리를 두고 있었다.

꽃뱀헌터는 가수면 상태에 있었고, 그 상태에서 깊은 잠으로 들지 현실의 문을 밀치고 나올지 자신이 선택할 수 없는 상태임을 예전부터 익히 알고 있었다. 그것을 즐긴다기보다도 의식이 하는 수 없이 깊은 늪 속에서 허우적거리는 자신을 내려다보는 것이라 생각하며 살아온 것이었다. 의식의 저하 현상으로 인하여 발생하는 사소한 그런 것만은 아니었고, 관념의 억압에서 간신히 탈출한 의식의 착종 또한 아닌 것 같았다. 그런 상황에서의 탈출구는 내부적인 일시적 강한 충격으로 깨어날 수는 없고 외부적인 의외의 요인으로 깨어난다는 것도 알고 있었다. 느슨하고 긴, 흐릿하고 무기력한 현실이 자신을 느슨하게 겨냥하고 있어 일어나는 현상으로밖에 볼 수 없었다. 날카롭게 벼린 창과 칼과 화살이 찌르고 내리치고 후비는, 예측할 수 없이 날아오는 긴장감 속에서 놓이면 사라질, 어쩌면 사소한 현상인지도 모르는 것이었다.

그때 차창 너머에서 자동차 급브레이크 소리가 거칠고 무엄하게 찔러들더니 급기야 우당탕거리는 격한 충동소음과 함께 조용해졌다. 그때 무의미하고 무기력한 의식의 느슨한 활동성을 깨웠는지 그는, 이불 속에서 눈을 뜨며 무의식적으로 이불을 걷어차고 소파에서 몸을 일으켰다. 그러고는 본능적으로 스마트폰의 시계를 보고 10시가 넘었다는 것을 흐릿한 의식으로 흐릿한 숫자를 볼 수 있었다. 그는 한참을 그렇게 멍하니 있다가 또다시 허물어지듯이 소파의 푹신한 곳으로 파고들었다. 그러고는 재차 이불을 덮고 눈을 감았다. 그 짧은 시간 동안 그는, 오늘 스케줄에 대한 생각을 했다. 오후에 일어나도 되는 일상적인 사소한 일이었다. 가까이에 있는 농협에 가서 오피스텔 유지비를 내는 것만 하면 되었다. 하루가 공허하게 늘어져 있었기에 그의 몸과 마음도 공허하게 늘어져 있었다.

요즈음 이런 삶의 흐름을 유지하는 것이 그의 일반적이고 보편적인 생활패턴이었다. 느슨하고 불성실하고 게으르게, 안일하고 태만하고 나태하게. 자신을 제한 없이 무작정 방치한 채 내버려두는 것이었다. 몇 달째 그렇게 살다가 어느 순간에 반가운 손님이 찾아와서 값지고 진귀한 선물을 주고 가듯이 온전한 삶의 형태를 유지하는 것이었다. 제시간에 일어나서 아침밥을 하고 된장국을 끓이고 멸치를 볶았고, 틈틈이 책상 위에 무거운 부피로 모호하게 우두커니 있는 '기발한 기사 라 만차의 돈 끼호떼'를 이른 새벽부터 일어나서 예전에 읽고 있었던, 책갈피가 몇 달째 그 자리에 아무런 저항 없이 멈춰 있는 곳부터 서서히 읽어내려가는 것이었다.

때때로 꽃뱀헌터는 가수면 상태 속에서 꿈의 희읍스름한 공간으로 옮길 때도 있었다. 그때는 자신이 돈 끼호떼처럼 로신안떼를 타고 있고 쌴초도 투덜거리며 당나귀를 타고 뒤따르고 있었다. 그들은 전번에 온 몬띠엘 평원이 아니라 지리산 뱀사골 쪽으로 천천히 걷고 있었다. 해가 이슥했고, 가을햇살이 스적거리는 마른 나뭇잎 위에서 홀연히 사라지는 해질 무렵이었다. 돈 끼호떼의 갑옷에 간신히 머물러 있던 몇 가닥의 가을햇살도 사라지고 어스름이 뱀사골의 깊은 곳에서부터 기신기신 다가올 즈음에 그는 로신안떼의 고삐를 당기고 최소한 고친 망가진 투구를 벗었다. 그러고는 사위를 휘둘러보고는 싼초에게 오른손으로 손짓하며 산기슭 가까이 평평한 곳에 하룻밤을 묵자고 했다. 그 앞으로는 가파르게 치솟은 기암괴석이 골짜기를 따라 좁고 깊이 절개되어 산의 심장부로부터 맑고 신선한 물줄기를 받아들이고 아래로 더 아래로 흘려보내고 있었다. 먼 옛날 빙하의 무겁고 차가운 물줄기들이 침식과 습곡에 의하여 생겨나고 나아간 흔적들이 고스란히 남아있을 것처럼 보였고, 또랑또랑한 계곡의 물소리 속에서도 그 옛날에 이별의 가슴시린 아픔의 사연들이 깊이 스며들어 아래로 흘러내려 미물들의 가슴을 잔잔하게 어루만져주는 것 같기도 했다.

"오늘밤 뭔가 이상하고 기괴한 일이 일어날 것 같지 않아. 싼초? 아무래도 여기 뱀사골의 유래와 연관이 있을 것 같아. 어둠과 함께 저 깊고 움푹 들어간 음산한 곳에서 마법사의 암중모색이 숨어 있을 것 같지 않아? 저 골짜기를 돌아가면 원시적이고 신비스러운 실비단폭포에서 아무래도 새로운 모험과 전설이 흘러나올 것 같아."

"저는 모르겠는데요. 저는 소나기를 피할 수 있는 긴 처마와 이슬을 피할 수 있는 헛간만 있으면 됩니다. 항시 빵과 포도주는 당나귀 등에 실려 있으니까. 방랑기사 나리, 저와의 약조는 잊지 않았겠지요. 아무리 성이 크고 백성들이 많아도 후세에 길이길이 칭송받는 훌륭한 성주가 될 테니까요."

급하게 차가운 냉기가 몰려와서 사위에 주저앉았고, 사이사이, 계곡물소리와 미세한 수분의 입자들이 밤의 차가운 고요 속으로 흘러내리고 있었다. 싼초는 당나귀에서 내려서 거리를 두고 있는 우람한 덩치를 자랑하는 소나무 앞에 깔개를 깔고 하룻밤 묵을 준비를 했다. 그러는 동안, 돈 끼호떼는 로신안떼에서 내려서 걸을 때마다 무겁고 둔중한 소리를 내는 갑옷을 입은 채 실비단폭포가 보이는 곳까지 가서 땅에 무릎을 꿇고 허리를 숙여서 손을 씻고 계곡물을 한 모금 깊이 들이켰다. 그러고는 까마득하게 아래로 떨어진 태양의 은은한 허물들이 서서히 칠흑의 어둠 속으로 스며드는 것을 바라보며 엄숙하고 심각한 표정을 지으며 싼초에게 근엄하게 말했다.

"저 태양의 허물이 서녘 하늘에서 한 가닥이라도 보이지 않고 완전히 소멸해버리면 서서히 마법사의 불경하고 음산한 움직임이 있을 것이네. 싼초, 아무래도 저 실비단폭포가 어둠이 짙게 깔리기 시작하면 낮과는 달리 음흉한 본색을 드러낼 것이네. 제 아무리 훌륭하고 박학다식한 학자일지라도 도저한 지식의 숲속에서 끄집어낼 수 없는 심미안이지. 이런 종류의 지식은, 겉으로 보이는 지식보다도 사물을 꿰뚫어보는 혜안과 걷잡을 수 없는 광기의 등에 타서 이성의 고삐로 적절하게 당기며 냉철함을 잃지 않아야 제대로 볼 수 있는 일이지. 오성. 아무래도 저것은 이 세상의 악의 근원이고 뱀사골의 음부일 것이야. 어린 뱀들을 오랫동안 잉태했다가 낳는 거대한 자궁일 것이야. 뱀사골이 몸통이라면 실비단폭포는 뱀의 가장 은밀한 부분으로 낮에는 드러나지 않지만 밤에 기이하고 살벌한 모습을 드러내며 주위를 불안과 경악으로 몰아넣을 것이야. 싼초, 어서 서두르게나. 우리에겐 그렇게 많은 시간을 허락하지는 않을 거야.”

“저는 그냥 아름다운 실비단폭포로 밖에는 보이지 않아요. 방랑기사 나리. 제아무리 달리 봐도 저의 눈에는 그냥 골짜기를 경쾌하게 때로는 엄숙하게 만드는 거대한 풍광에 불과합니다. 나리의 망상이 이성의 눈을 가려서 만든 헛것 같은 대요.”

“네 이놈 싼초! 내가 망령이라도 들었다는 거냐. 장작을 두들겨 패듯이 두들겨 맞아 봐야 정신이 들겠구나. 어서 방패와 칼을 준비하도록 해라. 너의 눈에는 저것이 보이지 않는다는 거냐. 이끼가 소복하게 깔려 있는 층층이 흐르는 가늘고 굵은 물줄기들이 조금만 있으면 까만 눈동자와 날름거리는 갈라진 긴 혓바닥, 독아를 깊이 숨긴 채 이 계곡을 따라 세상 속으로 은밀하게 스며들 것이 분명하다. 그것들은 인류를 위협하고 혼탁하게 만드는 마법사의 수족으로 세상 속에 정체를 숨긴 채 숨죽이며 머물면서 그의 지령을 즉각적으로 접수해서 개인과 사회와 국가를 병들게 할 것이 자명하다. 그것을 미연에 방지하기 위해서 신은 나에게 인류를 구원할 기회를 준 것이다. 방랑기사로서 이 얼마나 영광스럽고 존경받을 만한 일이냐. 싼초, 거대한 뱀이 어둠과 함께 깨어나서 음험하고 잔인한 본색을 드러내기 전에 근처에 가서 매복을 해야겠구나."

"저는 여기서 기다리겠습니다. 로신안떼와 당나귀를 거대한 뱀과 마법사로부터 지키겠습니다. 방랑기사 나리."

"너의 행동이 비겁하게 보이지만, 본래부터 너에겐 너의 고유의 길이 있고 나에겐 나의 고유의 길이 있는 것이란다. 그럼 넌 여기에서 퇴로 확보나 하도록 해라. 난 거대한 뱀의 자궁을 날카로운 칼로 찌르고 후비고 난도질해서 두 번 다시 세상의 이치와 가치와 규범을 막되고 문란하고 어수선하게 어지럽히지 못하게 발본색원할 것이니, 어쩌면 그것이 방랑기사의 가혹한 운명인 것이다. 이런 나의 행동이 후세에 길이길이 남아서 인류의 가치함양과 가치혁신에 지대한 영향을 미쳐 여자에게나 남자에게 아이에게나 어른에게 삶의 깊이와 지향성을 올곧게 제시해 본보기가 되어줄 것이라 믿어 의심하지 않는다. 싼초, 어서 칼과 방패를 다오."

돈 끼호떼는 볼품없이 찌그러진 투구를 쓰고 칼과 방패를 들고 낮고 안정된 자세로 험한 골짜기를 따라 올라갔다. 싼초가 험한 골짜기를 따라 거의 기어가다시피 한 돈 끼호떼를 보고 한편으로는 의아하고 한편으로는 측은하다는 생각이 들었다. 물때가 묻어 반질거리는 미끄러운 돌덩어리를 갑옷을 입고 간신히 오르고 내리고 하는 모습이 가관이었다. 하지만 자신은 저런 삶의 열정과 광기가 없다는 것을 뒤늦게 깨닫기도 했다. 어쩌면 삶의 귀한 성취는 저런 무모한 행위와 광기어린 열정이 만드는 것인지도 모른다는 생각이 들기도 했다. 그것이 역사의 거대한 스케일 안에서 위대한 영웅들의 공통적인 모습일 것이라 스스로에게 타일렀다. 그것과 차원을 달리했지만, 명량해전을 이끈 이순신도 칠천량해전에서의 왜적선에 대패로 인해 겨우 12척밖에 남지 않은 조선수군으로 불안과 초조를 간신히 억누르고 성취의 열정과 바람의 가치를 앞세워 거대하게 짓누르며 다가오는 두려움과 무겁게 가라앉는 패배감을 떨쳐버리고 굳세게 나아가지 않았는가. 그것이 범부가 할 수 없는 위대함이고 숭고함일 것이었다.

한동안, 싼초는 방랑기사 나리의 행동을 보다가 시선을 흐르는 계곡의 물줄기를 따라 천천히 올라가는가 싶더니 이젠 비탈진 골짜기를 따라 올라가서 산봉우리에 오랫동안 머물렀다. 저녁노을이 아득한 소멸의 궁지 속으로 아슬아슬 느리고 가물가물하게 빠져들고, 어디에서 생성되어 나타났는지 샛별이 교교한 눈빛으로 말갛게 드러내고 있을 찰나에 느닷없이 음습하고 무거운 구름이 여지없이 몰려와서 저녁노을이 머물러 있던 서쪽 하늘에 어둠의 짙은 그림자를 드리우고 있었다. 그러자 이상하게 주위가 더욱 싸늘해지고 찬바람이 기웃거리자 골짜기에서 울리는 물소리가 더욱 무겁고 요란하고 기괴하게 들리는 것이었다. 그래서 그런지 삐쩍 마른 로신안떼와 조그마한 당나귀가 무서운지 평소에도 잘 울지 않던 기어들어가는 울음소리로 울었다.

수증기를 듬뿍 머금은 짙은 구름이 연봉을 따라 길게 뻗어나가더니 어느새 골짜기 아래로 재빠르게 움직이고 있었다. 느릿느릿 때로는 급하게, 기신기신 쏜살같이 좌에서 우로 우에서 좌로 연이어 나아갔다가 되돌아왔다. 그러다가 짙은 구름이 실비단폭포의 머리맡에 이르자 우왕좌왕 허둥지둥하던 모습은 찾을 길 없고 차분하게 정돈하는 듯이 제자리걸음으로 머물러 있었다. 그 순간, 멈춘 듯이 고요했고 태풍 전의 다소 숨죽인 고요와 다르지 않았다. 그것도 잠시뿐이었다. 짓누르는 무거운 발걸음으로 점잖게 있던 짙은 구름이 천천히 움직이는가 싶더니 실비단폭포 속으로 순식간에 빨려들어가고 있었다. 마치 끝을 알 수 없는 거대한 구멍 속으로 쏟아져 내리는 강한 물줄기처럼.

싼초는 밤의 어둠 속에서 사물의 형체가 잘 보이지 않았지만 대략적으로 느낄 수 있었다. 돈 끼호떼의 거친 고함소리와 칼이 돌에 부딪치는 소리에 격렬한 싸움이 시작된 것을 말이다. 그래서 그는 무서웠으나 가까이 다가가서 자신이 직접 보고 확인하고 싶었다. 장차 거대한 성을 다스리고 경영할 것이니 이 정도의 두둑한 배짱과 용기는 있어야 다가오는 풍성하고 알찬 미래를 감연히 받아들일 수 있을 것 같았다. 그는 차갑고 큼직한 돌 뒤에서 방랑기사 나리의 기이한 행위를 지켜보았다.

  "오, 전지전능한 창조주여, 이 요사스러운 괴물의 치골에 눌어붙어 서식하는 이끼 속에 당신의 온화한 숨결이 담겨 있는 것입니까? 반질거리는 돌의 표면에 당신의 따스하고 부드러운 손길이 배어 있는 것입니까? 위에서 아래로 층층이 거침없이 연이어 쏟아지는 가늘고 굵은 물줄기 속에 당신의 온정과 거룩함을 선사하는 것입니까? 아니면 사악한 마법사가 당신이 한눈팔고 있을 때, 악마의 불미스러운 파장을 온 인류의 머리맡에 퍼뜨리기 위해서 음침한 밤의 장막 속에서 불경한 짓을 자행하는 것을 뒤늦게 알고도 묵인한 것입니까. 그것이 당신의 권능을 돋보이고 도드라지게 하는 일이라 방치하여 인류의 사념 속으로 요사스러운 거대한 뱀을 침투시켜 망상의 혼란스러움에 빠뜨리는 것을 지켜보는 것입니까.

그것도 아니면, 인류를 구할 방랑기사의 출중한 용맹과 기발한 생각으로 거대한 악의 음부를 짓밟고 난도질하며 도려낼 것을 오매불망 기다리고 있었는지요. 전지전능한 창조주여, 당신의 고매한 성품과 탁월한 능력으로 보아 지레짐작할 뿐입니다다만, 여기에 저를 이끈 것은 당신의 인자한 가르침이고 이끌림인 것을 이제야 깨달을 수 있을 것 같습니다. 부디, 저의 과감한 때로는 기이한 행위를 꾸짖지 마시고, 인류의 평안 속에서 사특하고 요사스러운 거대한 뱀을 물리칠 수 있는 용기와 지혜와 헤아림을 주시기를 기원합니다."

돈 끼호떼는 방패로 덮치며 밀쳐내는 기친 물줄기를 막고 칼로 찌르고 내리치다가 한참을 거무스름한 구름으로 음산한 골짜기를 향해 거침없는 말을 쏟아내다가 재차 거칠게 저항하고 있었다.

"덤벼들라, 이 요사스러운 것들아. 이젠 두려울 것이 없다. 볼때기에 주름이 자연스레 얽히고설킨 초로에 접어들어 살아온 삶의 뒤안길을 회상하며 살기에도 벅찬 나이이다. 어떤 비참하고 불필요한 일들이 사지를 견고하게 부여잡을 지라도 과감하게 떨치고 일어나 의연하게 대항할 것이다. 하나도 두려운 것이 없다는 말이다. 일루의 가치라도 있으면 그 가치의 지름이 좁고 넓고를 가리지 않고 나아가서 부딪칠 용기는 예전부터 준비하고 있었다. 지금 당장 죽어도 여한이 없고 두렵지 않다는 말이다."

싼초는 방랑기사 나리의 말이나 행동이 일리가 있고 사리에 한 치라도 어긋나는 것이 없다는 것을 보고 듣고 놀라움을 금하지 못했다. 그러는 사이, 실비단폭포에서 하얀 거품과 크고 작은 물줄기 사이에서 핏빛이 물들었다. 더불어, 이상하고 기괴한 거친 울음소리가 둔중하게 밀려들었다. 몹시 기분 나쁜, 절규하는 가쁜 숨소리를 토해내는 미지의 땅에 서식하는 이름도 알 수 없는 기이한 동물이 쓰러지며 내는 마지막 호흡 속에 어려 있는 울음소리인 것 같았다. 설명할 길 없는, 회피할 수 없는 삶의 마지막 울음소리, 바로 그것이었다. 싼초는 자신 주위에 흐르는 물줄기가 이미 붉은색으로 물들어 있다는 것을 확인하고 싶어 손을 가져갔다. 음산한 핏줄기였다.

그럴 즈음에, 꽃뱀헌터는 창문 너머 앰뷸런스의 일방적인 격한 소리로 인하여 꿈결에서 쫓겨니 현실세계로 되돌아올 수 있었다. 그는 멍한 의식으로 소파에서 일어나 예전부터 가끔씩 꾸는 비슷한 레퍼토리에 대한 생각을 흐릿하게 곰곰이 해보았다. 책상 위에 있는 돈 끼호떼를 가끔씩 들추어보고, 유난히 뚜렷한 불그스레한 표지 색상으로 인하여 하루에도 셀 수 없이 많은 시선이 머물러서 그런 것인지 정확하게 알 수는 없는 일이었다. 하지만 그렇게 꿈속에서 돈 끼호떼의 배역을 맡아서 치열하게 거대하고 사악한 뱀과 싸우고 나면 현실에서 가끔씩 이상한 일이 일어나곤 했다. 착시인지는 모르겠으나 대형마트에 가서 카트를 몰고 다니는 아줌마들 사이에서, 백화점에 명품가방을 사러온 겉으로 봐도 거만하고 차가워 보이는 아가씨들 사이에서, 그리고 며칠 전에 돈이 많은, 부모로부터 볼만한 건물을 상속받은 선배와 간 룸살롱에서 리얼하고 은근한 접촉과 쾌락을 선사하는 아가씨들 사이에서 길고 가느다란 혓바닥을 스스럼없이 공간을 향해서 뻗으며 냉랭한 얘기를 스스럼없이 하는 것을 볼 수 있었다. 심지어 뉴스를 진행하는 현정이라는 여자 아나운서도 마찬가지였다. 그러다가 자신이 다른 생각으로 시선을 잠깐 돌렸다가 되돌아오면 정상적인 사람의 모습으로 일상을 누리고 있었다.

처음에 그는 꿈결의 연장선 안에 놓인 무의미한 현시로 착각했다. 차츰 반복적으로 현실에 끼어들자 간과할 수 없는 것이 되었다. 그리고 그것들이 자신에게 새로운 영역에 눈을 뜨게 하는 것이라, 생각에까지 이르렀다.

그들이 뭇 여성들 사이에 존재하는 꽃뱀이었다. 그것을 안 것은 한참 시간이 지난 후였다. 꽃뱀의 씨앗은 여성들이 태어나면서 공짜로 얻어지는 것은 아닌 것 같았다. 그것은 선택받는 것 같았다. 페르몬의 고혹적이고 잔인한 향기를 내뿜는 암컷 카터뱀도 다르지 않아 보였다. 무수한 수컷을 끌어들여 충성 경쟁을 시키는 것은 자신의 삶의 당위성과 가치를 한번 더 되돌아볼 수 있게 하는 계기가 되는 것이기도 했다. 어쩌면 그것으로 여자라는 이유로 착취당하고 소외되고 따돌리는 패배감과 열등감에 내힌 다소마마 위안을 가지는 것인지도 모를 일이었다.

그래서 그런지 그는 꽃뱀헌터라는 직업을 갖게 되었다. 아주 우연히 스스럼없이 다가온 것이었다. 어느 날 문득이라는 말이 잘 어울린다는 생각이 들었다. 약 6개월 전쯤에 볼만한 건물을 가진 선배의 부탁으로 시작된 것이었다. 그 선배는 결혼을 한 번 실패하고 재혼을 할 즈음이었다. 그때 그는 맑고 깨끗한 지리산 뱀사골 어느 단풍나무 아래에서 가부좌를 틀고 심신을 단련하고 정양을 하고 있을 즈음에 느닷없이 그 선배로부터 연락이 왔다. 대체적으로 전화는 받지 않았지만, 그 선배의 전화는 받았다. 가끔씩 용돈도 주고 향락도 제공했기에. 그것보다도 그 선배를 만나면 마음이 편해서 이것저것 가슴에 담고 있던 억눌린 꽁한 말을 꺼내놓을 수 있었다. 그는 재혼할 상대를 교회에서 만났는데 한번 주위 좀 면밀하게 살펴달라고 했다. 워낙 세상이 흉흉하고, 간사하고 치졸하고 몰인정한 여자들이 많아서 자신이 다니는 교회에 가서 정희라는 28세 여자애를 면밀히 조사해보라고 했다. 그 선배의 첫 번째 아내도 얼굴 반반한 것만 보고 결혼했다가 떠들썩하게 헤어진 케이스였다. 그래서 두 번째는 더욱 조심스럽게 여자에게 다가가고 있었던 것이다. 겁도 나고 여성이 두렵기도 했다. 자신의 재산을 보고 달려드는 똥파리인지 들여다보라는 것이었다.

정희는 하나님을 향하고 있을 때는 고상하고 거룩하고 아름다웠으나 뒤돌아서면 천박하고 미천하고 추해 보였다. 소문은 나지 않았으나 전도사와 밀월여행도 가고 열렬한 섹스도 주고받는 사이였던 것이다. 빨고 핥고 누르고 만지며, 깨물고 당기고 밀고 끌어안으며, 쑤시고 돌리고 바꾸고 눕히며 눈동자에 고여 있던 은은하고 잔잔한, 초조하고 굶주린 슬픈 욕정의 실마리를 재빠르게 풀어버리는 것이었다. 혼전 섹스. 그 당시 그는 깊은 명상과 혜안으로 그들의 섹스 장면도 어렴풋이 의식의 벽에 영상으로 흘러가는 것이었다. 어색하지 않고 투박하지도 않았다. 포르노의 한 장면처럼 리얼했다. 어디서 많이 경험해서 능숙한 손가락놀림과 은밀한 혓바닥놀림, 관능적인 몸놀림으로 서로가 서로에게 절실했고, 달콤한 육체적 격한 위안을 주고받고 있었다. 쉼 없이 연속적으로 몇 시간을 하고 또 하고 허기지고 맹렬한 욕구를 채우느라 밤을 새우며 어스름이 깔릴 새벽 즈음에 그들은 늘어지는 나쁘지 않은 달달한 피곤에 지쳐서 스르르 이불 속으로 스며들어 격하게 얼싸안은 채 잠의 포로가 되었던 것이다. 그때부터인지 명확하지는 않았으나 그는 평범하고 정숙한 여자와 간사하고 음험한 꽃뱀을 구분할 수 있었다. 불안한 그녀의 눈동자에 어린 소소한 진실과 귓가에서 맴도는 은근하게 나풀거리며 유혹하는 몇 가닥 머리칼의 부드러운 손짓과 몸짓에서, 그는 눈으로 확인할 수 있었다.

그녀의 실체는 경건한 교회에서 하나님을 향해 열렬하고 성실하게 기도할 때는 보이지 않았으나 교회를 등지고 간사한 꾀와 음흉한 술수로 상대를 업신여길 때는 입속 깊은 곳에서 길고 가는, 거무스름하고 갈라진 혓바닥을 음산하고 기괴한 소리를 내며 날름거리는 것을 확인할 수 있었다. 보통 음지에서 가늘고 음험한 혓바닥을 길게 드러내었고 양지에서는 사람의 부드러운 혓바닥을 드러내었다. 그렇지 않을 때도 있었다.

그 이후 선배는 자기 소유의 오피스텔을 사무실로 이용해서 밥벌이를 해보라고 했다. 그 선배의 생각도 나쁘지 않아 한번 해보기로 하고, 지금까지 그럭저럭 끌고 오게 되었다. 그 이후 몇 달 동안 일이 들어오지 않아 빈둥거리며 어영부영 살고 있었다.

꽃뱀헌터는 폴리스카를 내려다보고 있었다. 아무렇게 반파되고 부서진 자동차 주위에 앰뷸런스가 멈춰 있는 것도 내려다보았다. 그 주위로 119대원들이 능숙한 몸놀림으로 부지런히 움직이고 있었다. 어디서 냄새를 재빠르게 맡았는지 두 대의 레커차가 이미 도착해 있었다. 교통신호를 무시한 채 허겁지겁 달려온 것 같았다. 마치 며칠 굶주린 하이에나 같았다. 그는 어수선하게 펼쳐진 교통사고 현장을 무연하게 바라보고 있을 때, 소파 깊숙이 숨어 있던 스마트폰의 우렁찬 벨소리가 반복적으로 울리는 것을 들을 수 있었다. 그는 번호 확인을 하고 전화를 공손하게 받았다. 건물주선배였다.

어느 시골 명문 남자고등학교

꽃뱀헌터는 일산에서 합천으로 내려갔다. 그는 볼만한 건물이 있는 선배의 삼촌이 이사장으로 있는 사립 고등학교로 내려가는 길이었다. 대충 두서없이 이야기는 들어서 알고는 있어도 그곳에 내려가서 직접 듣고 보고 주위환경을 확인하고, 느끼고, 받아들이고 싶었다. 내려가는 고속도로 위에서의 운전은 잡음 없이 순탄했다. 일정한 폭으로 길게 뻗은 고속도로에 정체구간은 없고 원활하게 마음껏 달릴 수 있었다. 그의 승용차는 고성능 스포츠카는 아니었고 평범한 사람이 어깨에 힘이 제법 들어갈 수 있는 그랜저였다. 선배의 몇 대 중에서 유일한 국산차였다. 건물 지하 구석진 곳에 먼지가 두껍게 내려앉아 있곤 했다. 선배는 공공기관이나 대외적인 공식적인 업무를 볼 때 접대용으로 이용했고, 평소에는 페라리 488스파이더나 포르쉐 911터보를 이용했다.

그는 체육선생으로 부임하는 길이었다. 신학기가 제법 지나긴 했어도 기존에 근무하던 체육선생이 자신의 승용차 안에서 자위를 하다가 우연히 지나가던 짓궂은 학생들의 카메

라에 담겨지자 이사장이 하는 수 없이 사직서를 받을 수밖에 없었다고 했다. 그래서 그 빈자리를 꽃뱀헌터가 채우는 것으로, 아주 자연스럽게 학교에 잠복하는 것으로 이사장과 구두상으로 합의가 된 것이었다.

그는 경부고속도로를 타고 내려가다가 오른쪽으로 굽은 대진고속도로로 갈아타서 어느덧 인삼랜드에 이르자 조금 쉬었다 가기로 하고 우측 깜박이를 넣고 우회해서 휴게소에 있는 화장실 가까이에 그랜저를 세웠다. 늘 고향으로 향하다가 들러서 고여 있는 오줌보를 비울 때도 있고 세수를 하며 졸음을 쫓을 때도 있었다. 오늘은 평소에 들렀기에 익숙한 몸이 익숙한 환경 속으로 들어간 것이리라. 대학교 때부터 진주로 향하는 시외버스가 꼭 이곳에서 멈췄다가 20분 정도 쉬어가는 곳이기도 했다. 그래서 고향으로 가는 길목에 있는 인삼랜드에 머물렀다. 그는 그랜저에서 내려 본능적으로 화장실로 가서 급하지도 않은 소변을 보기 위해서 소변기 앞에 한참을 기다려서 질금 나오다가 그치는 오줌을 간신히 밀어내고 온몸을 부르르 떨며 지퍼를 올리고 손을 씻고 나왔다.

4월의 한가롭고 따스한 오전이었다. 햇살이 강렬하지 않고 부드럽고 정갈하게 무한한 여백을 산뜻하고 고상하게 드로잉하고 있었다. 바람도 훈훈하게 불어서 울긋불긋 화사한 봄꽃의 화려한 색감을 더욱 깊고 향긋하게 연출하느라 여념이 없고, 카세트테이프와 CD를 파는 가게에서 흘러나오는 그윽하고 호소력 짙은 멜로디와 가사는 휴게소의 광장을 돌아서 아래 있는 연못 속의 조그마한 물레방아에까지 영향을 미치는 것 같았다. '엘 콘도르 파사'였다. 플루트가 아닌 잉카 고유의 피리소리가 어우러져 애절한 환상을 자극하고 이국적인 신비를 불어넣어주는 것 같았다. 그는 가사를 따라 불러보았다. '달팽이가 되기보다는 참새가 되어야지' 그 곡을 따라 겨울추위도 이미 길고 긴 시베리아 횡단열차를 따라 순백의 맑고 투명한 구름을 박차고 하늘 높이 비상하다가 하강해서 착지의 안식과 여유를 짧은 시간이나마 어느 간이역의 그늘진 곳에 낮고 무겁게 웅크리고 있을 것이었다.

꽃뱀헌터는 아래에 있는 연못 중앙에서 수군거리며 돌아가는 물레방아를 내려다보며 스르르 눈을 감고 잉카문명 속으로 젖어든다. 하늘을 지배하는 콘도르와 땅을 지배하는 퓨마가 싸우고 있다. 그들 사이를 땅속을 지배하는 뱀의 농간과 술수와 이간질이 있다. 간교한 뱀은 그들의 싸움을 부추겨서 땅과 하늘로 지경을 넓히고 싶은 꿈이 예전부터 있다. 더욱이 어둡고 습하고 막막한 칠흑의 암담함 속에서 벗어나서 단단한 다리를 가지고 싶은 욕망과 가벼운 날개를 가지고 싶은 갈망으로 하루하루를 보내다가, 원래부터 그것은 자신이 가질 수 없는 공간의 도구라는 것을 깨닫게 되자 심한 낙담과 가라앉는 공허한 상실감, 잘 조절되지 않은 열등감이 내적 깊은 곳에서부터 느릿느릿 끊임없이 뭉글뭉글 오르는 것이다. 그래서 어느 날부터, 뱀은 서늘하고 교교한 별빛이 반짝이는 날이면 땅에 귀를 밀착해서 자는 노곤한 퓨마의 꿈결 속으로 불길한 행위와 간사한 말을 은밀하게 침투시키는 것이다. '신의 이름으로' 자행된 인종 대학살처럼 죄의식을 망각한 채 하늘의 공간을 점령하고 있는 콘도르를 제거하라는 암시를 계속적으로 주입시키는 것이다. 그것이 신의 성전으로 나아가는 길이고 천국으로 나아가는 첩경이라고.

그래서 퓨마는 서서히 하늘의 공간에 한 발씩 내딛는 것이다. 처음에는 낯선 공간에 대한 두려움으로, 각자의 지경 속에서 안식을 찾고 평화롭게 살아가리라 마음먹고 초심이 새록새록 되살아나자 한편으로는 죄스러움도 없지 않으나 '신의 계시'라는 착각 속에 빠져들자 그런 사소한 감정은 흘려보내야 한다는 것을 깨닫고 이내 마음을 다잡고 비수를 숨긴 채 콘도르의 둥지로 향한다.

콘도르의 둥지는 벼랑 끝에 매달려 있다. 마르고, 길고 짧은, 굵고 가는 나뭇가지가 이리저리 뒤섞이어 복잡하게 얽힌 채 아래서 위로 치솟아오르는 거칠고 억센 바람에도 의연하게 때로는 위태위태하게 버티는 것이다. 콘도르는 알을 품고 있는 것인지 둥지에 밀착해서 미동도 없이 저 멀리 넓게 펼쳐진 하늘을 바라보며 느릿하게 멈춘 듯 흐르는 순백의 구름을 지그시 바라보며 생의 위안을 찾는 것인지. 아니면, 자신의 넓은 영토에 대한 흐뭇한 미소인지도. 그러는 동안 퓨마는 깎아지른 가파른 절벽을 힘들게 타고 올라 콘도르의 둥지에 가까이 다가와서 마지막 일격을 준비하고 있다. 간교하고 치밀한 뱀은 자신의 권모술수로 인하여 그들을 벼랑 끝으로 몰았다는 긍지와 자긍심으로, 먼발치에서 바라보며 세상을 다 가진 듯이 음흉한 미소를 머금은 채 길고 가는 혓바닥을 날름거리고 있다. 아무래도 그 뱀이 꽃뱀의 시조인지 명확하지는 않다.

그는 한동안 고속도로를 타다가 거창에서 내렸다. 네비게이션이 알아서 안내를 하고 있어도 초행길이라 두리번거리며 속도를 늦춰서 우회전을 하고 삼거리에서 또 우회전을 해서 꼬부라진 2차선 도로를 따라 조심스럽게 나아갔다. 고속도로의 반듯하고 고른 직진성과 달리 좌회전을 하다가 우회전을 하며 쉼 없이 굽고 뻗어서 산언저리를 돌고 다리를 건너며 다소 폭이 넓은 강을 따라 한가롭게 운행했다. 그는 도심의 정형화된 가지런한 도로에서 운전을 하며 성장했기에 다소 허름한 시골의 도로를 접하자 불편함을 느끼지 않을 수 없었다. 군대를 제대하고 Y대학교를 다니면서 운전면허증을 취득했기에 거의 서울 근처에서 운전을 했다. 가끔씩 진주에 내려오긴 해도 시외버스를 타고 시내를 돌아다녀야 할 때는 대부분 택시를 탔다. 그래서 이렇게 외진 곳을 자동차 앞뒤에 다양한 자동차들을 물고 다니지 않자 한편으로 괴이하고 한편으로 허전하다는 생각도 들었다. 혼자 외로이 깊은 산속에서 몇 날 며칠을 보내기는 했어도, 그 무기력한 외로움과 고독과는 결을 달리했다. 어쩌면 그것이 새로운 환경에서 오는 부적응일지도 모른다는 생각이 들었다. 그는 현실에 대한 적응력이 뛰어나다고 주위 사람들에게서 줄곧 들어오던 말이었으나 그것은 사람들의 시선 속에 머물렀던 자신의 한 부분이었다는 것을 그들은 모르고 있었던 것이다. 그는 사람들의 그 시선 속에 머물러 있었던 자신도 자신의 부분인 것을 인정하면서도, 그 새로운 자기 내면의 단면을 발견하자 낯설었고, 한편으로는 그 낯선 현상들이 반갑기도 했다. 그것이 아직 경험하지 못하고 접하지 못한 상황과 환경이라는 것에 앞으로 다가올 나날들에 대한 익숙하지 않은 두려움보다도 기대와 환희에 젖어드는 것 같았다. 또 그는 기발한 시골 양반 라 만차의 돈 끼호떼도 이런 낯선 상황과 환경을 자신의 형편과 방식으로 받아들이고 이겨내었을 것이라 생각했던 것이다.

그는 2차선 도로를 달렸다. 그는 핸들 안쪽에 붙은 조작버튼과 센터페시아의 조작버튼 위에 손가락을 올려서 셋팅하고 조작하는 것이 한결 편하고 자연스럽게 다가오는 것을 느꼈다. 이렇게 장시간을 이 승용차 안에서 시간을 보낸 적이 없고, 대개 일산에서 서울까지 짧은 시간을 이용했던 것이 다였다. 그랜저 주인도 아니어서 물건에 대한 애착도 없고 잠깐 빌려 쓴다는 마음가짐에서 벗어나지 않았기에 애정을 가진다는 것도 우스운 일이었다. 사람들은 자신이 직접 땀을 흘리고 시간을 할애해서 얻은 것에 애착을 가지고 의미를 부여해서 삶의 가치와 신념을 삼을 때가 많았다. 그 가치와 신념은 아무리 보잘것없어도 소중하고 귀하고 절실한 것이었다. 하지만 지금까지 그는 이 그랜저에 대하여 가진 그런 마음가짐이 조금씩 변하고 있는 것을 느낄 수 있었다. 일산에서 합천으로 출발할 때 건물주인 선배가 이 일만 잘 처리하면 그랜저를 선물로 준다고 해서 그런지는 모를 일이었다. 그 시점부터 멀게만 느껴지던 그랜저의 조작 버튼과 색상, 디자인과 연식 들이 멀리서 겉돌다가 느릿느릿 움직여서 주위에 어슬렁거리는가 싶더니 어느새 가까이 다가와서 애정이 담긴 발랄한 표정과 미소를 드러내며 친밀하게 머무는 것이었다. 세 시간 남짓한 짧은 시간에 말이다.

그는 2차선 도로를 조심스럽게 달리자, 길 양쪽으로 어수선한 사과나무들이 연이어 다가와서 사라졌다. 그는 운전석 차창을 열어 수줍게 핀 연분홍 꽃이 다정하게 향기를 발산하는 것을 한없이 받아들였다. 그러면서 그는 반쯤 눈을 감은 채 CD를 켰다. '슈베르트의 군대행진곡'이었다. 제1번 D장조였다. 의외의 조합이었다. 평소에는 알 수 없는 건물주선배의 고상한 취미였다. 페라리 조수석에 무릎 위까지 올라오는 체크 랩 미니스커트와 스트라이프 V넥 블라우스를 입은 젊고 아리따운, 화사하고 섹시한 여자를 태우고 자유로를 질주하며 짜릿한 쾌감을 맛보는 것으로 끝나지 않았다. 어느 한적한 식당에서 식사를 하고 어느 한적한 모텔에 들어가서 열렬한 섹스를 하는 것만 연상되었던 것이다. 그런 위인이 '슈베르트의 군대행진곡'을 듣고 있었던 것이다. 어쩌면 선배에게 대외적이고 공식적인 일들이 자신에게 나팔소리나 북소리를 들으며 나아갈 수밖에 없는 가혹한 현실이었는지도 모른다. 비장하고, 용맹하고, 씩씩하게. 오스트리아 왕실의 군대처럼 말이다.

과수원을 지나고 차츰 그랜저가 경사진 곳으로 올랐다. 갑자기 숨이 차오르는 소리를 들을 수 있었다. 3.0자연흡기 가솔린 차량임에도 덩치에 어울리는 무게가 있어 엔진 깊숙한 곳에서 울리는 소리가 웅장하게 들려왔다. 그럼에도 출력과 토크가 있어 어렵지 않은 운동성능으로 편안하게 올라갈 수 있었다. 멀리서 아래를 한없이 내려다볼 수 있는 밤티재의 정상이 가까워질수록 거친 엔진소리는 느슨한 봄의 향연 속으로 깊숙하게 찔러들어가고 있었던 것이다. 진달래도 지고 개

나리도 진 다소 단순해진 봄의 들녘에 언제 피었는지 여기저기 군데군데 바람의 치기어린 장난에 의해 던져진, 각박한 때로는 적당한 곳에 부려진 노란 민들레꽃들이 자신의 처지를 투정부리지 않고 평온하게 생육하고 있었다. 한나절의 즐거움을 방해하는 둔중하고 거친 그랜저의 소음에도 아랑곳하지 않고 윙윙거리며 번잡하게 날아다니는 무수한 벌들과 거침없이 날아다니는 호랑나비들을 멀리서 무구하고 푼푼한 색감과 너그럽고 향긋한 향기로 은밀하게 불러들이고 있었다. 그 사이를 그랜저의 열린 차창 틈으로 '모차르트의 제비꽃'이 아득하게 넓은 들녘을 한가롭게 가로질러 민들레꽃들과 벌들과 나비들을 느슨하고 질긴 끈으로 연결하는 것처럼 보였다.

밤티재에 이르자 화사한 햇살은 자취를 감추고 어스름하고 서늘한 음지로 변했다. 4월 중순의 녹음은 한층 더 깊고 짙은 곳으로 나아가는 길목에 서 있었다. 겨우내 건조하고 추운 날씨를 간신히 버틴 잡목들의 외로움과 고독이 내면적으로 고스란히 쌓여서 폭이 좁고 견고한 하나의 테두리를 만들고, 그 긴 시간을 숙고와 인내로 버틴 흔적을 나이테라는 하나의 찬란한 문장으로 남기는 것이었다. 그것으로 끝나지 않고 따스한 햇살이 언 두꺼운 껍질에 부드럽고 간지러운 애무와 격렬한 키스를 연이어 하다보면 굵은 가지에서 가는 가지로 이어지는 곳곳에 파란 나뭇잎이 어느덧 돋아나는 것이었다. 그것이 겨우내 무기력하고 잔인하고 추운 나날을 겨우 보낸 겉으로 드러나는 영광의 흔적일 것이었다. 그러므로 밤낮으로 차가운 바람이 여린 가지와 나뭇잎 사이를 급하고 싸늘하게 비집고 들어와도 태연하게 대처할 수 있는 의연함이 있는 것인지도 모른다.

꽃뱀헌터는 밤티재 정상에서 서서히 내려갔다. 한참 올라온 길만큼 내려가는 길이 남아 있었다. 경사도 심하고 완만한 회전도 많은 곳이었다. 어느 정도 내려올 즈음에 반대편 차선에서 갑자기 SM5가 치고들었다. 가파른 경사를 힘들게 올라오던 하얀색 SM5가 중앙선을 침범해서 그대로 직진했다. 제때 핸들을 풀지 못한 미숙함으로 빚어진 것인지 졸음인지는 정확하게 알 수는 없었다. 그 또한 한가롭게 저 멀리 산골짜기를 바라보며 서서히 만개하는 풍경을 보며 잠시 한눈을 팔고 있어 맞은편 쪽에서 무섭게 돌진하는 SM5를 미처 보지 못했다.

그럼에도 꽃뱀헌터는 기다리고 있던 큰 사고를 막을 수 있었다. 타고난 민첩한 운동신경과 빠른 대처로 말이다. 중년으로 보이는 그녀도 뒤늦게 빠른 브레이크 반응으로 경미한 사고로 유도할 수 있었다. 그럼에도 그녀는 많이 놀라서 한참을 운전석에서 멍한 상태로 있었다. 그런 와중에 꽃뱀헌터가 내려서 운전석 차창을 노크할 때까지 그녀는 그런 멍한 상태를 유지하고 있었다.

　그녀는 40중반을 갓 넘어 보이는 나이였다. 아줌마인지 아가씨인지 분간이 가지 않는 모호한 지점에서 애매하게 연출하고 있었다. 키도 작고 체구도 작은, 젊고 가볍게 화장을 하고 그레이 청바지에 체크 디테일 카라가 있는 반팔셔츠를 입고 있었다. 구두는 금장리본이 포인트로 유난히 빛이 났고 굽은 제법 높았다. 그런 와중에 그녀는 브라운 편광렌즈를 끼고 있었다. 그 나이에 필연적으로 다가오는 눈언저리에 미세한 주름을 다소나마 가리기 위함인지는 명확히 알 수는 없었다.

　전체적인 보디는 오동통한 느낌을 자아내었고, 마르지도 날씬하지도 않았다. 헤어는 감고 말리고 뿌린, 시간과 정성을 들인 가지런한 커트였고, 움직일 때마다 어깨 위에서 찰랑찰랑거리며 완연한 봄기운을 하염없이 들이마시고 있는 듯했다. 목은 길지도 짧지도 않은 길이였고 어깨는 조붓했다. 어깨 끝에서 시작하는 팔은 허리까지 내려갈 정도였고, 다소 짧은 느낌이 들지 않을 수 없었다. 그럼에도 결핍되거나 왜소하다는 느낌이 들지 않았고 적당하고 안정된 세련미와 여성미가 묻어나는 것이었다. 피부는 하얗고 윤기가 흐르는 것이 영양 공급과 일정한 운동이 뒷받침되고 있었던 것 같았다. 아무래도 그녀는 자신이 가진 육체적인 장점과 단점을 잘 파악하고 있어, 그것으로 사내들에게 어필해서 그녀 자신 앞으로 끌어당겨 달콤한 과육을 취했는지도 모를 일이었다.

그녀는 SM5에서 내렸다. 우선 자신의 승용차를 살피고 나서 상대방의 승용차를 살피며 안도의 미소를 머금은 채 그제야 죄송하다고 했다. 꽃뱀헌터는 그녀가 스스럼없이 하는 행동을 지켜만 보고 있었고, 부딪칠 때 묵직한 소음과는 달리 자동차도 그렇게 심하게 찌그러지거나 깨져서 달아나지 않았다.

다소 시간이 지나자 주위의 어수선함도 천천히 정돈되었다. 그러자 그녀는 꽃뱀헌터의 큰 키와 군살 없는 날씬한 몸매에 시선이 오랫동안 머물렀다. 이목구비도 시원스럽고 깔끔해 보였다. 그녀는 늠름한 체구의 건장한 그 사내 곁에 당당히 서자 자신이 그의 어깨선에 머무는 것을 확인할 수 있었다. 그녀는 키에 대한 콤플렉스를 어릴 적부터 가지고 있었고, 늘 키가 큰 사내들을 흠모해 왔었다. 그래서 남편도 신장이 큰 사내를 원했으나 그것은 자신이 원하는 대로 되지 않았다. 아쉬웠다. 그럼에도 남편 쪽에 불편함 없이 살아갈 수 있는 돈이 넉넉하게 있어, 그것이 위안거리였고 결혼까지 하게 되었던 것이다. 남편의 성격은 무난하고 잘생기지 않았어도, 건물도 있고 고급차도 있었다. 그것이 남편과 결혼하게 된 유일한 조건이었고 삶의 가치이고 신념이었다. 막상, 그것을 거의 다 가지고 향유하며 누리게 되자 자신이 지금까지 가지고 싶었지만 가지지 못한 것들이 서서히 자신을 유혹하고 있었던 것이다.

꽃뱀헌터도 그녀의 시선 속에 자신의 의도와는 달리 오랫동안 머물러 있을 것이라, 대략적으로 느낄 수 있었다. 그도 그녀가 싫지는 않았다. 피부도 부드럽고 촉촉할 것 같고 숙련된 애무와 스킬로 자신을 리드할 것 같은 잔잔한 기대와 설렘이 다가오자 어느덧 몇 가닥의 욕정이 심중 깊은 곳에서 가파르게 치고올라오는 것을 느낄 수 있었다. 그의 눈에 아직도 길고 가는 혓바닥이 보이지 않는 것으로 보아 꽃뱀의 간교한 족속에 들지 않는 평범한 여자로 보이는 것이었다. 어느 정도 자신을 체계적으로 관리할 수 있는 시간과 재력이 있는, 능숙하고 안전한 중년의 여자.

그녀는 자신의 미숙함과 잘못을 인정했다. 그녀는 명함을 주면서 보험회사를 부를까 공손하게 물어봤다. 그래서 꽃뱀헌터는 보험회사를 부르지 말고, 가까운 자동차 정비소에 가서 수리하고 영수증을 보내주겠다고 편의를 봐줬다. 그녀는 감사하다며 꼭 대구에 들러주기를 바랐다. 그러면서도 그녀는, 선글라스를 낀 채 꽃뱀헌터의 단정하고 성실한 몸가짐과 군살 없는 그래서 섹시한 청바지의 탄탄한 볼륨을 바라보며 진한 여운을 남기며 시선을 제대로 거두지 못하고 있었던 것이다. 한번 온몸에서 땀이 송골송골 맺히도록 격렬한 섹스를 나누고 싶은 마음의 표시였을 것이다. 그래서 그녀 자신도 모르게 말투와 말씨 속에 긴 여운과 애잔한 그리움을 은연중에 밀어넣고 말의 꼬리를 물고 있었던 것이다. 언제인지는 몰라도 다음 기회에 만나서 구릿빛의 건장한 사내의 디젤청바지 속에 은밀하고 타이트하게 페니스를 감싸고 있는 드로즈의 촉감을 부드럽게 느끼고 싶었던 것이다. 그 속에 늘 고여 있어 충만한 수동펌프에 마중물을 붓고 힘차게 아래위를 반복적으로 움직이면 땅속 깊은 곳에 안정적으로 충일하게 고여서 머물러 있는 맑은 물을 마음껏 마실 수 있을 것 같았다.

그녀는 아직도 남편과의 격렬한 섹스를 나눈 적이 없었다. 그 섹스로 인하여 흐뭇한 만족감으로 평소에 반짝거리던 눈동자로 세상을 느긋하게 바라본 적이 없었다. 남편은 언제나 처음에는 와일드하게 덮쳤지만 어느덧 뜨거운 난로 위에 녹아내리는 눈덩이처럼 형체를 알 수 없었던 것이다. 쪼그라드는, 초라하고 비참한 조루에 가까운 사정으로 자신의 보디가 뜨거워지기도 전에 식어버리는 형국이었다. 그래서 그녀는 늘 건장하고 잘생긴 사내가 지나가면 눈길이 갔고, 그 사내와의, 상대가 허락하지 않은 격렬한 섹스를 나누었던 것이다. 그런 달콤한 상상이 더 절실한 섹스로 빚어지는 부드러운 애무와 상하좌우 앞뒤를 바꿔가며 이루어지는 행위의 연속성을, 더욱 절실하고, 애타고, 갈급하게 다가와서 결핍의 막연한 공허함 속으로, 자지러지는 상실감 속으로 느릿하고 무겁게 가라앉히는 것이었다. 그것으로 일상에서 헤어날 수 없는 비참한 마음을 선사하는 것이었다. 그래서 가끔 우울증 약을 복용하고 있었다.

그때 꽃뱀헌터의 열린 차창 사이로 장예모 감독의 '5일의 마중'이, 잔잔하고 그윽하고 애잔한 슬픔과 그리움이 물씬 묻어나는, 창 쉬레이가 부르는 'Following in your Footsteps, Till the End of World'가 절절하게 흘러나왔다. 아내의 기억을 되살리기 위해서 남편의 피아노 선율에 상하이 출신 키강 첸이 가사를 붙인 곡이었다. 그녀도 그 곡을 듣자 영화의 한 장면이 떠오르는 것인지 눈시울이 붉어지는 것이었다. 그러면서도 한편으로 못마땅한 표정을 짓는 것이었다.

꽃뱀헌터는 그녀를 보내고 아까 받아둔 명함을 들여다보았다. 그녀는 '문미디어'라는 출판사를 하고 있었다. 계간지도 내고 출판도 하는 곳이었다. 대구 서부정류장 근처에 사무실을 두고 있었다.

그는 그랜저에 올라서 경사진 도로를 천천히 내려갔다. 그때 김광석의 '서른 즈음에'가 흘러나왔다. 20년 전에 다소 어이없이 죽은, 잘생기지는 못했어도 인간다운 얼굴과 성실한 행동이 은근히 매력적으로 다가오는 훌륭한 가수였다. 어쿠

스틱 기타의 소박한 반주는 그의 내면의 순수함과 무구함을 여실히 드러내기에 충분했다. 이젠 자신도 서른 즈음에 이른 것을 깨달은 것이었다. 아무래도 CD에서 흘러나오는 클래식과 포크송은 건물주선배 자신이 좋아하는 곡을 녹음한 것 같았다. 선배도 서른이 넘고 다가오는 하루하루에 대한 생각으로 김광석의 노래를 들었던 것이리라. 이전과 달리 다가오는 발걸음의 무게를 받아들여서 품고, 품어서 간직하고 싶은 마음이 들었던 것인지도 모른다. 서른 이전에 방탕하게 아무렇게나 살고 질주하던 삶의 방향성과 가치관과 태도를 바꾸는 전환점을 만들기 위한 긴요한 수단 중에 하나인지도 모를 일이었다. 어쩌면 출판사를 하는 중년의 그녀도 서른 즈음에 자신과 같은, 선배와 같은 과정을 겪으면서 다가오는 현실적 무게를 직시하며 하루하루 나아간 것인지도.

대병면으로 가는 길은 급하게 휘어지고 뻗고 경사진 길이었다. 합천댐의 최고 수위 위에 존재하는 꿈틀거리며 나아가는 굽고 비틀어진 2차선 도로였다. 2주 전만 해도 길가에 도열해 있는 우람한 벚나무들의 가지 위에 청초하고 화사한 하얀 꽃들이 소복하게 피어 있었을 것이다. 어느덧 그 자리를 무성한 잎들이 두드러지게 집중해 있고, 풋풋하고 싱그러운, 성실하고 정연한 모습으로 떨어진 하얀꽃들의 빈자리를 애써 메우고 있었다. 무성한 여린 나뭇잎들이 소멸하는 낙화의 공허함으로 하염없이 아래로 가라앉은 삶의 무기력함의 깊은 수렁 속에 빠지지 않기 위해 순간순간을 분발하며 스스로에게 위안을 주기 위해서 애쓰는 모습 같기도 했다.

대병면은 산허리를 과감하게 절개한 가파른 곳을 여러 번 지나다보면 멀리서 높고 큼직한 교각이 보이고, 다소 느긋한, 평평한 도로를 달리다보면 오른편에 비스듬하게 보이는 웅장한 황매산이 어느새 시야 안으로 들어와서 차분한 모습을 드러내었다. 긴 다리를 건너자마자 길가에 해월길이라는 마을의 표식이 우두커니 서있고, 가벼운 마음으로 천천히 액셀을 밟고 나아가자 덩치가 큼직한 벚나무들이 도로 양쪽에서 거대한 가지들이 곧고 거칠게 뻗으며 무엄하게 성장해서 2차선 도로 위를 점령하고 있었다. 어둑어둑한 산길을 걸을 때처럼 단조로운 고요함과 발랄한 차분함이 어려 있었다. 여린 잎사귀 대신 소복하게 벚꽃이 피었다면 정말로 끓어오르는 황홀한 광경이었을 것 같았다. 그곳을 조금 지나자 90도에 가까운 급회전이 나오고, 곧바로 오른편에 실크로드라는 레스토랑이 나왔다. 붉은 벽돌과 담쟁이가 잘 어울리는, 2층에는 길고 넓은 테라스가 있는 3층집이었다. 그 건물 곁에 잇닿아 있는 현대식 현란한 모텔이 단정하게, 일시적인 쾌락을 좇는 손님을 기다리고 있는 듯했고, 새벽이면 산새들이 우는 느슨하고 산뜻하게 흐르는 시골의 풍경 속에 이질적인 존재로써 어느 날 다가와서 오랫동안 머물고 있는 듯했다.

합천댐이 생기고 골짜기마다 눌어붙어 집요한 생의 애착으로 겨우 터전을 일구고 살아가던 사람들은 흔적도 없이 뿔뿔이 대처로 터전을 옮겼고, 그 자리를 침울하게 고여 있는 검푸른 물이 무겁게 차지하고 있었다. 지난 여름부터 가뭄으로 허덕이며 날아간 다량의 수증기로 인하여 예전에 마을이 있었던 곳이 앙상하게 드러났고, 형체도 없이 사라진 마을 앞 거대한 느티나무도 잘려나간 흔적인 그루터기만 남긴 채, 홀로 외롭게 흉물스럽게, 그 자리를 간신히 버티고 있었다. 꽃뱀헌터는 차창 너머로 아스라하게 보이는 완전히 썩어 소멸의 단계까지 이르러서 흩어진, 평안하고 자유로운 그래서 유의미한 무의 존재가 되지 않은, 어정쩡하고 무의미한 상태인 것을 어렴풋하게 볼 수 있었다. 아직도 소멸하다가 만, 그 그루터기가 푸르른 나뭇잎들로 짙은 그늘을 만들어 어른들의 낮잠을 돕던 추억들을, 아이들이 술래잡기를 하며 두껍고 거친 수피를 살갑게 만지던 추억들을 잊지 못해서 그런 모습을 하고 있는지도 모를 일이었다. 안쓰러운 그리움과 먹먹한 기쁨의 흔적들이 그 문드러지지 않은 그루터기 속에 쟁여 있는 것인지도.

대병면은 다소 비스듬한 경사를 따라 2차선 도로 위쪽으로 형성되어 있었다. 앞으로 비스듬히 잘 다듬어진 공원이 있고 멀지 않은 곳에 합천댐 수문이 두꺼운 입술을 굳게 다문 채 무겁고 긴 침묵 속에 근엄하게 자리를 차지하고 있었다. 꽃뱀 헌터는 열린 차창 사이로 힐끔 바라다보며 시간이 되면 멀리 보이는 합천댐 전망대에 올라가 가까이서 수문 쪽으로 내려다보고 싶은 생각이 들기도 했다. 하지만 오늘은 그럴 여유가 없었다. 그래서 그는 곧바로 우회전을 해서 제법 비탈진 도로를 재빠르게 올라갔다. 이사장이 안달이 나서 기다릴 것 같았다. 서울에서 내려오는 도중에 건물주선배로부터 전화가 왔었다. 이사장이 점심을 같이 먹으려고 기다릴 것이라 말했다. 그는 적어도 1시 30분까지는 갈 수 있을 것이라 말했다. 내려오는 도중에 접촉사고가 있어서, 그는 이사장과 약속시간을 지키기 위해서 직선으로 길게 뻗어서 이어진 가파른 도로를 바삐 올라갔다.

　모산재 언저리 한적한 식당이었다. 이사장이 운전하는 자동차의 조수석에 타고 비탈길을 올라갔다 내려갔다 반복하며 닿은 곳이었다. 강원도 어느 산골처럼 깊고 아득한 곳이었다. 식당에는 점심때가 지나서 손님들은 없고, 참이슬 상표가 두드러진 앞치마를 두른 아줌마가 정감어린 투박한 말투와 행동으로 자신들을 맞았다. 주인아줌마는 아닌 것 같았고 곱슬곱슬한 파마머리에 긴 주름과 짧은 주름이 어지럽게 얼굴 깊숙이 파고들어가고 있는 중이었다. 노화의 가파른 진행에 별 저항 없이, 아무런 대책 없이 나아가고 받아들이는 모습이 애처롭기도 하고 한편으로는 의연하다는 생각도 들었다.

식당의 구석진 곳에 이미 한상 가득 차려져 있었다. 소고기전골이 밥상 한가운데 보글보글 끓고 있었다. 전골냄비 안에 얇게 썬 소고기 주위로 원을 그리며 물에 불린 당면과 파릇파릇한 노란배추, 가늘고 생기 있는 부추와 풋풋하고 고운 하얀 팽이버섯이 알맞게 제자리를 지키면서 서로서로 고유의 향기와 언어를 발산하며 서서히 익어가고 있었다. 제각각 따로따로 살아온 태생과 기후와 토양을 달리해서 처음에는 잉기주춤 어색하고 생소했으나 차츰 내용과 형식을 만들고 정통성과 생의 가치를 덧입혀서, 천천히 언밸런스하게 비스듬히, 굼뜨게 나아가다가 어느새 어깨를 나란히 해서 가치관과 사상과 철학을 받아들이고, 각자의 맛의 일체감과 통일성을 염두에 두는 것이었다. 그러면서 배려와 양보가 생기고, 절충과 화해의 민주적이고 보편적인 절차의 보장과 완성을 이루며 정점으로 도약하고 있었던 것이다. 그러다가 숙성의 걸음마를 한 걸음씩 떼면서 향긋한 맛의 풍미와 깊이 속으로, 마치 깊은 해연을 가지고 있는 어둡고 아득한 넓은 바다에서 어렵사리 생존하는 생물처럼 독특한 형태적 맛을 내는 것이었다. 그 속에는 소의 발육과정에서 나타나는 질병의 아픔과 고통이 고스란히 남아서 다소 쓴맛이 미세하게 담겨져 있고, 그

것이 전골냄비 속에 보편적인 국물 맛의 조화를 깨뜨리는 불
순한 행위를 드러낼 찰나에 지금까지 미온적으로 받아들이던
소고기를 채 썰어 양념을 해둘 때 개별적인 모습과 형태로 있
었던 다진 파, 마늘, 참기름, 후추, 깨소금, 간장, 설탕이 서로
의 정체성에서 벗어나 새로운 변모의 약진으로 자신의 독보
적인 가치를 유감없이 드러내는 것이었다. 끊임없이 가느다
랗고 미약한 가스불길의 은근함으로 상호보완적인 맛의 정갈
한 형태를 유지하고 있었던 것이다. 소고기전골.

　이사장은 머리숱이 많이 올라가 있었다. 그래서 그런지 이
마가 넓어 보였고 그 평평한 곳에 굵은 주름이 가로로 길게
그어져 있었다. 염색을 해서 하얀 머리칼이 단층을 형성한 모
습으로 일정한 높이로 촘촘하게 띠를 이루고 있었다. 그럼에
도 늙어 보인다는 느낌은 들지 않았다. 그 나이에 비해 노화
도 많이 지연되어 있었고, 사회적 지위와 경륜에 비해 젊고
씩씩해 보였다. 평소에 테니스와 골프로 자기 관리가 완벽하
게 되는, 그래서 차가운 서리 같은 집요하고 가혹한 노화를
가까스로 밀쳐낼 수 있었던 것이리라.

　꽃뱀헌터는 소고기전골을 한 숟가락 떠서 입속에 가져갔
다. 서울 근처에서 먹던 평범한 맛과는 상이한, 신선한 재료
에서 우러나는 정갈한 맛이 생동적으로 다가왔다. 주연인 소
고기가 전체적인 맛을 통제하고 조율하고 있었던 것이다. 아

부래도 양질의 건초와 사료를 적당한 시간에 맞춰 공급받았던 것이 분명했다. 맛의 균형이 한쪽으로 기울지 않고 균일하게 혀끝을 자극하고 파고드는 것이었다.

"꽃뱀헌터는 얼굴도 시원하게 잘생기고, 건강한 육체를 소유하고 있군요. 부럽습니다. 많이 드세요."

꽃뱀헌터는 입속에 음식물을 잘게 씹고 있었던 터라 이사장의 말을 제때 이어갈 수가 없어 밝은 표정과 엉거주춤한 움직임으로 겨우 받아낼 수 있었다. 이사장은 화사한 미소로 소주를 건네고 받아서 마시고는 한동안 말 없이 소고기전골에만 면밀하게 피고들었다. 두껍고 도수 높은 안경 너머의 눈동자에는 처음 만났을 때의 진지하고 화기애애한 눈빛의 정겨움은 없었고, 다소 낯설고 적응하기 어려운, 우울하고 염세적인 소외감이 살며시 느릿하게 가라앉아 있었던 것이다. 근심 걱정. 누군가에게는 말을 해서 위안과 충고를 받고 싶은 그런 것이었다. 그럼에도 자신의 사회적인 지위와 명성에 오물을 끼얹기 싫은 한 걸음 물러선 난처한 상황이기도 한 것 같았다. 그래서 주저주저하고 있었다. 어쩌면 그것이 꽃뱀과 어떤 연관이 있는 것인지, 궁금했다.

"여자를 사로잡는 능통한 능력을 가지고 있다면서요?"

이사장은 우울한 모습을 한동안 하고 있다가 건더기가 거의 소진한 허한 전골냄비 바닥이 보일락 말락 할 때 느닷없이 던진 말이었다. 강하게 찔러드는 뾰족한 창이었고 견고하고 무거운 방패였다. 휑뎅그렁하니 빈 느낌이 드는 식당 안의 호젓한 공간을 더욱 으스스하게 만드는 것이었다. 꽃뱀헌터는 한동안 멍하니 맥없이 떨구고 있던 이사장의 시선을 바라만 볼 뿐 대답하지 않았다. 처연한 눈물만 흘리지 않았을 뿐이지 이사장은 깊은 상실감에 젖어 있는 듯하고 깊이를 예측할 수 없는 허한 공허함 속에서 헤어나지 못하고 있는 듯했다. 슬픔이 층층이 쌓여서 가는 물줄기를 만들고 이내 거칠고 굵은 물줄기로 이어지는 것이었다. 그럼에도 불구하고 그는, 자신의 내면에 간직하고 있는 은밀한 언어들을 함부로 밖으로 *끄집어내지* 않았던 것이다. 그 언어들이 밖으로 나와서 기지개를 켜는 순간 자신의 처지와 위신이 깡그리 무너져 내릴 것을 알기 때문에. 하지만 어느 순간에 말을 하지 않으면 서서히 말라죽을 것 또한 알고 있는 듯했다. 이사장은 더 이상 말이 없었다. 아직도 흉금을 터놓고 얘기할 그런 것이 아니라고 생각했는지도 모른다. 그것도 아니면 자신의 조카의 후배에게 그런 말을 한다는 것 자체가, 강한 반발력과 저항감이 있었던 것인지도.

꽃뱀을 만난 꽃뱀헌터

꽃뱀헌터는 이사장의 2층집에 임시로 기거하기로 했다. 이
사장이 평소에 서재로 사용하던 곳이고, 원래는 새로 부임하
는 선생들에게 임시로 제공하기 위해서 만든 곳이었다. 건물
외벽에 비스듬하게 계단을 만들어 올라갈 수 있었다. 꽃뱀도
여기에서 며칠 머물렀다가 여선생 사택으로 옮겼다고 했다.
그래서 지금도 비어 있는 곳이었다. 선생들이 자취를 할 수
있게 만들어 놓았고 기본적인 가재도구는 그대로 있었다. 중
문을 열고 들어가면 싱크대가 있고 검은색 양문형 냉장고가
우뚝 솟아 있고 갈색 4인용 식탁이 있었다. 거실은 넓고 두꺼
운 유리가 합천댐을 바라보고 있고 그 앞으로 브라운색 5인
용 소파가 있고 49인치 벽걸이 TV가 있을 법한 바람벽에 TV
는 없고 '사석원의 노래하는 호랑이'가 걸려 있었다. 그 곁으
로 크지 않은 창호가 테라스를 향해서 빛을 받아들였고, 사람
들이 출입할 수 있었다. 화장실은 대체적으로 넓고 안방과 잇
닿아 있었다. 문을 열면 오른편에 손때가 제법 묻은 드럼세
탁기가 덩그러니 놓여 있고 그 위에 욕실 수납장이 있어 마

른 수건을 넣어둘 수 있었다. 화장실 입구에서 정면 벽 쪽으로 하얀 욕조가 있고 그 앞으로 샤워기가 벽에 붙어 있었다. 두꺼운 회색유리가 좌변기와 경계를 이루고 있었다. 화장실과 잇닿아 있는 안방은 유달리 큼직해서 겨울철에 외풍으로 차디찬 냉기와 싸워야할 것 같은 걱정이 들기도 했다. 책상과 의자가 창문 쪽으로 붙어 있고 두꺼운 갈색 커튼이 양쪽 구석에 차분하게 매달려 있었다. 바람벽 쪽으로 책장이 천장까지 닿아 있고 맞은편에는 한 사람이 누워 자기에는 편안한 황토 침대가 유난히 도드라지게 자리를 잡고 있었다. 그 곁에 청동으로 만든 옷걸이가 묵직하게 서있었다. 폭이 넓은 창문을 열자 합천댐 수문이 멀찌감치 가물가물하게 보이기도 했고, 그 앞으로 화사하고 산뜻한 테라스가 있었다. 창문을 넘어서 가면 곧바로 닿을 수 있었지만 거실로 가로질러 나가야만 했다. 우선 그는 테라스에 널찍하게 고여 있는 검푸른 합천댐의 넓은 품속으로 들어가고 싶어 거실 쪽으로 재빠르게 걸었다. 느슨한 오후의 따스하고 느긋한, 투명하고 쾌청한 날씨가 온몸으로 파고들며 노곤하게 만들었다. 그는 이상하게 겨우내 얼어 있던 육체가 이제야 서서히 녹아들어가는 것을 느낄 수 있었다. 뭔가 풍성하고 먹음직한 좋은 것이 예기치 못한 곳에서 다가올 것 같은 상냥하고 부드러운 예감이었다. 일산에 있을 때 느낄 수 없었던 여유로움이고 편안함이었다.

테라스는 넓었다. 그 위에 입자가 가는 파릇파릇한 인조잔디가 펼쳐져 있었다. 햇살을 다정하게 받아 생기를 띠며 정갈하게 보일 정도였고 골프장의 그린이 연상될 정도였다. 그래서 그런지 한쪽 구석에 갤러웨이 퍼트와 골프공이 서너 개 고무 재질로 만든 홀에 담겨져 있었다. 아무래도 이사장이 서재에서 책과 사투를 벌이다가 시간만 허락하면 나와서 복잡한 상념을 다스리기 위한 수단으로 이용하는 것 같지는 않았다.

그때 등 뒤에서 이사장 사모가 들어왔다. 그녀는 의도적으로 헛기침을 하면서 의식적인 부자연스런 행위가 뒤따라서 그런지 어색하기 그지없었다. 먹음직한 반찬이 많고 풍성해서 젓가락의 왕래가 빈번하지는 않겠지만, 저녁식사를 함께 하자고 했다. 그녀는 검은색 치마레깅스에 베이지 색에 가까운 긴팔티를 입고 있고, 왼쪽 가슴 언저리 부분에 핑크빛이 도는 퓨마 상표가 유난히 도드라졌다. 사모는 한 시간 정도 트레드밀을 하다가 올라오는 길이라고 했다. 특히 그녀의 말투 속에 그 한 시간을 강조하고 있었던 것을 느낄 수 있었다. 그 한 시간이 그녀에게 삶의 중요한 요소이고 부분인 것이 자명했다. 그래서 그런지 반질거리는 그녀의 이마에 땀이 송골송골 맺혀 있는 것을 뒤늦게 알아차릴 수 있었다. 한 시간, 그 한 시간의 운동의 여파로 아직도 온몸에 쉴 새 없이 열기를 내뿜고 있는 듯했다.

그녀는 30대 중후반을 가파르게 때로는 느릿느릿하게 걷고 있는 듯했다. 아직도 잔잔한 미소에는 앳된 소녀의 모습을 다소나마 간직하고 있는 나이임에 틀림없었고, 그래서 아직도 육체적인 갈구에 대한 해갈을 목말라 하고 있는 듯이 그녀의 잔잔한, 은근하고 신중한 눈동자 속에서 슬프고 애처롭고 애틋한 욕정의 간절한 메아리가 어슴푸레하게 들리는 것 같았다. 이사장과의 나이 차이가 어림짐작으로 20살은 되어 보였고, 그것은 머리칼과 머리숱에서도 쉽게 알 수 있었다. 식당에서 이사장을 개인적으로 만났을 때는 별로 나이가 들어 보이지 않았지만, 사모와 곁에 세워놓고 비교하면 노년으로 접어드는 중이라고 생각이 들 정도였다. 그에 비하면 사모는 충일한 재력과 적당한 건강보조식품을 섭취하는 것으로 그치지 않고 평소에 풋잠으로 무미건조한 오후의 짧은 시간을 느슨하게 보내므로 얻어지는 느긋한 여유를 누리며, 그 또래에 갑작스럽게 다가와서 낯선, 눈가에 어설프게 돋아나는 어색한 주름으로부터 어느 정도 나름대로 자유로워지는 것을 느낄 수 있었던 것이리라. 그것이 이사장과 살아가는, 그래서 자신의 친구들과 만났을 때 자존감을 한층 고취시키는 유일한 방편이라는 것 또한 알고 있는 듯했다. 바둥바둥, 아침 일찍 일어나서 머리를 감고 세수를 하고 말리고 뿌리며, 드디어 얼굴에 적절한 시간과 애씀으로 꽃단장을 해야 하는 번거로움과 빠듯함에서 벗어날 수 있는, 그것을 그녀 자신이 선택했기 때문에 자신만이 누릴 수 있는 신성한 가치인 것을 그녀의 육체에서 미세하게 풍기는 것을, 그는 느낄 수 있었다. 그녀는 오직 삶의 가치와 신념을 재력에서 흘러나오는 편안함과 여유에서 찾고, 그것이 그녀의 삶의 최고의 선이고 목적인 것 같았다.

꽃뱀헌터는 사모의 콧대 실리콘 흔적을 확인할 수 있었다. 겉으로 도드라지게 드러난 그곳에 한동안 시선이 고정되어 있었다. 그러다가 V자 턱선으로 이어지는 포니테일 아래 가느다란 목선을 따라 내려가다가 어느새 가슴 언저리에 머물렀다. 170은 훨씬 넘어 보이는 늘씬하고 아름다운 보디에 어울리는, 그래서 경이로울 정도로 풍성하고 넉넉한 가슴 언저리를 여실히 드러내고 있었다. 굵지 않은 백금 목걸이가 솜털이 난 가는 목덜미에서 사선으로 아래로 내려가서 풍요와 따스함이 고스란히 머물러 있는 곳으로 향하다가 머물러서 안식을 찾는 듯했다. 아이러니. 한국인의 체형으로 만들어질 수 없는 넉넉한 풍성함이었다. 아마 추측하건데, 본래의 살덩어리가 아닌 인위적인 말랑말랑한 부드러운 것이리라. 다소 진화가 된 찢어져도 피부 깊숙한 곳으로 흡수되지 않고 고체 상태로 머물러 있는 물질임에 틀림없었다. 그래서 그런지 사모는 의식적으로 자신의 풍만한 가슴을 돋보이게 드러내기 위해서 애쓰는 것 같았다. 예전에 아스팔트처럼 평평하고 밋밋한, 쉽게 열을 받고 식는 열기를 저장할 수 없는 그런 현실적 차가운 시선과 외면에서 이젠 벗어났다고 생각했으나, 아직도 여전히 가끔씩, 무의식 속에 표류하는 어떤 암흑의 덩어리가 꿈틀거리고 있다는 것을 자기 자신도 깨닫고 있었던 것이다. 그것이 과도하게 격한 행위로 튀어나올 수도 있고 과격한 언성으로 튀어나올 수도 있었다. 피해의식.

"이곳은 이사장님이 퍼팅 스트로크를 연습하는 곳입니다. 여름에는 간이수영장으로 이용하곤 합니다. 요즘은 더위가 무척 일찍 다가오기에 5월 말이면 설치를 해서 9월 중순까지 이용하곤 합니다. 올해도 다음 달 즈음에 설치할 예정입니다. 체육선생님은 특별히 이용하는 것을 허락하겠습니다. 저 보일러실 겸 창고 속에 작년에 쓰던 것이 고스란히 남아있으니까요. 여름이면 해운대 해수욕장도 붐비고 실내수영장은 또 읍내까지 나가야 하니까요. 천성적으로 번잡하고 어수선한 것은 싫어하니까요."

사모는 책을 읽듯이 또박또박 말했다. 그러면서 자꾸 자신의 가슴 언저리를 의식적으로 한번씩 내려다보고, 무의식적으로 봉고데기로 강하게 S컬을 넣고 고무줄로 묶은 포니테일을 쓰다듬고 있었다. 손거울이 있었으면 사내 몰래 들여다봤을 것이었다. 꽃뱀헌터는 그런 사모의 행동이 대수롭지는 않앉으나 자신을 강하게 의식하고 있고, 자신의 파릇하고 다듬어진 육체적 매력을 탐하고 있다는 것을 처음 볼 때부터 직감적으로 느낄 수 있었다. 그래서 그녀 자신의 강점인 날씬한 몸매를 드러내기 위해서 검은색 치마레깅스를 입고 올라온 것이라 믿었다. 베이지색 긴팔티는 이사장의 아내라는 최소한의 예의라는 것도. 그것으로 얌전하고 정숙한, 헤프지 않은 여자라는 것을 은연중에 드러내고 싶은 의도가 깔려 있는 것도. 어쩌면 앞으로 자신의 삶 속에 그녀가 불쑥불쑥 튀어나와서 자신을 깜짝 놀라게 하고, 자신의 육체를 탐하기 위해서 갖은 노력을 기울여 자신의 심기를 불편하게 만들고, 언젠가는 자신의 단단하고 억센 육체 안에서 이사장이 허락하는 섹스의 간절함보다 더 절실한 교성과 스킬로 자신의 적적한 무료함을 어느 정도 달래줄 것이란 것도 흐릿하게만 예측할 수 있었다. 머지않아서 말이다.

꽃뱀헌터의 육체는 예리한 조각칼로 섬세하게 조각을 해놓은 듯이 다듬어져 있었다. 늘씬한 키에 군더더기 없는 밸런스, 야구선수로 다져진 넓고 단단한 어깨와 팔뚝, 투수 출신이기에 더욱 견고하고 옹골차게 영근 엉덩이, 연이어 길게 내려가는 넓고 굵은 실속 있는 넓적다리, 그 아래 조인트로 연결되어 두툼하고 튼실한 장딴지, 땅으로부터 온몸을 지탱하는 길고 평평한 발, 굽이 제법 높은 질기고 투박한 검은색 랜

드로바 부츠를 신고 억센 근육을 안으로 감싸안으며 날씬하고 유려한 스타일을 잡아주는 디젤청바지를 입었다면 더욱더 섹시하게 여심을 자극했을 것이다. 굽이 높은 신발을 신지 않고 하얀색 양말만 신고 있어도 사모의 시선을 잡아두기에 충분했다. 일산에서 출발하기 전에 깎은 단정하고 얌전한 헤어스타일도 한몫했다.

사모는 어느 순간부터 꽃뱀헌터의 시선을 피하고 있었다. 그 사이, 그녀의 마음속에 어느 순간 살며시 다가와서 아늑한 둥지를 틀었는지 그때까지는 그녀 또한 몰랐을 것이다. 억새밭 속에서 자신도 의식하지 못한 채 마르고 긴 풀잎을 하나씩 하나씩 물어다 놓고 얼개를 만들고 얇고 가는 풀잎을 부드럽게 얽거나 이리저리 어긋나게 매어 따스하고 포근한 공간을 만드는 것이었다. 언젠가는 그 속에서 가까스로 알을 낳고, 품고, 키우는 자신을 발견했을 즈음에 그녀는 지금까지 외면한 사랑을 발견하고 그를 그리워하며 이사장과의 가벼운 섹스를 적극적으로 하면서 아쉬움을 달랠 것이다. 이사장의 신통치 않고 성의 없는 스킬과 운동성능과 승차감에도 불구하고 말이다. 그것으로 부족하면 자위라는 도구를 사용하는 것도 나쁘지 않을 것이리라.

"사모님, 수정과 어디다가 놓을까요?"

그때 사모가 꽃뱀헌터의 시선을 피하며 합천댐과 그 곁에 있는 남성산과 악견산, 허굴산에 대하여 친절하게 설명하고 있었다. 나지막하고 재미있는 등산 코스로 훌륭하고 화사한 봄꽃이 아름다운 산이라고 말했다. 철쭉제가 열리는 황매산 평전을 화려하게 장식한다고 말했다. 5월 중순 즈음에 한번 같이 가자고 제의도 했다. 사모가 열변을 토하는 사이에 거실 쪽에서 사모보다 한참 젊어 보이는 여인이 쟁반을 들고 단정하게 앞치마를 두르고 이미 다가와 있었다. 갑작스런 그녀의 출현으로 사모의 안색이 많이 변했다. 사모는 오로지 하고 있는 귀하고 소중한, 그래서 나누어주고 싶지 않은 물건을 갈취당한 표정이었다.

"교양도 없이. 오늘 부임한 선생님과 얘기하고 있었는데 끼어들다니!"

꽃뱀헌터는 그녀를 내려다봤다. 키가 160센티 언저리에 있는 다소곳한 아가씨였다. 그녀는 동글동글한 얼굴을 하고 있어서 그런지 사모의 얼굴이 유난히 길어 보였다. 아름답고 화려한 미모로 사내들의 시선을 끌어당길 정도는 아니었으나 순수하고 정갈한 외모를 가지고 있었다. 이상한 것은 화장을 지나치게 하지 않았다는 것이다. 스킨과 로션 같은 기초적인 것이라도 발랐는지 알 수 없을 정도로 맨얼굴에 가까웠다. 향수도 뿌리지 않았다. 사모와 다른 유형이었다. 사모는 입술에 랑콤 연분홍 립스틱을 바른 것 같았고, 볼과 얼굴 전체에도 엷은 분홍빛이 미세하게 스며들어 있는 것 같았다. 그 정도의 치장은 가볍게 외출하기 위해서 화장대 앞에서 스스럼없이 행하는 것은 아니었다. 꽃뱀헌터도 최소한 1시간을 투자해야 가능한 일이라는 것을 대략적으로 알고 있었던 것이다.

  그녀는 테라스를 두리번거리다가 쟁반을 놓을 때를 찾다가 도로 거실로 가지고 가서 식탁 위에 조심스럽게 놓고 사라졌다. 무표정한 아무런 대답도 없이. 꽃뱀헌터는 이상하게 그녀에 대한 호기심이 발동해서 사모에게 물어보았다. 그러자 사모는 집에서 일하는 아이라고만 하고, 수정과를 마시러 가자고 했다. 그녀에 대하여 묻자 사모가 불쾌한 표정을 짓는 것 같아서 더 이상은 묻지 않았다. 뭔가 자신도 모르는 사이, 은밀한 스토리가 흘러가고 있다는 기이한 느낌이 들었다.

  그들은 식탁에 마주 보고 앉아 오붓하게 수정과를 마시자마자 이사장이 약간 열린 문으로 들어왔다. 그때까지 사모는 꽃뱀헌터의 시선을 의식적으로 피해가면서, 그 와중에도 섬세한 촉수로 사내의 육체를 꼼꼼하게 살피고 있었다. 그런 애매한 상황을 내려다보고 이사장은 갑작스럽게 화가 치미는지 짜증을 내며 자신의 아내를 다그치었다. 사모는 당황스러운 표정을 지으며 혼잣말로 '또 병이 도졌어. 중증이야!'그러고는 사모는 마시던 주둥이가 넓고 밑 부분이 두터워 무게감이 있는 투명한 크리스탈컵을 쟁반 위에 세차게 올려놓고 예의도 없이 빌떡 일어나서 나가버렸나. 꽃뱀헌터는 낭황했으나 이사장은 대수롭지 않은 표정을 지으며 방은 괜찮은지 물어보기만 했다. 그러고는 짐을 풀고 편하게 쉬라고 말하며 1층으로 내려갔다.

꽃뱀헌터는 일순간 피곤이 몰려왔다. 이사장이 친절하고 정중하게 편히 쉬라고 말해서 그런지는 몰라도 그때부터 이상하게 졸음이 쏟아지는 것을 느낄 수 있었다. 눈꺼풀이 한없이 무거워지고 의식을 몽롱한 여운으로 휘감고 있었다. 그는 아침부터 공무원이 출근해서 일할 시간 즈음에 일산을 출발해서, 아마 그럴 것이라 믿어 의심하지 않았다. 평소에 꿈속에서 허우적거리며 헤어나지 못할 시간이기도 했다. 그럼에도 반듯한 고속도로를 타고 내려오면서 피곤하지는 않았다. 밤티재를 내려오면서 가벼운 접촉사고가 났고, 또 아래위를 돌고 도는 굽은 산길을 하염없이 달려서 학교에 도착해서 곧바로 이사장이 운전하는 승용차를 타고 늦은 점심을 먹을 때까지도 피곤하지 않았다. 이상하게, 사모와 수정과를 함께 마시고 난 후부터 피곤한 졸음이 무지막지하게 몰려오는 것이었다. 어쩌면 수정과의 달콤한 여유 속에서 수면을 유도하는 어떤 물질이 불순하게 녹아 자신의 사지를 늘어뜨리고 혼곤하게 만들었는지도 모를 일이었다. 그것을 확인하기도 전에, 그것을 확인할 겨를도 없이 그는 황토침대로 가서 흐느적거리는 자신의 육중한 육체를 간신히 뉘었다. 그러고는 깊이를 알 수 없는 모호한 어둠 속으로 느릿느릿 가라앉으며 달콤한 잠의 허리띠를 풀고 기어들어가는 것이었다.

꽃뱀헌터는 해거름에 깨어났다. 침대에 들어갈 때에 황토 침대의 ON스위치와 얇은 이불을 덮지 않고 누웠던 것을 어렴풋이 기억할 수 있었다. 하지만 잠에서 깨어나고 흐릿한 의식에서 벗어나 주위를 휘둘러보자 만약 결혼을 했으면 아내의 세심하고 따스한 손길이 있었다는 것을 느낄 수 있는 포근한 분위기였다. 그런 와중에 푹신한 베개도 둔중한 머리를 차분하고 곱게 받치고 있었다. 그는 이불을 깊숙이 끌어당겨 돌돌 말아서 곰곰이 생각해보았지만 누구의 손길인지 알 길이 없었다. '사모 아니면 그 동글한 얼굴을 한 여인.' 그런 생각에 빠져 있다가 그는 저녁식사 선약이 불현듯이 생각이 나서 그 자리에서 벌떡 일어나서 씻으러 화장실로 갔다.

일산의 지역 난방과는 시스템이 달랐다. 왼쪽 붉은색 표시가 있는 쪽으로 수도꼭지를 돌리면 땅속으로 매설된 굵고 두꺼운 관을 따라 건물로 이어지는 다소 좁은 관을 통해서 머지 않아 따스한 물이 거침없이 쏟아지는 것이었다. 여긴 시골이라서 그런지 각층마다 기름보일러가 있어 안방에서 보일러스위치를 조정하고 있었다. 불편하고 번거롭고 어색했다. 온수버튼을 누르고 또 한참 있어야 적당한 온도의 물을 얻을 수

있는 단순한 원리였다. 그것이 일상 속에서 자연스럽게 녹아
들어 있었던 것이다.

그것은 일산에서 생활할 때의 루틴인 것을 그제야 인식했
다. 도시는 인간의 편리와 안락을 위주로 설계되었고, 제도
와 규칙을 만들고 건물을 건설했다. 그곳의 삶과 시골의 삶
은 확연히 다른 것을 보일러를 통해서 어렴풋이 깨닫게 된 것
이었다. 어쩌면 천천히 다가오는 느림의 미학이 이런 것인지
도 모른다고 생각했다. 다소 거리가 있는 곳에서 느릿느릿 힘
없이 다가오는 것 같아도 그 속에는 삶의 가치와 본연의 정체
성을 간직하기 위한 그 나름대로의 방편인지도. 빠르고 정확
한, 질서정연하고 획일적으로 다가오고 나아가는 도심의 화
려함과 변화무쌍함과 달리한, 그에 반하여 시골은 저마다의
초라하고 소박하고 소소한 행위와 모습으로 다가와서 머물러
새로운 가치의 변화와 혁신을 낳고 있었던 것인지도. 그러므
로 기존에 보이는 사물의 움직임과 모습이 본래의 모습이 아
니었다는 것을 깨닫게 하는 예리한 시선을 얻을 수 있었던 것
이다. 그것이 살아오면서 만든 고정관념이라는 것도 뒤늦게
깨닫게 되는 것인지도. 더욱이 사람이 서서히 변하듯이 사물
도 그 자리에서 무연하게 지속적인 시간 속에서 우연히 때로
는 필연적으로 모습과 형태를 달리하는 것을 깨닫게 되었던
것이다. 그것은 도심에서 얻을 수 없는 시골 본연의 모습인지

도.

샤워기 헤드에서 따스한 물이 다급하게 쏟아졌다. 지구의 심장과 다소 거리를 두고 있는, 펄펄 끓고 식지 않는 원시적인 형태의 뜨거움은 아니었다. 기저에 오래도록 맺히지 않고 상피에 겉도는 일시적이고 가벼운 것이었다. 한편으로, 꽃뱀 헌터는 따스한 물에 샤워를 하면서도 늘 꺼림칙하다는 생각이 들기도 했다. 보일러를 통해서 인위적인 급작스런 가열로 피부를 따스하게 감아서 안기고 머무르는, 편리한 도시적 향취가 묻어나서 그런지 그렇게 달갑게 다가오지는 않았다. 그럼에도 늘 바쁜 삶의 일상 속에서 밟히고 까이고 묻히는, 그러다가 또 하루의 아침을 맞이하는 것이 보통 일반적인 현대인의 삶이었다. 자신도 그들과 다르지 않은 삶을 살아왔으며 그 허전한 삭막함 속에서 자신의 삶의 가치를 간신히 찾고 유지하며 산 것이 때때로 대견하다는 생각이 들기도 했다. 가끔씩 유명 메이커 청바지를 사거나 스마트폰을 바꾸는 일에 가치를 심어서 물과 거름을 풍족하게 주어 가꾸는 것으로 도시적 일상을 이겨내었다는 것을 번번이 깨달을 수 있었다. 그것이 함몰되어 있는 현대인의 자아의 쪼그라진 그림자이고, 그것이 초라한 도시적인 일상의 한 단면일 것이리라. 그는 갑작스레 뜨거워지는 차가운 물이 샤워기 헤드를 통해서 좁고 가는 구멍으로 일정하게 거리를 두고 다급하게 쏟아지는 것을 보고, 그 따스한 변모에 위안을 가지는 자신을 발견하고 도시적인 일상에서 청바지와 스마트폰을 구매하는 모습과 다르지 않다고 생각했다. 그것을 벗어나는 것이 진정 현실도피는 아닐 것이다. 아날로그의 좀 더딘 감성으로, 가장 원시적이고 근원적인 상태로 돌아가는 것 또한 자아실현으로 이르는, 그것 또한 안정적인 길이 아니라는 것을 알고 있었으나 그것이 도심의 편리한 시스템에 빠져서 사물에 위안을 가지고 가치 함량을 고대하는 것보다 훨씬 정당하고 바르고 가치 있는 것이라 생각되었다. 그래서 그런지 그는 합천댐이 내려다보이는 대병면이라는 조그마한 시골 마을이 자신에게 새로운 삶의 전환점이 될 것이란 막연한 기대와 설렘으로 다가오는 것을 미세하게 느끼며 따스한 물을 마음껏 받아들이고 길고 가는 손바닥으로 구석구석 문질렀다.

꽃뱀헌터는 운동으로 견고하게 다져진 육체적 에너지가 넘치는 나이였다. 30에 가까운, 앞자리가 아슬아슬하게 바뀌는 지점에서 활달하고 자유로운 육체적 발산에 대한 제약은 없었다. 어제와 같은 예측할 수 없이 다가오는 오늘에 대한 갈증을 내일로 미루지 않고 갑자기 때로는 미적미적 다가오는 욕망의 불덩어리를 가슴 깊이 재빠르게 품어서 서서히 토해내었던 것이다. 늘 그래왔던 것처럼 그는 오늘도 스스럼없이 자위를 했다. 일산에 있을 때는 가끔씩 결혼한, 두 명의 딸이 있는 그녀가 일주일에 한 번씩 오피스텔로 손수 찾아와서 그녀 자신의 굶주린 욕구를 채우고 바삐 되돌아갔다. 그녀가 찾아올 때면 늘 오른손에 홍삼이나 녹용, 그리고 자연산 장어를 농축액으로 만들어서 가져왔다. 그래서 냉장고 야채실에 언제 가져왔는지 모를 농축액이 수북하게 쌓여 있었다. 그녀는 송골송골 진땀을 흘리며 격렬하고 진한 섹스를 하고 나면 허기진 위장을 채우지 않고 자신의 남편이 돌아올 즈음에 서둘러서 집으로 향했다. 가끔씩 하얀 봉투를 놓고 가곤했다. 그 속에는 식사하라며 수표가 여러 장 있었다. 아이들은 보모가 돌본다고만 했다. 자동차는 벤츠 S클래스였다. 지하 주차장에 세워진 것을 바라만 볼 뿐, 함께 타고 곧고 한가로운 제2 자유로를 드라이브한 적은 없었다. 그녀는 자신의 가정을 지키기 위해서 늘 선을 넘지 않으려 애쓰는 것이었다. 그래서 그런지 그녀가 어디에 사는지 남편이 무슨 일을 하는지 알 수 없었다. 그녀가 오피스텔에 왔다가 힘겨운 신음소리와 격한 바운딩을 하고 되돌아가면 그는 며칠 자위에 대한 생각이 사라지곤 했다.

꽃뱀헌터는 격하게 육체를 뒤틀면서 사정을 하고 타일 위에 엉겨 붙은 하얀 액체가 쏟아지는 따스한 물줄기에 배수구로 가늘게 흩어져서 미끄러지듯이 씻겨내려가는 모습을 망연히 바라만 볼 뿐이었다. 또 무수한 종자들이 무책임한 잘못된 만남 속에서 황막한 사멸의 공간으로 서서히 사라지는 것이었다. 그 무수한 종자들은 자신의 의도와 상관없이 무방비 상태에서 어이없이, 각자의 삶의 설계와 요구를 안으로 간직한 채 세상으로 갑작스럽게 뛰쳐나온 것이었다. 이목구비도 형성되지 않은 무정형의, 무의미의 실체 속에서 미약한 온기를 간신히 품은 채.

꽃뱀헌터는 헤어드라이기가 없는 화장실에서 온몸에 매달려 있는 올망졸망 제각각으로 이채로운 물방울들을 마른 수건으로 닦아내었다. 수분을 한껏 머금은 머리칼은 대충 수건으로 닦아내는 것으로 마감했다. 늦은 밤부터 내린 촉촉한 이슬을 무차별적으로 받아들여 번들거리는 모습이었지만, 갑작스럽게 돌풍이 들이닥쳐 날아가고 떨어지고 기화하고 소멸하는 것과 다르지 않아 보였다. 아마도 한곳에 오래 머물러 있지 못하는 신세이고, 그것으로 밝은 햇살을 맞이하는 것 또한 알고 있었다. 그것이 진정 찰나에 일어나는 이탈의 아픔은 분명히 아닐 것이었다. 다가오는 화사한 온기를 맞이하기 위한, 한 뼘 더 성장하기 위한 가혹한 성장통인지도 모를 일이었다.

그는 화장실문을 열고 거실로 나왔다. 온수로 인하여 미지근한 열기를 다소 품고 있는 하얀 수증기가 마치 파도가 길고 외롭고 고달픈 망망대해에서 벗어나 어느 해수욕장에 이르러 부드럽고 가볍게 움직이는 때로는 어리광을 부리듯이 보채는 손짓으로 쓰러지고 일어서는, 다가오고 물러서는 반복적인 과정처럼, 그러는 사이, 하얀 수증기가 어느 백사장에 래쉬가 드 팬츠와 비치웨어 브라탑 비키니를 입고 교묘하게 안으로 교태를 부리는 늘씬한 여인의 치골 깊숙한 그곳까지, 엄숙한 그래서 고요한 그곳까지 긴 혓바닥을 부드럽게 핥으며 다가오고 되돌아가는 것처럼 보였다.

그는 마른 수건으로 알몸을 닦고 있을 즈음에 이상하게 페니스가 스스로 깨어나는 것을 느낄 수 있었다. 아까부터 거실에서 이상야릇한 향기가 머물러 있었고, 그 머물러 있던 향기가 페니스를 자극하고 있었던 것이다. 미지의 여인에 대한 애잔한 그리움이 다소 섞인 애틋한 향기였다. 그 자신의 향기가 아닌 것만은 분명했다. 암컷의 향기. 그럼에도 그는 하고 있던 행위를 계속했다. 의식하지 않았다. 그러다가 반쯤 열린 방문 쪽에서 페니스가 알아서 방향을 잡고 굳세게 나아갈 태세를 취하고 있었던 것이다. 그때부터 향기의 발원지에서 불건 부딪치는 소리가 들리는 것을 들을 수 있었다. '누군가 있다!' 그래서 그는 알몸인 채 반쯤 닫힌 방문을 살며시 열어보았다. 아담한 여인의 뒤태였다. 그녀는 멍하니 창문 밖을 내다보고 있었다. 갤러리에서 큼직한 풍경화를 골몰히 들여다보고 있는 정숙하고 아리따운 여인의 뒤태였다. 다소 어두운 가운데 은근하고 부드러운 조명을 집중적으로 받고 있는,

그래서 유난히 고귀해 보였고 진근해 보였다. 그에게 낯설지 않은 어디에서 한 번쯤은 본 듯한 익숙한 모습이었다.

그녀의 뒤태는 후리후리한 모델의 보디는 아니었다. 아담하고 정돈되어 있는 정갈함이 풍기는 여인이었다. 어깨라인 주위 등세모근 언저리로 포니테일이 굵고 단정하게 내려앉아 있었다. 세련된 스타일이었다. 다소 어두운 네이비 재킷을 입고 얇은 핑크 면스카프를 따스하고 부드러운 목덜미 안으로 곱게 감싸고 있었다. 잘록한 허리 아래로는 타이트한 청바지가 엉덩이의 나지막한 둔덕을 따라 곡선을 이루며 미끄러지듯이 급하게 쏟아지는가 싶더니 어느새 다소 평평하고 넓은 넓적다리에서 안정을 되찾으며 서서히 아래로 지향하는 곳으로 나아가는 것이었다. 양쪽 다리 사이에 핸드 크랙이 아슬아슬하게 비스듬히 경계를 이루고 있었고, 그 비어 있는 공간 속에서 진홍빛 은근하고 따스한 황혼의 입자가 곱고 정겨운, 친근하고 사랑스러운 모습으로 시선을 사로잡고 있었다. 그 순간 그는, 그 틈새에 어깨를 간신히 끼워넣고 재밍 동작으로 버티며 나아가는 이상야릇한 상상을 했다. 더 이상 아래로는 갈 수 없고 위로 향해야 하는 등반가의 심정이 저런 것이리다. 저곳에서, 오만하거나 자만하면 백척간두의 낭떠러지로 실족하게 되는 것이었다. 그렇게 되지 않으려면 충실하고 부드럽게 애무를 하듯이 밀착하여 정성과 애정으로 순간순간 자신에 대한 경계의 눈초리로 나아가지 않으면 안 되는 것이었다. 그것은 쉽지 않은 일이었고, 그것을 깨달을 즈음에 그는 한 여자를 사랑하고 있었다는 것을 인식하지 않을 수 없을 것이었다.

그는 그런 상상을 하면서 저 은밀한 계곡 깊은 곳에서 어떤 진솔하고 간절한 삶의 메아리가 들릴지 궁금하기도 했다. 그것을 듣기 위해서는 저 깊고 비탈진 곳을 자일도 없이 차갑고 딱딱한 바윗덩어리를 온몸으로 받아내야 가능한 일이었다. 그것은 용기와 결단이 필요하다는 것을 이미 알고 있었다. 때때로 자신에게 가장 소중한 목숨을 담보로 내어놓고 나아가야 감미로운 소리를 들을 수 있다는 것을 알고 있었던 것이다.

꽃뱀헌터는 그녀를 멍하니 바라보고 있었다. 자신이 알몸인 것도 잊은 채 말이다. 그때 꽃뱀이 인기척을 들었는지 이상한 기운에 이끌렸는지 방문 쪽으로 시선이 서서히 옮겨졌다. 일순간, 그들은 서로 눈이 마주치고 얼어버렸다. 뇌의 기능도 마비되고 육체의 기능도 마비되었다. 그럼에도 그 짧은 당황스런 순간이 지나자 꽃뱀은 무방비 상태로 노출된 꽃뱀헌터의 보디를 은근하고 깊게 염탐하고 있었던 것이다. 아무것도 못 본 것처럼 시선 처리를 재빠르게 했지만, 그 짧은 순간 그녀는 인화지에 복사를 하듯이 뇌의 회로 안에 정교하게 저장해 놓은 것이었다.

꽃뱀헌터는 페니스의 반응이 왜 우회하는 곡선을 버리고 직선을 추구했는지 이제야 알 것 같았다. 사모에게서, 두 딸을 가진 벤츠아줌마에게서 좀처럼 느낄 수 없는 즉각적인 반응이었다. 젊고 싱싱하고, 풋풋하고 촉촉한, 아담하고 가지런해 보이는, 그 틈 사이사이를 세침하고 퉁명스러운 눈빛이 순식간에 찔러드는 것이었다. 늘씬한 사이즈는 아니었으나 식상하지 않을 사이즈였고, 이목구비도 세련되어 있어 손볼 곳이 별로 없는 그런 여인이었다. 그는 직감적으로 꽃뱀이라는 생각이 들었다. 그 정도의 참신한 미모가 되어야 뭇 사내들의 심장을 불규칙적으로 요란하게 뛰게 하여 자신이 원하고 바라는 방향대로 이끌고, 이리저리 두서없이 끌고 다닐 수 있을 것이리라. 그는 그녀의 은은하고 세련된 미모에서 그런 불순한 것을 느낄 수 있었던 것이다.

두어 시간 후 꽃뱀을 다시 만났다. 그녀가 왜 책상서랍 앞에 있었는지 그때 소상하게 들을 수 있었다. 18K목걸이. 알몸인 꽃뱀헌터는 그 순간 난처하고 꽃뱀도 난처했다. 원래 태생적으로 예의와 시선에 아랑곳없는 페니스는 지칠 줄 모르는 투지와 기백으로 앞으로 나아가는 일에만 몰두하고 있는, 무모한 배짱으로 설정되어 있는 것이기에 그럴 것이다. 그럼에도 그들은 겉으로 어색한 행위를 드러내지 않았다. 기억을 편집한 것처럼 감쪽같았다. 프로에 가까운 의연하고 대범한 행위이었다.

　이사장의 집 안은 시골의 여느 집보다 잘 다듬어진, 웅장하고 화려하고 고급스러웠다. 반면에 정원에는 크고 정돈된, 볼 만한 정원수는 없고 잔디로만 소박하고 평평하게 조성해놓은 것이 다였다. 안과 밖을 구분 짓는 울타리도 회색 계열의 대리석을 일일이 붙여서 높고 튼실한 직선을 요구하고 있었고, 사람들의 음흉한 시선과 바람의 변화무쌍한 몸짓이 자유롭게 왕래할 수 없도록 만들어 놓았다. 밖에서 정원 안에 무엇이 있고 어떻게 생겼는지 알 수 없을 정도였다. 그런 와중에도 둥글게 아기자기하게 연마한 하얀 천연대리석이 높은 목재대문에서부터 여자의 일정한 보폭에 맞춰서 현관문 쪽으로 향하고 있었다. 그러다가 그는 마호가니색인 목재대문 한쪽 구석에 자신의 시선을 오랫동안 잡아두는 것이 있었는데, 어둠이 깔려 있어 가까이 다가가서 확인하지 않을 수 없었다. 남근석. 표면이 울퉁불퉁하고, 투박하고, 거칠었다. 아직까지 정원에 전등이 들어오지 않아서 가까이 다가가서 스마트폰의 전등을 켜서 들여다보았다. 전체적으로는 검은색이었고, 명확하게 귀두 부분이 있고 그곳을 하얀색의 돋을새김으로 경계를 이루고 있었다. 가정을 지키는 정숙한 여자가 안았을 때 품속에 자연스럽게 안길 정도였다.

꽃뱀힌디는 낮에는 경황이 없이 제대로 관찰하지 못했으나 건물 외벽에 가까이 다가가서 들여다보니 표면을 반드럽게 연마해서 시공한 값비싼 갈색 대리석이었다. 성실하고 꼼꼼하게 시공해 놓았고, 재료의 질감과 촉감도 우수했다. 그 표면 위에 서쪽 하늘에 간신히 매달려 있는 몇 가닥의 햇살이 아롱지게 매끈한 표면으로 다가와서 어렴풋한 미소로 환하고 깨끗하게 드리워지면 부드럽고 곱게 어릴 것 같았다. 그러면 갈색 대리석이 더욱더 은근한 빛의 파장을 안으로 깊숙이 받아들여 새로운 빛깔을 품을 것이리라. 그 짧은 시간에 이루어지는 그들만의 만남을 그렇게 다정하고 요사스러운 빛깔로 표현한 것인지도 모른다. 어쩌면 그것이 서로 다른 삶의 무게와 부피로 순간순간 받아들이다가 그 짧은 시간에 동일한 순간과 파장으로 정겹게 만나고 얼싸안으며 서서히 저물어 가는 것인지도. 그것으로 아쉬움을 달래고 밝은 하루를 마감하고 어두운 하루를 시작하는 것인지도.

어두운 하루의 시작은 저녁식사로 장식되었다. 출입문을 열자 천장에 빛을 발산하며 매달려 있던 전등이 원목으로 마감된 신발장의 표면에서 와글거렸다. 튀지 않는 무난한 색감으로 말끔하고 세련되어 보였다. 신발장은 단정하게 닫혀 있고 중문까지도 제법 걸어야 했다. 꽃뱀헌터는 3단 중문을 옆으로 조심스럽게 밀고 안으로 들어섰다. 음식냄새가 섞인 훈훈한 온기가 자신을 맞이하고 있었다. 웅장한 실내였다. 화려함과 고급스러움의 극치를 이끌어내어 성공의 성취를 매순간 느낄 수 있도록 그렇게 섬세한 배려와 이해로 꾸며놓은 것만 같았다. 거추장스러울 것이 없고 불편할 것이 없는 그런 쾌적한 공간이었다. 거실은 높고 넓어 개방감이 있었다. 바닥은 밝은 회색 대리석이었고 바람벽도 마찬가지였다. 베란다 쪽으로 운동기구들이 일렬로 늘어서 있고 거실 중앙에 샹들리에가 웅장하게 매달려 있었다. 그 아래로 고급스런 브라운 계열의 소파가 거실의 중심을 묵직하게 잡고 지탱하고 있었다. 소파를 중심으로 큼직한 TV가 바람벽 한쪽에 매달려 있고 큼직한 그림 또한 매달려 있었다. 백마 3마리가 거침없이 내달리고 있는 그림이었다. 가난으로, 비싸지 않은 물감을 찍어서 그린 그림이라 색깔이 많이 퇴색되어 있었다. 화가의 이름은 가까이 다가가서 들여다봐야 알 수 있겠지만, 화가는 단란한 한 가정을 그렇게 그린 것 같았다. 아빠가 앞서고 엄마와 딸이 뒤따르는, 원근감을 무시하고 검은색 나무들이 우울하게 서있는 숲속을 내달리고 있었다. 다소 음침하고 어두웠지만, 갈색 물감을 덧칠한 바탕 위에 내달리는 백마는 쉬지 않고 힘차고 굳세었다. 아무래도 화가는 자신의 궁핍하고 무기력한 삶을 그림으로 표현한 것 같았다. 풍족하지는, 영광스럽지는 않은 직업인 화가로 살아간다는 것 자체가 가난의 굴레에서 벗어날 수 없나는 섯과 다르지 않은 것이겠지만, 그래도 자신은 언제나 앞만 보고 내달렸다는 것을 그림으로 어필하고 싶었던 것이다. 그것이 과거의 삶이었고, 그 바탕 위에 현재의 삶이 있고 미래의 삶이 있다는 것을, 세인들에게 그림이라는 모호한 언어로 은유적인 메시지를 잔잔하게 던지는 것 같았다. 그런 와중에, 자신의 삶은 백마의 본성을 잃지 않고 멈추거나 주저앉지 않고 앞으로 안간힘을 다해서 내달렸다는 것을 보여주고 싶었던 것이 분명했다. 작가의 이름은 나중에 정혜로부터 안 사실이지만, 조만간에, 저 화가가 유명해질 것 같은 느낌이 들었다. 무명으로 임종한 오용칠이라는 화가였다. 이사장의 시선에 오랫동안 머물렀다면 그 이유는 있을 것이었다.

꽃뱀헌터는 사모의 과분할 정도로 친절한 안내를 받으며 부엌으로 갈 수 있었다. 이미 이사장과 꽃뱀은 의자에 앉아 있었고, 얼굴이 동글한 그녀는 부엌에서 부산하게 움직이다가 밥을 차려주고 어느새 자신의 방으로 갔는지 시야에서 홀연히 벗어나 있었다. 그녀가 궁금했다.

꽃뱀헌터는 모서리가 없는 길고 둥근 엔틱 6인용 식탁에 앉아서 우선 이사장이 권하는 포도주를 받았다. 투명한 크리스탈 포도주잔이었다. 이사장이 상석에 앉고 그 곁으로 사모와 꽃뱀이 나란히 앉았다. 그는 사모와 마주 보고 앉았다.

"자 어서 잔을 드시오. 고요하고 적적한 시골의 밤을 더욱 진솔하고 차지게 보냅시다. 더욱이 몸속에 서서히 퍼지는 적 포도주가 서먹서먹할 겨를도 없이 서로에게 친밀감과 온화함 을 북돋워줄 것입니다. 최근에 오신 음악선생님도 함께 초대 했습니다. 차린 것은 간소하지만 정겨운 식사 자리가 되기를 기대합니다. 아무쪼록 선생님들께서 우리 학교의 무궁한 영 광이 되어주십시오."

그들은 함께 투명한 와인잔을 기울였다. 호두나무식탁 위 에 정갈하고 정성스럽게 차려진 음식에 각자 젓가락질을 했 다. 한동안 그들은 말 없이 조심스럽게 젓가락질을 했고, 그 래서 그런지 숟가락과 젓가락 들이 그릇과 식탁 위에 부딪치 는 소리가 다소 절제된 소음으로 다가오고 있었다. 그런 와 중에도 꽃뱀헌터는 건장한 육체에 원하는 음식을 채워서 에 너지를 만들어야 하는 일상적인 반복성에만 치중하는 것 같 아서, 그것을 유심히 지켜보고 있던 사모는 음식이 입에 맞지 않은지 물었다. 그래서 꽃뱀헌터는 맛있다고만 할 뿐 조금 전 과 다르지 않은 예의에 어긋나지 않는 선에서 소극적인 행위 로 일관할 뿐이었다. 그러다가 그는 왜 풀이 죽었는지 대략 적으로 알 것 같았고, 그래서 사모에게 양해를 구해서 호주머 니에 있는 스마트폰에 저장되어 있는 슈베르트의 피아노 5중 주 '송어'를 틀었다.

"잘됐네. 그쪽으로 전공자가 있으니까. 지적이고 이타적인, 박학다식하고 차분한 음악선생님이 한번 설명 좀 해주시오."

이사장이 아까부터 음악선생을 일거수일투족을 면밀히 주시하고 있다가 이때다 싶었는지 그 절호의 찬스를 놓치지 않고 꽃뱀을 대화 속으로 살짝 끌어들였다. 낚시에 미끼를 끼우고 물고기를 채어올리는 것이 지극히 정상적인 방법이겠지만, 다른 사람이 우연히 펼쳐놓은 음악의 향연에 리듬을 타고 춤을 추듯이 편안함으로 부드러움으로 다가가는 것도 나쁘지 않은 방법인 것 같았다. 전략적으로 괜찮은 수단이기도 했다. 이사장의 노련한 재치이고 슬기를 엿볼 수 있었다.

"소년이 맑고 투명한 시냇가에 나와서 끊임없이 유영하는 송어를 내려다봅니다. 머리와 몸통에 상처를 입어도 지느러미를 움직이며 생의 순간순간을 살아 있음을 자신에게 인식이라도 시키듯이 계속 이리저리 움직입니다. 마치 사람들이 제각각의 삶의 공간에서 이리 치이고 저리 치이는 것과 마찬가지로."

"슈베르트가 시냇가에 나와서 송어를 내려다보고 있는 것처럼 생생하게 다가옵니다. 신선한 영상이 떠오르는 듯합니다. 연주한 악기는 스트라디바리우스가 아닐까요. 어떤 장인의 집념과 가혹한 자연이 만든 훌륭하고 위대하고 신묘한 악기죠. 아름다운 천사들의 연주를 듣기 위해서 신이 직접 정성스럽게 만든 악기임에 틀림없습니다."

이사장은 의도적인 적극성으로 꽃뱀을 추켜세웠다. 이사장은 의도적으로 명기 스트라디바리우스를 몇 번이나 대화 속으로 끼워넣고 있었다. 꽃뱀헌터는 스트라디바리우스를 반복적으로 끼워넣는 이사장의 의도성을 이미 알아차리고 있었다. 불길한 예감이 들었다. 꽃뱀에게 던지는 단순한 추파 이상으로 들렸기 때문이었다. 사랑스럽고 다정다감한 연인에게 은근히 속삭이듯이. 꽃뱀도 나긋나긋하고 공손했으나 기대하지 않은 이사장의 말에서 깊이 묻혀 있던 귀중한 뭔가를 발견하고 얻은 것인지 다소 어색함이 묻어나는 눈동자에서 생기가 샘솟는 것을 느낄 수 있었다. 그런 미세한 변화가 앞으로 타이트하게 진행될 삶에 어떤 영향을 끼칠 것인지 꽃뱀헌터는 민감하게 받아들이지는 않았다. 자신과는 아무런 상관이 없는 삶의 진행일 것이라 믿었기 때문이었다. 그럼에도 불구하고 꽃뱀헌터는 이사장이 꽃뱀에게 보이지 않는 무기력한 덫을 놓고 막연하게 세월을 보내며 기다리고만 있을 것 같지는 않았던 것이다. 앞날을 치밀하게 제단하고 설계하여 꽃뱀을 자신의 공간 안으로 자연스럽게 편입시켜서 자신이 원하는 것을 얻을 것이라 믿고 있었다. 그런 와중에도, 꽃뱀헌터는 그녀의 설명으로 인하여 서정적인 잔잔한 이미지가 떠올렸고, 자신이 읽고 있는 슈베르드의 '송어'와 그다지 다르지 않았던 것이다. 더욱이 그녀의 상상력과 감수성을 적절하게 반영한 것 같아서 나름대로 참신하기도 했던 것이다. 그것과 별개로, 아까부터 못마땅한 불퉁한 표정으로 식사를 건성으로 하고 있었던 사모는 어쩐지 모든 것이 자신이 생각하고 의도한 대로 진행되지 않아 몹시 언짢고 불편한, 겉으로 두드러지게 불쾌한 표정을 드러내고 있었다. 아까부터 식사를 해도 맛있어 보이지 않았고 그릇에 젓가락 부딪치는 소리가 더욱 거칠고 날카롭게 들리는 것 같았다. 그렇지만 단정하고 예의 바른 모습을 잃지 않으려고 속으로 삭이며 무던히도 애를 쓰고 있었던 것이다. 이미 사모는 꽃뱀의 학식과 외모에 주눅이 들어 태생적으로 저급한 여자의 질투를 통제할 수 없었던 것이 분명했다. 느닷없이 얼굴이 동글한 그녀에게 불똥이 튀었다.

"정혜, 정혜. 소고기산적 좀 더 데워와. 야, 빨리빨리 안 움직여."

"예."

"사모님은 왜 또 빠뜨려먹었니. 아직 나이도 어린 것이, 한 번 얘기하면 공손하게 대답할 것이지. 기억력이 좋지 않은 것인지 치매가 걸렸는지 알 수가 없다니까."

"예, 사모님."

정혜가 '사모님'이라고 공손하게 대답하자 사모는 분을 간신히 참으면서 입술 가장자리를 샐룩거리며 차갑고 퉁명스런 표정으로 분을 삭이고 있었다. 이 지점에서, 멈춰 서서 기다려야 귀한 손님을 맞을 수 있고, 그것이 예의인 것을 직감적으로 알고 있었던 것이다. 더욱이 꽃뱀헌터가 꽃뱀에게 시선이 머물지 않고 오로지 자신에게 머물러 난처해 하면서 측은한 표정을 짓자 지금까지 쌀쌀맞은 표정과 목소리를 일시에 바꾸며 그에게 많이 먹으라고 다정하게 말했다. 그 즈음에 앞치마를 두른 정혜는 식탁 위에 있는 산적접시를 들고 가서 전자레인지에 넣어서 데우고 있었다. 그러는 사이에도, 이사장은 다소곳이 고개를 숙이고 음식을 소리 없이 씹고 있는 꽃뱀에 머물러 있었다.

꽃뱀은 이사장의 불순한 마음과 노리끼리한 시선이 자신을 상세하게 살피고 있었다는 것을 시골 학교에 부임할 때부터 알고 있었다. 그러면서도 피할 수 없는 현실적 낭패 속에서 어쩔 수 없이 의도적으로 피하고 급기야 받아들이는 수밖에 없다는 것을 인식하고 있었다. 어느 선을 유지하며 하루하루를 나아가야 하는 상황 인식으로 인하여 오늘 저녁식사 초대를 받아들인 것이었다. 같은 방을 쓰고 있는 룸메이트인 국어선생이 적극적으로 나선 것도 한몫했다. 이사장과 두터운 친분을 쌓는 것도 나쁘지 않다고 했고, 그러면 이 지긋지긋한 시골 학교에서 빠른 시일 안으로 대구에 있는, 그리고 서울에 있는 학교로 옮길 수 있다고 했다. 이곳에서 벗어나려면 그 정도의 수고와 애씀을 아끼지 않아야 한다고 했다. 그래서 자의 반 타의 반 저녁식사를 응하게 되었다. 더욱이 소문으로만 무성하던 체육선생의 면면을 가까이서 직접 보고 싶었던 것도 없지 않았다. 어떤 어슴푸레한 기대의 몸짓이, 자신의 욕구를 부채질해서 유두와 연결되어 있는 치골 깊숙한 그곳에서 시그널을 보내는 것을 갑작스런 유두의 단단함에서 느낄 수 있었다. 그것으로 뽀송뽀송하던 그곳을 젖게 만들었다. 그런 일은 자신에게 잘 일어나지 않는 희귀한 일이었고, 그래서 한 번 보지도 만나지도 못한 그 사내에 대하여 지나친 궁금증과 알 수 없는 어떤 무모한 확신으로 일시적으로 몸이 달아 있었던 것이다. 그런 모습은 자신의 내면 깊숙한 곳에 숨겨놓아야 하는 것도 알고 있었다. 그것이 쉽지 않은 것 또한 알고 있었고, 그것을 지나치게 의식하면 부작용으로 의식의 부조화가 일어나서 미세하게 표정으로 드러나는 것 또한 알고 있었다. 그래서 의식을 다소 느슨하게 풀어놓았다.

꽃뱀헌터는 꽃뱀이 자신에게 시선을 주지도 않고 머물지도 않는다는 것을 이미 알고 있었다. 하지만 이사장에게는 한 번씩 시선을 던지고 재빠르게 거두어들이는 것을 볼 수 있었다. 이사장의 대화 속에 꽃뱀을 칭송하는 언어들이 즐비했기 때문이었다. 이사장의 우회적인 접근법이었다. 다소 늙은 사내가 젊고 예쁜 여인을 곁에 두는 방식으로는 나쁘지 않았고, 겉으로 확연하게 표시가 나지 않기 때문에 위험부담도 없었다. 아무래도 이사장이 꽃뱀을 마음속에 두고 있는 것이 분명했다. 아까 점심때 그는 자신의 고민을 털어놓지 않고 끙끙거리며 한숨만 쉬지 않았느냐 말이다. 그때는 꽃뱀을 만나지 못해서 불특정 다수 중에 누군지 알 수 없었지만, 이젠 그때 그 모습 속에 그리고 그 한탄과 걱정 속에 꽃뱀이 숨을 쉬고 있었다는 것을 깨달을 수 있었다. 다소 부끄러워 체면이 깎일 것 같아 비밀로 하고 말을 하지 않았던 것이다. 아까 2층에서 꽃뱀과 알몸인 채 부딪치고 갑작스럽게 헤어진 후에 꽃뱀헌터는 주체할 수 없었던 페니스에게 자위를 선사했었다. 이사장도 그것과 다르지 않을 것이라 꽃뱀헌터는 확신했다. 어쩌면 그것이 사내들의 숙명인지도.

여선생 사태에서 동거하게 된 국어선생

　꽃뱀이 그녀를 처음 만난 것은 학교 화장실이었다. 꽃뱀이 볼일을 보고 나올 때 수도꼭지를 살짝 들어서 물을 잠그고 거울을 보고 손을 씻으며 말을 걸어왔다. 검은색 청바지에 베이지색 반목 스웨터를 입고 서먹서먹하게 낯을 가리는 꽃뱀에게 손을 닦으며 살갑게 다가와서 자신의 이름부터 차근차근 늘어놓았다. 그녀는 치아교정기를 하고 있었고, 그래서 어딘지 부자연스럽고 불편해 보였으나 스스럼없이 말을 이어나갔다. 경상도 사투리가 유난히 귀에 거슬렸고 한번씩 이해 안되는 말도 없지 않았으나 차츰 그녀의 투박한 언어의 리듬과 형태를 서서히 받아들일 수 있었다. 그럼에도 그녀가 싫지 않았고 정겹게 다가올 정도였다. 그녀는 이야기를 하고 들으며 점점 친밀감이 극대화되는 것을 인식할 즈음에 미리는 자신의 이름이 어떻게 형성되고 만들어졌는지 거리낌없이 말을 이어나갔다. 그녀는 자신의 이름이 '정미리'라고 하면서 우스갯소리인지 자신의 부모가 결혼 전에 '미리' 자신을 잉태해서 그렇다고도 말했다.

미리는 제법 체격이 다부진 아가씨였다. 세상에 솔직하고 거침이 없는 스타일이었다. 그녀는 어릴 적부터 태권도와 합기도를 배우고 익혀서 육체적으로나 정신적으로 늘 활기차고 발랄하고 충일했다. 그것이 일상에 생기를 불어넣었던 것인지, 늘 자유분방하고 대범했다. 그래서 그런지 온몸이 여자의 부드러운 몸피에서 풍기는 얌전한 맵시와 정숙한 몸가짐을 골고루 갖춘 다정다감한 여인이 아니었고, 다소 투박하고 거친 개구쟁이 냄새가 풍기는 사내 같은 데가 없지 않았다. 그러다가도 어느새 치기어린 밉상을 버리고 화사하고 따스한, 정겹고 훈훈한 미소를 머금고 가까이 다가와서 팔짱을 끼고 부드럽게 스킨십을 했다. 그것으로 끝나지 않고 그녀는 학교 생활에 대하여 일일이 조언을 했다. 말썽꾸러기가 누군지 학년과 반을, 이름과 별명까지도 가르쳐주는 따스함과 자상함을 보였다. 더욱이 그들 중에 예의 없는 어떤 아이는 수업 중에 자신의 미모를 바라보며 자위를 하며 사정을 했다고도 했다. 수업 중에 이상하고 비릿한, 오래전에 어디서 맡아보았던 충만한 열정의 냄새가 나서 그것을 좇다가 교복을 끌어내리고 자위하던 그 학생과 눈이 마주친 적이 있었다고도 했다. 그때 그녀는 당황스러웠고, 그럼에도 겉으로 표시 내지 않고 대담하게 말했다고 했다. "자위는 기숙사 침대 속에서 혼자 즐기도록" 그 이후 그런 일은 없었다고 했다.

꽃뱀은 엉뚱한 데가 많은 재미있고 흥미로운, 그래도 솔직하고 의연한 그녀와 동거하기로 결심했다. 욕망을 좇아 노리끼리한 눈빛과 과도하게 다가와서 친절을 베푸는 이사장의 의도가 부담스러워서 피한 것이기도 했다. 가끔 의도된 행위를 앞세워 골프채를 찾는다며 2층 출입문을 느닷없이 두드리며 베란다로 향하곤 했다. 이사장의 아내도 만만치 않았다. 늘 애써 예의를 앞세워 흐뭇하게 웃으며 자애로운 표정으로 조신하게 행동하는 것 같았으나 예의 뒤꼍에서 자신을 아니꼬운 눈빛으로 힐난하는 것을 대략적으로 알 수 있었던 것이다. 더욱이 자신을 여자로서 견제하고 염탐하는 것 또한 알고 있었다. 무의식적으로 부자연스런 거친 행동들 속에서 독아를 품은 표창이 스스럼없이 날아왔고, 그것이 부담스럽고 불편하고 역겨웠다. 심지어 무섭기까지 했다. 한편으로 그런 일련의 일들이 꽃뱀 자신의 숙명이라고 생각했다. 뭇 여성들 사이에서 유달리 두드러진 외모가 사내들의 시선을 끌어당기는 강제성을 가지고 있었다는 것을 성장하면서 느낄 수 있었다. 그녀는 그 시선들 위에서 편안하게 걷고 춤추며 콧노래를 흥얼거리는 것도 나쁘지 않았다. 그것이 신으로부터 선물받은 당연한 재능이라고 생각하고 있었다. 하지만 지나치게 평범한 여자의 시선 속에 존재하는 자신은, 그들로부터 시기와 질투의 대상이 되었던 것이고 사모도 그 연장선 안에서 종속되어 있었던 것이다. 그래서 더 이상 그녀는 사모의 스트레스 게이지를 불규칙적으로 지속적으로 올려서 극한의 불모지에서 소모적이고 지루한 내적인 자잘한 전투를 벌이고 싶지 않았다. 그것이 여선생 사택으로 옮기게 된 이유이기도 했다.

여선생 사택은 20평 남짓했다. 합천댐을 향해서 육중하게 멈춰 있는 3층짜리 학교건물 오른쪽에 잇닿아 있는 다소 단출한 건물이었다. 붉은 벽돌로 울타리가 드리워져 있고, 사이사이 빼꼼히, 아득한 사멸의 공간에서, 초라하게 웅크리고 있었던 초췌한 모습들에서 다소 생기를 되찾고 잎사귀들에 연초록을 연이어 밀어올리는 담쟁이덩굴이 촘촘하게 눌어붙어 있었다. 가혹하고 긴 겨울을 이겨낸 투지와 의기가 서리어 있는 듯 보였고, 그래서 그런지 새파랗게 돋아나는 잎사귀들이 전쟁터에서 이기고 우여곡절 끝에 살아서 돌아오는 병사처럼 득의양양해 보였다. 상냥한 봄바람이 불어오면 시가행진을 하는 병사들의 환호와 기쁨의 손짓 같기도 했다. 이젠 반가운 사람들을 얼싸안고 어깨를 쓰다듬고 얼굴을 비비며 생존의 목소리를 직접 들으며 서로가 서로에게 위안이 되고 확인하는 그런 모습이었다. 그것이 담쟁이덩굴과 닮아 있었다.

벽돌울타리 안쪽에는 생기를 땅속 깊은 곳에서 빨아들이고는 있어도 다소 어둡고 칙칙한, 그러면서도 대체적으로 무뚝뚝하게 보이는 메마른 가지들 여기저기에서 여린 잎사귀가 애처롭게 돋아나고 있는 큼직한 단갈나무가 한 그루 있고 군데군데 덩굴장미가 울타리를 따라 늘어서 있었다. 이젠 어엿한 덩굴장미 모양과 형태를 갖추고 있고, 다음 달이면 꽃봉오리들이 서서히 어느새 생기고 성장해서 각각의 소망을 담은 채 햇살을 깊숙이 받으며 여름을 향하여 팽창하며 여물어갈 것이다. 그러다가 어느 날부터 두서없이 하품을 하고 기지개를 펴며 장미꽃을 피울 것이다. 열정적으로.

덩굴장미는 가시철조망 역할까지 했다. 밖에서는 다소 엉성하고 지저분해 보이는 것 같았으나 안에서 바라볼 때는 견고하고 빼곡해서 빈틈이 없어 보였다. 안에서 대문을 잠그면 어느 누구에게도 호락호락하게 방어망이 뚫릴 것 같지는 않았다. 더욱이 학교건물이 끝나는 지점에 CCTV가 있어 서무실에서 녹화하고 틈틈이 들여다보고 있었던 것이다.

꽃뱀은 미리와 구김 없이 자신의 고유 형태와 질감을 유지하며 자유롭고 편안하게 동거할 수 있었다. 미리가 요리를 하고 꽃뱀이 설거지를 하는 식이었다. 미리는 어릴 적부터 합기도 도장을 하는 아빠와 살아왔기 때문에 노련한 주부에 버금갈 정도로 성실하고 푸근하고 깔끔했다. 나중에 안 사실이지만 미리의 엄마는 어느 사이비 전도사와 눈이 맞아서 집을 나갔고, 그 이후부터 아빠와 살았다고 했다. 그럼에도 그녀는 엄마의 따스한 손길에서 소외되고 외면당한 것으로 인하여 지나치게 피해의식을 가지고 있는 것 같지 않았고, 늘 활달하고 쾌활하며 긍정적이고 적극적인 사고로 살아가는 것 같았다. 삶의 가치는 자신이 개척하고 만들며 나아가는 것이라고 요리를 할 때나 식사를 할 때 가끔씩 던지는 말이었다. 어쩌면 그 이면에 그늘이 드리워져 있었던 것인지도 모른다. 그래서 의도적으로 발랄하고 활달하고 쾌활한 모습으로 그 음산한 기억이 심중 깊숙한 곳에 머물지 못하게 방어막을 치는 모습이 그런 모습으로 보였는지도.

꽃뱀도 평범하고 평탄하게 살아왔기에 결손가정의 면면이 민감하게 다가오지 않고 느슨하고 흐릿하게 다가왔다. 그래서 미리의 겉으로 보이는 보편적이고 일반적인 면이 그녀의 전체적인 면이라고 생각하는 오류를 범했는지 모른다. 미리 또한 될 수 있으면 자신의 상처나 아픔을 드러내지 않고 씩씩하고 명랑하게 생활했기 때문에 꽃뱀은 밀접한 일상을 나누며 살아가도 표면적으로 드러나는 것밖에 알 수가 없었던 것이다. 미리 자신이 견고하게 제방을 쌓고 한 방울의 물도 흘려보내지 않는 한, 그녀의 내면에 억눌린 기억과 생각을 입체적으로 볼 수 없었던 것이다. 차츰 가까워지면 세상을 향해 얼기설기 쳐놓은 경계와 고립의 그물을 서서히 걷을 것이란 것도 대략적으로 인식하고는 있었다. 하지만 그때까지는 기다려야 했다.

꽃뱀은 미리를 신뢰하고 있었나. 오래 살지 않았는데 몇 년은 같이 산 사람처럼 자연스럽게 자신의 주위에서 살갑게 머물러 있었다. 지금까지 살아오면서 가족 이외는 그런 느슨하게 받아들인 적이 별로 없었다. 교회에서 오케스트라를 하며 친분을 쌓고 지내는 형제자매들이 있어도 어느 정도 거리감을 두고 생활했던 것이다. 그들은 자신의 우월한 미모에 늘 친절을 베풀며 다가왔고, 한번씩 그 친절이 역겹고 불쾌할 때가 없지 않았다. 하지만 교회에서는 그런 감정을 일그러진 표정으로 드러내면 지금까지 쌓아온 알뜰하고 자애로운, 정성스럽고 성실한 성품에 대한 이반된 행동이기에 의연하게 참고 인내해야 한다는 것 또한 알고 있었던 것이다.

꽃뱀은 명문 대병고등학교에 내려올 때, 그녀는 제법 두꺼운 겨울옷을 입고 왔었던 것으로 기억하고 있었다. 3월이 다가오고 4월이 지나가자 그 두꺼운 옷을 한 겹씩 한 겹씩 벗었다는 것을 자신도 그때그때 인식하고 있으면서도 어쩔 때는 한낮에 반팔티를 입고 있는 자신이 이상하게 다가올 때도 있었다. 계절의 변화는 옷의 두께와 색깔을 달리하게 만드는 번거로운 일을 하면서도 투정부리거나 짜증내는 일은 없어 보였다. 그것을 받아들이고 순응하는 것이 대수롭지 않게 보이기까지 했다. 하지만 꽃뱀은 외부적인 계절의 변화에 무반응으로 대처하고 있는 것 같았으나 실제로 민감하고 까칠하게 반응하고 있었다. 외부와 내부는 하나의 덩어리여서 외부에서 급격하게 변화를 꾀하면 내부에서도 급격하게 흥분된, 조절되지 않은 조마조마한 육체적 반응으로 힘들어 반대급부를 원하고 있었다. 여기 한적한 시골에 오기 전까지는 장소와 시간을 가리지 않고 다가와 끓어오르는 성적 거친 파도를 적절하고 자유롭게 다가가서 타고 어루만지며, 빨고 핥고 물고 꼬집으며 쾌락에 젖어들며 살아왔었다. 그것으로 하루하루를 무겁게 짓누르는 압박의 부피에서 일시적으로 피신할 수 있었다. 사정과 함께 다가오는 짜릿한 전율과 느긋한 안정감을 느끼면서 말이다. 하지만 고립된 시골 학교에 내려온 이후부터 그런 출구를 찾을 수 없었다. 샤워를 하며 자위를 여러 번 하는 것이 다였다. 자위는 일시적인, 아주 일시적인 무기력한 순간을 벗어날 수 있는 방편일 뿐인 것을 뼈저리게 알면서도, 그것으로 넘실거리며 주체할 수 없는 열정적인 젊음을 소진할 수밖에 별도리가 없었던 것이다. 그것은 나이가 몇 살 많은 미리도 다르지 않았다. 겉으로 드러내지는 않았지만, 성적 욕구는 지나치게 개인적인 것이어서 혼자 외로이 속앓이를 하면서 자위를 할 것 같았다. 큰방이 있고 작은방이 있어도 작은방은 냉골이어서 큰방에서 함께 잤으나 몰래 반복적으로 자주 행해지는 은밀한 사이비 종교행사 같은 것이라 표시가 나지 않았다. 자신이 잠 든 새벽에 일어나서 하루를 적극적으로 새롭고 청명하게 다가가기 위한 하나의 방편인지도 모를 일이었다.

침대는 기숙사에서 학생들이 사용하는 철제 2층침대였다. 보통 4인실에서 사용하는 것이지만, 크지 않은 이 방에 안성맞춤이었고, 너무나도 잘 어울렸다. 아기자기한 면도 없지 않았다. 침대는 방문을 밀고들어가면 맞은편 바람벽에 붙어 있고 창문 쪽으로 학생들이 기숙사에서 사용하는 아이보리 책상이 나란히 두 개 있었다. 윤기가 나지만 세월의 때가 묻은 원목으로 된 견고한 엔틱장롱도 창문 맞은편에 적당한 높이와 크기로 우두커니 서있었고, 여선생들의 롱코트들도 구김 없이 보기 좋게 걸어놓을 수 있을 정도였다. 그 곁에 옷걸이가 있었다. 가볍게 외출할 때 입는 옷은 그곳에 걸려 있었다. 그리고 방문 옆 침대에서 비스듬히 누워서 바라보면 머무는 곳에 '하면 된다.'라는 큼직한 액자가 그 언제부터 그 자리를 지키고 있었던 것이다.

꽃뱀은 학교 일정에 맞게 재빠르게 맞물려 돌아가다 보면 어둠이 천천히 스며들 즈음에 사택에 올 수 있었다. 꽃뱀은 담임을 맞고 있지 않아 미리보다는 대개 일찍 집에 올 수 있었고, 그러면 따스한 온수에 몸을 구석구석 씻고 저녁밥만 해놓았다. 그 나머지는 미리가 와서 연이어 했기 때문에. 미리가 늦게 오더라도 늘 저녁식사를 같이했다. 미리는 반 학생과 면담할 때는 전화를 해서 기다리지 말고 식사를 먼저 하라고 했지만 꽃뱀은 언제나 기다렸다. 거실 소파에 누워 TV를 보다가 잠이 들 때도 있었으나 혼자 밥을 먹기는 싫었다. 왠지 외롭고 서글펐다. 대구에 있을 때는 가족이라는 울타리 안에서 배어나는 따스한, 부드럽고 쾌적한 행복감에 젖어 있을 것이기에.

꽃뱀은 미리를 기다리다가 소파에서 자위를 할 때도 있었다. 가끔씩 화려한 도심의 휘황찬란한 광란의 질주에 빠져들 수 없는 현실을 직면하다보면 한번씩 우울한 기분이 들 때도 있었다. 대구에 있을 때 어떤 사내의 간결하고 예리한 Audi R8을 타고 동학사로 향하는 굽이진 곳으로 드라이브를 하며 어느 한적한 곳에 차를 박아놓고 불편한 시트 위에서 간신히 카섹스를 즐기던 야릇한 기억을 끌어다 모아서 자위를 했다. 그것으로 근저에 깔린 지글지글 끓어오르는 욕망의 불덩어리를 잠재울 수는 없었다. 그런대로 가까스로 손쉽게 느긋한 안식을 찾을 뿐이었다. 그러다가 바지를 내리고 T팬티를 넓적다리에 반쯤 걸친 채 잠이 들었다가 미리에게 들킨 적도 있었다. 미리는 잠에서 깨어나면 난처하고 민망할 것 같아서 어른스럽게 큰방에 들어가서 얇은 이불을 꺼내어 덮어주곤 했다. 자신이 잠에서 깨어났을 때는 이미 저녁식사 준비가 다 되어 있었다.

나는 김은지이다. 난 일빈이고 이빈이다. 은밀하게 얘기히면 대구 집에서 키우는 해피와도 개인적으로 농밀하게 사랑을 나누는 다소 앙큼한 아가씨이다. 난 그런 일반적이지 않은 경시하는 행위를 외면하지 않는다. 왜냐하면 해피는 유일하게 나의 마음을 이해하고 어루만져주는 유일한 친구이고 연인이다. 해피는 성실하고 충실한, 믿음이 가는 개의 종족이지만 사람의 종족과도 관계를 맺을 수 있는 듬직한 매력을 가지고 있는, 그래서 나에게 강하게 어필하는 것이다.

해피는 사춘기 때부터 나의 가족과 함께 살았다. 사춘기 때 유난히 갈피를 잡지 못하고 불안하고 힘들어 하는 나의 모습을 보고 고모네에서 분양을 받은 것이다. 식탐이 유난히 많은 돼지처럼 뚱뚱한 나의 동생은 병적으로 해피를 싫어했고 아빠는 넉넉한 미소로 늘 승용차에 태워서 가까이에 있는 성당 못에 가서 산책을 시켜주는 것이 유일한 즐거움이자 재미이자, 소일거리였다. 아빠와 산책을 하고 돌아오면 내가 해피와 함께 목욕을 했다. 해피는 그때가 가장 행복한지 아기자기한 네발과 양쪽 귀 그리고 길고 뭉뚝한 꼬리를 귀엽고 친근하게 흔들며, 더욱이 황금빛 부드러운 털로 애교를 부리며 나의 가슴 깊숙이 파고들었다. 알몸인 채 욕조에 담긴 따스한 물속에 들어가면 해피는 더욱 집요했다. 그러다가 가끔씩 귀에 물이 들어가면 머리를 요리조리 강하게 흔들다가 어느 사이에 풍성하게 여물지도 않은 나의 가슴 언저리를 비비며 재롱을 피웠다. 그런 반복적인 터치가 다소 불만하게 둔덕이 생긴 유방의 핵인 유두를 자극하고 있었다. 처음에는 예사롭게 다가왔다가 그냥 휑하니 사라지는 무의미한 순한 바람이라고 생각했다. 이내 삼삼할 것이라 생각했고, 지금까지 살아오면서 그러했기에 미미하게 뒤엉키는 감정의 덩어리들을 심각하게 받아들이지 않고 그냥 내버려두었다. 하지만 그것은 착각이었다. 아무렇지도 않던 해피의 터치는 천천히 나의 번거로운 생각으로 들어와서 이상야릇한 이미지를 구체적으로 만들고 유지시키는 것이었다. 나는 참다못해서 가슴까지 담그고 있던 알몸을 일으켜 욕조에 걸터앉아서 넓적다리 안쪽 깊숙한 곳에 해피를 올려놓았다. 해피는 장난을 치듯이 치골 언저리에 몇 가닥 자라는 거웃을 향하여 머리를 흔들고, 코를 벌름거리고, 부드러운 혓바닥을 길게 움직이며 은근하게 파고들었다. 난 이전에 한 번도 들여다보지 못한 새로운 세계로 서서히 빠져들어가는 것을 어렴풋이 느낄 수 있었다. 단연코 그것은 지금까지 겪어보지 못한 소중하고 아름다운 것이었다. 평소에는 손에 잡히지 않는 흐릿하고 불투명한 이미지에서 명확하고 투명한 형체로 여느 때보다 가까이, 손으로 만질 수 있을 정도로 가까이 다가와서 흐뭇하게 미소를 짓는 것을 말이다. 온몸이 오그라들고 타들어가는 것처럼, 그럼에도 아프지 않고 고통스럽지 않은 처음 입맛 다시고 맛보는 그런 것이었다. 반복적인 부단한 생활의 일면 속에서 다가올 수 없는 잔잔하고 은근한 기쁨이고 즐거움이었다. 난 그것이 사람들이 말하는 성적 쾌락인 것을 시간이 다소간 지나서야 느낄 수 있고 깨달을 수 있었다. 해피는 나에게 그런 선물을 온몸으로 안긴 최초의 개의 족속이었다. 어쩌면 해피는 나의 첫번째 신랑인지도 모른다.

그런 일이 있은 후에 해피는 적극적으로 순종했고 성실하게 순종했다. 내가 학교에서 돌아올 때까지 눈이 빠지도록 기다렸다. 그러다가 내가 학원에 가거나 과외로 인하여 조금이라도 늦으면 평소에 유순하던 놈이 혼자 조바심을 참지 못하고 안절부절못한 채 짖거나 출입문 쪽으로 가서 잠금장치를 열려고 애를 쓰는 것이었다. 내가 돌아올 때까지 소고기 캔도 먹지 않고 사료도 먹지 않았다. 신발장이 있는 차가운 바닥에서 나를 해바라기하고 있었던 것이다. 내가 해피에게 태양의 따스한 빛인지도 모른다. 어쩌면 해피에게도 간절하게 다가온 아주 특별한 그 무엇이었는지도 모를 일이었다. 가령 예를 들자면, 까마득하게 깊숙이 묻혀 있는 그래서 소중하고 고귀한, 생의 근저에서 아직도 몇 가닥의 햇살이 드리워지기를 바라는 소망과 열망의 어깨 위에 자신의 부드러운 터치가 어렴풋이 내려앉았을 것이다. 여전히 면각이 일정하지 않고 결정면이 명확하지 않은 상태에서 하늘음성처럼 저 어둡고 아득한 먼 곳에서 들려오는 구원의 메시지 같은 것일 게다. 그러자 외부의 형태가 시나브로 자리를 잡으며 기둥도 세우고 서까래를 얹어서, 서서히 아담하고 품위 있는 기와집의 형태를 만들며 나아갈 것이고, 그 안 아랫목에서 흐뭇하고 충만한 행복이 하염없이 흘러내릴 것이다. 해피에게 자신의 터치는 하늘음성과 다르지 않을 것이리라.

해피는 충실하고 온순하게 나를 따랐다. 다소 일정이 느슨한 한가한 날 집에 있으면 나의 주위에서 떠나지 않고 부엌으로 향하면 부엌으로 따라왔고 화장실로 향하면 화장실로 따라왔다. 나의 방 침대에서 바이올린을 연주하게 될 때면 방바닥에 앉아서 미동도 하지 않은 채 그윽한 미소와 눈빛으로 올려다보고 있었다. 그러다가 볼프강 괴테의 시 하이덴뢰슬라인에 슈베르트가 곡을 붙인 들장미를 연주하면 다소곳하게 앉아서 듣고 있던 해피는 경쾌한 가락과 리듬에 온몸으로 다가왔다. 마치 소년이 들판에 있는 이슬을 간신히 떨고 일어난 싱그러운 들장미를 바라보고 힘차게 뛰어가는 것처럼. 해피는 기쁨으로 충만한 눈빛으로 나에게 사랑스럽게 말하는 것 같았다. '너를 꺾을 거야. 너에게 가시가 있어도 괜찮아. 그 아픔과 고통은 내가 감당해야 하는 현실이지만, 괘념치는 않아. 수놈으로 태어나서 사랑하는 한 여자의 순결을 무너뜨리지 않고 그 사랑을 얻을 수는 없어. 순간의 아픔으로 끝날 깃이야. 그러면 영원히 아름다운 사랑을 할 수 있어.'

난 해피의 눈동자에서 들장미를 꺾는 이글거리는 그 소년의 눈동자를 보았다. 그 눈동자의 이끌림에 난 침대 속으로 들어가지 않을 수 없었다. 해피는 예전의 그 아이가 아니었다. 이목구비도 크고 뚜렷하고 어깨도 넓고 우람했다. 머리 아래로 유려하게 흐르는 등도 길고 날렵하고, 발목과 꼬리도 두툼했다. 해피는 촉감이 좋은 분홍색 실크 잠옷 속으로 집요하게 파고들었고 긴 혓바닥으로 하얗고 부드러운 피부를 거침없이 빨고 훑았다. 브라가 없는, 다소 자리를 잡아 봉긋한, 그래도 야트막한 그 공간 위에 반질거리는 혀의 변화무쌍하고 자유로운 변화에 유두는 견고하게 단단해졌다. 그러자 난 해피의 달아오른 페니스를 부드럽게 애무하며 천천히 흔들어 주었다. 그러면 해피는 나의 치골 아래쪽으로 자신의 페니스를 더욱 밀착해서 집요하게 애무를 하는 것이었다. 난 나의 신음소리에 내가 놀랐으나 완강하게 딱딱해진 해피의 페니스를 부드럽게 때로는 격하게 흔들어주었다. 해피 또한 신음 소리를 내었고 나의 신음소리와 다르지 않아서 처음에는 놀라웠고, 소름이 돋을 정도였다. 그럼에도 달리는 기차를 세울 수 없는 것처럼 상황은 변하지 않았다. 해피도 지금 이 상황에서 결판을 내겠다는 투지로 격정적으로 훑고 빨고, 심지어 바운딩까지도 하고 있었다. 자신의 사랑을 사정으로써 마무리 지으려고 발부둥치고 있었다. 하지만 꽃뱀은 쉽게 팬티를 내리지 않았다. 그것이 사람으로서 최소한의 도리이고 도덕적 가치라는 것을 냉정하게 인식하고 있었던 것이다. 팬티를 내리고 해피의 페니스가 자신의 치골 깊숙한 그곳, 아기가 자라는 그곳에 삽입해서 사정하면 자신은 사람이 아니라 개 족속의 엄마로서 새롭게 태어나는 것 같이 불안하고 불길하기도 했다. 어쩌면 자신이 해피의 아기를 낳아 기르는, 부드러운 털이 온몸에 난 사람도 아니고 개도 아닌 이상한 동물이 나올 것 같아 무섭기도 했다. 얼굴은 개의 이목구비를 하고 직립보행을 하는 괴기스러운 동물. 그래서 난 다가오는 해피의 단단한 페니스를 평소 바이올린의 활을 어루만지는 손가락으로 강하게 흔들어주었다. 그런 후에 나 또한 그 손가락으로 치골 깊은 아늑한 그곳, 다소 음침하고 축축한 그곳으로 부드럽게 손가락을 밀어넣어 쾌락의 현 위에 자유롭게 노닐며 짧지 않은 그윽하고 달콤한 항해를 지속했다. 거친 신음소리와 격렬한 반응과 함께.

꽃뱀헌터가 내면에 스며들고

　난 20살 언저리에 시집을 갔다. 그렇다고 세상 물정 모르고 가지는 않았다. 남편 될 사람은 체구는 작았으나 물려받은 재산도 있고, 명문대학을 우수한 성적으로 졸업해서 공기업에서 적지 않은 연봉을 받고 있었다. 재산과 명문대학교. 더욱이 그 파릇파릇 젊은 나이에 어울리는 활발한 성적인 욕구로 인하여, 그렇다고 아무나 하고 섹스를 나눌 수는 없는 일이고 해서, 한 사람하고 안정적인 섹스를 나눌 수 있는 그런 상대를 찾다가 지금의 남편에게 시선이 머물렀던 것이다. 남편은 처음부터 집요하게 나를 따라다니며 괴롭혔고, 그래서 어쩔 수 없이 몇 번 만나주었고, 호텔 뷔페에서 저녁을 먹었다. 지도 끝자락 해남에서 태어난 시골 출신인 나에겐 향긋하고 다채로운, 무수한 음식이 길게 늘어서 있는, 그 깔끔한 공간이 싫지 않았고 달달하게 다가와서 친근하게 안겼다. 그날 밤 우리는 푹신한 침대가 있는 룸으로 바로 직행했다. 지금까지 간절하고 열정적인 섹스를 원하고 꿈꾸었던 것을 여자로서 겉으로 표현하거나 드러낼 수 없어 남편이 원하는 방식으로 다가가고 나아갔던 것이다. 남편은 무모하게 다가와서 덮치며 와일드하게 옷을 벗기고 부드러운 피부를 은근하게 문지르며 내 육체의 온도를 서서히 끌어올리고 있었다. 그러다가 격한 키스와 함께 남편의 오른손은 심지에 불을 붙이고 있는 입술과는 별개로 화력을 조절하기 위해서 치골 깊은 무성한 숲속으로 천천히 걸어들어가서 땔감을 줍는다고 여념이 없었다. 난 달아오르는 육체를 가누지 못하고 완전히 남편에 의지한 채 침대에 누워서 온전한 불길이 훨훨 타오르고 박작되고, 스러지고 일어나면서 강하게 경련을 일으키며 세차게 나를 데워서 자지러지는 신음소리와 괴성을 지르며 황홀경에 빠지고 싶었다. 일순간 그 기대는 무너졌다. 남편의 성적 능력은 대단하지 않았고, 달아올라 눈빛이 흐릿하게 풀어져 헛것이 보이는 나를 더욱 초라하게 만들었고, 수치심마저 들었다.

  그날 이후로 나의 육체에서 우연히 새로운 생명이 깃들었다. 그러자 남편은 기뻐했고, 난 실망스러웠다. 그 당시 난 낙태를 심각하게 생각했고, 그것을 실행에 옮기기 위해서 무던히도 고심했다. 그래서 처음에는 남편에게 알리지 않고 혼자 해결하기 위해서 병원에 찾아가 수술대 위에까지 가기도 했다. 그럴 때마다 이상하게 양 넓적다리 안 깊고 아늑한 곳에서 터를 잡고 살아가는 가냘픈 생명에서 살려달라는 절규가 나의 귀 언저리에까지 들리는 것이었다. 환청인지 알 수는 없었으나, 마치 나약한 아기가 나의 바짓가랑이를 움켜잡고 눈물을 글썽거리며 나에게 애걸복걸하는 것처럼. 더욱이 연이어 온몸이 싸늘해지고 미세한 경련이 일어나는 것이었다. 그래서 수술대를 박차고 나와서 남편에게 알렸다. 그 당시에 난 따스한 위로가 필요했던 것이리라. 그 순간 남편의 얼굴이 멋있게 보였고 어깨도 무지막지하게 넓어 보였고 그래서 믿음직하게 보였다.

결혼은 일사천리로 진행되었고, 웨딩드레스를 입고 결혼서약을 할 때는 이미 배가 부른 상태였고, 신혼여행을 갔다 오고 얼마 지나지 않아서 예쁜 딸을 낳아서 보살피고 양육하는 데에 정신이 없어서, 남편에 대한 불만족스런 허전함을 생각할 겨를도 없이 흘러갔던 것이다. 그 딸아이가 걷고 자기 의사를 또록또록 밝힐 즈음에 또다시 느닷없이 아이가 생겼던 것이다. 그렇게 20대가 흘러갔고 30대 중반까지 아이들을 키우다가 나의 정체성을 잃고 살아가는 나 자신을 발견하고 삶에 대한 깊은 회의와 후회로 인하여 무기력한 우울증에 빠져 허우적거리며 병원에 입원한 적이 한두 번이 아니었다. 그래서 아이들에게 허락한 시간과 애정을 어느 정도 나에게로 돌리지 않으면, 더 깊은 수렁으로 빠져들어 온전히 약물에 의존하며 살아가야 할 것 같았다. 그래서 평소에 관심이 있었고, 조금씩 원고지에 긁적거리며 내면에 대한 우울한 슬픔과 무한한 기쁨을 표현하기도 했던 그 일을 시작하게 된 것이었다. 시. 시의 소재는 대개는 치골의 깊숙한 골짜기에서 들려오는 원망과 후회와 아쉬움과 그리움이 주를 이루고 있었다.

나는 본질적인 삶의 요소 중에 가장 소중한 것이 명예이고 섹스라고 생각하며 살았다. 그것은 예전이나 지금이나 다르지 않은 명확하고 뚜렷한 진리이기에 한편으로 두렵기까지 한 일이었다. 그럼에도, 평소에 나 자신의 불결하고 추악한 행위에 대한 위안이 되기도 했기 때문에 그러했다. 사내들 속에서, 사내들이 설정하고 만든 세상 속에서 살아가야 하는, 그 속에서 여자의 위치는 지극히 제한되고 한정되어 있었다. 그래서 30에 가까운 남편을 만나서 결혼을 했는지도 모르는 일이었다. 명문대학을 나오고 재력도 있는 남편의 면면도 있었기 때문에.

아이들이 성장하고 각자의 정체성을 찾으며 사회의 장치들 속에서 친구라는 소중한 관계를 확장하고 이어갈 때, 이젠 아이들은 부모의 따스한 손길에서 서서히 벗어나는 것이었다. 그것이 자립이라는 단계를 밟고 있는 사회화의 보기 좋은 모습이었다. 하지만 아이들이 나의 품속에서 서서히 빠져나가는 그런 일련의 모습에서 외로웠고, 우울했고, 허전했다. 그래서 삶의 위안이 되는 어떤 끈이라도 잡고 싶었다. 시를 배우고, 그것으로 시인이 되어 명예와 명성을 얻는 것은 그리 쉬운 일이 아니었고, 그래서 출판사 쪽으로 발을 넓힌 것이었다.

출판사 상호는 '문미디어'이었다. 구청에서 먼저 신고하고 세무서에 신고하는 식이었다. 그런 번거로운 일들이 나에게 소소한 삶의 성취감이었다. 명함을 파고 대표로서 사람들에게 명함을 건네는 단순한 행위가 즐겁기 그지없었다. 거친 세상에 발걸음을 내딛는 나 자신을 바라볼 때 대견하기까지 했다.

이미 나는 출판사를 할 즈음에는 시인으로 등단했었다. 쉽지 않았으나 그래도 우울증에 갇힌 나를 발견하고 하루하루를 간신히 버티며 나아가는 것보다는 나을 것 같아서 남편도 적극적으로 도와주었다. 사무실은 남편이 물려받은 서부정류장 곁 관문시장 맞은편 아날도바시니 골목으로 들어가서 광명맨션이 보이는 쪽에서 오른쪽으로 틀면 보이는 2층집이었다. 1층은 월세를 주고 2층은 원룸에 가까운 곳이었는데, 세입자가 이사를 간다고 해서 그곳을 우선 쓰기로 했다.

사무실은 신혼부부가 살던 곳이라 들어가면 제법 달달한 향기를 자아내었다. 방이 하나 있고 거실이 넓은, 한쪽으로 싱크대와 화장실이 있는, 오래되었으나 그래도 짜임새 있고 알차게 설계된 곳이었다. 난 햇살이 들어오는 큰 창문 쪽으로 주문한 책상과 의자를 놓았고, 바람벽 쪽으로는 목수에게 직접 시켜서 만든 책꽂이를 보기 좋게 설치했다. 원목에 연두색으로 화사했다. 그 책꽂이에 책을 채우는 것도 쉽지 않았다. 평소에 독서를 많이 하지 않아서 세계문학에 어떤 작가가 있고 어떤 책들이 있는 것인지도 잘 몰랐다 읽은 것이라고는 괴테의 '젊은 베르테르의 슬픔'과 헤르만 헤세의 '데미안' 정도였다. 시인으로는 파블로 네루다의 '한 여자의 육체' 정도였다.

'한 여자의 육체, 흰 언덕들, 흰 넓적다리, 네가 내맡길 때, 너는 세계와 같다.'

난 사무실에 앉아서 창밖에서 들어오는 오후의 따스한 햇살을 받고 있었다. 오늘은 시 수업이 있는 날이었다. 사무실 중앙에 큰 탁자를 놓고 학생들이 옹기종기 모여서 배우는 것이었다. 보통 일주일에 한 편씩 학생들이 써서 발표하고, 그것을 서교수가 그 자리에서 보고 가르치는 식이었다. 보통 일과가 끝나고 7시부터 시작해서 8시 30분 정도에 수업은 끝이 나고 가까이에 있는 치킨과 생맥주를 마시며 뒤풀이를 하는 식이었다. 그 수업으로 나온 작품으로 등단을 시키고 계간지에 올리는 식이었다. 거의 반강제적으로 계간지를 50권 구입하는 식이었고, 등단한 시인의 시가 많으면 그것을 모아서 시집을 만들어주는 것으로 수입을 올리는 식이었다. 그런 식으로 출판사를 유지한 것이 벌써 10여 년이 지난 일이었다.

그 10년이라는 세월이 책 페이지를 한 장 넘기듯이 순식간에 지나간 것을 이제야 뒤돌아보며 흐뭇하게 회상할 수 있었다. 그 10년 사이에 무수한 사건들이 일어났고, 시인으로 유명한, 베스트셀러 작가로서 유명한 서교수도 그런 사건 중에 하나였다. 그는 문창과 교수이기도 해서 나에게는 꼭 필요한 사람이었다. 동향이어서 알음알음으로 서교수의 학교로 찾아가서 만날 수 있었다. 도수 높은 두꺼운 안경을 쓰고 유쾌하게 인사를 나누며 커피를 한잔 마시며 이런저런 고향의 소식을 주고받으며 친분을 쌓았다. 그날 퇴근 무렵, 아직도 젊음을 유지하고 있는 탱탱하고 말랑거리는 육체와 절제된 단아한 외모에 서교수의 시선이 은근하게 머무는 것을 보고 나는 그의 애간장을 태우기 위해서 커피 한잔만 하고 저녁을 먹자고 하는 얘기를 정중히 거절하고 사무실로 돌아온 것이었다. 일주일이 지나고 두 번째 찾아갔을 때 선약을 취소하는 의도적인 번거로운 액션을 취하며 서교수와 저녁 겸 술자리를 마련한 것이었다. 곱창이었다.

같은 술자리에 앉은 동향인 그녀는, 알아서 곱창을 먹고 남몰래 사라지고 나와 서교수만 남았다. 아직도 꺼지지 않은 숯불에서 가늘고 긴 하얀 연기가 식탁 위를 가로질러 천장에 매달려 있는 두껍고 긴 환풍구 관을 지나서 다소 낯선 곳에 머물다가 서서히 소멸하고 있었던 것이다. 그러더니 이내 가는 연기의 출처인 숯불은 차갑고 무겁게 가라앉아 정적의 무덤 안으로 기신기신 기어들어가는 것이었다. 식당 안에 왁자하던 사람들은 어느새 모두 빠져나가고 찬물을 끼얹듯이 조용했고, 식탁 위에서 어수선한 빈 접시와 그릇, 소주병과 맥주병 들이 여기저기 너저분하게 흩어져 있었다. 이미 난 소주 두 병을 마셨으나 정신은 말똥말똥했다. 원래 소주 4병까지는 마실 수 있는 주량은 되었으나 그것까지 밝히면 내가 원하는 것을 얻을 수 없고, 여기에선 다소 나약한 모습을 보이며 혀가 꼬이는 어설픈 언어를 던지는 것이 더 섹시하고 더 매력적인 것을 이미 알고 있었던 것이다. 그래서 혓바닥을 지나치게 비틀면서 엇비슷한 모습을 하며, 오른손으로 길지 않은 머릿결을 귀 뒤로 쓸어내리면서 제대로 형성되지 않은 흐릿한 언어들을 흩뿌렸던 것이다. 나의 행위와 언어들의 일부가 서 교수의 느슨하고 평온하게 주저앉아 있는 욕정에 기름을 끼얹지는 않아도, 그의 가슴 언저리에 미세한 파장만 일으키면 되는 것을 이미 알고 있었기 때문이었다. 그러면 그 지점으로부터 균열이 생기고 차츰 열정적인 붉은 물감을 물 먹은 도화지에 뿌리면 눈에 보일 정도로 빠르게 번지듯이 앞으로 옆으로 전진하는 것이리라. 그러다 보면 어느새 그는 가슴 깊이 품고 있던 음흉한 생각들을 은근한 시선으로 드러내는 것이

나. 그 또한 오랜 나의 경험으로 농익은 자연스런 유혹의 집 요함에서 벗어나지 못하고 있었다. 나의 행위의 대부분은 작 위적이었고, 그래서 함의가 있는 입체적이고 다채로운 것이 었다.

"맥주나 한잔 할까."

나는 속으로 '됐다.' 하고 외쳤다. 그는 나의 올무에 걸려들 고 말았던 것이다. 난 내가 원하는 것이 있으면 주도면밀하 게 상황을 유리하게 설계해서 사내들을 끌어들였다. 서교수 도 내가 원하는 사내였다. 그가 가진 재주가 필요했고 그가 가진 사회적 지위와 명성이 필요했다. 정년에 가까운 나이임 에도 상관할 바가 아니었다. 나이가 들어감에 사내들은 더욱 초조하고 조바심을 드러내는 것을 이미 알고 있은 터였다. 그 들은 본능적으로 아직까지 못 다한 사정에 대한 절실함을 버 리지 못하는 것이었다. 젊고 비옥한 토양이 눈앞에 훤하게 펼 쳐지면 종자 확산에 대한 지나친 긍정으로 온힘을 다 쏟는 것 이었다. 그것이 일반적으로 잘못 드러나면 추태가 되고 성폭 행이 되는 것이었다. 난 사내들의 통념 속에 존재하는 그것을 세밀하고 빈틈없이 자극하는 것으로 다소 소극적이고 내성적 인 성격인 그를 서서히 끌어낼 수 있었던 것이다.

곱창가게에서 조금만 걸으면 가까이 있는 호프집이었다. 2 층인 그 집은 이미 내가 사전답사를 끝낸 곳이었다. 서교수의 학교에서 제법 떨어진 장소를 물색해야 그의 정신과 육체를 느슨하게 만들 수 있고, 뭇 학생들의 시선에서 자유로워질 수 있는 적당한 거리에서 만나고 술을 마시는, 더욱이 가까운 곳에 쉽게 닿을 수 있고 은밀한 출구가 있는 깨끗한 모텔이나 호텔이 있으면 훌륭한 장소인 것이다. 그런 모든 것을 염두에 두고 완벽하게 설계를 해야 나 자신이 절실하게 원하는 것을 성취할 수 있는 것이리라. 솔직히 난 서교수가 사내로서 매력은 없었다. 걸핏하면 40대의 젊음을 소유하고 있고 헬스와 산행으로 다져진 근력은 20대의 젊은이와 다르지 않다고 했다. 그것은 일부분 인정은 하겠으나 늙음에서 오는, 삶의 이쪽보다 저쪽이 더 가까워서 그런지는 몰라도 신선하고 풋풋한 싱그러움은 없고 낡고 시든 애처로운 모습만 보였던 것이다. 아무리 부정해도 자동차 엔진에 또렷하게 새겨진 연식은 속일 수는 없었던 것이다.

9월의 중턱을 넘고 10월로 가파르게 치솟고 있었으나 초저녁 날씨는 후덥지근했다. 아직도 여름의 열기를 간직하고 있는 밤거리였다. 대구는 산으로 둘러싸인 분지 지형으로 낮에 달구어진 복사열이 도심에 유입되어 여전히 머물러 있었던 것이다. 그럼에도 가로수의 잎사귀들은 서서히 많이 타들어 가고 있었던 것이다. 나는 보도를 걸으며 지나가는 자동차를 바라보며 걷다가 의도적으로 술에 취한 척 비틀거리며 앞서

가는 서교수의 팔짱을 끼면서 밀착했다. 이직도 그는 반팔 와이셔츠를 입고 있어 서로의 피부가 맞닿아서 서로를 어느 정도 느낄 수 있었다. 난 그의 팔뚝에 난 까칠한 털이 유난히 민감하게 다가왔다. 조금 전과는 달리 이상하게, 건강하게 느껴졌고 골프장의 그린을 손으로 쓸었을 때 느낄 수 있는 신선함 같은 것이었다. 호프집 칸막이가 있는 다소 어두운 곳에 들어가서 지루한 시간을 보내며 이것저것 필요 없는 얘기를 들어주는 것도 귀찮아서, 그래서 기어들어가는 비틀어진 혓바닥으로 혼잣말을 해서 그에게 미끼를 던졌던 것이다.

"서교수님, 취기도 오르고, 밤도 깊어가는 데 저희 집에서 자고 가세요."

그때 난 서교수가 내려다보는 이글거리는 눈빛을 피하며 먼 곳에 시선을 두고 있었다. 하지만 곧이어 그의 얼굴에 화기애애한, 흐뭇한 미소가 어려 있는 것을 비스듬히 보고 느낄 수 있었다. 내가 연못에 던진 미끼를 잽싸게 물었다는 것을 말이다. 그도 여느 사내들과 다르지 않다고 생각했다. 나 자신이 대견스러웠다.

그날 밤 나와 서교수는 다소 투박하고 치열한 육체적 만남이 연이어 이루어졌다. 뭇 사내들과 다른 것은 없었다. 502호실의 출입문을 열고 들어갈 때까지는 점잖은 모습으로 있다가 어느새 야수처럼 달려들었다. 그때부터 그를 통제할 수 있는 권한은 나에게 주어졌다. 나는 신이고 절대자의 전능한 능력을 가진 것처럼 그를 자유자재로 다룰 수 있었고, 심지어 내가 그에게 죽으라고 하면 죽는 시늉까지도 할 것이다. 그래야 달아오른 욕구를 사정으로 이끌 수 있었기 때문에. 난 그것을 조율할 것이다. 서서히 아득하게 멀리서 다가오는 귀한 손님이 가져오는 선물을 하나씩하나씩 나누어주듯이 말이다. 농익은 육체를 빠른 시간에 고스란히 안기면 일상에서 먹는 단순한 음식으로 취급하기 때문에, 오직 당신에게만 바친다고 몸을 꼬고 튕기며 그렇게 인식을 시키고 말을 해야 하는 것을 이미 알고 있었기 때문이었다. 때로는 완강히 거절하고 때로는 과감하게 나아가서 페니스를 만지고 당기며 익숙하지 않은 섹스를 선사해야 감사하는 마음을 가지는 것을 뭇 사내들에게 이미 학습하고 몸으로 익힌 것이었다. 그것으로 난 비용도 들이지 않고 그를 고용할 수 있었던 것이다. 값비싼 대가인 것을 그는 아직도 모를 것이다. 세상에는 밑천이 들고 공짜가 없다는 것을 말이다. 어쩌면 난 가장 적은 비용으로 그를 나 자신의 가랑이 안에 가둘 수 있는 방법을 너무나 손쉽게 터득한 것인지도 모른다. 그래도 난 곱고 예쁜 얼굴이라도 있어 가능한 일이었다. 그런 직업적인 섹스 행위를 하다가 한번씩 서교수의 아내가 떠올랐다. 그의 아내는 이미 벌써 생리가 끝났을 것이다. 환갑에 접어들어 여자의 성스러운 문은 이미 낡히고 페입 상대일 것이다. 난 그런 그의 아내에 대하여 미안하다거나 죄스럽지 않았고, 오히려 내가 칭찬을 받아야 한다고 생각하며 살았다. 왜냐하면 아직도 건강한 남성성을 가지고 있는 그에게 인위적인 러브젤의 이질적인 느낌으로 섹스하며 만족하라는 것은 불합리한 것이다. 그래서 난 그의 아내에 대하여 죄책감은 없었다. 한편으로는 통쾌하기도 한 것이다. 잘난 놈을 혼자 독식한 것에 대한 응분의 대가.

그의 아내는 문학세미나에서 몇 번 만난 적이 있었다. 서교수와 섹스를 몇 번 하고 난 후였다. 평소에 당당했던 나의 모습과는 달리 가까이서 그녀와 정식으로 인사를 하자 이상하게 불안하고 결핍된 자신을 발견할 수 있었다. 초라했다. 그래서 난 애써 그녀의 눈빛을 피해가며 나 자신에게 '복 짓는 일이야. 괜찮아.'라고 타일렀다. 그래서 그날 밤 집에 와서 남편에게 성실하고 격정적으로 섹스를 해주었다. 그것으로 남편에 대한 미안함을 다소 불식시킬 수 있을 것 같았기에.

어쩌면 난, 몸을 파는 창녀인지도 모른다. 사창가에서 붉고 야시시한 불빛 아래서 에로틱한 미소를 던지며 뭇 사내들을 유혹하는 그런 부류인지도 모른다. 내가 필요하면 언제 어디서나 당당하게 사내들의 욕구를 채워주고 그가 가지고 있는 훌륭한 능력을 손쉽게 사는 것이었다. 비근한 예를 들자면 규모가 제법 큰 중소 도시의 시장을 찾아가서 은근한 시선으로 녹이고 그의 바지를 내려서 페니스를 애무하고 오럴로 마무리한 일이 있었다. 그는 나의 서비스에 괴로워했고, 즐거워했다. 평소에 깐깐하고 잘 만나주지도 않던 시장이 손수 친절하게 일사천리로 알아서 담담하게 전화를 해서 내가 원하는 것을 들어주었다. 그것이 일종의 화대인 셈이었다. 세상에 공짜는 없는 법.

난 이런저런 생각을 하다가 일어서서 창밖을 내려다보았다. 맞은편 2층집 마당에서 새순이 길게 돋아난 감나무가 자라고 있고, 그 곁으로 무화과나무도 자라고 있었다. 햇살이 곱고 순해질수록 잎사귀들은 더욱 깊고 진한 색으로 나아가는 것이었다. 난 마당에 자라고 있는 잎사귀들을 보다가 요즘에 이상한 열기가 가끔씩 나의 육체에 기습적으로 다가왔다가 사라지는 것을 느낄 수 있었다. 갱년기 증상으로 보기에는 너무 이르고 아직도 영양 공급과 적절한 운동으로 육체적으로는 완벽했기 때문이었다. 그래서 최근에 일어난 일부터 차근차근 되짚어보기로 했다. 별일이 없었다. 막내가 고3이라 학교에 가서 진학 상담을 한 것 외에는 다른 큰 사건이 없었다. 다소 나이가 들고 살이 찐, 적절한 몸관리가 되지 않은 뚱뚱한 선생님이었다. 인정이 많았으나 게을러 보였다. 그녀로 인해서 몸에 갑작스런 열기가 다가와서 나를 긴장시키지는 않았을 것이다.

그때였다. 밤비새에서 집촉사고로 우연히 만난 그 건장한 사내가 어렴풋이 흐릿하게 지나갔다가 되돌아와서 심중에 머물렀다. 이제야 알 것 같았다. 며칠 전에 그 사내로 인하여 육체가 민감하게 반응하고 있었던 것이다. 악수도 하지 않고 한번 안아 보지도 않았는데 그 사내는 허락도 없이 나의 심중 깊은 곳에 조심스럽게 내려앉아, 나의 육체에 천천히 자신의 이미지를 주입시키고 있었던 것이다. 내가 무뎌서 그것을 단박에 호응적 반응으로 다가가지 못해서 여태까지 시그널을 보내지 못했던 것이다. 이것이 보통사람들이 말하는 사랑의 발견인지도 모른다. 어쩌면 그 사내는 모르는 나만의 사랑인지도.

난 지금까지 경험하지 못한 사랑의 실체가 이런 것인지 자세하게 알지는 못했다. 주일날 가는 교회에서 말하는 사랑의 실체도 명확하게 규정지을 수 없었던 것이다. 단지 두루뭉수리하게 다가와서 의식의 경계에서 머물다가 어디인지 알 수 없는 미지의 숲으로 스며드는 것을 인식하는 것이 다였다. 지금에 와서 곰곰이 생각해보면 전자는 육체적인 것이고 후자는 정신적인 것일 게다. 난 교회를 다니며 일상에서 저지르는 죄에 대한 깊은 뉘우침으로 주일을 마무리하고 시작했다. 그것 때문에 교회에 다녔던 것이다. 나에게 하나님은 내 삶의 방패막이로써 필요충분조건을 충족시키는 것이었고, 그래서 십일조도 내고 헌금도 다른 신도보다도 더 많이 드러나게 내는 것이었다.

난 그 사내와의 만남을 행복한 필연이라고 생각했다. 무화과나무의 꽃이 열매 속에 숨겨져 있듯이 나의 사랑도 어느 순간까지 숨겨놓고 밖으로 드러내지 않으며 일순간에 달콤한 열매를 안기듯이 다가가야 할 것이다. 그 사내에게 전화가 오면 유혹적인 교묘한 목소리로 끌어들여서 나의 가랑이 속에 가두어놓고 헤어나지 못하게 할 것이다. 그것으로 지금까지 남편에게서 소실되고 허기진 섹스의 아쉬움과 갈증을 달래는 수단으로 삼을 것이다. 더 나이 들어가기 전에, 40중간 지점에서 타오르고 무르익은 제2의 전성기 때에 유의미한 족적을 남겨서 먼 훗날에 지나간 과거를 회상할 때, 그래도 그때는 젊고 열정적이었고, 그래서 아름다웠다고 흐뭇하게 미소 지을 수 있었다고 말이다. 그 사내는 그렇게 나의 내면에 스며들고 있었던 것이다. 아무런 노크도 없이.

새벽기도

　이사장은 학교 3층 자신의 사무실에서 비스듬히 운동장 쪽으로 내려다보고 있었다. 그는 점심을 먹고 따스하고 나른한 오후의 햇살을 받고 있었다. 해바라기. 봄의 햇살은 때 묻지 않은 무구함과 차분함으로 황매산 골짜기 깊은 곳에서 고단하고 열정적으로 피는 야생화의 향기를 더욱 발랄하고 매혹적으로 만들었다. 그 향기는 봄바람의 가냘픈 목덜미를 엉겁결에 간신히 부여잡고 훈훈하게 날아오는 것이었다. 그는 열린 창문을 통해서 그 간절하고 아늑한 향기를 맡고 느낄 수 있었다. 그 향기가 늘 상록인 소나무 골짜기에서 날아온 것인지 바람의 가벼운 몸짓에도 쾌활하고 활기찬 넓고 여린 잎사귀들을 좌우아래위 우스꽝스럽게 지저귀는 소리를 그리워하는 떡갈나무 골짜기에서 날아온 것인지 그것도 아니면 비탈진 땅에 낙엽이 수북하게 쌓인 밤나무 골짜기에서 날아온 것인지, 도무지 태생과 출신을 알 수 없고 알리지 않는, 그래서 자신만의 미스터리한 고혹적인 향기와 참신한 매력을 간직하고 뭇 생명체에게 다가가서 자신을 알리는 것인지도 모른다.

그것이 지구상에 존재하는 생명체의 자연스런 현상일 것이다. 그 향기에 어울리는 짝을 만나서 꽃을 피우고 씨앗을 만드는, 그것이 인류에게도 귀결되는 것이리라.

그는 사람의 매력도 그 향기와 다르지 않다고 생각했다. 꽃뱀헌터는 그 향기를 개별적으로 골고루 함유하고 있는 젊은 이인 것 같았다. 대학까지 전도 유망한 야구선수였고 청소년 대표팀을 거쳐서 국가대표로 아시안게임까지 뛴, 그래서 은메달까지 딴 선수여서 그런지 언제 어디서나 자심감이 넘치고 당당하고 품위 있는 행동을 했다. 그런 그에게 어느 날 문득 다가온 팔꿈치 안쪽에 날카로운 면도날로 긁는 듯 심각한 통증으로 더 이상 야구공을 던지지 못하는 상황까지 이르게 된 것이었다. 투수가 팔을 쭉 펴서 공을 던질 때 팔꿈치에는 무시무시한 스트레스와 압력이 전달되는데, 이것을 척골 측부인대가 견디지 못하고 찢어지거나 미세한 균열이 생기게 마련이었다. 일명 토미 존이라고 불리는 이 증상은 LA다저스 통산 288승을 거둔 토미 존이라는 투수가 순탄하게 공을 던지고 있을 때 느닷없이 닥친 검은 그림자였다. 토미 존은 한 시간의 수술과 쉼 없는 재활로 인하여 마운드로 되돌아와서 164승을 더 거두는 활약을 했다. 꽃뱀헌터도 또한 마운드로 되돌아와서 공을 마음껏 던졌으나 몇 달 지나지 않아 설상가상 데드 암 증후군이 갑작스럽게 찾아온 것이었다. 구속이

올라오지 않는 원인을 알 수 없는 그 음흉하고 야비한 실체가 말이다. 그러자 그는 더 이상 마운드에 설 수는 없었다. 그는 추앙받던 높은 곳에서 갑작스런 추락으로 적어도 마운드에서는 충일함으로 부풀어 있던 삶이 공허해졌던 것이었다. 그 허전함을 독한 술과 여자로 달래었고 그래서 괴로웠고, 무수한 나날을 방황했던 것이었다. 그러다가 군대를 갔다 오고 정신을 차리자 30대에 가까운 나이가 되었던 것이다. 이사장은 그런 사소한 얘기를 자신의 조카에게서 들었었다.

그런 고통과 아픔을 겪으면서 얻어진 내적인 성찰과 성숙으로 인하여 인품이 훌륭하게 정돈되어 있었고 성격도 차분하고 온화했다. 이사장은 그런 것들보다도 그의 재주가 필요했던 것이다. 꽃뱀이 학교에 부임하고 나서 학생들이 이상하게 수척해지고 피곤해 하는 것을 느낀 것이다. 수업시간에 조는 학생들이 부쩍 늘었고 학업성취도도 계속적으로 하향곡선이었다. 꽃뱀이 오기 전과 후의 차이가 확연했다. 그래서 이사장은 예전에 근무했던 체육선생에게 상황 파악 좀 해보라고 지시를 했고 그 체육선생은 아이들이 스마트폰에 저장된 음악선생의 사진을 보고 자위를 하고 있다고 말했다. 기숙사 침대 안에서도 하고 화장실에서도 하고 샤워할 때도 하는, 심지어 음악수업 중에도 숨어서 한다고 했다. 그것도 무시로.

그래서 조카의 조언으로 꽃뱀헌터에게 도움을 청했다. 대략적인 얘기는 했기 때문에 더 이상 중언부언할 필요가 없었다. 더욱이 자신이 꽃뱀의 타오르는 미모에 헤어날 수 없을 정도로 깊이 빠져 있다는 것 또한 얘기할 필요가 없었다. 지금까지 쌓아온 이사장 자신의 명예와 품격이 땅바닥에 여지없이 내던져지는 일이기도 했다. 시간이 지나서 명명백백하게 드러난 사실이지만 예전에 그 체육선생도 꽃뱀의 고운 미모와 오묘한 마수에 걸려들어 자신도 도저히 감당할 수 없는 욕구에 대한 화답으로, 그런 행위의 출구라도 찾지 않았으면 미쳐버릴 것 같은 심정에서 그런 자연스런 행위를 스스럼없이 했다고 말했던 것이다. 선생의 체면도 부질없는 것이라고. 꿈결에 보디에 흐르듯이 떨어지는 보일 듯 보이지 않는 하늘거리는 실크 원피스 파자마를 입고 하얀 치아를 드러내며 웃으면, 세상사가 의미 없는 것이 되고 평생 그녀의 노예라도 되어 살고 싶은 심정이라고 말했다. 이사장 자신도 그런 심정인 것을 인정하지 않을 수 없어서 괴로웠던 것이다.

　그는 자신의 사무실 곁에 미술실이 있고 잇닿아 음악실이 있어 수시로 지나치면서 꽃뱀을 들여다보았다. 오늘 오전에도 반질거리는 두꺼운 원목으로 만든 정숙한 복도를 두리번거리며 몇 번을 오가며 음악수업 중인 그녀를 비좁은 틈 사이로 들여다보며 흐뭇한 미소를 보내곤 했다. 그녀는 피부를 밀착하는 블랙진에 블루 트위드자켓을 입고 뒤태를 드러내며 뒤돌아서서 오선 위에 악보를 그리고 있을 때 어떤 키가 크고 건장한 학생이 몰래 스마트폰을 꺼내어 사진을 찍고 있었다. 그때 곁에 있는 여드름이 많은 학생이 의도적으로 큰소리로 기침을 했다. 카메라 소음을 상쇄시키기 위한, 공범이었다. 그러는 사이 꽃뱀도 사소한 행위를 직감적으로 인식했는지 포니테일에 검은색 리본으로 묶은 시선을 비스듬히, 귓바퀴가 유려하게 길고 귓불이 아래로 안정적으로 매달려 아름다운 옆모습을 적당한 선에서 멈춰서 살며시 웃으며 호응하고 있었다. 런웨이를 하는 모델이 옷을 선보이는 것처럼 그녀도 자신의 아름다운 다양한 면을 유감없이 보이기 위해서 말이다. 그럼으로 사내들에게 감당할 수 없는 강한 매력으로 다가가서 어필하기 위해서. 그것으로 사내들이 각자 자신의 은밀한 공간으로 숨어들어가 자신의 화사한 사진을 보고 자위라는 수단으로 섹스의 간절함을 누그러뜨리고, 그것으로 해갈되지 않아 차분하고 기죽은 페니스를 또 각성시키기 위해서 당기고 만지며 재차 자위를 하는 것으로 숭고한 의식을 끝마칠 것을 이미 아는, 흐뭇하고 따스한 미소였다. 이사장의 시선에 머무는 그녀는 아무래도 능숙하고 앙큼한 아가씨였다. 사내들의 시선을 송두리째 잡아두고 즐기며 하루하루를 쾌적하고 명랑하게 살아가는, 그것으로 삶의 위안을 찾고 성취감을 찾는 음전하지도 않고 정갈하지 않은 헤픈 아가씨였다. 그럼에도 불구하고 겉으로 보이는 면모는 싸구려 같지 않고 점잖은 모습을 잃지 않고 있는, 그래서 이사장 자신의 마음을 온통 앗아간 것인지도. 자신의 아내와는 또 다른 매력이었다. 늘씬한 키에 인위적인 가슴으로 이어지는 보디의 선은 훌륭했으나, 아담한 키에 아담한 가슴을 가진 다소 앙큼하고 섹시한 여자에 대한 성취도 이루고 싶었다. 그래서 그는 작년에 없었던 학칙을 만들어서 그녀를 학교 사택에 머물게 했다. 가까이 묶어놓고 염탐하면 기회가 찾아올 것 같았기 때문이었다. 원래 대구는 자가용으로 출퇴근이 가능한 곳이었다. 서부정류장 근처에 사는 그녀는 첫차를 타고와도 될 것이리라.

이사장은 파도가 넘실거리는 넓고 푸르른 바다에 보이지 않는 거대한 그물을 쳐놓고 기다리며 때를 기다리고 있었던 것이다. 아마도 그 위에 괭이갈매기 수놈이 떼를 지어 날아다니며 먹이에 대한 걱정으로 치열하게 바쁘게 날아다닐 것이다. 예쁘고 귀여운 암놈의 마음을 사기 위해서 말이다. 그런 와중에도, 그는 꽃뱀헌터에게 점점 더 격렬하고 힘겨운 자신의 내면에서 일어나는 복잡한 상황에 대하여 말을 하지 않았다. 언젠가는 그도 꽃뱀헌터에게 말을 해서 조언을 구해야만할 것 같았는데 굳이 말하지 않았다. 표면적인 이유 말고 또 다른 이유가 있을 것 같았으나, 그것에 대해서는 자신도 명확하게 말을 할 수가 없었다. 하지만 언젠가, 언젠가는 술을 마시다가 침지 못하고 격한 심정으로 우연히 말을 꺼낼 것 같기도 했다.

그는 비스듬하게 멀리 바라보고 있는 말갛게 보이는 허굴산에서 가까이 운동장으로 시선을 끌어당겼다. 인조잔디가 새파랗고 트랙의 하얀선이 선명한 운동장에서 학생들이 야구를 하고 있었다. 꽃뱀헌터였다. 그는 투수가 아니었고 야수로 출전해서 타자로 들어서 있었다. 멀지 않아 네이비 계열의 나이키 츄리닝을 입고 타석에 들어선 그를 볼 수 있었다. 이미 포볼과 안타로 1루베이스와 2루베이스에 학생들이 들어차 있었다. 안타 하나면 득점으로 연결되는 순간이었다. 그때 저만치 운동장 가장자리에 어느 순간에 나타났는지 꽃뱀이 다소 높은 곳에서 내려다보고 있었다. 야구를 하고 있던 1루 쪽에 삼삼오오 모여서 시시덕거리는 학생들이 손을 흔들며 환호성을 보냈다. 그때 투수 쪽으로 시선을 뚫어지게 보고 있던 꽃뱀헌터도 꽃뱀의 움직임을 또렷하게 볼 수 있었다. 투수는 아까 오전에 음악시간에 사진을 찍던 건장한 뭉치라는 학생이었다.

이사장의 시선에는 아직까지 환호성의 실체가 확연히 드러나지 않았던 것이다. 화단에 정원수를 심지 않고 푸른 잔디만 심어서 시인성이 나쁘지는 않았다.

그는 호기심에 창문을 열고 방충망도 열어 몸을 약간 수그려서 여러 학생의 시선들이 중첩되어 있는 그곳으로 자신의 시선도 향했다. 꽃뱀이었다. 4월말의 따스한 햇살을 온전히 받아들이기 위해서 그곳에 서성거리고 있는 것 같기도 했고 자신이 기거하는 사택으로 가기 위해서 학교건물 안쪽에서 나타난 것 같기도 했다. 그럼에도 그녀는 야구경기장에서 들리는 환호성에 아랑곳하지 않고 교문 쪽으로 시선을 고정시키고 있었다. 이어폰으로 클래식을 듣고 있는 것인지 그것까지는 볼 수 없으나 아무튼 어떤 생각에 골몰하고 있었던 것이다. 아까 오전 수업 중에 입었던 블랙진에 트위드자켓은 벗어던지고 옷깃이 없는 화이트 블라우스를 입고 있었다. 오후의 훈훈한 공기가 다소 두꺼운 그녀의 외투를 벗게 한 것이었다. 한 겹 벗자 탄력 있는 단단한 엉덩이 위의 잘록한 허리가 도드라지게 돋보였다. 그러자 가슴 언저리가 더욱 찬란하고 거룩한 그래서 고귀한 황금빛을 뿜어내는 것이었다.

그런 와중에 꽃뱀힌디가 꽃뱀의 출현을 의식했는지 힘차게 야구방망이를 휘둘렀다. 욕심이 과했다. 몸의 밸런스가 한순간에 무참히 무너졌다. LA다저스 박찬호의 전성기 때 숀 그린의 들어올리는 스윙이 연상될 정도였다. 왼손잡이인 그는 박찬호의 도우미로도 유명했던 사나이였다. 꽃뱀헌터는 재차 간결한 스윙을 위해서 타석에서 물러나서 야구방망이를 여러 번 휘두르며 마인드컨트롤을 하는 것이었다. 이사장이 내려다보는 꽃뱀헌터는 야구모자도 쓰지 않았지만 야구인임에 틀림 없는 늘씬한 키와 군살 없는 보디가 압권이었다. 잘생긴 얼굴은 덤인 것 같았다. 이상하게 남자로서 미세하게 경쟁심이 생기고 질투심도 생기는 것이었다. 그런 상념에 빠져 있을 그 짧은 시간에 꽃뱀헌터는 타석에 들어서서 홈런을 친 것이었다. 학생들의 환호성에 무의식적으로 갑자기 시선이 그쪽으로 돌아간 것이었다. 그는 이미 2루베이스를 밟고 있었다. 오른손을 높이 흔들면서 말이다.

이사장은 꽃뱀의 액션과 반응이 매우 궁금했으나 그녀는 이미 사라지고 없었다. 그는 얼른 얼굴을 창문 밖으로 내밀어 보았다. 그녀는 이미 학교건물 안으로 들어간 것이 분명했다. 그는 실망한 채 책상으로 다가와서 스마트폰을 왼손으로 잡고 손금으로 잠금을 풀고 동영상을 찾았다. 그 동영상의 주인공은 꽃뱀이었다.

꽃뱀은 포근하고 부드러운 벨벳가운을 입고 화장실의 문을 열고 들어왔다. 그녀는 우선 깊고 넓은 하얀 욕조에 샤워기를 아래로 길게 욕조 바닥까지 늘어뜨려 놓고 욕조 마개를 막는 것으로 갈무리했다. 그러고는 치약을 짜서 칫솔 위에 알맞게 얹어 칫솔질을 하며 팬티를 아래로 끌어내리고 좌변기에 앉았다. 소변을 보기 위함이었다. 그녀는 칫솔질을 하다가 어느 순간 멈춰서 심각한 생각에 잠겨 있었던 것이다. 그러다가 또 칫솔질을 이어나가며 흥에 겨운지 흥얼거리며 노래를 부르고 있는 것 같았고, 연이어 미세하게 몸을 떨며 좌변기에서 일어나면서 팬티를 올리고 거울 앞에 서서 한참을 뚫어지게 쳐다보았다. 그녀는 컵에 물을 담아 반복적으로 들이켜서 내뱉고 거울에 비치는 자신을 보고 방긋 웃으며 벨벳가운을 벗어 걸고 내의만 입은 채 거울 앞에서 자신의 가슴을 감싸고 있는 브라와 팬티를 뚫어지게 들여다보고, 두 손으로 유방을 가슴골 쪽으로 모아 보며 흐뭇한 미소를 띠기도 했다. 그녀는 연신 미소를 머금은 채 풍성하고 긴 머리칼을 양손으로 한참을 어루만지다가 쓸어내리며, 급기야 좌변기 위에 있는 고무줄로 묶었다. 그러고는 욕조 바닥에서 서서히 차오르는 따스한 물을 보고 브라와 팬티를 벗고 욕조 안으로 깊숙이 들어가서 진솔한 따스함에 깊이 젖어들었다. 이미 화장실에는 임계 온도 이상에서 유일하게 존재하는 수증기가 차가운 공기와 격하게 반응을 해서 가늘고 하얀 실타래를 하염없이 풀어내고 있었다. 아까 꽃뱀을 비추던 투명한 거울에 제일 먼저 뚜렷한 반응을 보였고, 어느새 희끄무레한 결정을 뚜렷하게 드러내었던 것이다. 어쩌면 거울은 주위에 일어나는 미세한 변화까지도 있는 그대로 드러내는, 자의적으로 왜곡시키지 않고 휘고 굽고 꺾이지 않는 물건인지도 모른다. 마치 잡스럽고 탁한 것이 섞이지 않은 투명한 의식이 사람의 1미터 위에서 내려다보는 것처럼.

꽃뱀은 온몸으로 온수를 받아들이며 공기 입자 속에 머물러 있는 다소 데워진 수증기를 자연스레 들이마시고 있었다. 그러다가 평온하고 아늑한, 무겁게 가라앉은 정적 속에서 벗어나기 위해서 온수 속에 깊숙이 담그고 있던 양팔을 꺼내어 욕조 위에 올려놓고 다소 느긋한 자세로 앞을 주시했다. 발랄하던 시선도 흐릿하게 풀어져 초점이 흐려져 있었고, 천편일률적으로 돌아가는 일상의 반복적인 사이클 속에 존재하는 팍팍한 결핍과 단조로운 풍성함도 이젠 흐물흐물해지는 것처럼 보였다. 그녀는 어제도 행한 일상적인 재미와 쾌락의 잔잔한 느낌을 이어가기 위해서 데워진 자신의 육체를 서서히 차근차근 애무했다. 자신의 성감대가 어느 곳인지 알고 있는 표정이었고 그래서 다소 낯선 지점부터 염탐하기로 마음먹은 표정이었다. 그녀는 무릎 위를 성실하게 애무하다가 느닷없이 넓적다리 위쪽으로 올라오더니 평소와 같이 육체가 달아오르지 않아서 그런지 갑자기 일정한 속도와 세기로 쉼 없이 내뿜는 샤워기를 치골 깊숙한, 음침하고 은밀한 곳으로 가져갔다. 연이어 왼손은 아담한 유방에 올려 쓰다듬고 만지며 때때로 꼬집고 당기며 스스로에게 즐거움과 기쁨과 안식을 충분히 주고 있었다. 하루를 알차고 성실하게 보낸 자신에게 선사하는 선물 같은 것처럼 보였고, 하나님의 은혜로운 행위처럼 성스럽고 고귀하고, 온유하고 사랑스러워 보였다.

　나는 이사장집에서 기생하는, 이름 없는 아가씨이다. 주인보다 더 일찍 일어나고 늦게 자는, 아침밥을 준비하고 저녁밥을 준비하는 가정부이기도 하다. 일정한 월급을 받고 따스한 방도 있어 그런대로 생활할 만하다. 부모는 울릉도 여객선이 전복되어 더 이상 세상에서 볼 수 없는 곳으로 훌쩍 떠나서 그 아득한 먼 곳에서 나를 내려다보고 있었기에 하루하루가 외롭고, 초라하고, 고달프다. 세상에 홀로 외로이 존재하며 사랑스럽게 이름을 불러주는 사람이 없는 것만큼 비참한 일도 없는 것이다. 그 아이가 바로 나였다.

　나의 이름은 '어이. 애야'가 아니었다. 사모님은 자신의 현재의 처지와 위치를 공고하게 다지기 위해서 늘 나에게 경시하는 눈빛과 멸시하는 언사로 다가와서 따스하게 이름을 부르지 않고 자신이 내키는 대로 부르며 삶의 위안을 가지는 것 같았다. 나의 처지를 명징하게 인식시키는 것이 순간순간 하루하루 중요한 일과처럼 다가왔던 것이다. 그것으로 이사장에게 시집온 이유를 우회적으로 설명하고 있었던 것 같았다. 그녀는 평소에 느슨하고, 지루하고, 맨송맨송한 시간이 짙은 먹구름처럼 켜켜이 쌓여서 강하게 짓누르는 것을 일시적으로 회피하기 위해서 시간만 허락하면 나를 닦달하고 있었던 것이나. 그래서 난 언제나 사모님의 첫 음성 속에 섞인 감정의 불편한 입자들을 예민하게 감지하고 더듬으며 대충 하루를 예측할 수 있었던 것이다. 평온하게 하루를 보낼지 여기저기 불려다니며 기진맥진할 정도로 힘을 다 뺄지 아침 일찍 그녀의 첫 음성 속에 존재하는 감정의 입자들 속에 기생하고 있었던 것이다.

이사장집에서 나오면 나의 이름은 정혜였다. 성이 정이고 혜가 이름이었다. 이름이 외자여서 그런지 가엾고 외롭게 자랐다. 부모도 없고 형제자매도 없었다. 가까운 친척도 없고 이웃도 없었다. 외가 쪽의 먼 친척이 이사장이었다. 그래서 상업고등학교를 졸업하고 학교 서무실에서 곧바로 근무하게 되었다. 그곳에서 대략 1년 정도 학교 살림에 관한 일을 사소한 것부터 중요한 것까지 배우다가 이사장 댁으로 들어오게 되었다. 이사장의 강권도 한몫했고, 사모님의 비서로 그녀를 돕고 심부름이나 하라고 했다. 하지만 그녀의 유별나고 괴팍한 성격으로 가정부가 와도 며칠을 못 버티고 나가고 또 와도 며칠을 못 버티었다. 집안일에는 애초에 관심도 없고 소질도 없는 그녀를 대신해서 하루하루 밥을 하다가 이렇게 어정쩡한 상태로 머물게 되었다. 아직도 학교 서무실 소속이라 준공무원이었고, 월급은 꼬박꼬박 나왔다. 그것 외에 이사장 댁에서 집안일을 하는 것은 따로 월급을 받았기에 나쁘지 않은 조건이었다. 그녀는 늘 성미가 원만하지 않고 별스러워서 맞추기가 어려운 데가 없지 않았으나 가족처럼 한 울타리에 호흡할 수 있다는 것은 늘 고마운 일이었다. 나에게 늘 부모는, 혼자 언제부터인지 정확하게 알 수 없는 그 아득한 기억의 혼미한 공간 속에 존재하는 아스라이 따스한 결실의 흔적만이 은근하게 남아서 나를 보채게 하고 더 이상 다가갈 수 없는 두꺼운 벽으로 가로막고, 그래서 괴로웠다. 나이가 들고 정체성이 확립되어서 사물 인식이 충분하고 분별력이 가다듬어질 나이가 되어가면서 이상하게 점점 더 부모의 형상은 명확하지 않았고 도화지에 그린 부모의 얼굴 위에 실수로 물을 끼얹은 꼴이 되었다. 애써 고치고 고쳐서 겨우 만든 부모의 이목구비가 흐릿하고 뿌옇게 퍼져나가서 아득한 곳으로 나아가는 것을 느끼면서도 강하게 붙잡을 수는 없었다. 그것이 망각으로 나아가는 길이기에 더욱 잔인하고 가혹하게 다가왔던 것이리라.

그럼에도 불구하고 고아에 가까운 외로운 삶을 살면서도 오직 주님은 잊지 않고 한길로 나아갔다. 어느 날, 그 어느 날 한적하고 청명한 봄날, 예전에 이미 화사한 꽃을 떨어뜨리고 그 사이사이 무성한 잎사귀들로 채우고 있던 개나리가 가늘고 아슬아슬한 가지를 아래로 길게 늘어뜨리고 있을 즈음에, 황매산 철쭉이 무리를 지어서 산허리를 찬란하고 화려하게,

순진하고 순수하게 김싸인을 즈음에 외롭게 살이기는 나에게 주님의 따스한 손길이 다가와서 믿음직한 나의 신랑이 되어 버렸다. 그 이후 늘 싸늘한 음영이 짙게 드리워진, 척박했던 내 마음의 밭에 서서히 따스한 햇살이 가늘고 짧게 드리워지는가 싶더니 점점 더 굵고 길게 사정없이 내리꽂혔다. 그러자 지금까지 척박했던 마음의 밭도 따스한 햇살의 지속적인 노크로 서서히 올바른 반응을 보이며 바람의 어깨를 타고 여기저기 세상 구석구석을 여행하는 씨앗들에게 정착에 대한 고민을 하게 만드는 곳으로 변해갔다. 마음의 밭은 그것으로 끝나지 않고 출신과 환경이 다른 개별적인 씨앗들을 정겹게 받아들이고 안으로 깊이 품어서 온기가 충만하게 만들었다.

그 이후 나는 따스하고 충만한 삶을 살 수 있었다. 비록 사모님이 어떤 잔소리와 수치심을 주는 가혹한 욕설을 내뱉어도 한쪽 귀로 받아들이고 한쪽 귀로 흘려보냈던 것이다. 나는 불평불만 없이 그것들을 다 수용하고 별다른 격한 반응을 보이지 않은 것은 평온한 주님을 신랑으로 받아들인 것도 없지 않았으나 한편으로 그녀가 불쌍하고 측은한 여인이라는 생각이 들었기 때문이었다.

늘 사모님의 생활은 느슨하고 지루했으나 누군가에게 많이 쫓기는 것 같았다. 강박증이 있는 여인처럼 불안해 보였고 초조해 보였다. 대구에 있는 백화점에 가서 값비싼 옷을 사고 구두를 사도 그 불안과 초조에서 쉬이 벗어나지 못하는 것 같았다. 그러면 그녀는 나를 데리고 해인사 깊은 골짜기에 있는 조그마한 암자에 가곤 했다. 그럴 때면 보통 내가 운전을 했고, 첩보작전이 연상될 정도로 비밀스러웠다. 이사장의 시선과 기사의 시선에서 벗어나는, 그 시간의 적절한 알리바이를 만들어야 했다. 난 그녀의 사적인 비밀스런 일에 대한 것은 일절 함구했고, 그것에 대한 대가로 그녀는 늘 백화점에 가면 값비싼 옷과 보석을 하나씩 사주었다. 내 방 장롱 안에 고이 간직하고 있는 프라다 백과 구찌 백도 그녀가 몇 번 들고 외출하다가 싫증이 나면 나에게 주곤 했다.

홀로 외롭게 수행하는, 이마가 유난히 반질거리는 스님은 늘 사모를 지극정성으로 반갑게 맞이했다. 대웅전에서 기도를 하다가도 공양을 하다가도 달아오른 그녀의 얼굴 속에 깃든 통제할 수 없는 갈구의 몸짓을 지긋이 들여다보면서 말이다. 늘 그랬던 것처럼 산사에 있는 가장 깊고 난절된 은밀한 방으로 사라졌고, 그들이 사라지고 나면 난 체어맨 승용차 안에서 나만의 평화롭고 넉넉한, 행복하고 달콤한 시간을 보낼 수 있었다. 하루 중에서 가장 느긋한 시간이었다. 온전히 나에게로 향하는 시선을 둘 수 있는 시간이기도 했다. 가끔씩 가는 새벽기도도 새롭고 충만하고 평안한 시간을 줄 수 있었으나 그것과는 다른 성격의 휴식으로 나에게로 향하는 차분히고 절실한 시간이었다. 그래서 한 달에 몇 번 있는 신시의 외출은 나에게 다소 구겨지고 외로운 본래의 자아에게로 다가가는 고요하고 거룩한 길이기도 했다. 더욱더 차분하고 절실해졌다.

처음에 다소 구겨지고 외로운 본래의 자아는 끊임없이 다가오는 예수의 훌륭한 인격과 자애로운 미소를 외면하고 밀쳐내다가 서서히 그의 신뢰에 대한 따스함이 배어나는 것을 느끼며 자신의 내면의 단단한 성벽이 알아서 여지없이 무너지는 것을 느낄 수 있었다. 예수의 형상은, 그녀 자신의 안쪽 깊은 곳부터 일시적인 반질거림이 아니라 지속적인 내면화의 작업으로 나아갔던 것이다. 그러자, 상처와 자잘한 아쉬움과 괴로움, 변덕과 객기도 차분하게 다스릴 수 있었다. 예수는 그렇게 산사 곁으로 아래로 졸졸졸 흐르는 계곡의 물소리와 함께 나의 내면 깊숙한 곳까지 흘러들어 급하지 않고 느리게 침윤되었던 것이다. 가끔씩 그녀를 기다리는 체어맨 안의 두어 시간 정도가 나에게는 소중하고 귀한 시간이었다. 그래서 침 선생님으로 알려진 그 스님에게 늘 고맙고 감사했다. 그것은 사모님도 마찬가지인 것 같았다. 그 스님과의 은밀한 만남이 있은 후에 곧바로 노골적으로 표변해서 흐뭇한 표정을 드러내었던 것이다. 평소에 볼 수 없었던 느긋하고 평온한 표정이었다. 그녀의 입가에 노란 개나리꽃이 화사하게 피었던 것이다. 사모님에게만 시술하는 스님의 침 솜씨가 대단하다는 생각이 들 정도였다.

그러면 또 며칠은 평소에 심술궂은 표정으로 늘 꼬투리를 잡아서 나를 닦달하던 모습을 찾아볼 수 없었다. 일상적인 짜증과 격정적인 언사는 드러내지 않았고 이타적인 면모로 나를 대하는 것이었다. 밥상을 차리는 것을 도와준다거나 설거지를 도와주곤 했다. 주체할 수 없는 기쁨으로 콧노래를 흥얼거리면서 말이다.

난 사모님과 공유하는 은밀한 비밀이 하나 더 있었다. 그녀는 학교에 부임하는 잘생긴 총각 선생님이 2층에서 잠시 머물게 되면 그에게 우회적으로 접근해서 그녀 자신이 원하는 것을 취했다. 예전에 검은색 안경을 낀 사회선생님도 그랬고 최근에 체육선생님도 그랬다. 그녀는 은밀하게 수면을 유도하는 약을 차나 음료수에 타서 먹이곤 했고, 그러면 그들은 여지없이 침대에 미끄러져 달콤한 잠의 늪에서 헤어나지 못했다. 그러면 그녀는 깊이 잠든 그들을 자유자재로 만지고 꼬집고, 심지어 곁에 누워서 팔베개를 하고 끌어안고 키스를 하며 그녀 자신의 끓어오르는 욕구를 병적으로 채웠다. 난 대략적으로 문밖에서 그것을 조심스럽게 느낄 수 있었다. 사모님의 마수에 걸린 체육선생님도, 그 아슬아슬한 찰나에 내가 이사장에게 2층에 가보라고 했었다. 이상하게, 체육선생님을 지켜야 할 것 같고 고상힌 풍모가 나의 신랑 예수와 닮은 깃 같기도 했다.

그래서 난 새벽 일찍 교회에 나가서 사모님을 기도하고 이사장을 기도했다. 이사장은 예전에 새벽 어스름이 걷히기 전에 노크도 없이 나의 방으로 들어왔던 것이다. 이사장집에 들어와서 며칠 지나자 그의 본성과 직면하게 되었다. 긴장이 풀어져서 안에서 방문을 잠그지 않고 잤던 것이 화근이었다. 그 다음날 새벽에 그는 느닷없이 문을 열고 들어와서 나의 머리맡을 한동안 자세히 내려다보고 있었던 것이다. 그때 나 또한 깨어있지 않았다면 그는 나의 처녀성을 과감하게 짓밟고 자신의 주체할 수 없는 강한 욕구를 가득 채우는 일에 몰두했을 것이다. 하지만 이상하게 그 당시 꿈결에 예수님의 형상에 신비스런 눈빛을 발산하는 어떤 사내가 다가와서 당신을 구하러 왔다고 하며 손목을 강하게 잡아채어 어디론가 끌고 갔던 것이다. 그래서 난 꿈결에 억세게 잡힌 그 욱신거리고 아픈 손목을 잡고 깨어났던 것이다. 그때 이불을 뒤척이다 이사장과 한순간 눈이 마주쳤고 깜짝 놀라서 큰소리를 지르자 그는 방문을 열고 재빠르게 뛰쳐나갔다. 그 이후 난 방문을 꼭 잠그고 간헐적으로 가던 새벽기도에 정성을 기울였고, 눈을 떴고, 더욱더 정진했던 것이다. 그것으로 인하여 제대로 된 자아성찰에 대한 전기와 터전을 차근차근 마련해서 세상에 이

바지하는 사도의 길을 가기 위한 최소한의 방편이라고 생각했고, 어쩌면 꿈결에 만난 신비스런 눈빛을 발산하던 그 사내의 실체에 대한 꼬리라도 잡고 싶은 간절한 바람의 반동인지 적확하게 말로 표현 할 수는 없었다.

시간이 지나고 나서 생각해 보니 그 꿈결에 나타난 사내가 체육선생님과 닮았다는 것을 깨달을 수 있었다. 그래서 난 찻잔을 가지러 2층에 갔을 때 침대에 곤하게 자고 있던 체육선생님에게 정중하고 따스한 마음으로 베개를 베어주었고 얇은 이불을 덮어주었다. 잠이 든 그의 얼굴은 천진난만했고 설핏 싱그러운 의미 있는 미소를 띠기도 했다. 그 미소의 중심에 자리 잡은 촉촉한 입술에 손가락을 가져가서 만지고 싶은 충동이 일시적으로 강하게 들었으나 그렇게 하지는 않았다. 불경한 일이라고 생각했고 예수의 믿음에 반하는 불순한 행동이라고 생각했다. 그래서 난 어머니의 마음으로 갓난아이를 바라보듯이 한 없이 에처로운 마음으로 바라만 본 것이었다. 마치 새벽기도 때 십자가에 매달린 예수의 형상을 바라볼 때처럼.

꽃뱀헌터는 모사재 정상에서 돈 끼호떼와 싼추를 만나고

금요일 밤, 꽃뱀헌터는 모사재 정상에 도착해서 60리터 배
낭 깊은 곳에 있는 손에 익은 1인용 텐트를 꺼내었다. 그는
뼈대를 십자로 만들어서 활처럼 당겨서 오랫동안 멈추면 그
만의 아늑한 공간이 만들어졌고, 플라이를 치고 차가운 바닥
에 두꺼운 깔개를 깔았다. 소박했으나 풍요로운 산정에서의
낭만적인 하우스가 되었다. 온화했다. 그는 자신이 대견해서
텐트 안에 몸을 길게 뻗어서 누워보고 흐뭇한 만족의 미소를
띠며 한참을 누워서 예전에 대학교 다닐 때 시간만 허락하면
홀연히 배낭을 메고 무궁화호 기차에 몸을 싣고 목적지를 정
하고 내려서 어둡고, 차갑고, 막막한 어느 시골길을 무의미하
게 걸었던, 잠시 머물렀다가 또 걸었던 생각이 아스라이 떠올
랐다. 그런 과거의 삶이 새삼스럽게 잔잔하고 그윽하게 다가
왔다. 일상의 울타리에서 벗어나자 제대로 그 일상의 소소
한 부분까지 보이듯이 현재의 울타리에서 벗어나자 제대로
그 현재와 밀접하게 잇닿아 있는 과거의 끄나풀들이 서서히
풀어져나오는 것 같았다. 그때는 참 힘들었고 외로웠고 고달

팠다는 생각이 들었다. 그럼에도 백패킹으로 인하여 오랫동안 머물러 있던 그 힘듦과 공허함에서, 정체되어 부자연스러운 흐름으로도 이어지지 못하는 불안한 상황에서 간신히 이겨낼 수 있었던 것이다. 메이저리그의 마운드에서 공을 던지고 싶은 꿈이 무참하게 짓밟히자 그 기저에 알 수 없는 허한 빈자리를 무엇인가로 채워야 했었던 것이다. 그것이 백패킹이었다.

백패킹은 심플하고 편안한 산행으로 자연과 조우할 수 있는 최소한의 장비만 준비하고 서로를 인정하며 차분하게 자연을 받아들이는 일이었다. 인정하는 것은 공생의 관계에서 중요한 덕목인 것이다. 엄연히 정글에는 우열과 서열이 있고 불평등과 소외가 있고 착취와 죽음이 있기 마련인 것이다. 그 인정으로 인하여 자신의 위치를 찾을 수 있고 그 속에서 생존의 비법이 생기는 것이다. 꽃뱀헌터는 백패커로서 그것을 모르는 것은 아니었다. 강자가 약자를 사냥하고 먹는 것은 일반적인 먹이사슬을 파괴하자는 것이 아니라 생존의 연장을 위해서 필수영양소를 공급받기 위한 거룩한 행위인 것이다. 그것을 탓하는 것이 아니라 필요 이상으로 잔인하고 가혹하게 억압하고 밀쳐내는 일은 없기를 바랄 뿐이었다. 강자의 위치에 있을 때 말이다. 자신도 학교를 대표하고 나라를 대표하는, 사람들의 입에서 입으로 급속하게 확산되는 위치에 있을

그 당시 얼마나 거만하고 우쭐거리며 세상을 활보했는지 이
제야 확실히 깨닫게 된 것이었다. 그 속에서 그것을 향유하며
꽃길만 걷고 있을 때는 평생 그곳에서 반듯한 길 위에서 평화
롭게 걸을 것만 같았던 것이다. 하지만 한순간에 끝도 방향도
목적도 없는 곳으로 하염없이 떨어지고 가라앉는 처참한 현
실 속에서 우회하는 걸음걸이를 배웠고 내가 아닌 남의 처지
가 서서히 의식의 언저리에서 머무는 것을 느낀 것이다. 그러
면서 자신의 아픔과 처지를 인정할 수 있었고 상대의 아픔과
처지도 인정할 수 있었다. 그래서 인생은 상층부에서 놀고 거
니는 찬란한 그 순간이 아름다운 것이 아니라 그것을 찬찬히
인식하고 받아들일 때, 더욱이 거북하게 일어나는 사소한 일
상을 느끼고 받아들일 때 아름다운 것이었다. 어쩌면 그것이
인정인지도.

그래서 꽃뱀헌터는 타인의 마음을 깊고 섬세하게 이해할
수 있었다. 그들의 초라함과 비루함도 이해할 수 있고 그들의
거친 숨결 속에 담겨 있는 사랑과 질투도 이해할 수 있었다.
이젠 그는 사물의 선과 면도 이해할 수 있고 숨을 들이마시고
내쉬는 동물에서 식물까지도 이해할 수 있었다. 화산이 분화
하고 이미 오래전에 고착되어 머무르는 너럭바위와 천 년을
한곳에 뿌리를 내려 충실한 열매를 맺고 떨어뜨리는 은행나
무까지도. 파란 하늘을 배경으로 한가로이 떠 있는 모이고 흩

어지는 크림색 구름까지도, 심지어 도로의 접지력과 추종성을 위한 공기역학으로 잘 다듬어놓은 페라리 488스파이더까지도.

그러자, 그는 자신의 내면의 음성과 움직임에 대하여 민감하게 인식할 수 있었다. 결국에는 그것이 외부로 통하는 길이기도 했다. 그런 것이 현실의 밝음과 넉넉함 속에 오롯이 발랄하게 머물러 있을 때는 어둠 속에 기생하는 내재적인 속삭이는 언어의 생성을 원천적으로 막지는 않았으나 대개 외면하는 것이 비일비재했던 일이었다. 그러다가 휘황찬란하고 매력적인 외부의 세계가 일시적으로 붕괴되자 가까이 머물러 있었던 친구들도 떠나고 늘 특종의 눈초리로 주위를 배회하던 기자들도 흩어지고 삶의 공허한 메아리만 잔잔하게 울려 퍼질 때 차츰 분열된 자아에서 흐느끼는 단순한 음성과 메아리에도 귀를 기울이는 것이었다. 그러면서 자신이 얼마나 본질적인 자아에 대하여 불성실하고 하찮게 생각했는지, 외부적인 화려하고 번질거리는 겉모습에만 치중하며 살아왔는지 알 수 있었던 것이다. 번다한 세상의 이목이 집중되면 될수록 더욱더 본질적 자아는 세상에서 고립되고 외롭고 고독했던 것을 말이다. 그래도 어릴 적 꿈을 위해 그 순간은 젊음을 불태우는 척 너무나도 행복하고 여유로운 척 하면서 살아야 했던 것이다. 이젠 그렇게 자신에게 위선적이고 가식적인 황폐하게 버려진 삶을 살지 않아도 되었던 것이다. 오직 내면으로 이어진 좁고 꼬불꼬불한 험한 산책길을 찾아서 지금까지 방치하고 외면하고 경시한 본질적 자아를 찾는 것이 유일한 삶의 위안이고 기쁨이고 성취이었다. 어쩌면 주위에 머물러 있었던 탐욕스런 여인의 시선들도 자신을 통해서 본질적 자아를 찾고 싶어서 그러는지도 모르는 일이었다.

그는 산정으로 올라오면서 세상의 모든 굴레에서 벗어나는 것을 느끼곤 했다. 태양이 서녘 하늘에서 완전히 자취를 감추고 선홍빛 그윽한 입자들이 곱고 섬세하게 내려앉아서 어슴푸레한 밤의 입자들을 맞이할 즈음에 영암사 주차장 구석진 곳에 승용차를 주차해놓고 산행을 했다. 60리터 배낭의 무게는 온몸으로 골고루 분산시키는 구조로 인하여 그렇게 무겁게 어깨를 짓누르지는 않았다. 하룻밤을 자연 속에서 평안하고 느긋하게 지내는 일이라 불필요한 것은 될 수 있으면 제외시키는 습관이 있었다. 원래 백패킹은 정해진 목적지까지 발길 닿는 대로 걷고 계곡이나 냇가를 마음 내키는 대로 걷고 쉬며 한가로이 나아가는 것이었다. 하지만 오늘은 어둠도 이미 한치 앞까지 다가와 있어 정해진 코스를 따라 트레킹을 해야 했고, 더욱이 이곳은 처음 접하는 만만하지 않은 환경이고 야간산행이라 다소 위축되고 낯설었다. 평소에 하던 대로 하면 실족사를 당할 수도 있었기에 상황을 겸손하게 받아들였고, 그것이 자신을 안전하고 온전하게 지키는 일이라는 것을 이미 알고 있었던 것이다. 지금보다 더 젊고 혈기왕성하던 시절에는 두려울 것이 없어 격하게 차오르는 열정을 조절할 수 없어 간혹 파열음이 나기도 했다. 위험한 상황에 내던져 발목이 접질리고 팔목이 비틀리어 어긋나는 일도 있었다. 마운드에서도 그런 일이 비일비재했다. 어깨의 강함과 견고함을 믿고 유인구를 던져야 하는 타이밍에 굳이 정면 승부를 피하지 않고 묵직한 직구를 던져서 호되게 얻어맞은 적도 있었다. 지금은 그 당시의 철없던 그 아이가 아니었고, 묵직한 삶의 무게로 인하여 비탈진 경사를 하염없이 걸어오르면서 터득한 겸양과 절제를 어느 정도 깊이 있게 골고루 쌓을 수 있었다. 그래서 사려 깊고 온순하고 지혜로웠고, 차분하고 온화하며 인자하게 내면의 충동과 열정을 다스릴 수 있었다.

4월말의 밤은 아직도 겨울의 끝자락이 남기고 간 차가운 입김을 여실히 뿜어내고 있었다. 좁고 가파른 산정으로 오를수록 더더욱 차디차게 다가오는 것을 온몸으로 느낄 수 있었다. 아무래도 그는 남쪽 하늘에 유난히 빛나는 봄의 별자리 스피카의 변덕일지도 모른다는 생각이 들었다. 스피카는 아침저녁으로 변하는 불안한 처녀의 마음일지도 모른다. 그럼에도 청초하고 아름다운, 순결하고 고운 얼굴 속에 태양보다 더 뜨겁고 강렬한 열정과 숨결을 숨기고 있는지도 모르는 일이었다. 그 뜨겁고 강렬한 열정과 숨결은 분명 사내에게로 향하는 이글거리는 맹렬함일 것이리라. 그는 꽃뱀도 스피카처럼 그 아름답고 고운 미모 속에 끔찍한 뜨거움과 무서움을 숨기고 있을 것이라 생각했다. 그것과 별개로 그는 그녀를 생각하면 주체할 수 없이 팽창하는 페니스의 질주를 통제할 수 없다는 것 또한 알고 있었다.

그는 가까스로 산정으로 오르던 중에, 풍화작용으로 흙이 두텁게 깔려 있는 산정 언저리에 편안하게 앉아 카톡에 떠 있는 꽃뱀의 이미지와 문구를 들여다봤다. 며칠 전 이사장 댁에서 식사를 하고 전화번호를 주고받았기에 여지없이 친절하게 떠 있어 그의 시선과 마음을 끌기에 충분했다. 그녀의 이미지는 거의 다 유혹적인 자태와 교묘한 미소로 자신을 은근하게 드러내었고, 어떤 것은 가슴 부위를 봉긋하고 도드라지게 드러내기 위해서 브라의 두툼한 부피를 빵빵하게 불리는 것도 있었다. 대개 시선은 아래로 지긋이 깔고 눈웃음을 치고 있었다. 문구도 늘 중의적인 표현으로 사내들의 시선을 끌어 모았다. 한곳에 편중되어 있지 않고 편재되어 있는 문구만 골랐고, 그것이 어쩌면 사내들 주위에 던지는 먹음직한 미끼인지도 모른다. 그것도 모르고 사내들은 오로지 자신을 위한 간절한 몸짓이라고 생각하며 가랑이가 찢어지는지도 모르고 투지와 열정으로 죽기 살기로 거침없이 달려드는 것인지도.

아직도 그는 그녀가 꽃뱀이라는 증거를 찾을 수가 없었다. 일반적인 꽃뱀과 달리 환경에 대한 친숙한 적응력으로 더욱 더 교묘하게 진화의 선수에 선 것인지도 모른다. 보통 꽃뱀의 족속들에게서 자주 볼 수 있는 가늘고 긴 두 가닥으로 갈라진 혓바닥도 보이지 않았다. 그렇다고 그녀를 진화의 대상으로 놓고 고찰할 수도 없었다. 진화 사실을 입증할 수도 없고 진화경로를 파악할 수도 없고 더욱이 진화 요인을 찾을 수도 없었다. 기존의 시선과 재주로는 파악할 수 없고 받아낼 수 없는 특이한 우량종인 것 같았다. 스마트폰의 간헐적 오류처럼 일정한 리듬과 질서에서 벗어난 공간에서 서식하는 새로운 종인지도 모른다는 불안한 생각이 물밀듯이 밀려들었다. 그래서 그는 초심으로 돌아가서 자신의 내면으로 시선을 돌리기로 했던 것이다.

밤이 이슥해지자 차가운 공기가 느닷없이 습격했다. 조금 전까지 느슨하고 흐릿하게 다가오던 별빛도 어느 순간 추위와 함께 영롱한 자태를 총총하게 드러내었다. 그는 산행으로 흥건하게 젖은 등산자켓이 마르기도 전에 식어서 차가워지자 춥고 불쾌해서 텐트로 돌아가서 배낭 안에 준비해 온 얇은 오리털로 갈아입었고, 코펠과 버너를 꺼내어서 컵라면을 먹기 위해 준비했다. 모산재로 오는 도중에 휴게소에 들러서 산 도톰한 김밥 한 줄과 김치도 있어 격한 산행으로 얻어지는 대가로써 괜찮은 편이었다. 내일 아침을 위해서 인스턴트 떡국도 준비했다.

그는 가벼운 저녁식사는 잠시 밀쳐놓고 온몸으로 땀을 흘린 공복 상태의 맑고 투명한 정신으로 소박하고 아늑한, 화사하고 진지한 명상의 정원으로 접어들고 싶었다. 그곳은 언제나 부드럽고 따사로운 미소로 문이 열려 있고 언제 오든지 상관하지 않고 반갑게 맞이했던, 그곳으로 나아가고 싶었다. 그곳은 한량없이 깊은 곳에 존재했고, 갑작스런 폭우와 차가운 냉기로 인하여 움츠러들 필요 없이 따스하고 안온한 큰방이었다. 붉은 십자가의 불빛도 들어오지 않고 자동차 소음도 들어오지 않는 자신만의 최적화된 공간인 것이었다. 그곳은 늘 새롭게 태어나는 생명이 있었고, 그 생명을 키우고 양육했다. 그러다가 드넓은 정원으로 나가서 장미에게 물을 주기도 하고 하얀 튤립에게 거름을 주기도 했다. 그 고된 정성과 수고로 인하여 아름다운 꽃들은 달콤하고 그윽한 향기로 보상해 주었던 것이다. 가끔씩 훈풍이 불어올 때 고혹적인 향기는 더욱 진하고 깊었다.

그는 가부좌를 틀고 그 명상의 정원에서 풍기는 내면의 향기를 맡기 위해서 천천히 눈을 감고 허리를 세우고 양손을 무릎 언저리에 올려놓았다. 그는 어슴푸레하고 흐릿한 미소를 띠며 천천히 미끄러지듯이 내면을 향하여 발걸음을 옮겼다.

칠흑이었다. 달도 별도 없는 암흑천지였다. 한치 앞도 보이지 않는 그래서 나아갈 수 없는 상황이었다. 조마조마해서 앞으로 몇 걸음 옮겼다가 되돌아왔다. 불안하고 초조하고 무서웠다. 그를 반갑게 맞이하는 사람도 제대로 된 이정표도 없었다. 버스를 기다리는 정류장도 없고 기차역도 없는 허허벌판이었다. 그런 상황에 별빛인지 유성인지 알 수 없는 다소 소극적인 빛의 알갱이가 칠흑 가운데 찰나의 출현과 함께 사라졌다. 그곳이 어쩌면 칠흑의 미세한 상처인지도. 잠시 후 그곳에서 작고 연약한 울음소리가 들려왔다. 몹시 가늘고 힘이 없는 찢어지는 밤의 제왕 수리부엉이의 울음소리인 것 같았다. 진한 갈색의 바탕 위에 세로로 검은색 줄무늬가 있는 깃털의 표면에 은은한 빛의 숨결을 간절하게 뿜어내고 있는 것 같았다. 아주 요원한 곳에서의 갑작스런 출현이라 고공비행을 하는 것인지 정지비행을 하는 것인지 명확하게 알 수는 없었다. 하지만 긴 날개를 끊임없이 움직이는 섯만은 확실한 것 같았다.

그는 은은한 그 불빛에 시선을 고정한 채 결박되다시피 머물러 있었던 발걸음을 자신도 모르게 서서히 옮겼다. 칠흑 속에서 길잡이를 찾은 것인지, 아니면 도깨비불에 현혹되어 나아가는 것인지 제대로 알아차리지도 못하고 이끌려서 발걸음을 옮길 뿐이었다. 그곳의 까마득한 끝부분에 있을 세계가 사지인지 길지인지 생각할 거를도 없이 밀이다. 맹목적인 발설음이었다. 어쩌면 칠흑의 암담함 속에서 권태롭게 머물러 있는 것보다 그래도 나아감의 발걸음을 통해서 잔인하게 짓누르는 무료함과 초조함과 불안함에서 벗어나는 길은 오직 그것밖에 없기 때문인지도. 아무튼 그는 은은한 불빛으로 나아갔다.

그러는 도중에 칠흑 속에서 돌부리에 엎어지고 자빠지고 풀뿌리에 결박되기도 하고 촘촘하고 빽빽한 나무덩굴 때문에 겨우 기어서 나아가기도 하고, 그러자 비로소 다소 메마른 초원에 닿을 수 있었다. 그때까지 그는 은은한 불빛에 시선을 떼지 않고 고정하고 있었기에 그 움직임을 미세하게 보고 느낄 수 있었다. 이젠 수리부엉이(은은한 불빛)는 긴 날개의 각도를 재빠르게 수정해서 아래로 비스듬하게 비행을 했고, 유성의 긴 꼬리처럼 간절한 소망을 품은 불빛을 아스라이 남기고 가까이로 서서히 활강을 했으며, 그러다가 어느덧 멈춰서 헬기처럼 호버링을 했다.

수리부엉이는 적당한 거리를 두고 천천히 날갯짓을 하며 그를 인도했다. 밤의 제왕이 아늑하고 따사로운 낮의 공간으로 인도하는 것 같았고 그는 조심스럽게 따라갈 뿐이었다. 하나님의 손길과 말씀처럼 고귀하고 성결하다는 생각이 문득문득 들었다. 습도가 없는 건조하고 차가운 초원을 한없이 따라

가자 어느새 대지의 질감도 딱딱한 것으로, 그러더니 별 자극 없이 부드러운 햇살이 한 가닥씩 또 한 가닥씩 시간을 할애해서 길게 드리우는 것이었다. 눈이 부셨지만 견딜 수 있는 가벼운 터치였다. 그는 직감적으로 이곳이 늘 풍성하고 평화로운 그래서 고귀하고 성스러운 명상의 정원이라는 생각이 들었다. 늘 장소를 달리해서 혼란스러울 때도 있었으나 충만한 기쁨이 있고 다가오는 새로움이 있고 풋풋한 생기가 있고 은근한 아름다움이 있었다. 그때 그는 수리부엉이를 찾았으나 무한한 하늘 위로 긴 날개를 펼치며 날아오르고 있었다. 자신의 임무를 완수해서 얻어지는 성취감의 날갯짓으로 겉으로 분명하고 생생하게 드러났던 것이다. 그러는가 싶더니 풀어진 하얀 구름도 없는 해맑은 하늘 속으로 흔적도 없이 사라져 버렸다. 그때 그는 문득 수리부엉이가 자신을 인도하는 길잡이일지도 모른다는 생각이 들었다. 어둡고 막막한 삶의 어려움에 부딪쳤을 때, 예지로나 꿈으로 앞날의 영상이 차근차근 의식의 언저리에 맺히지 않고 휑하게 지나갈 때, 켜켜이 쌓인 어둠 속에서 한 가닥 긴 빛을 드리우며 연이어 수리부엉이가 길고 힘찬 날갯짓으로 자신을 인도하고 보호할 것 같았다. 마치 자신의 주인을 인도하고 보호하듯이.

그는 눈을 뜨자, 산정이 차분하게 정돈되어 있었다. 그러던 중에 소나무숲 쪽에서 인기척인지 말 울음소리인지 모를 이상하고 괴이한 소리가 들리는 것 같았고 그러다가 이내 사라지고 산정 아래 깊고 험한 골짜기에서 소쩍새의 울음소리가 그 빈자리를 청아하게 메우고 있었다. 그는 저녁식사를 해야겠다고 생각했다. 아까부터 아랫배에서 시그널을 보내고 있었다. 느긋한 명상의 정원에서 한가로이 거닐다가 와서 그런지 이미 시간이 많이 흘렀고 온몸에 싸늘한 냉기가 눌어붙어 있었다. 그때 또 소나무숲 쪽에서 아까보다 더 뚜렷한 목소리가 들려왔다. 그는 환청이라고 무시했으나 귀가 솔깃해지는 것과 동시에 온몸에 전율이 오는 것을 느낄 수 있었다. 그래서 배낭에서 손전등을 찾았고, 손전등을 켜서 어둠이 무겁게 짓누르고 있는 소나무숲 쪽으로 비쳐보았다. 아무것도 없었다. 소나무의 가늘고 촘촘한 잎사귀들이 하나의 거대한 덩어리가 되어서 불빛을 비추자 조금씩 움직이는 것 같기도 했다. 낯설음이 몰고 온 헛것인지도. 그러자 또 조용해졌다. 그래서 그는 배가 고파서 이상하고 괴이한 소리가 들리는 것이라 생각하고 텐트로 돌아가서 코펠과 버너를 꺼내서 반듯한 곳에 놓고 물을 끓여서 컵라면도 먹고 김밥도 먹었다. 위에 따스한 국물과 함께 음식물이 차곡차곡 쌓이자 우선 위에서 다소 거칠게 울부짖던 아우성을 잠재울 수 있었고 공복의 헛헛함에서도 벗어날 수 있었다. 그러자 온몸에서 에너지가 충만해지는 것 같았고 활기와 윤기가 새록새록 돋아나는 것 같았다.

그는 가벼운 음식이 이렇게 따스한 안정감으로 다가와서 충만한 행복을 선사할 것이란 기대를 원래부터 하지 않았다. 그는 소소한 행복이라는 것이 이런 것이구나 싶었다. 단순하게 공복을 채우는 일이 이렇게 행복한 일인지 예전에는 미처 몰랐다. 넘쳐나는 물건과 물건 사이에 존재하는 그는, 그 풍족함 속에서, 결핍의 가쁜 호흡으로 얻을 수 있는 기대와 즐거움을 전혀 느끼지 못하고 있었던 것이다.

그는 침낭 속에 몸을 쑤셔넣었다. 차가웠던 부드러운 공간 속에 갇힌 체온으로 따스하게 데워지고 있는 것을 느낄 수 있었다. 늘 그랬던 것처럼 침낭 안으로 팬티만 입고 들어가면 번데기 속에 드러누운 기분이었다. 안온하고 차분해지는, 어머니의 자궁에서 느낄 수 있는 편안하고 충만한 소망이 넘치는 가지런한 생각만 자리 잡았다. 세상의 복잡한 상념과 번뇌와 망상에서 해방되는 기분이 아마 이런 것이구나 싶었다. 그것은 적당한 운동과 음식을 섭취하면 얻어지는 보통의 인간들이 누릴 수 있는, 눈부신 내일의 햇살을 마음껏 맞고 받아들일 수 있는 소중하고 귀한 것이기도 했다. 그는 스르르 눈이 감기는 것을 느끼며 푸근하게 미소를 머금으며 학교에서 벌어진 아이들과의 일상적인 만남과 수업, 그리고 고개를 숙이고 지나치는 꽃뱀의 은근하고 발랄한 아름다움이 흐릿하게 다가와 있었다. 그곳을 저 아래 가파른 영암사 골짜기 갈참나

누 가지 위에서 애틋하게 울어대는, 깊은 잠으로 인내힐 소쩍
새의 울음소리가 스며들었다.

그는 새벽 즈음에 일어났다. 소변을 보기 위해서. 일산에
있을 때나 시골에 내려왔을 때나 변하지 않은 습관이었다. 굳
이 스마트폰을 들여다보지 않아도 대강 알 수 있는 시간이었
다. 새벽 4시 언저리일 것이다. 그럼에도 그는 습관적으로 머
리맡에 놓여 있는 스마트폰의 버튼을 눌러서 확인했다. 정확
하게 4시 20분이었고 5시를 향해서 분주하게 내달리고 있었
다. 그는 침낭에 들어갈 때에는 팬티만 입고 있었고, 그것도
대개 자다가보면 잠결에 벗어던지곤 했다. 자신이 경직되는
것 같았고 여유 없이 달라붙어서 유쾌하지 않았고 그래서 무
의식중에 벗는 것 같았다. 그것이 페니스가 자유를 만끽하기
위한 행위인 것인지도. 그래서 그런지 그 시간이면 어김없이
앞으로 향하고 나아가려는 투지와 열정과 충동으로 자제할
수 없는 극한상황으로 몰아붙이곤 했다. 그는 그런 반항적인
형태의 요구를 사랑스런 섹스로 순하게 다스리지 못해서, 무
례한 그런 갈급한 요구를 다 들어줄 수 없어서 그는 차선책으
로 자위를 선택하는 것인지도.

그는 바지를 주섬주섬 걸치고 텐트 밖으로 나왔다. 무지개
터를 지나 제법 경사가 심한 끝부분에 옆으로 위로 거친 표면
을 드러내는 거무스름하고 울퉁불퉁한 거대한 바윗덩어리 위

에서 바지를 내리고 오줌을 갈겼다. 어제 저녁에 라면을 먹다가 물을 많이 마셔서 그런지 오줌의 양이 많았고, 굵고 거칠었다. 아직 잔뇨로 인하여 방광 언저리가 미세하게 쑤시고 아파오지는 않았고 기분 나쁠 정도로 짜증나게 자극하지도 않았다. 아마도 이사장의 나이에는 분명히 그런 난처한 일이 자주 일어날 것이었다. 오줌을 싸다가도 이사장 생각이 왜 잠시 머물다가 지나갔는지 설명할 길 없어 엉거주춤한 자세로 피식 웃으며 페니스를 털어서 바지에 넣고 재빠르게 총총걸음으로 텐트로 되돌아와서 침낭 속으로 들어가려는 찰나에 서녘 하늘에 낮게 떠 있는 초승달이 방긋이 미소를 잃지 않고 있었다. 그는 잠결에 나와서 아직도 몽롱한 정신과 흐릿한 의식 속에 매몰되어 있어 그 초승달의 발랄한 미소를 오랫동안 들여다보지 못하고 침낭 속으로 들어가서 목을 길게 빼고 비스듬히 어설프게 올려다보았다.

제법 밤이슬이 촉촉히 내렸다. 초저녁에는 낮에 뜨거운 열기로 인하여 안정되지 못하고 들떠 있고 차분하지 않고 불평불만을 품고 있는, 마치 투정을 부리는 아이들 같았다. 그는 아침으로 향하는 공기의 입자들 속에서 맑고 투명하고 신선하다는 것을, 새롭고 싱그럽고 산뜻하다는 것을 온몸으로 느낄 수 있었다. 그 물리적인 공간이 새벽이었다. 새벽은 밤과 아침 사이에 엄연히 존재하고 있었고, 길고 아름다운 하얀

드레스를 입은 어인의 고운 사태저럼 시비스런 이미지를 품고 있었다. 그래서 그런지 사위가 조용하고 함초롬했고, 그속에 여전히 차가운 냉기가 무겁게 서식하고 있어 밤하늘에 반짝이는 별빛이 더욱 찬란하고 요란하게 빛을 발하고 있었다.

그는 차가운 냉기를 아랑곳하지 않았다. 저 멀리 태양이 서서히 깨어나 정돈된 황금빛 머리칼을 사방으로 조심스럽고 차분하게 휘날리며 고분고분하고 화사하게, 점진적으로, 태양은 웅지를 품고 있던 결기와 열정을 드러내며 대지를 데우고 세상을 밝힐 그곳으로, 그는 무연하게 쳐다보았다. 그렇게 한참을 넋을 잃은 채 어렴풋하게 보다가 그는 침낭 속으로 몸을 밀어넣고 의식의 전원을 끄고 아침을 맞이하기 위해서 달콤한 잠을 청했다.

잠시 후, 어디에서 나타났는지 근원을 알 수 없는, 구름의 사촌쯤 되어 보이는 수증기가 응결된 안개의 무리들이 두서없이 가늘고 긴 실타래를 하염없이 풀어내고 있었다. 산 아래 넓고 아늑하고 평평한 곳에 고스란히 자리 잡고 있는, 천 년을 힘겹게 버티고 있는 쌍사자석등의 거친 입김들이 몇 날 며칠 동안 흘러나와서 대기 중에 촘촘히 쌓이고 쌓여서, 더욱이 이미 흩어져 있던 미세한 수증기의 입자들을 충동질시켜서 규합한 것인지 확실히 알 수는 없으나 점점 더 희끄무레한 공간을 무의미하게 집중적으로 채우고 있었다. 안개의 무리들이 가까이 있는 깊고 험준한 산골짜기를 스멀스멀 기어오르는가 싶더니 멀리 있는 산봉우리들은 차근차근 때로는 휘몰아치듯이 습격해서 근엄하고 어엿한 거대한 몸피를 제대로 분간할 수 없도록 포위하고 있었던 것이다. 그때 텐트 뒤에 말발굽소리가 들렸고, 당나귀 우는 소리가 들리는 듯했다. 잇따라 늘 불만이 많은 싼초의 투덜거리는 소리가 단선적으로 끊겼다 이어졌다 반복하며 안개의 무리들 사이를 비집고, 서서히 텐트 쪽으로 다가오고 있었던 것이다.

"방랑기사 나리, 여기가 어딥니까, 쉼 없이 산을 넘고 계곡을 건너고 또 산을 넘고 계곡을 건너고, 무수한 나날을 보내고 계절을 보내고 한 해를 보내고 또 이어지는 나날을 보내고 계절을 보내고 한 해를 보냈습니다. 도대체 어떤 위대한 인물을 만나기 위해서 여기 기후와 풍토와 문화와 언어가 다른 이국땅 머나먼 곳까지 손수 행차하신 것인지 알다가도 모르겠습니다."

묵묵부답이었다. 돈 끼호떼는 평소와 달리 침통하고 몹시 수척하고 초라해 보였고 하늘을 찌를 듯이 솟아오르던 완강한 모습으로 미식축구의 미들 라인배커처럼 아주 격렬하고 전투적인 행동은 이젠 볼 수 없을 것 같았다. 콜로라도 3루수 아레나도에게서 자주 볼 수 있는, 선상으로 빠져나가는 야구공을 날렵하게 낚아채는 경이로운 행위 또한 이젠 영영 볼 수 없을 것 같았다. 온몸에 촘촘한 그물처럼 가로세로 자유롭게 연결된 혈관의 견고한 조직력도 느슨하게 풀어져서 결국에는 와해될 것 같았고, 더욱이 맑게 흐르던 혈액이 심장의 좌심실에서 나와 우심방으로 들어가는 긴 여정을 하루아침에 멈출 것 같은 불길한 생각이 들었던 것이다.

"방랑기사 나리, 이 길은 어디로 향하는 길입니까? 정녕, 피로에 치친 발걸음이 닿아서 휴식을 취할 수 있는 그런 안락한 곳은 있기나 하는 것입니까?"

"이젠 다 왔다. 결국에 오고야 말았어. 미루고 또 미루고, 미루었던 이곳에 당도하게 되었어. 피할 수 없고 모면할 수 없는 삶의 낭떠러지 위에 홀로 외로이 서있게 되었다. 모험을 하고 또 모험을 하면서도 늘 가까이 있었으나 모른 척 외면하며 나아갔던 음흉한 그놈에게 목덜미가 잡히고 말았어. 예전에는 예상하지도 못하는 용기와 기괴한 행동에 주눅이 들어 구석진 곳에서 눈치만 보던 그 야비한 놈이 혈관에 긴 빨대를 꽂고 흡혈하기 시작하더니 이젠 거의 밑바닥이 보일 정도이니."

"방랑기사 나리, 그놈이 누구입니까? 이 싼초가 당나귀를 타고 격렬하게 돌진하여 잽싸게 모가지를 비틀어놓겠나이다."

"그놈은 싼초, 너의 상대가 아니다. 그 누구의 상대도 아니다. 전지전능하신 신의 권능과 인자하심도 그놈 앞에서는 초라하기 그지없는 것이지. 오직, 그놈의 음산하고 싸늘한 입김을 태연하게 받아들여서 자연스레 호흡하는 것만이 그 영악하고 무서운 그놈을 이길 수 있는 유일한 방법인지도 모르지."

"방랑기사 나리가 무서워하고 전지전능한 신의 권능도 무형지물로 만들 수 있는 그놈의 낯짝 좀 볼 수 없습니까? 도대체 그 정체는 누구입니까? 멀리서 그놈의 상판대기라도 볼 수 있으면 돌팔매질이라도 하지 않겠습니까. 다윗처럼."

"쉿, 경거망동하지 마라. 암중모색이 뛰어난 그놈이 듣겠다. 그놈은 차오르는 밝음 속에서도 자지러지는 어둠 속에서도 귀를 모으고 있단다. 차분하게 흐르는 일상의 흐름 위에서, 가까이서 맴을 돌고 있다가 상대의 허점을 노리고 있는 그 야비한 놈을 자극할 필요는 없단다. 여기 이 소나무숲속 어둑한 곳에 형체를 감춘 채 숨어 있을 수도 있고 저 은은하게 빛나는 초승달의 빈 곳에 몸을 숨겨서 뚫어지게 내려다볼 수도 있단다. 그놈은 자신의 모습을 사물의 음영 속에 숨길 수도 있고, 더욱이 뚜렷한 형체를 드러내지 않고 상대의 소중한 생명을 앗아갈 수도 있단다. 거친 모레를 뿌려도 묻지 않고 고운 시멘트가루를 뿌려도 묻지 않는, 켜켜이 내려앉은 어둠을 지배하는 강력하고 주도면밀한 전능한 힘을 가지고 있단다. 알겠느냐, 싼초."

"그놈이, 아주 무시무시한 존재이군요!"

돈 끼호떼는 대답을 하지 않았다. 그는 무지개터가 내려다보이는 곳에서, 지금이라도 당장 주저앉을 듯이 초췌한 로신안떼의 고삐를 강하게 당겼다. 그러자 싼초도 당나귀의 고삐를 재빠르게 당겼다. 이상하게 당나귀는 평소와 달리 새로운 풍토에서 오는 낯선 불안감 때문인지 평지만 걷다가 산정의 비탈지고 꼬불꼬불한 험로를 걷는 것이 힘든 것인지 가늘고 긴 하얀 안개의 무수한 실타래가 스러지고 보채며 소멸하면서 발생하는 어수선함 때문인지 어슴푸레하게 펼쳐지는 아름답고 아기자기한 풍광에 대한 나름대로 의사표시를 한 것인지 이상하고 괴이한 소리를 지르며 안절부절못했다. 그러자 초점 없이 앞을 지긋이 응시하고 있던 돈 끼호떼는 왼손에 들고 있던 방패로 당나귀의 머리통을 강하게 내려쳤다. 예전에는 맞아도 눈치를 보며 숙연하게 가만히 서있던 당나귀가 평탄한 궤도에서 이탈한 새로운 환경으로 인하여 의식의 저하현상으로 내몰렸는지 라만차의 어느 평원에서는 일어날 수 없는, 거칠고 당당하게 무고하고 투쟁적으로 저항을 했다. 그러자 싼초가 얼른 당나귀 등에서 내려 가엾고 불쌍한 표정으로 목덜미를 부드럽게 쓰다듬으며 위로의 말을 하며 진정

시켰고, 다소 안절부절못하는 당나귀가 마음을 가라앉히는
가 싶더니 낑낑거리며 엉덩이를 자꾸 뒤로 빼며 온 길을 되돌
아가려고 고집을 부렸다. 그러자 아까부터 어딘가에 못마땅
하고 언짢은 표정으로 불퉁하게 희끄무레한 공간을 응시하고
있던 돈 끼호떼는 투구를 벗어서 당나귀의 뒤통수를 힘차게
내리찍었다. 당나귀는 마지막 절규도 없이 맥없이 그 자리에
서 쓰러지고 말았다.

"다 하늘이 내린 신령스럽고 고귀한 죽음의 자리는 주인이
있는 것인가 보다! 그토록 바라고 바라던 곳에 이르렀건만 이
방랑기사 돈 끼호테가 아니라 이름도 제대로 지어주지 않은
당나귀라니! 이젠, 지치고 쇠약한 육체를 영원한 안식처인 무
덤에 부려놓고, 지나간 무수한 모험들을 회상하며 노쇠한 육
체에서 오는 피로에서 영원히 벗어나고 싶었는데, 죽음은 순
서가 없는 것이다."

"방랑기사 나리, 죽었습니다!"

"알고 있다."

돈 끼호떼는 모든 것을 체념한 듯이 말했다.

돈 끼호떼는 예기치 않은 곳에서 죽음이 다가오고 있는 것
을 늘 인식하고 있었다. 머나먼, 길도 없는 길 위에서 거칠고
외로웠던, 그래서 고독했던 그 예측하기 어려운 여정 속에서
이제까지 초조하게 기다리고 두려움에 떨게 했던 것이 가슴

에 비수를 품은 음흉한 숙음의 입김 때뮤이었느데, 괴이하게
도 일이 엉뚱한 곳으로 뻗어나가고 말았다. 음산한 불행도 대
오를 그리며 다가온다지만 직감적으로 자신에게로 향하던 예
리한 화살이 아슬아슬하게 벗어났다는 것을 느낄 수 있었고,
그렇지만 머지않아 그 예리한 화살이 우회해서 느닷없이 쇠
약하게 움직이는 심장을 과감하게 찔러들어서 영원히 멈추게
할 것 또한 불길하게 예측할 수 있었다. 지금 이곳 하늘이 내
린 신령스럽고 고귀한 장소, 천하명당 무지개터는 아니라는
것을 인식할 수 있었다. 갑작스런 당나귀의 죽음으로 인하여.
그래서 그는 자신의 지나친 과오로 죽음의 공간으로 옮겨가
게 한 불쌍하고 측은한 당나귀를 끌어서 무지개터로 옮기기
로 했다.

　돈 끼호떼와 싼초는 당나귀의 뒷다리를 하나씩 잡고 강하
게 당겨보았다. 아직 고깃덩어리에는 따스한 온기가 남아 있
어도 죽음의 저쪽으로 떠난 당나귀는 덩치에 어울리지 않게
지나치게 무거웠다. 대지 깊숙한 곳으로 두꺼운 쇠말뚝을 박
아놓은 것 같았다. 대지와의 혼연일체가 되어버린 것이 분명
해 보였다. 그는 낑낑거리며 잡아당기다가, 그러다가 문득 유
능한 방랑기사가 당나귀를 묻어줬다는 기록과 고서를 본적
이 없다는 생각이 들자 들고 있던 당나귀의 뒷다리를 놓고 무
지개터 쪽에서 서서히 밝아오는 허공을 무연하게 바라보다가

가까이에 있던 텐트에 시선이 머물렀다.

"싼초, 이런 엄숙한 죽음의 의식 중에 예기치 않은 새로운 모험이 다가오는 것 같다. 신령스러운 무지개터를 지키는 호위병의 숙소가 저기 저곳에 있다. 어서 투구와 칼과 방패를 다오. 아무도 없는 산정이라 태만하게 자고 있을 것이 분명하다. 내가 2명을 해치울 테니 넌 산 아래에서 근무 교대 인원이 오지 않는지 망이나 보도록 해라."

돈 끼호떼는 낮은 자세로 조심스럽게 접근했다. 갑옷이 거추장스럽게 무거웠으나 방랑기사의 상징과도 같은 것이라 벗을 수도 없었다. 하지만 기민하고 민첩한 행위로 호위병의 숙소까지 갈 수 없을 것 같아서 고심 끝에 갑옷을 벗기로 했다. 그래서 싼초를 불러서 갑옷을 벗고 칼과 방패와 투구만 쓰고 나아갔다. 싼초가 방랑기사의 뒷모습을 보니 비쩍 마른 몰골이 초라하기 그지없었다. 억센 젊음으로 이끄는 탄력적인 근육은 뼈와 피부 사이에서 서서히 빠져나가 어디론가 멀리 아득하고 막막한 곳으로 아무런 자취도 남기지 않고 사라져버렸고, 그 자리를 핏줄만 선명하고 뚜렷하게 얇은 살가죽 안에서 번질거리며 도드라져 있었다. 느슨하고 좁은 혈관 속의 왕복운동으로 칼과 방패를 들고 낮은 자세로 다가가는 것이 용했다. 그래서 싼초는 망을 보는 대신 그를 뒤따라 가보기로 했다. 죽을 자리를 찾아온, 그래서 더 측은한 주인 나리의 안위가 더 중요했던 것이다.

　돈 끼호떼는 꽃뱀헌터의 텐트에 다가가 조심스럽게 지퍼를 올렸다. 그는 커다란 번데기를 내려다보고 있다가 괴이한 표정을 짓더니 뾰족한 칼끝으로 가볍게 찔러보았다. 그러자 번데기는 미세하게 꿈틀거렸고, 짜증내는 소리를 내는가 싶더니 곧이어 이를 갈았고, 설상가상으로 혼잣말로 누군가에게 말을 걸고 있었다. 그는 지금까지의 비극적인 상황을 모두 접어두고, 자신의 눈앞에 직면한 큼직한 번데기가 살아 있는, 애벌레의 기관과 조직이 성충의 구조로 바뀌는 중요한 시기인 것으로 착각했다. 둥글고 기다란 회색 고치가 세상으로 나와서 얼굴을 내미는 완전변태, 즉 우화하기 전의 거룩한 상태인 것으로, 확신을 가지고 믿었다. 그래서 그는 칼로 깊숙이 찌를 수도 없고 그렇다고 살려둘 수도 없는 애매하고 어정쩡한 상황에 놓인 것을 직감했다. 광막하고 머나먼 우주에서 온 새로운 생명체의 발견이라고 생각했다. 우주선의 불시착으로 남겨놓고 간, 아니면 지구에 살아가는 인류를 정복하기 위해서 이 신령하고 성스러운 무지개터에서 태어나도록 만든 것이지도 모른다. 죽음의 아늑한 집과 삶의 아늑한 집은 별반 다르지 않으니까. 하지만 인정사정 볼 것 없이 과감하게 번데기의 급소를 깊숙이 찔러 종자 번식을 막는 것은 지구의 앞날을 위해서 나쁘지 않았으나 방랑기사로서의 체면과 자존심이 허락하지 않아서 이러지도 저러지도 못하고 우두커니 서있을 뿐이었다. 그런 복잡한 상념에 빠져 지긋이 내려다보고 있던 시선을 거두어들여 태양이 떠오르는 쪽에서 기습적으로 들리는 수리부엉이의 울음소리에 시선이 빼앗긴 그 짧은 시간에, 꽃뱀헌터는 번데기 속에서 찌푸린 얼굴을 내밀었다.

"깨어나서 일어나라. 무지개터를 지키는 호위병인지 우주에서 온 새로운 생명체인지 확신할 수 없으나 일어나서 용맹한 방랑기사의 칼을 받아라."

꽃뱀헌터는 새벽의 차오르는 양기 때문에 불끈 솟아 있는 페니스에 적절한 안정을 주기 위해서 그렇지 않아도 일어나려 하고 있었다. 그는 여전히 혼몽한 꿈결이라고 생각했다. 돈 끼호떼는 한번씩 찾아와서 자신에게 흥미와 재미와 모험을 선사했기 때문에. 창비에서 출판한 '기발한 시골 양반 라만차의 돈 끼호떼' 1권 2권을 항상 가까이에 두고 시간이 허락할 때마다 읽고 읽어서 그런 기이한 현상이 일어난다고 생각했다. 꽃뱀헌터 자신도 어릴 적 교회에서 예수 배역을 맡아 뽕나무 위에 올라간 삭개오에게 한 대사가 떠올랐다. '삭개오야 속히 내려 오너라. 네 집에 유하여야겠다.' '인자가 온 것은 잃어버린 자를 찾아 구원하려 함이니라.' 어쩌면 이 해괴망측한 노인이 자신을 구원의 길로 인도할 것 같은 모호한 느낌과 어떤 확신이 들었다. 그래서 저 노인이 원하는 상대

배역을 충실히 맡아서 연극의 이야기를 이끌어가고 싶었다.

"저는 꽃뱀헌터라는 사람입니다."

"이름이 꽃뱀헌터라. 기이하다."

"이름은 이순신이고, 직함 같은 것입니다. 아직 여긴 탐정이라는 직업이 생소한 나라이긴 해도, 탐정 비슷한 일을 하는 사람입니다."

"이순신이라면 그 위대한 이순신인가. 조선의 수군을 세계사에 길이길이 남긴 그 영용하고 고결한 장군 말이지. 나도 멀리서 풍문으로 들었지. 이 기발한 방랑기사와 친구가 될 수 있는 동시대의 유일한 인물이지. 나라와 백성을 사랑하고 지키기 위해서 자신의 모든 것을 내어준, 그래서 속 좁은 간신들의 투기와 시샘으로 곤경에 빠지는, 그래도 그것을 숙명으로 감연히 받아들이고 나아가는, 처절하고 가혹한 아픔과 고통에 무너지고 무너지는 깊고 음습한 곤경에서도 소신과 결기를 버리지 않는 훌륭하고 존경받을 만한 담대하고 크신 그분. 다소 방향은 다르지만, 엘 또보소의 둘시네아 아씨를 향한 마음도 그의 충정어린 행위와 다르지 않지."

"그분은 조상입니다."

"그래, 그럼 여기가 조선이 아니란 말이냐? 충무공이 살고 있는 그 시대. 참 내가 어디까지 온 것이지. 라만차의 방랑기사는 시공을 자유자재로 왕래할 수 있는 재주는 없는데. 아무래도 마법사의 짓궂은 장난인 듯싶다. 할 수 없는 일이지. 받아들이고 해쳐나가야 할 상황이라면 받아들일 수밖에. 젊은이, 아까부터 궁금한 것이 있었는데, 뭣 때문에 신령스런 이곳, 그 번데기 안에서 나왔지? 혹시 내가 모르는 세계에서 보낸 우량한 생명체는 아니겠지! 우리 은하에 있는 또 다른 지구에서 온 생명체 말이야."

그때까지 시끄러운 싸움이 일어나지 않는 것을 가까이에서 바라보고 있던 싼초는 풀숲에 넘어져 눌어붙어 있는 당나귀 쪽으로 한번 애처롭게 바라보다가 방랑기사 나리가 있는 곳으로 다가왔다. 그는 아직도 아무것도 걸치지 않은 꽃뱀헌터를 바라보고 민망한지 엷은 미소를 던지며 '물건은 실하구면.' 혼잣말을 했다.

그때까지 돈 끼호떼는 칼을 들고 있었고 꽃뱀헌터는 팬티도 걸치지 않은 것을 잊은 채 각자의 얘기에만 열중하고 있었다. 싼초의 출현과 혼잣말이 없었디면 그 상태를 계속 유지하며 얘기를 이어나갔을 것이다.

"때마침 잘 왔다. 싼초. 너의 성주 때 익히고 배운 높은 식견과 풍부한 경험으로 이 젊은이와 얘기를 해보아라. 지금 우리가 온 곳이 조선이 아니라는 구나. 아마도 너의 자식이 아기를 낳고 또 낳았을 때보다 훨씬 더 미래에 우리가 이동한 것 같다. 메마르고 거친 평원과 초원을 거쳐 거대한 산을 넘고 광마한 사막을 가로질러 여기까지 이르는 사이에 어떤 이상하고 기괴한, 놀랍고도 신비스러운 사건이 일어난 것이 분명하다. 아무래도 고비사막을 횡단할 때, 그 끝없이 펼쳐진 지평선을 따라 걸을 때 대기 중에 흐르고 정체되어 있는 빛의 요란스러운 움직임, 즉 빛의 굴절 때문인지 지열의 변심 때문인지는 확실하게 말할 수는 없으나 눈앞에 헛것이 보일 즈음일 거야. 신기루. 온몸에 쉼 없이 땀이 나고 물통에는 생명수가 떨어졌을 때 그 얼마나 유혹의 손짓으로 우리들을 강하게 끌어당기지 않았느냐. 한 걸음 다가가면 한 걸음 물러나고 한 걸음 다가가면 또 한 걸음 물러나는 밀고 당기기의 고수가 아니었니. 결국에 유유히 흐르고 바람에 일렁거리는 물살이 신기루였고, 시원하고 달콤한 물은 선사하지 않았지. 그 무렵 고비 안에서 간신히 생명을 이어가는, 염소와 양을 키우는 목동의 게르가 없었다면 우리는 여기 이 자리에 없었을 것이다. 아마도 비참한 소멸의 단계를 걷고 있었을 것이 분명하다. 해가 지평선을 따라 서서히 내려앉고 대기가 쌀쌀해지고, 무수한 별의 빛나는 숨결이 하나씩 둘씩 유난히 도드라지게 빛나더니 어느새 밤하늘이 다이아몬드 원석을 다듬고 갈아 촘촘하게 뿌려놓은, 찬란하게 빛나는 별빛들이 격하게 와글거리는 그 사이로 무수한 유성이 길고 간결하게 빛의 꼬리를 태우며 나아갈 그 시점에 아무래도 우리가 새로운 길을 우연히 들어선 것이 분명하다.”

그 사이 꽃뱀헌터는 바지를 입었고 싼초는 그의 일거수일투족을 아까부터 살피고 있었다. 그에게 보이는 꽃뱀헌터는 건강한 사내였고 건장한 장수감이었다. 조선의 이순신 장군처럼 존경받을 만한 인품과 골격을 갖춘, 평범하지 않은 이목구비로 여자들의 시선을 독차지할 것 같았다. 때때로 엉뚱한 행동으로 주위 사람들에게 웃음을 자아낼 것 같았고 그 행동이 의도하지 않은 행동이라서 더욱 살갑게 안길 것 같았다. 방랑기사 나리와의 공통점도 있을 것 같았다. 한곳에 집중하면 물불을 가리지 않고 달려들 것 같았고 사회 공동의 선과 지켜야할 도덕적 가치가 있으면 자신의 목숨도 하찮게 내던질 것 같았다. 어쩌면 이 사내가 방랑기사 나리의 후계자가 될지도 모른다는 막연한 생각이 어렴풋이 다가와서 머무는 것이었다.

“이보게 젊은이, 우리가 여기까지 온 것은 절대자의 숭고한 의지와 소신일 것이오. 치기 어린 사소한 장난으로 시간과 공간을 비틀어서 우리들을 사지로 내몰아 처절한 아픔과 고통을 선사하기 위해서 여기 이 자리에 만나게 한 것이 아닌 것 같소이다. 저와 방랑기사 나리가 이곳을 찾아온 것은, 여기 와서 알게 되긴 해도 저희 나리가 천하명당 무지개터에 죽어서 들어가기 위함이었소. 저와 방랑기사 나리는 어제 해거름에 도착해서 여기 무성하게 자라는 소나무숲 속에 로시안떼와 당나귀를 묶어놓고 순결바위까지 갔다 오기도 했소이다. 방랑기사 나리는 철석같이 믿고 있으나 엘 또보소의 둘시네아 아씨의 순결을 사람들이 확인해보라고 부추기고 있었기에, 그들의 불필요하고 잘못된 시선에 경종을 울리기 위해서 말이오. 고귀하고 소중한 순결의 증표를 보여주는 것도 나쁘지 않을 것 같아서, 정식으로 나중에 한번 더 방문하기 위해서, 그것이 어디 위치해 있고 어떻게 생겼는지 겸사겸사 둘러본 것이오.

이런 모든 상황은 당신을 여기에서 만나기를 바라는 절대자의 의도이고 손짓일 것이오. 그럼에도 불구하고 당신과의 만남은 시간과 공간을 초월한 다소 불안하지만, 완전한 관계인 것이오. 이젠 젊은이가 어떤 종교를 가슴속 깊이 받아들이고 키우고 있었는지 어떤 책을 읽고 어떤 생각을 하며 살아왔는지, 솔직담백한 젊은이의 얘기 좀 들어봅시다. 겉으로 보이는 면면으로 그 사람의 내면의 깊이를 제대로 헤아려서 판단할 수는 없고, 그래서 표리부동이라는 말도 나오지 않았겠소. 내면의 뜰에 영양가 많은 풍부한 풀을 키워 염소와 양을 끌어모을지 썩은 고기를 방치해서 집요하고 잔인한 하이에나를 끌어 모아 살찌울지는 아무도 모르는 것이오. 어쩌면 당사자인 자신도 모를 일이오."

"어르신들에게 저 자신을 소개할 수 있는 시간과 자리를 마련해준 것에 감사할 따름입니다. 저는 원래 대학교에서 유명한 야구선수였고, 메이저리그 마운드에 서서 뛰기를 학수고대했으나 예기치 않은 불의의 부상으로 마운드에서 내려와서 영원히 오르지 못하는 불행한 신세가 되었습니다. 한때나마 세인들의 시샘과 부러운 시선들을 이리저리 끌고 다녔던 시절도 있었으나 그 시샘과 부러운 시선들이 어느 순간부터 냉담과 불신으로 이어졌고 힐난과 야멸찬 시선으로 이어졌습니다. 아마 그 이전에는, 제트기류 위에서 편안하게 여행하듯이 살아갈 것 같았던 삶의 일반적인 궤도에서 이탈해 좌표도 없이 끝 간 데 없이 무기력하게 아래로 가라앉았던 것이었습니다. 마치 침몰하는 타이타닉처럼. 그러다가 우연히 과 선배를 따라 백패킹을 하게 되었고, 그러면서 차츰 삶의 소소한 즐거움과 활력을 되찾게 되었습니다. 지금까지 언제나 대접받고 상석에 앉아서 그들의 미사여구에 그늘진 내면에 본질적 자아가 서글프고 외로워하는 것을 미뤄둔 채 화려한 껍데기의 삶을 추구하며 살았다는 것을 그제야 인식하면서, 무참하게 궤도에서 벗어난 삶의 단조로운 리듬과 은유가 오히려 새삼스럽게 다가오고 소소한 행복과 여유를 가져다준다는 것도 깨닫게 되었습니다. 그것이 반복적인 일상을 살아가면서 얻을 수 있는 지극히 단순한 재미이고 즐거움이고 성취라는 것도 뒤늦게 깨닫게 되었던 것입니다."

"젊은이는 우연히 지나칠 수 있는 일상의 겉과 속에서 깨달음을 얻을 수 있는 내면의 완충장치가 있고, 그것은 자신의 선한 의지가 꿈틀거리며 햇살의 밝음을 찾아 서서히 나아가기에 가능한 일이고, 더욱이 그것은 근본적으로 훌륭한 성품과 소양을 가지고 태어나야 가능한 일이오. 젊은이는 제멋대로 흩어져서 맥을 못 추는 세상의 이치와 가치를, 공동의 선을 제대로 세우고 계승할 수 있는 적임자요. 사람과 사람의 만남이 더군다나 시간과 공간이 뒤틀려서 우연을 가장한 필연적인 만남이 바짓가랑이를 잡고 늘어지는 악착같은 데가 없어도 분명히 그 속에는 비밀스런 절대자의 손길이 있을 것이오. 그것에 의구심을 가지고 다가가지 마시고, 자신이 받아들여야 하는 숙명이라고 생각하시고 신속하고 담대하게 받아들이시오. 그러면 더 낫고 풍성한 삶이 더 나은 소망과 영광이 당신의 정수리 위에 고스란히 내려앉을 것이오."

싼초는 유식한 학자의 면모를 유감없이 보이며 차근차근 얘기했다. 평소에 덜떨어진 행동과는 상이했다. 말의 얼개를 짜서 조리 있게 나열하고 있었다. 가끔씩 돈 끼호떼도 그런 성품과 언변을 보고 듣고 깜짝 놀랄 때가 없지 않았다.

"싼초, 너무 강요하지 마라. 너의 이성과 오성이 제아무리 절제와 겸양을 추구한다고는 하지만 초면에 그런 커다란 짐을 안기면 되겠느냐. 너는 한번씩 나를 깜짝 놀라게 할 때가 있다. 나의 심중에 머물고만 있는, 아직 여물지도 않은 엉성한 생각과 계획을 자신의 것인 양 스스럼없이 얘기하니 말이다."

돈 끼호떼는 싼초를 대견하다는 듯이 흐뭇하고 느긋하게 바라보다가 꽃뱀헌터를 올려다보았다. 그러는 사이 꽃뱀헌터도 위에서 아래로 허리가 다소 굽고 퀭한 노인의 모습을 바라보다가 눈이 마주치는 것을 애써 피하며 이상하게 꿈결에 일어나는 리얼이 아니라 현실에서 일어나는 리얼이라는 생각이 불현듯이 들었다.

"젊은이, 그럼 꽃뱀헌터는 주로 어떤 일을 하는 것인고? 클라이언트로 하여금 돈을 받으면 뭔가를 해야 하지 않나? 난 도무지 감이 오지 않네."

"꽃뱀을 잡는 일입니다. 사내와 사내들 사이에서 고혹적인 미소와 마수로 서로 싸우게 만드는, 행복한 가정과 건전한 사회와 부강한 국가를 불안하게 만들고 병들게 만드는, 그래서 누군가는 처단해야 하는 막중한 임무를 받고 성실하게 수행해야합니다. 그러면 가정과 사회와 국가가 올바른 온기와 충만한 사랑의 반석 위에 반듯하게 설 것입니다."

"젊은이의 일은 방랑기사의 일과 다르지 않다. 하지만 연약한 여자들을 날카로운 칼로 겁박한 적은 없다. 원칙을 고수하는 정의의 시도는 자신보다 강하거나 동등해야 무기오 방패로 막고 날카로운 칼로 찌른다. 사회적 약자인 노인이나 아녀자를 긍휼히 여기고, 아낌없이 사랑과 자비를 베풀고 끌어안아야 하는 것이 방랑기사의 올바른 책무이다. 그것은 하찮은 범부에게도 통용되는 일반적인 것이기도 하다."

"방랑기사 나리, 꽃뱀은 그 연약함을 무기로 사내들 속에서 조심스럽게 날개를 접었다 펼쳤다합니다. 그 날개를 펼쳤을 때 깃털의 표면에서는 수수하고 때로는 화려한 색채로 유혹을 하고, 그 깃털 사이사이 화사한 봄바람이 불어오면 은은하고 강렬한 향기가 지속적으로 풍겨서 들녘에서 부지런하게 일하는 후덕한 농부의 마음도 흐뭇하게 만들어 손에서 농기구를 놓게 하고 술을 마시며 타락의 길로 접어듭니다. 뭇 사내들은 두말할 필요도 없습니다. 그들은 사이비 종교에 세뇌되어 가족과 사회를 버리며 광적으로 행동하듯 합니다. 저는 그것을 바로잡기 위해서 최선을 다 하려고 합니다만, 저의 한계에 부딪치고 말았습니다. 꽃뱀을 보면 뭇 사내들처럼 페니스가 이성의 통제를 벗어나 알아서 날개를 펼치고 있기 때문입니다. 제 안에 있는 본능적이고 충동적인 감정을 누르고 제재할 수 있는 능력이 저에게는 없는 것 같습니다. 그리고 세상 속에 일반적인 꽃뱀들이 하는 일반적인 행위는 눈에 쉽게 들어오는데, 나의 클라이언트 이사장에게서 의뢰 받은 꽃뱀은 가늘고 긴 혓바닥이 보이지 않아 꽃뱀인지 확인할 수도 없는 것입니다. 의심스러운 것은 18K목걸이가 그녀와 함께 있다는 것밖에. 그래서 나의 내면으로 향하는, 초심으로 돌아가는 편안한 시간을 갖고자 여기 모산재 산정에 오른 것입니다."

"예쁨을 무기로 세상을 현혹시키는 여자는 무서운 존재이다. 하지만 처음 듣고 직면한 생소한 일이다. 늘 괴물과 싸우는 나에게도 생소하다. 용기를 잃지 않고 지루한 싸움을 이어나가다 보면 어떤 방편과 슬기와 꾀가 저 멀리 거대한 산 뒤에서 태양처럼 떠오를 것이 자명하다. 제아무리 어려운 일도 부딪치다 보면 첩경이 생기고 허점을 찾기 마련인 것이다. 용기를 잃지 말고 싸워라. 세상의 부조리를 바로잡고 세상에 반하는 공동의 적을 처단하는 것이 방랑기사의 책무이고 도리인 것이다. 꽃뱀은 개인적으로 다가가서 농간을 피우지만 엄연히 그것은 세인들에게 공분을 일으키는 세상적인 일이다. 내가 볼 때는, 그래도 나보다 젊고 처자식이 있는 싼초의 의견을 듣는 것이 더 유쾌하고 진솔할 것 같다. 싼초, 아직도 평소에 온갖 어려운 날씨와 상황 속에서 주인을 넓지 않은 등판에 태우고 다닌 당나귀의 죽임을 인정하지 않고 눈시울이 촉촉하게 젖어 있는 측은한 나의 충직한 하인, 자 어서 너의 고견을 꽃뱀헌터에게 말해 보거라. 나도 경청하마."

"자고로 존경받는 치자는 법령을 만들어 백성들의 삶을 이롭고 윤택하게 하려 함이고 그에 비해 아마도 독재자는 법령을 만들어 백성들을 핍박하고 괴롭혀 갈취하는 수단으로 삼기 위함입니다. 꽃뱀은 독재자에 가까운 족속입니다. 꽃뱀의 범주에 들기 위해서는 우선 일반적인 여인보다 곱거나 아름다워야 번다한 이목을 끌어서 사내들을 자신이 원하는 방향으로 끌고 나아갈 수 있는 것입니다. 적당한 웃음과 미소로 사내들을 적당한 위치에 두고 적당하게 밀고 당기며 선전선동을 하는 것으로 나아가고, 그들의 개별적인 시간과 돈을 갈취하는 것입니다. 그들 자신들도 알면서도 모른 척 하며 살아갈 수밖에 없습니다. 그렇지 않으면 하루아침에 무지막지한 폭력과 억압보다 더 자심한 쌀쌀한 시선과 냉담을 보이며 헤어날 수 없는 처참한 공간에 부려지는 것이고, 차라리 죽음을 선택하는 것이 낫다는 절망적인 상황까지 처하게 됩니다. 아직도 그들은 꽃뱀에게 착취당하고 있다는 것을 인식하지 못하고 있을 겁니다. 그래서 치자의 덕과 옳은 가치를 되살리기 위해서 꽃뱀헌터 당신이 이 자리에 있는 것입니다. 이미 절대자는 그것을 용인하고 묵인했습니다. 당신은 세상의 부조리와 올곧은 가치를 자기 방식대로 마음대로 풀어내지는 않을 것입니다. 방랑기사 나리는, 이미 완성되고 그래서 불리한 세상의 거대한 구조적 모순에 대항하며 자신의 방식대로 대항하고 저항하며 방랑기사의 덕목을 충실히 이행하며 살아왔습니다. 그것은 방랑기사 나리의 세상을 받아들이는 방식이고 접근입니다. 그것을 좇거나 따라할 필요는 없습니다. 이미 방랑기사 나리는 옛날 옛적 오래전의 사람이고, 그래서 지금 입체적으로 펼쳐지며 다가오는, 더욱 진화한 꽃뱀의 존재에 저항할 수도 대항할 수도 없을 것입니다."

"그럼 어떻게 하면 좋겠습니까. 도무지 방법을 몰라 내면의 울림을 듣기 위해 차분하게 명상에 들기도 했습니다. 그럼에도 똑 부러지는 방법을 찾지 못하고 이렇게 아까운 시간을 죽이고 있을 뿐입니다."

"공짜는 없다! 죽은 당나귀 한 마리 살 돈은 줘야지."

싼초는 갑자기 허리를 숙이고 오른손 아래 왼손을 받치고 두 손을 내밀었다. 빙그레 웃으며 놀리기 위함이었다. 재치와 위트가 있는 행동이었다. 그러자 돈 끼호떼는 엄숙하고 단호한 표정을 지으며 싼초를 내려다보고 있었다.

"농담입죠."

"저놈은 한번씩 나를 놀리는 재주가 있다. 어서 하던 말을 마저 해보거라. 태양이 떠오르면 우리는, 또 인생이 그렇듯이 우리의 길을 향해서 나아가야 하는 것이다. 삶의 끝자락에 와서 태연하게 주저앉아 편안하게 쉬고 싶었지만, 그래서 영원히, 구덩이에 편하게 누워서 방랑기사의 삶을 회상하며 살기를 바랐지만, 운명이라는 여러 얼굴을 가진 놈이 아직까지 다하지 않은 생명의 심지를 꺼뜨리지 않고 가늘게 이어놓고 있는 것 같구나. 어쩌면 세상에서 가장 무섭고 잔인한 놈이 죽음이 아니라 운명인지도."

"우선 그녀가 소중하게 생각하는 것을 찾고 수집해서 무기로 삼아야 합니다. 그것이 가장 취약한 약점입니다. 그들 서로가 서로에게 이해의 울타리를 걷어서 상대를 받아들이는 것을 막아 오해의 울타리를 쳐서 서로가 서로를 경계하고 의심하게 하는 것 또한 훌륭한 방책입니다. 그녀의 부모님이라든지 아니면 동생이라든지. 젊은이 당신은, 이미 훌륭한 무기를 가지고 태어났습니다. 여자들의 눈길을 사로잡는 당신의 육체적인 강점을 최대한 이용해서 그녀의 주위부터 치고들어가는 것이 좋을 것 같습니다. 그러다보면 당신 원하는 길이 보일 것입니다. 그 지점에서 당신이 판단하는 것을 무조건 행하십시오. 대체로 옳은 행동일 것입니다. 예전처럼 미약한 것에 소심한 것에 초라한 것에 남달리 예민하게 신경을 쓰지 말고 과단성 있게 나아가는 거친 면모도 보이십시오. 우물쭈물 기다리다가 죽음을 맞이할 바에는 차라리 후세에 세상을 혼란에 빠뜨리고 어지럽게 만드는 꽃뱀을 제거하다가 열렬히 전사했다고 전해지는 것이 더 바람직하지 않겠습니까.

각설하고, 아까 말한 페니스의 격한 반응은 젊은이에게 정상적인 현상입니다. 건장한 남녀라면 시도 때도 없이 다가오는 욕정의 실마리를 잡고 풀기를 원합니다. 그 상대가 꽃뱀이기에 오죽 하겠습니까. 성경 속에서 무수하게 나오는 야비하고 간사한 뱀의 우등한 후예 중에서도 더욱더 두드러지게 진화한 특이한 종이기에 감당하기 힘들 것입니다. 젊은이, 다가오는 욕정의 파도를 외면만 하지 말고 인정해서 받아들이는 것이 훨씬 더 마음의 안정을 유지하며 자신의 정체성을 확립하는데 도움이 될 것입니다. 아직까지 꽃뱀헌터에 대한 확고한 믿음과 신뢰가 없는 것 같습니다. 그러니 말과 행위에서 주저주저하는 결여된 자신감이 노출되는 것입니다."

"됐다. 이젠 내가 마무리를 짓겠다. 싼초의 얘기는 싼초의 얘기로 내버려두고 내 얘기를 들어보게나 젊은이. 나의 견지는 수단과 방법을 가리지 않는 것은 옳지 않네. 방랑기사에게는 방랑기사의 예법이 있듯이 꽃뱀헌터에게는 꽃뱀헌터의 예법이 있는 것이네. 이기고 짐이 중요한 것이 아니라 절차와 과정도 중요한 것이네. 그러니까 고려 말에서 조선에 이르면서 정몽주에서 시작한 의리학파의 인간 내면의 본성을 강조하는 불변의 도덕의식에서도 얻을 것이 있고 정도전이 이끄는 후에 훈구파에게 영향을 끼치는, 상황에 대처하는 창조적 변혁을 강조하며 인간의 의지적 연마와 지식의 계발과 성취에서도 얻을 것이 있네. 조선의 성리학은 서양의 학문보다 뒤

떨어지지 않았고, 인산의 내면과 외면에 사물의 깊이와 폭과 넓이에 빈틈이 없는 학문이네. 지금부터는 그 학문에서 꽃뱀헌터 자신이 원하는 예법을 설정해서 나아가고 지키도록 하게나. 그것이 곧 자신의 행동의 큰 틀이 될 것이고 후세에도 길이 남을 영웅호걸의 발자취가 될 것이네. 부디 자신의 고귀한 성취가 인류를 구원하는 것으로 연결되기를 바랄 뿐이네. 싼초, 이젠 떠날 준비를 해라. 조금 있으면 태양이 대지를 박차고 일어날 때까지 우리에게 주어진 시간일 거야. 서둘러라! 하늘이시여! 죽음의 자리도 자신이 골라 들어가기 힘든 기구한 운명입니까!"

잠시 후, 안개가 아직도 산골짜기마다 여기저기 군데군데 가늘게 풀어져 있고, 언제 나타났는지 그 사이를 황금색 갈기를 휘날리는 태양이 먼 산 위로 오롯이 떠올랐다. 제일 먼저 일직선으로 다가온 곳은 산정에 있는 신령한 무지개터였고, 그 다음으로 드리운 곳은 수분을 듬뿍 머금은 축축한 꽃뱀헌터의 텐트였다. 그는 햇살을 보고 번데기에서 머리를 내밀고 지퍼를 올려 떠오르는 태양을 바라봤다. 뭔가 깨달음을 얻은 흐뭇한 미소로 그는 태양이 떠오르는 쪽으로 한 없이 바라보았다.

벤츠아줌마는 시외버스로

4월의 달력이 넘어가자 5월의 달력 속에는 울긋불긋 세련되고 화려한 장미송이들이 야단스럽게 가득 들어차 있었다. 꽃뱀헌터는 책상에 앉아서 '기발한 시골 양반 라 만차의 돈 끼호떼'를 보다가 며칠 전 허리 둘레를 세월의 부피에 여실히 주저앉아 이러지도 저러지도 못하는 뚱뚱한 50대 보험아줌마로부터 받은 다소 철 지난 탁상달력을 한없이 뚫어지게 바라보다가, 또 표지가 붉은 계열인 두꺼운 책으로 시선을 돌렸다. 2권 8장이었다. 엘 또보소의 둘시네아 아씨를 만나러 가는 길이었다. 그는 적어도 하루에 한 장씩은 꾸준하게 읽었다. 며칠 전 모산재 산정에서 꿈인지 생시인지 명확하지 않은, 그래서 그런지 더욱 또렷하게 뇌리에 박혀 있는 기억의 생생한 입자들과 책에서 펼쳐지는 기상천외한 모습들이 다르지 않고, 한편으로 재미있고 유쾌하다는 생각이 들었다. 몇 백 년을 고스란히 사람들의 뇌리와 손에서 떨어지지 않고 영원히 이어오고 이어갈 위대하고 훌륭한 책은 현실 속에 늘 공존하면서 순간순간 주위에서 맴돌며 갑자기 큰 의미를 부여한 채 다가오는 것을 그는 요즘 느낄 수 있었다.

그는 보통 새벽 4쯤에 일어나서 책을 읽었다. 오늘은 어린 이날이었고, 그래서 어젯밤 이사장과 교장이 참석하는 회식을 했다. 꽃뱀헌터를 위한 자리이기도 해서 어젯밤 돌아가며 술잔을 주거니 받거니 하며 밤늦게까지 횟집에서 술을 마시고 노래방에까지 간 것은 기억하지 못했다. 그는 싱싱한 잉어회와 송어회를 먹었고, 그때가 생생하게 기억이 났다. 원래 운동선수들의 왕성한 육체적 기능으로 소주 몇 병은 기본적으로 마실 수 있었다. 자신 또한 예외는 아니었다. 그는 소주만 마시면 밤새워서 마실 수도 있었다. 하지만 어젯밤은 이사장이 도중에 발렌타인 30년산 2병을 가져와서 상 위에 올려놓았다. 그는 꽃뱀 맞은편에 비스듬하게 앉아서 소주를 송어회와 더불어 마시고 있던 중에 이사장 기사가 들고 들어왔다. 일제히 선생들은 박수를 치며 환호했고 이사장은 표면이 세련되고 정교하고 부드러운 나무상자 속에서 둥글고 우람한 병에 찍힌 30년을 확인시키고 한 병을 꺼내어서 교장에게 건넸다. 이사장은 그 둥글고 우람한 병을 들고 교장선생부터 한 잔 따라주고 가운데 앉아있는 그에게 살갑게 다가와서 맥주잔에 반 컵 정도 따르고 왼손으로 어깨를 쓰다듬으며 다른 선생들에게도 따라주었다. 그 한 잔을 마시고 얼마 지나지 않아서 의식의 정전 상태에 빠진 것이었다. 처음 있는 일이었다.

그 기억이 나지 않는 시간 앞의 시간은 상세하게 기억할 수 있었다. 비스듬하게 맞은편에 여선생들이 꽃뱀을 중심으로 일렬로 앉아 있었고, 그 오른 편에 유달리 친근하게 밀착해서 붙어있는 국어선생이 있었다. 학교에 부임한지 몇 달 되지는 않았으나 여선생 사택을 함께 쓰는 그들은 다른 여선생보다 속을 털어 놓고 스스럼없이 가깝게 지내고 있었던 것이다. 남자선생들은 소주를 몇 잔 마시자 은근슬쩍 때로는 노골적으로 꽃뱀 근처에 시선들이 머무는 것이었다. 여전히 그들은 꽃뱀의 영향력 안에서 헤어나지 못하고 있었던 것이다. 이사장도 예외는 아닌 것 같았다. 그런 상황에서도 꽃뱀헌터는 남선생들과 얘기를 나누며 그들의 느끼한 시선들에 자신의 시선을 중첩시키지 않았고, 국가대표 때 이런저런 에피소드를 얘기하며 시간을 보냈다. 주로 검은색 안경을 쓰고 있는 영어선생과의 얘기였다. 이사장이나 교장선생이 건배 제의를 하면 잔을 들고 중앙으로 시선을 집중했다가 술을 마시고 또 주위에 있는 그들끼리 중요한 듯 웅성거리는 그들만의 화기애애하고, 심각하고, 지루하고 느슨한 얘기를 계속 이어나가는 것이었다. 발렌타인 30년산이 들어오기 전까지 화기애애한 회식의 기억이었다.

그는 의식적으로 꽃뱀에게 시선이 머물지 않았다는 것만은 뇌리에 뚜렷하게 남아 있었다. 그는 오전에 머리도 어지럽고 속눈 매슥거려 침내에 누워서 이런저런 생각을 하면서 이리저리 이불을 감고 뒹굴며 일어나지 않고 버티고 있었다. 11시쯤에 현관문에서 노크소리가 뚜렷하게 들려 간신히 일어나서 문을 열어 내다봤다. 이사장집에서 일하는 가정부였다. 그녀는 앞치마를 두르고 두 손에 큼직한 스텐냄비가 있는 검은색 쟁반을 들고 방긋하게 웃었다. 투명한 뚜껑 속으로 대파에 계란이 엉켜 맛있어 보이는 황태국의 면모가 맛깔스럽게 드러났다. 그녀는 해맑게 웃으며 수줍게 내밀었고 동그란 얼굴에 티 나지 않은 산뜻한 화장을 하고 동그랗게 웃고 있었다. 그는 가정부에게 고맙다고 말하며 다음부터 호칭을 어떻게 부르면 좋을지 물었고, 더불어 이름까지 물었다. 그러자 그녀는 다소 불안한지 체육선생을 처음 본 순간부터 흠모하던 마음이 들킨 것 같아서 그런지 얼굴이 갑자기 갈변되었고, 그런 불안한 상황에서도 자신의 이름을 또박또박 말했다. 그래서 그는 다음부터는 정혜 씨라고 부르겠다고 했다. 그런 와중에, 그는 아비가 문득 떠올랐다. 친절한 정혜와는 아무런 연관이 없을 것 같았는데 왜 떠오르는 것인지 도무지 알 길이 없었다. 다가올 앞날에 어떤 불길한 징후가 있지 않을까.

그는 그녀가 가져온 황태국을 끓이고 전자레인지에 햇반을 데워서 아점을 느긋하게 먹었다. 세수와 양치질을 하고 연이어 달콤하고 그윽한 모카골드 마일드를 마시며 책상에 앉아 새벽에 보지 못한 '기발한 기사 라 만차의 돈 끼호떼'를 펼쳐서 보았다. 거의 다 읽을 즈음에 책상 위에 있는 스마트폰에 카톡이 왔다. 벤츠아줌마였다. 지방에 내려온 뒤 가끔씩 궁금했는데 반가웠다. 10분 있다가 남부터미널에서 버스를 탄다고 했다. 퉁명스럽고 불쾌한 듯이 무심결에 던지는 언어 같았으나 자신을 많이 의지하는 언어였다. 그녀는 예전에 귀엽고 예쁜 두 딸의 사진을 보여준 적이 있었다. 그녀 자신의 심지가 타들어가는 뜨겁고 절실한, 만족할만한 섹스를 하고 난 후에는 다소 여유를 가지고 후덕해지는 얼굴표정과 함께 지금까지 무겁고 굳건하게 닫혀 있던 마음의 빗장을 조금씩 풀면서 보여줬었다. 그 나긋한 짧은 시간을 제외하고는 그녀의 얼굴은 대체적으로 부자연스러웠고 어둡고 습했다. 말투는 건조하고 메말랐고 말씨는 공손하면서도 주눅이 든 기어들어가는 차가운 목소리였다. 아무래도 그녀는 그 먼 거리를 두어 시간 정도의 달콤하고 갈급한, 격정적인 섹스를 위해서 내려오는 것 같지는 않았다. 어쩌면 그녀는 그 길지 않은 시간만 혼란스럽고 복잡한 일상에서 간신히 헤어나서 평화로운 안식과 아름다운 평온을 되찾는, 갈팡질팡 느슨하게 풀어지고 감긴 의식의 얼레를 풀고 감고 꼬드길 수 있는 최소한의 에너지와 여유를 그곳에서 어렵사리 채울 수 있었던 것인지도 모른다. 만약 그렇지 않았다면, 이미 자살의 유혹에서 벗어나지 못해서 지옥의 구렁텅이 아래로 떨어져 있있을지도.

그는 커피를 마셔도 무겁게 다가오는 졸음을 막을 수는 없었다. 그래서 침대에 들어가서 몸을 뉘었다. 산청까지는 적어도 3시간 이상은 걸릴 것이라 편안하게 푹 잘 수 있을 것 같았다. 그는 황토침대의 온도를 따스하게 설정하고 베개와 얇은 이불을 덮고 편안하게 누워서 아늑한 잠을 초대했다. 그는 누워서 천장을 보며, 어제와 다른 촉감과 향기로 다가오는 베갯잇과 이불을 느끼고 맡을 수 있었다. 그러자 유난히 얼굴이 동글하고 눈망울도 동그란 정혜가 떠올랐다. 이사장 사모의 허락 하에 2층의 청소가 이루어지는 것은 알고 있었지만, 냉장고 뒤 구석진 곳까지 꼼꼼하게 청소를 하고 있었던 것을, 그는 알고 있었다. 간혹 자다가 침을 흘리고 잔 흔적이나 찌든 때가 묻어 있으면 그 다음날 인조잔디가 늘 푸른 2층 테라스 퍼팅연습장에 임시로 빨랫줄을 연결해서 이불이며 베갯잇이며 심지어 속옷과 양말까지 따사로운 햇살 위에 펴서 늘어놓는 것을 한번씩 한가한 점심때에 내려오면 볼 수 있었다. 거의 대부분은 청소가 끝난 후였고 어떨 때는 마주칠 때도 있었다. 그때 그녀는 얼마나 부끄럽고 민망했는지 그의 시선을 마주치지 않고 게의 걸음으로 서둘러서 빠져나가곤 했다. 더욱이 그녀가 조금 전에 가지고 온 황태국도 조선간장으로 밑간이 된 정성이 가미된 것이었고 어릴 적 외할머니 댁에 가면

한 번씩 먹어본 그 맛이었다. 무당인 어머니는, 자신의 신에게만 지극정성이었다. 그래서 젖을 떼고 이유식을 먹고 밥을 먹을 때까지 초등학교를 다닐 때 아마 그때까지 어머니의 온화한 미소만 아스라이 떠오를 뿐이었던 것이다. 흐릿했다. 그이후부터는 어머니는 어머니 자신의 신에게 모든 것을 바치고 따랐던 것이다. 그는 무당인 어머니를 생각할 때마다 아비의 어머니가 떠올랐다. 포근하지 못한, 인자하지 못한 몰인정한 어머니를 말이다. 어쩌면 자신도 아비를 닮아가고 있지는 않은가, 불안했다.

그는 정혜의 수수하고 단정한 모습 속에서, 어머니가 무당이 되기 전의 따스함과 부드러움을 느낄 수 있었고, 그녀가 열심히 일하고 성실하게 일하는 모습에서 후덕하고 인자한 할머니의 뒷모습을 엿볼 수도 있었다. 그녀는 침착하고 살가웠고, 그래서 그런지 그녀를 처음 봤을 때 많이 어색하지 않았고 어떤 따스한 친절을 베풀 것 같은 막연한 기대를 할 수 있었던 것이다. 언제나 사랑이 충만한 따스한 언어를 차분하게 구사해서 초라하게 구겨진 자신의 본질적 자아의 한 귀퉁이에 서식하는 외로움과 고독을 어느 정도 불식시켜 줄 것 같았다.

그래서 그녀를 우연히 만날 때마다 외할머니의 포근한 미소가 떠올라 친근하게 다가왔던 것이다. 눈에 보이지 않으면 마음은 그쪽으로 끼고, 사모에게 기혹히게 구박받는 모습을 보면 관여하고 싶었던 것인지도 모른다. 그는 대가를 바라지 않는 성실한 그녀의 언행에서 뚜렷한 학식과 직책이 무의미하다는 것을 인식하고 있었던 것이다. 일반적인 사람들은 세상에 나와서 자라고 사립유치원부터 그 불필요한 외피를 하나씩 입으며 성장했고, 그것을 견고한 방패막이로 여기고 그것 안에서 자존감을 고취시키고 위안을 가지며 살아가는 것 또한 알고 있었던 것이다. 결국에는 그 두꺼운 외피의 속에 고립되고 갇히고 마는 꼴이 되는 것이리라. 그 외피는 사회적 지위이고 권위이고 명예인지도.

그는 침대에 누워서 외할머니가 끓이는 황태국에서 올라오는 뜨거운 수증기가 일정한 소리를 지르며 퍼지는 모습이 가물가물하게 떠올랐다. 이미 주둥이가 넓은 그릇에 달걀과 대파를 골고루 섞어서 마지막 연출을 위한 차분한 준비를 해놓고 있었다. 근저에 깔린 달고 진솔한 밑간장과 참기름의 향과 무늬가 다진 마늘과 적절하게 어우러져 황태의 깊은 속살까지 침투해서 뜨거운 새로움으로 태어나고 있는 상황에 외할머니는 냄비뚜껑을 열고 과감하게 풀어서 넣었다. 달걀의 흰자와 노른자를 충분하게 빨아들인 풋풋한 대파는 국물 위에서 두둥실 떠다니며 기존 재료의 형태와 모습에 새로움과 싱그러움을 던져주는 것이었다.

그는 누워서 천장을 바라보며 이런저런 생각을 하다가 이제야 눈꺼풀이 졸음의 무게를 감당하지 못할 것 같은 느낌이 들었다. 이미 황토침대에서도 따스함이 꾸준하게 다가오고 있었다. 재래식 아궁이에서 구들을 데우는 것이 아니라 스위치를 누르면 다가오는 일시적인 빠른 따스함이라 진한 여운은 뿜어내지는 않았으나 온몸을 노곤하게 늘어지게 할 정도는 되었다. 그는 점점 더 무거워지는, 이젠 가혹하게 짓누르는 달콤한 무게에 간신히 부여잡고 있던 풀어지는 의식을 서서히 놓아주었다. 그러는 사이 아득하게 멀리서 외할머니가 황태국을 보글보글 끓이고 부르는 손짓을 흐릿하게 볼 수 있었다.

허름한 모텔 문을 열자 앞서 걷던 벤츠아줌마는 뒤를 돌아 쫓기듯이 꽃뱀헌터의 품속으로 달려들었다. 분명, 그녀는 쫓기고 있었다. 그녀의 품은 차가웠고 화사한 5월의 장미꽃의 열정과 발산은 없었다. 그렇게 그녀는 가늘게 호흡하고 떨면서 한동안 안겨 있다가 그녀는 그의 품에서 벗어나 창문 쪽으로 가서 두꺼운 커튼을 쳤다. 이젠 안심이 되었는지 그녀는 그의 허리 깊숙이 감싸며 격하게 파고들었다. 그는 그녀가 평정심을 되찾고 안정의 자리에 놓일 때까지 안아주었다. 커튼을 드리우자, 그녀의 얼굴을 가까이에서도 상세하게 볼 수는 없었고 촉감으로 느낄 수밖에 없었다. 조붓한 어깨와 자른하게 주저앉은 부드러운 커트머리, 허리에 주름이 잡힌 물이 빠진 블랙 계열의 청바지와 블랙과 그레이가 적절하게 뒤섞인 자켓과 탑을 말이다.

벤츠아줌마는 예전에 호텔에서 만나면 언제나 따스한 물에 샤워를 하고 충분히 데워진 몸으로 안겼었다. 그녀는 결벽증에 가까운 융통성이 없는, 그래서 곁에 있으면 다소 피곤했고 자신의 의도대로 되지 않으면 격하게 반응하기도 하고 짜증을 내는 그런 부류였다. 적어도 오늘 같은 일은 일어나지 않는, 상상도 못할 일이었다. 그래서 그녀에게 신변의 어떤 변화가 있었다는 것을 어림짐작으로 민감하게 느낄 수 있었다. 그 어떤 변화가 그나마 가까스로 부여잡고 있는 아슬아슬한 세상을 이리저리 강하게, 거침없이 몰아붙이고 흔들어서 중심을 잡지 못하게 하는 것이 분명해 보였다.

그녀는 탑 위에 입은 그레이 계열의 자켓을 침대 위에 벗어 던지고 그의 가느다랗고 긴 오른손을 실밥이 촘촘하게 박힌 야구공처럼 둥근, 그 언제부터 봉긋하게 솟아 자리 잡은 경직된 유방 위에 올려놓았다. 그녀는 평소와는 달랐고, 적극적이었다. 그는 그녀가 리드하는 것이 이상하지는 않았다. 항상 그래왔기에. 하지만 오늘은 그 어느 때 스스럼없이 다가와서 반복적으로 머물러 있던 그 심리적, 육체적 친밀함과는 판이했다. 뭔가 있다! 그는 그 뭔가를 그녀에게 묻지 않고 그녀가 그녀 자신의 매듭을 풀듯이 자연스레 말할 때까지 기다리기로 마음먹고 생소한 그녀의 행위에 집중하기로 했다. 그것이 산청까지 내려온 그녀에 대한 최소한의 예의라는 것을 알고 있었던 것이다.

그는 자신보다 나이가 훨씬 많은 그녀의 차가운 육체를 차분하게 더듬으면서 나이에 대한 착시현상이 일어날 정도로 잘 다듬고 잘 조절된 것을 느낄 수 있었다. 적절한 운동과 편안한 휴식으로 다져진 몸피는 구김이 없어 보였고 세련되고 부드러운 촉감으로 다가왔다. 그녀에게는 무자비한 세월도 살짝 비껴 서있는 것 같았고, 어느 순간부터 초라한 늙음으로의 진행이 더디고 결국에는 멈춰버린 것 같기도 했다. 자신이 한없이 쓰다듬고 주무르고, 꼬집고 당기는 유방도 인공적으로 가미된 첨가물이 아니라 태생적으로 생성된 자연스러움이 물씬 묻어나는 것이었고, 그 봉긋한, 부드러운 살결을 따라 유려한 곡선을 유지하며 아래로 내려가다 매듭이 있는 부분에 자리 잡은, 상체와 하체를 연결하는 잘록한 허리도 며칠 전에 만난 보험아줌마의 터질 듯이 부풀어 오른 비곗덩어리의 출렁거림도 없는, 안으로 살짝 파고들어간 공간 위로 비스듬하게 주름이 잡힌 블랙 계열의 청바지가 견고하고 타이트하게 밀착해 있었다. 그 나이에 비정상적인, 아니면 보이지 않는 곳에서의 끊임없는 노력의 흔적인지 정확하게 알 수는 없었으나, 그래서 훨씬 더 그녀에게 구미가 당겨지는 것인지도 모른다. 그 아래 잇닿아 있는 엉덩이도 탄탄하게 청바지의 라인을 충분하게 잡아줄 수 있는, 손아귀에 들어가는 아담한 유방과는 달리 엉덩이는 풍만하고, 그럼에도 절제미와 균형미를 잃지 않고 두툼한 넓적다리와 잘록한 허리의 중앙에 자리를 잡아 중심을 잡고 자양분을 저장하는 쌍봉낙타의 곳간처럼 중요한 곳인 것을 느낄 수 있었다. 그는 탑 안의 브라의 둥지에 안온하게 에워싸인 유방의 따스한 숨결을 손가락 끝으로 두툼하고 촉촉한 입술로 느끼고 싶었으나, 유려한 몸의 선을 따라 내려가서 한동안 둔덕에 머물면서 손가락 끝으로 육체 위에 선을 긋고 지우며 장난질을 하며 있다가 느닷없이 촘촘한 주름 안으로 살며시 밀어넣었다. 양쪽 둔덕 사이에 밋밋하다가 차츰 심한 경사의 골짜기로 이어지는 곳으로 서서히 나아갔고 불결한 애널 근처에서 옹이처럼 굳은살이 겹겹이 엉겨붙은 곳을 섬세하게 쓰다듬으며 그녀의 눈동자에 어린 불안하고 초조한, 쓸쓸하고 슬픈 감정의 그림자가 길게 드리워져 있다는 것을 보지 않아도 알 수 있었던 것이다. 그곳에 집중하던 손가락의 터치가 서서히 더 아래, 더 깊숙이, 아득하고 깊은 그곳으로 나아가자 그녀는 입술에서 뜨거운 신음소리가 가볍게 흘러나왔다. 가느다란, 낯선 곳을 의식한 아주 가느다란 신음소리였다. 그녀의 육체를 처음 받아들였을 때도 그랬다. 그 장소의 낯설음에 그녀는 더욱 흥분을 하는지, 식상하게 늘 다가오는, 그래서 늘 아쉬움으로 외로움으로 충일한 섹스의 그늘이 두껍게 드리워져서 적극적으로 나오는 모습이 그런 모습인지도 모를 일이었다. 그녀의 섹스행위 속에는 음습하고 불길한 어떤 감정의 입자들이 밑바닥에 서식하는 것을 미세하게 느낄 수 있었다.

이미 그녀의 깊숙한 그곳, 보이지 않는 손가락의 터치로만 닿을 수 있는 그곳은 축축하게 젖어 있었다. 가늘고 긴 야구선수의 손이 우회적으로 먼 곳으로 닿자 주저앉아 있던, 중학교 때 옆집에 사는 S대 과외선생에 대한 첫사랑의 잔잔한 기억들이 무의식의 공간에서 부지불식간에 튀어나온 것인지도 모른다. 아니면 가까이 사는 사촌 오빠를 사랑했는데, 그것을 속으로 간직한 채 지금까지 내면의 무덤 속에 묻어놓고 잊고 있다가 그의 거친 손아귀가 그곳을 스치고 지나가자 잠자고 있던, 음지에서 형성되고 자라던 것이 단 한 번이라도 얼굴을 드러내고 싶은 것이 그런 모습으로 드러나는 것인지 소상하게 설명할 수는 없었던 것이다. 아무튼 그녀는 그의 투박하게 다가오는 전희를 통해서 예전에 미처 느끼지도 못한, 사랑했으나 표현하지 못한 행위의 애처로운 손짓까지도 불러들인 것은 분명해 보였다. 왜냐하면 그녀는 보이지 않는 무형의 것을 성취하기 위해서 가끔씩 신음소리 사이에 억세게 누군가를 불렀던 것이다.

더욱이 그녀가 무엇인가에 많이 쫓기고 있다는 것을 느낄 수 있었다. 그 느낌은 그녀를 처음 만났을 때부터 미세하게 느낄 수 있었던 것이다. 아마도, 그녀는 자신을 짓누르는 망상과 번뇌에서 벗어나기 위해서, 잠시라도 잊기 위해서 달콤하고 짜릿한 섹스를 선택해서 집중하고 있었던 것이리라. 아마도 그럴 것이다. 그것이 그녀 자신을 삼킬 것 같은 두려움과 공포에 내몰리고 있었기 때문에 여기까지, 서울남부터미널에서 시외버스를 한참을 타고 내려와서 지리산 언저리에 자리 잡은, 촌스러운 산청까지, 더욱이 버스터미널에 내려서 쉼 없이 걸어서 구질구질하고 지저분한 모텔, 건축한지 20년 이상은 되어 보이는 낡고 투박한 모텔 Queen에서 자신을 기다리게 한 것인지도.

그는 자신의 디젤청바지를 내려서 오럴을 하는, 쫓기듯이 행동하게 만드는 그것의 실체를 생각하고 있었던 것이다. 그러는 도중에, 유방은 브라의 둥지를 박차고 나와서 나래를 펴고 있었다. 그녀의 격한 반응에 말랑거렸고 출렁거렸다. 그러다가 그는, 그녀의 집요하고 끈질긴 행위로 인하여 사정에 대한 압박감에 내몰리자 무릎을 꿇고 있는 그녀를 천천히 끌어올려 머리칼과 이목구비를 부드럽게 어루만지고 끌어안으며 달콤하게 키스를 했다. 부드러우면서도 격하게. 입술과 입술, 혓바닥과 혓바닥, 침과 침이 섞여 어떤 진실을 알아내기 위함이 아니라 그녀를 따스하게 감싸기 위함이었다. 자신의 넓은 어깨와 단단한 가슴으로 잠시나마 불안한 위험에서 편안하게 쉴 수 있는 평온한 둥지가 되어주고 싶었던 것이다.

서로의 육체가 서로의 강한 흡입력으로 끌고 당기며 밀고 안으며 어느덧 침대에 누워서 서로에게 강렬한 눈빛으로 응시할 즈음에 그들에게 필요한 거추장스러운 옷들은 침대 아래에 초라하게 널브러져 있었다. 그녀는 늘 상위를 원했고 오늘 이 순간에도 그랬다. 늘 자신이 지배하는 섹스로 나아가고 싶어 했다. 그는 그녀의 섹스에 거슬리고 반하는 행위는 하지 않았고, 그녀에게는 그러고 싶은 생각이 처음 만났을 때부터 생겼었다. 이상하게 그녀에게만은 그녀가 원하는 대로 내버려둬야 할 것 같은 불안한 예감이 들었던 것이다. 그때가 무더운 어름이 가까스로 지나가고 가로수인 은행나무들이 노란 잎사귀로 변한 채 떨어지기만을 기다리는 애처로운 모습을 풍길 즈음에 위태롭지 않은 적당한 높이의 구두에 검은색 정장과 하얀색 카라셔츠를 입고 호수공원 느티나무 주위 넓고 기다란 벤치에 앉아 있는 그녀를 만났었다. 그녀는 교회 팸플릿을 손에 쥐고 있었다. 자전거를 끌고 자판기에서 카푸치노를 뽑아 그녀가 앉아 있는 벤치를 지나칠 때, 그녀는 거의 본능적으로 교회 팸플릿을 그에게 건넸다. 그는 그것을 받으며 교회를 다닌다고 하자 그녀는 해맑게 웃으며 팸플릿에 붙어 있는 건빵을 먹어보라고 하며, 가끔씩 먹으면 담백한 것이 맛있다고 했다. 그래서 그는 그녀와 거리를 두고 앉았고, 그것을 계기로 그녀와 가까워 질 수 있었다. 그녀는 늘 오후 한가한 시간 때 그 벤치에서 팸플릿을 들고 있었다. 그러던 중에 그녀와 자연스럽게 자판기 커피를 마시고 유난히 경계심이 많던 그녀와 가까스로 호텔에 간 것이었다. 섹스를 하고 그녀와의 육체적 친밀감은 더욱 농밀해지는 것을 각자 느끼고 있었으나 그녀는 더 이상 자신의 신변에 대하여 말하지 않았고, 묻지도 않았다.

그녀는 지치지 않았고 맡은 일을 수행하듯이 열심을 다했다. 두 딸에 대한 사랑과는 사뭇 다른 개인적이고 개별적인 탐닉, 즉 육체적 의존성과 일락에 관한 일이었던 것이다. 그녀는 메스꺼움과 불면증에 시달리곤 했으나 꽃뱀헌터를 만나고 나서 그런 것들이 모조리 사라졌다고 말하곤 했다. 그런 현상이 일시적인지 지속적인지는 명확하게 알 수는 없다고 했다. 전자는 정신적인 고귀한 사랑의 한 갈래에 들어가는 것이라면 후자는 육체적인 천박한 사랑의 한 갈래에 속했던 것이다. 그녀는 두 딸을 사랑했으나 그와의 치열한 섹스도 포기할 수 없었던 것이다. 가끔씩 그녀는 두 딸을 세상으로부터 지키기 위해서 그와의 섹스는 하나님이 준 선물이라고 생각하며 살고 있다고 말했던 것이다. 그녀는 태생적으로 자기 합리화에 익숙하지는 않았으나 그와의 짧은 만남과 변칙적인 긴 섹스는 예외로 남겨두는 것 같았다. 그렇지 않으면 끓어오르는 망뇌와 번뇌에서 잠시나마 일시적으로 벗어나지 못하고 현실에서 버틸 수 없어 폭발할 것 같았다고 말하곤 했다. 그것을 미연에 방지하기 위해서, 그녀는 그를 만나서 그녀 자신이 허락한 섹스를 태연자약하게 즐기는 것 같았다. 그런 와중에, 그녀는 마치 신혼인 주말부부가 서로의 육체에 대한 갈급함을 해갈하기 위해서 만나기 몇 시간 전부터 은연중에 켜켜이 쌓인 추억과 빛바랜 흔적들이 육체에 은근히 축적된 데이터로 남아 있다가 애절하게 손짓하거나 충동질하는 것을 예전부터 느낄 수 있었던 것이리라.

그와의 섹스는 교회에서 통성기도를 하는 것과 다르지 않다고, 그녀는 생각하고 있었다. 그의 육체 위에 오르고 깔리고 온몸을 부드럽게 안으로 깊이 당기고 펼치는, 일정한 행위의 반복성과 서로에게 고정된 시선으로 나아가고 펼치며 차분하고 온유하게 마음을 다잡고 그러면서 사랑의 온도를 높이며 끊임없이 나아가는 것이 예수를 바라보는 것과 다르지 않다고 생각하고 있다고 했다. 어쩌면 그녀는 섹스 행위로써 겸양과 지혜와 명철을 배우고 있는 것인지도 모른다고, 그는 가끔씩 생각했다. 그녀는 그의 품에 안기면 세상의 번거로움과 시기와 질투, 번뇌와 망상에서 헤어날 수 있었던 것이다. 사지에 견고하게 얽힌 잡스러운 일상의 질기고 그래서 쉽게 끊어지지 않는 인연의 실타래에서 손쉽게 실마리를 찾을 수 있었고, 벗어날 수 있었다. 예수가 위에서 비스듬히 내려다보는 온유하고 부드러운, 상냥하고 너그러운 미소에서 따스한 위안을 받듯이 그의 따스한 미소 또한 그랬다. 그래서 그녀는 하루하루 지나면서 차곡차곡 쌓여 있던, 누적된 정신적이고 육체적인 피로에서 갈급한 섹스로 인하여 충일한 자신감과, 너저분하고 잡스러운 것들이 가지런하게 정돈되어 미소를 짓는 것을 느낄 수 있었다. 그로 인하여 척박하고 초라하게만 다가왔던 세상으로의 외출도 대담해졌고, 넉넉하고 풍성해졌고, 싱싱하고 맑아졌던 것이다.

그의 착실하고 안정적인 사정과 함께 그녀는 울먹이듯 처절하게 얼싸안았고 격하게 신음소리를 지르며 현실의 낭패에서 벗어나려고 발버둥치는 것 같았다. 그는 그녀가 안쓰러운지 다소 측은한 표정을 짓다가 이내 온화한 미소로 여전히 데워진 그녀의 입술과 가슴을 애무하며 팔베개를 해서 강하게 안아줬다. 그녀는 안식처에 깃든 모습으로 스스럼없이 그의 유두를 손가락으로 쓰다듬으며 무겁게 짓누르는 졸음으로 인하여 달콤한 잠의 뜨락으로 미끄러지듯 스며들었다.

꽃뱀헌터는 9시 즈음에 깨어났다. 아까는 기울어가는 태양이 하루의 가냘픈 마지막 햇살을 가늘게 드리우고 있어 커튼을 사이에 두고 희끄무레한 어둠이 실내에 아슴푸레하게 고여 있었다. 하지만 지금은 한밤중으로 향하는 어둠의 농도가 더욱 짙고 사이사이 촘촘하고 무겁게 가라앉아 있어 가까이에 있는, 아기처럼 곤하게 세상 모르고 편안하게 자고 있는 그녀의 촉촉한 입술도 소상하게 볼 수 없었다. 그래서 그는 오른쪽 어깨 부분을 약간 들어서 오른손으로 그녀의 짧은 머리칼을 쓰다듬어주었고, 그 사이 닭의 볏처럼 생긴 붉은색 맨드라미를 닮은 유난히 예쁜 귀는 훈풍으로 전하는 메시지를 접수하고 있었다는 것을 평소에 느끼고 있었던 그는, 손가락을 가져가서 가볍게 만지작거리다가 전화기에 밀착해서 통화하듯이 자신의 귀를 가져가보았다. 그녀가 평소에 슬퍼하고 괴로워했던, 분노하고 증오했던 그 대상이 누구인지 대략이나마 느낄 수 있을 것 같았다. 그는 속귀에 있는 반고리관과 안뜰기관이 몸의 회전과 기울기를 느껴 몸의 밸런스를 유지해주듯이 그녀의 삶의 밸런스를 어렵사리 유지해 주는 것이 무엇인지, 그 음파를 모아 귓구멍 안으로 들어가게 하는 그녀의 귓바퀴의 부드러운 연골에 어렴풋이 매달려 있을 것 같아서 그리했다. 그는 눈을 감고 자신의 천부적인 감각으로 그녀의 귀 언저리에 매달려 있는 단서를 찾기 위해서 어수선한 정신을 한곳에 모아보았다.

단서는 찾을 수 없었다. 짧은 시간 동안 명상의 뜰에 들어가서 그녀의 복제된 자아 뒤에 숨어 있는 본질적 자아를 만나기는 쉽지 않았고, 더욱이 육체를 반듯하게 세워서 나아가는 것이 자신의 천부적인 재능, 즉 예지를 일깨우고 융성하게 접대하는 것이라 생각하고 있었으나 오늘은 최악의 조건이었다. 더군다나 저녁보다는 새벽의 찬 공기가 주위를 휘감을 때 더욱 고요한 내면의 깊이 속으로 가라앉기가 훨씬 쉬웠던 것이다. 그럼에도 그는 밀착해서 맞닿아 있는 그녀의 심장의 울림에서 어떤 새로운 변화의 목소리가 울릴 것이라 믿어 의심하지 않았다.

그러던 사이 그녀가 호흡하기 답답했는지, 곤하게 자고 있던 육체를 가볍게 움직이며 눈을 떴다. 아까부터 진동으로 전화가 오는 스마트폰 때문에 깨었는지, 아무튼 그녀는 그를 살짝 밀어내고 마실 물을 찾았다. 그는 감각적으로 작은 냉장고 안에서 플라스틱 물병을 꺼내어서 그녀에게 건네고 그녀 곁에 나란히 누웠다. 그녀는 물을 길게 마시고 또 마시며 뜨거웠던 육체와 마음이 식어 예전의 그 자리가 아닌 생소하지만 평온한 새로운 자리에 옮겨서 들떠 있던 헛것의 형상들이 서서히 가라앉아서 안정의 자리에 올라앉은 것을 느낄 수 있었다. 그녀는 내면에 일회성이 아닌 소박하지만 알찬 그와의 행복과 소망의 공간이 새롭게 만들어진 것을 어렴풋이 느낄 수 있었다. 그것은 싸늘하고 척박하게 살아온 그녀에게는 봄이었고 새로움이었다.

"배고프다. 밥 먹자."

그는 귀를 의심했다. 그녀를 만나고 처음 듣는 얘기였다. 그래서 의아해서 다시 물어도 한결같은 대답이었다. 그녀는 배가 고팠던 것이다. 예전에는 결핍된 영혼과 허기진 육체로 인하여 음식냄새에도 메스꺼움이 몰려와서 헛구역질을 할 때도 있었던 것이다. 그녀는 그로 인하여, 그런 애매한 병리적인 것에서 어느 정도 벗어날 수 있었다.

"먹으러 나갈까?"

"아니."

그녀의 말투에는 여전히 싸늘한 기운이 맴돌았지만, 그 가장자리에 어느덧 예전과 사뭇 다른 미지근한 기운도 서식하고 있었다. 그녀는 그런 자신을 의식하고 있는지, 입에서 흘러나온 말의 형태와 빛깔을 의식의 돋보기로 면밀하게 들여다보고 있는 것 같았다. 그러다가 그녀는 허공에 떠 있는 조금씩 녹아들어가는, 그래서 미지근한 기운에 스민 말들을 바라보다가 한 번도 느끼지 못한 낯선 것에 대한 놀라움으로 인하여 움찔거리는 것 같기도 했다. 그러면서 그녀는, 예전의 모습으로 되돌아가고 있었던 것이다. 서서히 녹아들어가는 것을 바라보고 있던 외식이 경각심을 심어주고 피해의식과 자의식을 불러들여 수치심과 모멸감을 한 광주리 골고루 뿌리면 어느새 예전에 스스럼없이 던진 냉랭한 낱말들이 입술 안에서 각을 세워서, 마치 날카로운 창을 휘둘러 주위에 얼씬도 못하게 만드는 것처럼.

"어젯밤에 아주 괴이한 꿈을 꾸었어. 예전에는 늘 잠이 들면 괴기스런 음흉한 정체가 나타나서 위협하고 괴롭히곤 했어. 예쁜 두 딸과 손을 잡고 꽃들이 만발한 들녘을 한가로이 거닐며 윙윙거리는 벌들과 몸집에 비해서 큰 날개와 아름다운 무늬를 가지고 훈풍과 머물러 있는 안정화 된 대기를 자유자재로 비행하는 화려한 나비들이 이 꽃에서 저 꽃으로 날아다니며 야생화의 달콤함을 탐하고 있을 즈음에 느닷없이 저 멀리 아득한 곳에서 싸늘한 바람이 불어오더니 대기가 불안해지고 무겁게 짓누르는 먹구름이 무리를 지어서 산등성이에서 스멀스멀 기어오면서 사위를 어둠으로 휩싸이게 만들었지. 그러자 지금까지 들녘에서 아름다움과 정겨움을 자아내던 들녘의 화려한 잔치는 식어갔고, 사그라졌어. 그때쯤이면 늘 출연하는 괴수가 있었지. 거대한 코끼리만한 육중한 말을 타고 나타났고, 그 말의 갈기는 날카로운 이빨 사이로 가느다란 혓바닥을 드러내는 살모사가 앞으로 좌우로 뻗어나가며 괴기스런 소리를 내질렀고, 꼬리는 검은색 악질방울뱀이 길게 뻗어서 뒤를 경계하고 때로는 괴수 뒤에서 앞을 응시하며 멀리 있는 먹잇감의 추이를 감시하고 있었지. 그 괴수의 왼손에는 방패와 오른손에는 긴 창을 들고 있었어. 보통 그런 상황에 접어들면 난 두 딸과 손을 잡고 끝을 알 수 없는 어둡고 광막한 곳으로 뛰다가 넘어지고 또 일어나 뛰곤 했어. 그러다가 악몽에서 깨어나곤 했지. 그런데 어젯밤은 이상한 일이 벌어졌어. 그 아득하게 뛰는 곳에서 태생이 좋지 않은, 젊지 않은 비루먹은 말이 강한 바람이 불면 넘어질 것 같은 위태한 모습으로 뛰며, 그 뒤를 당나귀도 한 마리 거침없이 달려와서 사위를 경계했어. 그때까지 괴기스럽고 무시무시한 모습으로 재빠르게 뒤따라오던 괴수는 더 이상 다가오지 못하고 그 보이지 않는 경계에서 멈추었어. 이상하게도, 입을 벌리면 괴수의 입속에서, 갈기에서, 꼬리에서 형태와 크기와 무늬가 다른 뱀들이 꼬리를 감추고 나타나지 않았어. 한참을 다가오지 못하고 그 자리에서 머뭇거리며 맴돌다가 어느 사이에 그 무서운 괴수는 말고삐를 당겨서 다른 곳으로 홀연히 사라졌어. 잠시 후에 그 비루먹은 말을 타고 있던 용맹스런 기사가 투구를 벗자 퀭한 얼굴을 한 몹시 늙은 노인이었고, 그가 돈 끼호떼라는 것을 꿈에서 깨어나서 뒤늦게 짐작할 수 있었어. 인류를 구할, 인류 공동의 선과 가치를 지킬 기발한 기사 라 만차의 돈 끼호떼 말이야."

그는 그녀가 꿈에서 돈 끼쵸떼를 봤다는 것이 외아했으나 상세하게 묻지는 않았다. 그러고는 침대에서 일어나 드리워진 커튼을 걷고, 출입문 쪽에 있는 스위치를 찾아서 켰다. 형광등이 실내를 밝히자 그녀는 재빠르게 이불 속으로 몸을 가리면서 무드등으로 켜라고 갑자기 성을 버럭 지르며, 명령했다. 그는 과민한 그녀를 보고 그 짧은 시간에 어렴풋이 확인할 수 있었던 것이다. 그래서 그는 그녀가 원하는 밝기의 전등을 켰고, 그러는 사이 그는 그녀의 맑고 부드러운 육체에 평소와 다른 어떤 무엇이 있었다는 것을 그 짧은 시간에 볼 수 있었던 것이다. 불길한 예감! 그래서 그는 침대에 걸터앉아 그녀가 가슴을 가리고 있는 이불을 잡고 그녀를 끌어안았다. 그 순간 그녀는 눈물을 흘렸다. 소리 없이 울먹이다가 큰 소리로 울었다. 그녀는 울면서도 이불을 부여잡고 놓지 않았다. 그도 자신의 억센 힘으로 강하게 당겨서 이불 뒤에 있을, 불길하고 잔인한 그 무엇의 정체를 애써 보고 확인하고 싶지는 않았다. 어쩌면 그것이 아까부터 음침하게 가라앉아있던 그녀를, 어두운 베일에 갇힌 그녀의 '미스터리'를 풀 수 있는 열쇠인지도 모른다는, 더욱이 물샐틈없이 견고하게 숨기고 있었던 과거의 아픔과 상처를 들여다볼 수 있는 실마리가 될 수도 있을 것 같은 불길한 예감이 짓누르며 다가오고 있었다.

"같이 씻자."

그는 하얀 욕조에 따스한 물을 받고, 그녀의 처참한 흔적을 확인할 수 있었다. 온몸에 피멍이 뿌리를 깊숙이 박고 있었다. 제법 시간이 지난 것이었다. 화려한 아름다움을 드러내는 장미와 순결한 위엄을 드러내는 백합과는 달리 폭우에 짓밟힌 처참한 몰골을 한 제비꽃이었다. 제비꽃은 온몸에 골고루 피어 있었고 간혹 붉은 장미와 흑장미도 그 사이사이 한 송이씩 도드라지게 고혹적인 잔인한 아픔과 고통의 향기를 연신 뿜으며 억제되고 고립된 모습으로 애처롭게 피어 있었다. 유난히, 풍성한 가슴 부위와 깊고 아늑한 치골과 엉덩이 부분에 집중해 있었고, 한 송이씩 한적한 곳에서 피어 있는 것이 아니라 무리를 지어서 피어 있었다. 그것도 빽빽하게 들어차 있었다. 그 언저리에서, 가혹한 아픔의 숨결과 힘겨운 고통의 절규가 낮게 가라앉아 처절하게 울려 퍼지는 것 같기도 했다.

그는 우선 처참하게 짓이겨진 유방 위에 손을 얹고 조심조심 쓰다듬으며 잔잔하고 따스한 위로의 눈빛을 던졌다. 그녀의 온몸에는 아직도 창백한 제비꽃이 뿌리를 깊숙이 내리고 있어 그의 따스한 손길이 지나갈 때마다 간혹 뿌리가 흔들리는지 미세하고 진한 아픔의 소리가 입술 깊은 곳에서 무의식적으로 흘러나왔다. 그런 그의 손을 잡고, 그녀는 유난히 도드라지게 활짝 피어 있는 치골 근처 넓적다리 위에 올려놓았다. 그녀 주변의 누군가에게 상습적으로 폭행당한 흔적 위에

그의 따스한 손길로 위안을 받고 싶었던 것이나. 어쩌면 그녀
는, 그의 따스한 손길로 사랑스런 섹스로 지금까지 숨기고 싶
은 자신의 치욕적인 흔적을 말끔히 지우고 싶었던 것인지도
모른다. 그래서 유방 위에 올려놓은 따스한 손길을 치골의 초
입에 올려놓은 것인지도.

"넣어줘. 모든 걸 다 잊게. 아픔도 괴로움도 번뇌도."

말이 끝나기가 무섭게 그녀는, 그의 손을 잡고 치골 깊은
곳에 올려놓았다. 그녀는 페니스보다 손가락의 움직임을 원
하고 있었다. 그래서 그는 서있는 그녀의 부드러운 육체를 위
에서 애처롭게 내려다보며, 양손을 들어서 수증기가 부풀어
주저앉아 있는 그녀의 촉촉한 눈동자를 부드럽게 쓰다듬으
며 한참을 응시하고 있다가 맨드라미를 닮은 귀여운 귀를 어
루만지며 목덜미로 해서 어깨로 향했고, 조붓한 어깨를 쓸며
유방에 다소간 머물다가 하행선인 고속도로 휴게소에서 바쁜
생리적인 현상을 처리하고 엉덩이를 강하게 압박하며 그녀가
원하는 치골로 향했다. 이끼가 수증기를 뿌리 깊숙이 머금고
있고, 육감적인 그의 손길에 그녀의 육체가 이미 달아올라 촉
촉하게 젖어서 손가락의 움직임을 더욱 원활하게 할 수 있게
했다. 그녀의 눈빛은 활활 타오르는 횃불이었고, 끊임없이 넘
쳐흐르는 꺼지지 않을 용암이었다. 그녀는 온몸을 비틀며 신
음을 했고, 이미 오래 전부터 온몸에 깊이 뿌리를 내린 제비

꽃을 뽑아내기 위해서 안간힘을 다 쓰는 것이었다. 때때로 교성을 지르기도 하고 헛소리도 하며 지금까지 쌓아온, 조붓한 어깨 아래 있는 심장의 굴신 속에 쌓아온 남모르는 아픔과 고통의 흔적들을 말끔히 씻어내기 위함인 것이 분명해 보였다. 그러더니 급기야 그녀는 그의 페니스를 잡아서 격하게 흔들어주었다. 그녀에 연동해서 그의 움직임도 더욱 요란하고 격해졌고 서로가 서로에게 위안이 되는 그런 성스러운 행위가 되었다.

그는 하룻밤을 그녀와 함께 보내자, 그녀는 가혹한 속박에서 간신히 벗어난 온순한 말이 되어 있었다. 그녀는 온몸에 부자연스럽게 빠져나갈 수 없게 얽어매어 놓은 보이지 않는 질긴 줄을 꽃뱀헌터의 도움으로 서서히 실마리를 잡고 풀고 있었던 것이다. 그것도 하룻밤 사이에. 그녀는 그에게 육체와 영혼을 의탁하며 일어나서 서서히 걸었고, 멀리서 가까이서 그가 예수처럼 십자가 위에 매달려서 자신을 인도하고 있다는 것을 어렴풋이 그녀는 느낄 수 있었다.

그들은 모텔에서 나와서 그랜저에 올랐다. 시동을 걸고 천천히 출발했다. 그는 3.0 6기통 자연흡기엔진을 얹은 지치지 않고 부드럽게 공도를 밀착해서 나아가면서 그녀의 거침없이 쏟아내는, 지나간 삶의 소소한 부분에서 진중한 부분까지 스스럼없이 진솔하게 토해내는 얘기를 들을 수 있었다. 그는 운

저을 하면서노 병소에 그녀가 아닌 것을 느끼며 한번씩 그녀의 이목구비를 뚫어지게 바라보다가 이내 흐뭇한 미소를 머금고 되돌아오곤 했다. 그런 그녀의 행위가 다소 의아하고 새로웠으나 그녀의 내면에 싹트는 뭔가가 있다는 것을 인식하면서 한편으로 기쁜 마음이 들었다.

"새벽 즈음에 또 그 음흉한 괴수가 나타났어. 그런데 그제 밤과 달리 나를 압도적인 무서움으로 거침없이 달려들어서 몰아붙이지는 않았어. 어느 지점까지 다가오자 괴수는 고삐를 당겨서 제자리걸음만 할 뿐이었어. 그때 그 괴수를 제대로 볼 수 있었어. 투구를 벗지 않아 이목구비의 위치와 형태가 어디에 위치했는지, 그래서 귀가 길고 쭈글쭈글하고 눈꼬리가 가늘게 찢어졌는지 입술이 볼품없이 얇고 푸르스름하고 턱은 투박한 주걱턱인지 도무지 알 수 없었지. 하지만 늘 괴수의 오른손에 들고 있는, 한 번도 그의 손에서 떨어지지 않고 붙어 있는 방패에 새겨진 문양은 또렷하고 명확하게 기억이 나. 처음에는 그것이 어느 장인의 노련한 손놀림으로 이리저리 파고 당기고 민 섬세한 흔적으로만 생각했어. 그래서 동작이 멈춰서 머물러 있는 것으로만 생각했어. 그것이 아니었어. 그 공간 속에서는 우주가 팽창하듯이 좌우아래위로 끊임없이 움직이는 것이었어. 그 움직이는 실체가 무엇인지 궁금하고 괴이해서 두 눈을 모아 고도의 집중력으로 들여다보았지. 언젠가 동물의 세계에서 야생의 삶을 살아가는 또렷하게 기억나는 카터뱀이었지. 암놈을 차지하기 위해서 무수하게 많은 수놈들이 모이고 모이는 그런 치열한 피터지는 모습이었어. 온몸을 감고 또 감는, 멀리서 암놈이 주변에 뿌리고 다닌 호르몬에 취해서 삶의 느슨함도 잊은 채 오직 감고 감으며 단 한 번의 절실한 섹스를 위해서 말이지. 이상한 것은 그 찬란하고, 괴기스럽고 무서운 문양이 지금까지도 생생하고 분명하게 다가오니 말이야."

그는 그녀가 말하는 문양이 어떤 것인지 대충 알 것 같았다. 그리고 그것을 어디에서, 그것도 주변 가까이에서 다른 형태로 설핏 다가왔다가 사라진 것 같기도 했다. 기억이란 것이 원래 바탕에 뼈대를 세우면 자연적으로 살을 붙이고 근육을 붙이는 것이 탁월해서 때때로 자의적으로 거짓된 것을 조작하고 만들어서 뻔뻔한 모습을 드러낼 때도 있었고, 그것이 예전의 온전한 행동이나 경험으로 빚어진 삶의 속껍질로 착각해서 천연덕스럽게 호통을 치며 머지않아 자연스레 받아들이는 것이었다. 망각의 명약이 있었지만 그것을 멀리서 피하거나 회피하며 나래를 펼쳐서 나아가 또 다른 사실에게 전이시키는 것이었다. 삶의 고랑 사이사이 다소 척박한 곳에서 자라는 피해의식이란 독초는 그렇다. 자신이 원하는 기억으로 남기를 바라면서 말이다. 그것은 기억의 조작이고, 지금 이

상황은 단순한 기억일 뿐이있다. 피해의식이 개입되지 않은 명징하고 순수한 기억.

그는 그녀의 말을 경청하며 운전을 했다. 그래서 그는 음악을 틀지 않았다. 그랜저의 실내로 풍절음이 그렇게 많이 비집고 들어오지 않아서 정숙했고 인테리어도 난잡하지 않고 무난하고 단순해서 눈의 피로감은 없었다. 하지만 벤츠아줌마는 어딘지 불편한, 굳이 말로 표현하지는 않았지만 육체를 받아내고 그래서 전달되는 섀시의 비틀림 강성이나 서스펜스의 기민한 움직임, 보석처럼 화려한 실내인테리어에 대한 자동차의 해박한 지식이 있어 민감하게 받아들여 인식하지는 못했으나 S클래스에서 느낄 수 있는 그런 안락하고 여유로운 승차감은 느낄 수는 없었던 것이리라. 겉으로 드러나는 자동차의 브랜드에서 오는 심리적인 요인도 없지 않았을 것이다. 그럼에도 그녀는 투박한 현 상황이 더 없이 행복한지 연신 미소를 머금고 있었다. 그러다가도 자신과 밀접한 관계로 얽힌 사람에 관한 얘기를 할 때는 어딘지 쫓기는 것 같기도 하고 불안하기 그지없었다. 그 옛날 억눌린 감정의 비굴함과 초라함이 망각의 바다에서 우연히 뛰쳐나와서 현실을 간섭하는 것인지 침울하게 입술을 파르르 떨며 간신히 얘기하곤 했다.

"내 남편은 대형 교회도 아닌 중형 교회도 아닌 어중간한 위치에 있는 교회 담임 목사로 있어. 은밀하게 얘기하면 대형 교회에 가깝지. 그를 만난 것은 전도사 시절이었어. 단독 목회를 하던 중에 만났지. 그때 난 룸살롱을 하고 있었고 그는 신도가 몇 없는 공허한 교회에서 목회를 착실하게 하고 있었지. 혼자 찬송도 부르고 목회도 하며 하루하루를 간신히 살아가고 있을 때 우연한 기회에 그의 교회의 문을 열게 되었지. 어쩌면 그것이 악연의 씨앗이었는지도 모르지. 그는 지하에 위치한 밀폐된 공간에서 조명도 적당하게 조절되어 있는 곳에서 통성기도를 하고 있었지. 그의 기도 속에는 나에 대한 기도도 있었지. 그것이 술을 팔고 웃음을 팔고 몸을 파는 척박한 나의 심장 속을 뼈저리게 파고들어 아픈 생채기를 내었지. 아픔이었고 고통이었지. 하루하루 웃음을 팔고 몸을 팔며 살아온 그래서 자산을 축적한 나의 삶이 비참해지는 것이었어. 대수롭지 않게 치부하던 것들이 뾰족한 바늘이 되어 거침없이 나의 심장을 파고들었지. 처참하고 가혹하게."

그는 그녀의 눈가가 촉촉해지는 것을 엿볼 수 있었다. 그녀는 자신의 역사를 자신이 기록하듯이 차근차근 꼼꼼하게 얘기했다. 격한 감정이 밀려들면 잠시 시간을 내어 평정심을 찾는 것 같았다. 그녀는 지금까지 자신의 내면 깊숙이 숨겨놓은 은밀하고 초라한 얘기를 털어놓을 안전한 상대를 찾기 위해서 방황하고 있었던 것인지도 모른다. 그 얘기를 통해서 상대에게 위안을 받고 싶었던 것이다. 비록 자신의 선택과 결정이 잘못되어서 룸핸한 삶을 살고 있어도, 그 삶의 궤적에서 온선히 벗어날 수 없는 것을 괴로워하면서도 자신이 잉태한 소중한 두 딸을 포기할 수 없었던 것이리라. 늘 순진무구하게 기쁜 듯이 말하고 웃으며 뛰어와서 가슴 깊숙이 안기고 부드럽게 볼을 비비며 어리광을 피우는, 가녀린 손으로 눈물을 닦아주며 위로의 미소와 말을 건네는 아이들을 말이다.

"그러다가 과거는 별것 아니라고 말하며 결혼을 했지. 그러자 교인들이 서서히 점차적으로 하루가 다르게 모여들었어. 웃음을 팔고 몸을 파는 여자의 삶을 용서하고 자신의 아내로 삼는 훌륭한 인품을 소유한 평범하지 않은 목사라는 소문이 돌고 돌아서 사람들의 호기심을 자극한 것이었어. 우선 나와 함께 일하는 사람들이 다녔고, 그 친구들이 모였고 그 친구의 친구들이 모여드니 어느새 100명이 넘더니 200명이 되고 500명이 넘었지. 교회는 점점 비대해졌어. 그래서 서울 변두리 적당한 곳에 땅을 사고 새로운 교회를 지었지. 그때까지 목사는 인품이 훌륭하고 반듯하고 다정다감한 남편이었고, 그래서 존경을 받았고 경외의 대상이었지. 하지만 어느 순간부터 훌륭하던 인품이 퇴색되어가는가 싶더니 점차 언행이 거칠어졌고 불성실해졌어. 급기야 나를 무시하고 때리기 시작했어. 외출을 하고 나면 누구를 만났는지 일분일초를 집요하게 체크하며 잠을 재우지 않았어. 그러다가 말겠거니 생각하고 참았지. 큰아이는 이미 걷고 있고 뱃속에는 꼬물꼬물 놀고 있는 아이도 있었어. 때때로 그는 큰아이가 잠이 들면 기다렸다는 듯이 광적으로 나를 덮쳤고 누르고 죄었지. 그러고는 두툼한 하얀 끈으로 사지를 침대에 묶고 검은색 안대로 눈을 가렸지. 그는 실성한 사람처럼 큼직한 가위로 옷을 자르기 시작했어. 상의는 배꼽부터 위로 잘랐고 하의는 허리부터 아래로 잘랐지. 그런 와중에도, 브라와 팬티는 자르지 않고 내버려뒀어. 절정적인 순간에 자르기 위함이었어. 가학적으로 행동하면서도 늘 자신의 욕구는 채웠으니까. 지금에 와서 얘기하는 것이지만, 그 서걱거리는 가위소리가 얼마나 쩌렁쩌렁하게 울리며 나를 공포와 두려움으로 몰아넣었는지 아무도 모를 거야. 이상하게도, 어느 날인가 우연히 그의 가학적인 행동이 미세하게 나의 욕구를 자극했고, 유두가 단단하게 여물었고 치골 깊숙한 곳이 축축하게 젖는 것을 느낄 수 있었지. 그런 기미를 알아채고 그는 미친 듯이 핥고 물고 당기고 때리면서 미친놈처럼 큰소리로 웃고 울기까지 했지. 수치심이 몰려왔지. 비참하고 참혹한 학대 속에서, 욕정의 몸짓, 나를 더욱 초라하게 만들었어. 침대에 묶인 채 벌거벗은, 평범한 여자들이 원하는 부드러운 손길과 보살핌, 그것과 차원이 다른 거칠고 잔인한 병리적인 현상에 경악을 금치 않을 수 없었어. 쥐구멍이라도 있었으면 들어갔을 거야."

그녀는 시선을 떨구고 있었다. 조점 없이 멍하니. 그녀는 쉼 없이 던지던 말을 멈추고 창밖으로 시선을 옮겼다. 그녀는 차창 밖으로 흐르는 낯선 풍경이 신기하고 새로운지 멀리 보이는 높은 산을 잡기라도 하듯이 오른손으로 다소 차가운 차창 표면을 쓰다듬었다. 그러다가 이내 차창을 열어서 오른손을 길게 뻗어서 뭔가를 잡으려고 애를 썼고, 몹시 거칠게 다가오는 바람을 온몸으로 받아들이고 있었다. 그녀는 가슴에 담고 있던 울분과 수치심을 거칠게 으르렁거리며 다가와서 부딪치는 바람에 씻어내기라도 하는 것 같았다.

함양 IC에서 88고속도로로 얹은 그랜저는, 휘고 뻗은 국도를 달리는 것보다는 속도가 기민하고 민첩했다. 작지 않은 덩치가 있어도 6기통엔진을 얹은 것이라 밟으면 밟은 대로 우렁차게 박차고 나갔다. 토요일이라 평일보다 자동차가 많은 것이 흠이긴 해도 정체구간이 없어 운전의 묘미를 느낄 수 있었다. 그도 차창을 반쯤 열어서 무르익는 5월의 향기를 마음껏 들이마셨다. 이젠 그녀는 내려진 차창 틈에 양팔을 괴고 목을 밀착해서 흘러가는 크고 작은 산이며 마을을 무연하게 흘려보내고 있었다. 지금까지 그녀 자신이 집착하고 있었던 것을 아무런 미련도 없이 흘려보내듯이. 그렇게 한동안 그런 자세로 멈춰 있다가 그녀는 차창을 올리고 아까 하던 얘기를 이어나갔다.

"그런 참혹한 사건이 일어나고 나면 남편은 거칠게 지나간 폭우의 흔적을 손수 정리정돈 하느라 분주했어. 언제 그랬냐는 듯이 예전의 모습처럼 차분하고 상냥하고 부드럽게 돌아갔지. 그러면서 자신의 잘못을 인정하며 간절히 용서를 구했고 친절하게 값비싼 옷도 사주고 피멍이 든 곳에 연고도 발라주었지. 처음에 그의 행위를, 무릎 꿇고 하나님을 향해서 통성기도를 하듯이 온 맘 다하는 모습에 철석같이 믿었지. 그 당시는 그러기를 간절히 바랐는지도 몰라. 예쁘고 사랑스러운 두 딸을 위해서 말이야. 하지만 그는 병적이었고, 주기적이고 반복적이었어. 피부의 멍울이 점점 흐릿하게 하얀 피부 속으로 소멸되어가고 상처가 아물기가 무섭게 또 다시 얌전한 양의 모습은 온데간데없이, 내 과거의 결점을 여기저기에서 찾아서 쥐 잡듯이 몰아붙이고, 때리고, 꼬집고, 당기고, 강하게 밀쳐버렸지. 그는 미친 듯이 날뛰는 악마의 얼굴로 표변하더니 지금까지 간신히 참아왔던 무지막지한 폭력을 또 다시 아무렇게나 휘둘렀지."

"오셀로 증후군."

그는 별 의심 없이 말했다. 그는 그녀가 제대로 이해하지 못한 것 같아서 자세히 풀어서 설명했다. 셰익스피어의 4대 비극 중에 하나인 오셀로가, 자신의 부하 아이고의 앙심으로 인하여 자신의 귀엽고 예쁜 아내 데스데모나와 또 다른 부하

캐시오와의 불륜관계라는 거짓 보고에 속아서 자신의 아내를 죽이고, 뒤늦게 사실을 알게 된 오셀로도 자결하는 얘기라고. 의처증.

"데스데모나, 무서워! 꽃뱀헌터, 꽃뱀헌터 당신은 언제까지나 나를 지켜줄거지. 간혹 꿈속에서 괴수에게 쫓길 때 어딘가에서 등장해서 정의를 수호하고 공동의 선과 가치를 따르며 거침없이 돌진하는 돈 끼호떼처럼."

그는 곧바로 대답할 수 없어 아래로 시선을 떨구고 웅크리고 있는 그녀를 살며시 내려다보았다. 조붓한 어깨가 더욱 애처롭게 다가왔다. 미세하게 떨리며 주위에 머물러 있던 가까스로 밀쳐낸 슬픔을 불러들이는 것 같기도 하고 밀어내는 것 같기도 했다. 그럼에도 그녀는 격한 울음으로 눈물은 보이지 않았고 안으로 간신히 삭이는 것 같았다. 어쩌면 그녀는 믿고 의지할 수 있는 기운찬 대답을 기다리고 있었는지도 모른다. 지금 이 순간 그것이라도 잡지 않으면 더욱더 깊은 절망의 수렁에 무겁게 느릿느릿 가라앉을 거 같은 불안에 내몰려 있는 것인지도. 그래서 그는 힘없이 자맥질하며 가라앉는 그녀의 모습을 보고 더 이상 대답을 미룰 수 없을 것 같아서 미지근한 대답이 아니라 확신에 찬 대답을 했다. 그러자 그녀는 지금까지 애써 참고 있던 울음을 터뜨렸다. 아무래도 그녀는 의지할 뭔가를 찾고 있었던 것이 분명했다. 그 대상이 꿈속에서는 돈 끼호떼이고 현실에서는 꽃뱀헌터인지도.

잠시 후 그녀는 눈물을 훔치며 얼굴을 들었다. 그녀는 꿈속에서 애매하고 흐릿한 돈 끼호떼의 용맹스런 모습이 현실에서 만질 수 있고 당당한 꽃뱀헌터의 모습으로 이어지자 이제야 안심이 되었던 것이다. 소망을 품고 미래의 행복한 나날을 보내는 모습들이 그녀의 눈동자에 아련하게 고이고 은은하게 발하고 은근하게 다가오는 것을 그는 느낄 수 있었다.

처음 와보는 그랜저는 내비게이션의 음성을 따라 나아가고 있었다. 해인사에서 내려 알아서 본능적으로 자동차가 알아서 좌우 핸들을 돌리며 나아가는 것 같았다. 양질의 여물과 맑은 물을 주면 알아서 달리는 로신안떼처럼 말이다. 그랜저는 고속도로에서 내려 해인사로 들어가는 길이었다. 그녀는 더 이상 말이 없었다. 고속도로 보다 느린 창밖을 한 없이 보고 있었다. 아까와 다르게 풍경이 스스럼없이 다가오는지 유심히 바라보고 긍정적인 화사한 미소를 감추지 않았다.

"이상하게도, 나에겐 재복과 인복이 있어. 그래서 S클래스를 타고 당신을 만났는지도 모르지. 룸살롱을 할 때도 중소기업 사장들이 몇몇 있었어. 그들이 매출의 대부분을 담당했지. 강남에 건물도 몇 채 가지고 있는, 몇백을 팁으로 우습게 쓰는 그런 사장들. 기분만 적당하게 맞춰주면 스스럼없이 돈을 물쓰듯이 쓰면서 자신의 어려웠던 과거의 매순간들을 회상하너 진지하게 얘기하지. 난 그들의 얘기를 진질하고 싱실하세 주의를 기울여서 들어줬어. 그러고는 대견하다고 말하며 그들의 어깨를 따스하게 쓰다듬어 주었지. 그들은 나의 진정어린 말 한 마디 한 마디를 듣기 위해서 나의 가계에 오는지도 모르지. 가까이에 있는 누군가에게서 '참 잘했어요. 그땐 참 어려웠지만 이젠 정말로 충분히 잘해주고 있어요.' 그 말을 듣고 싶었던 것이지. 그들의 아내들은 그런 따스한 말 한 마디조차 하지 않는 것 같았어. 그 단순한 진리를."

"오! 이젠 잘난 척."

이젠 그녀는 한없이 추락해서 이리저리 짓밟힌 자존감에 온기를 불어넣고 생기를 채워서 아늑한 내면의 공간을 확장하고 있었던 것이다. 그는 하룻밤 사이에 벌어진 진솔한 섹스로 빚어진 효과라고는 생각하지 않았다. 어떤 거대한, 사람의 영역 밖에서 일어나는 보이지 않는 거대한 뭔가가 자신을 통해서 그녀를 돕고 있는 것이라 의구심을 가지지 않을 수 없었다. 하나님의 사랑이 그렇게 인도하는 것인지 석가모니의 자비가 그렇게 인도하는 것인지, 그것도 아니면 라 만차의 돈 끼호떼가 그녀의 꿈속에서 나와서 현실에까지 영향을 미칠지, 그것까지는 정확하게 알 수는 없었던 것이다. 아무튼 그녀는 새로운, 과거와 다른 방식과 삶으로 나아갈 것만은 확실해 보였다. 실의에 빠져 자신이 자신의 삶을 갉아먹는 그런

아리송하고 박약한 상황은 만들지 않을 것 같았다. 그녀 자신이 애지중지 키우는 사랑하는 두 딸을 위해서라도.

드디어 '법보종찰가야산해인사' 현판이 있는 곳에 도착했다. 입장료와 주차료를 지불하지 않으면 들어갈 수 없었다. 황당했다. 더욱 황당한 것은 현금만 받았다. 투덜거리며 지갑을 뒤져봐도 천 원짜리 몇 장 있는 것이 다였다. 그러자 곁에 있던 벤츠아줌마가 검은색 프라다 스몰 백팩 안에서 장지갑을 꺼내어서 5만원 지폐 한 장을 건네주며 나머지는 팁이라고 말했다. 그는 흐뭇하게 웃을 뿐 더 이상 말을 하지 않았다.

"꽃뱀헌터, 곧바로 해인사로 가지 말고 해인관광호텔로 가줘. 거기에 가람한정식이 괜찮다는데 거기서 점심을 먹고 당신은 당신의 일상으로 돌아가도록 해. 난 여기에 은신해 있다가 나의 길을 찾아야 될 것 같아."

그녀는 고운 최치원이 은둔한 것처럼 해인사에 들어온 것이다. 자기 남편의 병적인, 무차별적인 가혹한 행동으로 이미 그들의 관계는 황폐해지고 절연되어 있었던 것이다. 더 이상 회복될 수 없는, 회복되어서도 안 되는 상황에까지 닿아서, 조금만 더 나아가면 어느 한쪽이 부서지고 결국에는 파괴로 이어질 것이란 것을 직감적으로 느끼고 있었던 것이다. 그래서 신라 왕실의 실망감과 좌절감으로 산과 계곡, 파란 하늘만 보이는 해인사 깊은 곳까지 하는 수 없이 들어온 고운을 따라서 어기까지 들어온 것인지 그것까지는 확실하게 단언할 수는 없었다. 하지만 그녀도 고운처럼 가혹한 현실과 달콤한 이상의 괴리로 인하여 삶의 염증이 생긴 것만은 분명해 보였다. 그래서 세상을 등지고 신선이 되기로 마음먹었는지도.

"무공해로 키운 엄선한 재료만을 이용한데. 점심을 먹고 당신의 욕구를 추스르고 가도록해. 내가 꽃뱀헌터 당신에게만 허락하는 선물이야. 난 20대 초입에 사내들의 부드러운 인상 속에서나 험악한 인상 속에서, 언제나 때를 기다리며 웅크리고 있던 험악한 괴물의 정체를 이미 알고 있었어. 그 괴물의 격한 성정도 나의 가느다랗고 부드러운, 능숙하고 세련된 손가락과 혓바닥의 터치에 여지없이 주저앉고 말았지."

조그마한 방패목걸이

　월요일 출근하자마자 꽃뱀헌터는 이사장에게 대구에 살고 있는 꽃뱀의 집주소가 어디인지 가르쳐줄 수 있는지 물어보았다. 그는 지금 소중한 클라이언트와 골프를 치고 있으니 서무실에 전화를 해놓겠다고 했다. 그녀에 관한, 비밀을 요하는 것이라 말했다. 그러자 이사장은 전화상으로 걱정할 것 없다고 말했다. 서무실의 직원들은 자신의 수족이나 다름없고 함부로 여기저기 옮기거나 발설하면 그 자리에서 오래 버티지 못하는 것을 이미 오랜 경험으로 알고 있을 것이라 덧붙였다.
　꽃뱀헌터가 서무실에 가자 거무스름한 얼굴빛을 드러내는, 유난히 느린 경리가 자연스레 소박하게 미소를 지으며 자리에서 일어나면서 반갑게 맞이했다. 사각에 가까운 그녀의 얼굴에는, 눈 밑과 뺨에 멜라닌 색소가 침착된 불규칙적이고 다양한 갈색 점이 빈틈없이 채워져 있었다. 머리 스타일도 몹시 웨이브가 들어가 있는 퍼머로 개별적인 정체성으로 자리 잡은 이목구비를 전체적으로 포용할 수 없는, 다소 난처하고, 민망하고 안타까운 모습으로 가까스로 그 자리를 유지하며 간신히 버티는 것 같았다. 키는 크지 않고 보디는 뚱뚱하지 않았다. 그녀는 예의에 어긋나지 않는 선에서 공손하게 움직일 때마다 두툼한 하얀색 블라우스 위에 머리칼이 찰랑찰랑 좌우로 뒤치고 있었다. 그런 사소한 움직임이 그녀의 의식에 깃든 불필요한 생각과 행동을 밀쳐내고 있는 듯했다. 될 수 있으면 긍정적인 생각으로 삶의 바탕 위에 충일한 사랑과 행복을 채우기 위해서 나아가지만 현실의 무게에 무기력하게 소실되었던, 그것은 마치 태엽이 풀리는 시계추의 일정하고 재빠른 움직임과 다르지 않았다. 그럼에도 그녀는 자신이 처한 환경과 상황을 긍정적으로 받아들이고 자신이 선택하고 누리는 달콤한 행복에 만족하는 것 같았다. 지난해 늦가을에 늦은 결혼을 한 시점부터 말이다.

그녀는 올해 어김없이 앞자리가 바뀌는 적지 않은, 부담스러운 나이였다. 그래서 주위에서 찾다가 어쩔 수 없이 서무실에 근무하는 자신보다 나이가 어린 소사와 사소하게 불꽃이 튀다가 어쩔 수 없이 시집을 간 것이었다. 몇 살 어린 그는 이미 앞머리가 많이 사라져가고 있는 중이었고, 덩치도 작고 말라서 볼품없는 사내였다. 하지만 성실하고 근면했으며 학교에서 꽃뱀헌터를 만나면 먼저 인사를 하고 붙임성 있게 다가오는 호감이 가는 친근한 사내이기도 했다. 그들 각자에게 더불어 함께하고 나누는 모습이 아름답고 거룩하기까지 했다.

곁에서 면면을 지켜보면 결핍된 형태로 아주 보잘것 없는 존재로서 살아가는 소시민이었지만 부부로서 서로의 부족한 부분을 알뜰하게 채워가는 모습이 대견하고 지극히 사랑스러워 보였다. 더욱이 아직까지 신혼의 달달하고 즐거운, 들떠 있는 충만한 활기와 열정이 온몸에 촘촘하게 박혀 있는 것을 여지없이 풍기고 자아내는 것을 느낄 수 있었다. 꽃뱀헌터는 그것이 결혼의 원형인 것 같았다. 잘잘못을 따지지 않고 서로가 서로에게 다가가서 이해하고 배려하고 스스럼없이 나누는, 외로우면 외로운 대로 괴로우면 괴로운 대로 스스럼없이 말하고 위안을 받는, 그러면서 따스한 가족의 울타리 안에서 느낄 수 있는 온기를 바깥사람인 그도 온전히 느낄 수 있었다.

그는 꽃뱀의 부모님 주소를 보고 기시감이 들었다. 어디서 본 듯해서 머리를 갸우뚱거리면서 생각날 듯 말 듯했다. 막연한 시간이 지나도 뚜렷한 형체가 드러나지 않자 확인할 것이 있어 집으로 향했다. 서울에서 내려올 때 접촉사고로 인하여 받은 명함에까지 이르렀던 것이다. 스마트폰에 사진으로 저장해 놓지 않은 것이라 확인하고 싶었다.

그는 학교건물 중앙에 있는 출입문으로 나와서 정문으로 가지 않고 운동장을 가로질러 기숙사가 있는 쪽으로 걸었다. 운동장에 깔려 있는 갈색 트랙은 탄성이 있어 걸음을 옮길 때마다 자연스럽고 편안하고 차분하고 포용력 있는 쾌적한 느낌을 자아내었다. 그는 트랙 위에서 학교건물 쪽으로 바라보다가 정원수가 없는 것이 의아해서 다음에 이사장을 만나면 한번 물어보고 싶었다. 처음 학교에 도착했을 때에도 그런 생각이 들긴 했었다.

기숙사는 3층으로 지은 제법 큰 건물이었다. 고동색 계열의 큼직한 대리석이 벽에 견고하고 빈틈없이 일정한 간격으로 붙어 있고 합각으로 된 지붕은 트랙과 엇비슷한 색깔을 띠고 있는 기와로 비스듬하게 양쪽으로 경사를 이루며 처마 끝으로 향하고 있었다. 기숙사는 학교건물처럼 길게 옆으로 자리를 잡고 무수한 세월을 버티며 운동장에서 4미터 정도 높이에 위치해 있었다. 그 경계를 강렬한 햇살을 받고 살벌한 폭우를 맞으면 더욱 요란하게 빛나는 검은색 대리석이 큰 계단으로 만들어져 있었고 축구를 하거나 야구를 할 때 그곳에서 앉아서 여유롭게 응원할 수 있는 적당한 곳이었다. 그 가장자리 양쪽 끝과 중앙에 학생들이 오르내릴 수 있는 높지 않은 계단이 있어 기숙사가 있는 쪽으로 전략적으로 연결되어 있었다. 그는 그 작은 계단이 일정한 높이로 안정감 있게 올라가는 쪽으로 천천히 걸음을 옮겼다. 계단은 표면이 다소 거친 회색 대리석이 규칙적으로 깔려 있어 친근하게 다가왔다. 그래서 그런지 어수선한 마음이 정돈되는 그런 느낌이 들었다.

그는 4월 중순 거창에서 한참 휘고 갈라지고 간신히 뻗어 나아가는 2차선 도로를 따라가면 비로소 닿을 수 있었던 대병, 그 대병에 온 지도 벌써 4주째 접어들고 있었다. 그 짧지 않은 시간 동안 기숙사 정문 쪽으로 시선과 의미를 두고 걸은 기억이 없었다. 그 이유를 곰곰이 생각해보니 야구를 하면서 겪은 단체생활에 대한 염증과 통제에 기인한 것 같았다. 전교생 중에 일부가 여기 한 건물 안에서 규율을 지키며 생활하기에 옛날에 겪었던 강압적인 규율과 무분별하게 다가오는 선배들의 저항할 수 없는 거친 시선들이 싫었던 것이 분명해 보였다. 그래서 그 비슷한, 다소 타율적이고 거슬리는 규율이 있는 기숙사 근처에 얼씬도 하지 않은 것이 분명해 보였다. 어쩌면 그것도 과거의 불순한 기억과 추억이 현실의 온전한 행위에까지 디테일하게 영향을 끼친 것이라 생각되었다.

계단 끝에서 자연스럽게 이어지는 길은 1톤 트럭이 드나들수 있을 정도로 폭이 제법 넓었다. 삼거리였다. 왼쪽으로 가면 기숙사와 맞닿고 오른쪽 바로 앞에는 30대 정도 주차할 수 있는 공간이 있고 큰길을 건너가면 체육관이 있고 초등학교 정문에 닿을 수 있었다. 그는 학생 수가 많지 않고 건물이 크지 않은 초등학교 쪽으로 시선을 뒀다가 이내 거두어들여서 왼쪽으로 발걸음을 옮겼다. 길 양쪽으로 그 흔한 측백나무도 없고 소나무도 없었다. 오로지 곱고 부드러운 잔디만 파랗게 지라고 있었다. 관리가 잘 된 잔디였고 그래서 윤기가 나고 푸릇푸릇 건강해 보였다. 간혹 교실에서 창밖으로 먼 산을 바라보다가 시선을 돌릴 때면 우연찮게 소사가 그곳에서 허리를 숙여 무엇인가에 몰두해서 땀을 흘리고 있었던 것을 볼 수 있었다. 그는 잔디밭에 유별나게 도드라진 잡풀들을 뽑느라 부지런하게 잔디호미를 들고 분주하게 왔다 갔다 했던 것이다. 그제야 그 당시의 행동을 이해할 수 있을 것 같았다. 어쩌면 그것이 그가 학교에서 근무하고 머물 수 있는, 서무실 경리와 결혼해서 축복받는 행복한 삶을 영위할 수 있는, 엄연한 이유인지도 모를 일이었다. 그래서 후덥지근하고 따가운 햇살에도 아랑곳없이 그 자리를 깨끗하게 정리정돈하고 있었던 것이었을 것이다. 그것이 가정의 행복을 지키는 자신의 의무이고 책무인 것을 알기에 더욱더 지극정성을 보였던 것인지도.

기숙사 앞은 제법 큰 공간이 있었다. 1톤 트럭이 짐을 내리고 후진으로 부자연스럽게 나갈 수 있을 정도였다. 잔디밭과 경계를 이루는 곳은 여지없이 각이 지고 폭이 좁은 회색 대리석이 반듯하게 깔려 있었다. 그는 학교 울타리 밖으로 시선을 옮기자 경사가 있는 쪽으로 20미터는 될 것 같은, 공간을 지향하며 뻗어나가서 무수한 아카시아 나무들이 무엄하게 학교 울타리를 아무렇게나 넘어들어와 침범하고 있는 것을 볼 수 있었다. 그런 와중에도 느슨하게 무리지어 아래로 가지들을 늘어뜨린 채 화사한 꽃을 풍성하게 품고 있었다. 그 향기는 그윽하고 달달했다. 그런 축제 속에서도 뾰족한 가시를 숨긴 채 이방인을 느슨하게 경계하고 있었다. 간혹 바람이 불어오면 그 날카로운 가시의 정체를 볼 수 있었다. 화사한 꽃을 탐하는 것들로부터 안전하게 보호하기 위해서. 아무래도 그것은 장미의 타고난 본성과 너무나도 많이 닮아 있는 것 같았다.

그제야 그는 이곳으로 발걸음을 인도하게 한 정체를 알 수 있을 것 같았다. 아카시아 향기였다. 그는 무심결에 학교건물 3층 음악실 쪽으로 시선을 돌렸다. 흐릿하게, 꽃뱀 그녀였다. 그때 그는, 고정된 그녀의 시선 속에 자신의 움직임이 맺혀 있었다는 것을 어렵지 않게 인식할 수 있었다. 아까부터 그녀는 자신의 세세한 움직임까지도 살피고 있었을 것이다. 아마 그녀는 음악책을 들고 음악이론을 가르치며 수시로 창밖을 보면서 말이다. 그때 그는 알몸인 채 서로가 당황스럽고 민망한, 그럼에도 성과가 있었던 첫 만남이었던 것이다. 18K 목걸이. 이사장 부부와 식사를 하고 나서 꽃뱀에게서 들을 수 있었던 것이다. 그 당시는 그는 마른하늘에 날벼락이 떨어져서 느티나무가 찢어지는 것처럼 당황스러웠고, 더욱이 직선적인 페니스의 행동으로 제대로 그녀의 손아귀에 쥐어진 것을 볼 수 있있다. 지금에 와서야 그녀기 비어 있는 방에 들어온, 그것은 그녀에게 귀하고 소중한, 어쩌면 조상대대로 이어서 내려오는 비밀스런 뭔가를 애써 숨기는, 목숨과도 바꿀 수 없는, 영혼의 결정체 즉 분신인지도 모른다는 생각이 불현듯이 들었다. 또 그는 그녀의 옆모습을 지켜볼 때 담담하게 꼭 다문 입술 속에서 가늘고 긴 혓바닥이 비집고 나왔다가 들어가는 것을 본 것 같기도 했다. 착시. 그녀가 그랬던 것이라 어슴푸레한 기억이 되살아났던 것이다. 찰나에. 그는 18K목걸이가 그녀의 '미스터리'에 가까운, 아리송하고 애매모호한 그녀의 존재의 비밀로 접근할 수 있는 황금열쇠인지도 모른다는 생각이 문득 들었다.

그는 손을 길게 뻗었다. 학교 울타리 안으로 무엄하게 들어와 공간을 지배하는 처진 순백의 아카시아꽃을 꺾어서 코에 가져갔다. 달콤하고 그윽했다. 그는 잠시 눈을 감아서 은근하게 퍼지는 향기에 취하자 며칠 전에 만나서 해인사에 은둔해서 머물러 있는 벤츠아줌마가 불현듯 떠올랐다. 한정식을 먹고 예스러운 호텔룸에서, 그녀는 언제 바꿔 입었는지 검은색 끈 망사 레이스 팬티를 입고 자신을 유혹했었다. 아무래도 그녀는 자신을 위해서 준비한 것 같았다. 그녀는 타고난 끼를 활용해서 그에게 풍성한 축제를 선사한 것이 궁극적으로 자신을 살리는 길이라는 것 또한 이미 알고 있었던 것이리라.

남편으로부터 변태적인 가혹한 폭력과 잔인한 학대로 여지없이 쓰러지고 무너진, 결국에는 짓이겨 소멸에 가까워지는 자존감을 일으켜 세워 걷고 뛸 수 있는 것은, 오직 그 방법밖에 없다는 것을 알고 행하고 있었던 것인지도 모른다. 그래서 그녀는 시시때때로 다가오는 욕구에 충직하고 성실했고, 열렬하게 다가와서 얼싸안고 강하게 누르며 당겼던 것인지도. 그러므로 그녀는 넓고 따스한 그의 품속에서 새롭게 태어나는, 어쩌면 그곳이 고향과도 같은 아늑하고 따스한 공간인지도.

그녀에게 그는 숨겨진 은밀한 사랑의 대상자인지도 모른다. 암울한 시련과 고난 속에서도 우뚝 솟아 형형한 불빛으로 주위를 밝히는 예수와 비슷한 대상인지도. 아니면 라 만차의 돈 끼호떼처럼 불의를 보면 무작정 미친 듯이 과감하게 달려들어, 많이 가진 자에 대한 사법부의 친절과 사려 깊은 관대에 아랑곳하지 않고 왜소하고 초라한 로신안떼를 타고 달려들어, 그런 와중에 언제나 몹시 두들겨 맞으면서도 자신을 구해줄 것이라 믿고, 그것을 죽어도 의심하지 않는 것 같았다.

그는 음악실 쪽으로 한 번 더 시선을 던졌다. 이젠 그녀는 창가에 얼씬거리지 않았다. 하루의 따스한 햇살을 충분히 받은 것 같았다. 그녀는 눅눅하던 몸이 산뜻하게 가벼워진 것이 분명해 보였다. 아마도 그녀는 체온이 평균온도보다 올라가면 교실 안을 천천히 돌아다니면서 환경온도로 안정적으로 떨어뜨릴 수도 있는 자기조절기능이 있는 것이 분명했다. 대부분 음지에서 생활하는 꽃뱀의 족속들에게 적당한 햇살은 아이러니하게도 포기하고 강하게 밀쳐낼 수 없는 인생의 가혹한 동반자인지도 모르는 것이다. 세상의 음지에서 온갖 음모와 술수, 간악함과 간교함의 외투를 두껍게 두르고 생존하는, 그래서 간사하고 야비한 족속에게도 저런 의외의 밝은 모습이 있는 것이 의아하기도 하고 괴이쩍기도 한, 어쩌면 저런 모습이 음지에서 더 오래 지속적으로 생명을 연장하기 위해서 취하는 피할 수 없는, 필수불가결한 선택인지도 모른다는 생각이 들기도 했다.

그는 이사장집에 도착했다. 서서히 고운 햇살의 입자들이 차례차례 차분하게 줄을 서서 맑고 투명한 공기 속으로 확산하고 있었다. 새벽이슬이 사위어간 그 자리에 온전히 내려앉아 충만한 온기를 담아내고 있었다. 그는 마호가니색 목재대문을 살며시 밀고 들어갈 즈음에 정원 가장자리에서 경건하게 움직이는 사모를 볼 수 있었다. 조심성 있는 엄숙한 모습이었다. 남근석에 긴 호스를 연결해서 고운 물줄기를 뿌리고 있었다. 태초부터 존재했는지는 알 수 없었다. 언제나 그랬던 것처럼 그녀 주위에, 공손한 표정과 몸가짐으로 단아하게 서 있는 정혜가 있었다. 그녀는 말 없이 복종하고 경건하게 바라보고 있었다. 그녀는 앞치마를 두르고 웨이브를 하지 않은 생머리를 하고 있었고, 두 손을 모은 채 사모의 하명을 기다리고 있었던 것이다. 그런 그녀에게 시선이 머물렀다. 헤어 포인트. 핑크빛 실핀을 왼쪽 귀 위에 살며시 올려놓았고 단조로움을 피하기 위해서 하나가 아니라 두 개 나란히 꽂혀 있었다. 그러자 귀가 유난히 도드라져서 온순하게 누르고 스며드는 공간을 향해 뻗어나가고 있었다.

그는 그들의 행위를 조심스럽게 지켜보고 있었다. 사모는 존귀하신 유일한 신을 모시듯이 성스러운 의식의 한 부분을 드러내듯이 차분하고 엄숙했다. 온몸에 성스러움이 묻어났고, 평소에 쉽게 볼 수 있었던 다소 천박하고 헤프고 불경스러운 모습은 엿볼 수 없었다. 바람이 불어오면 이리저리 어수선하던 머리칼도 검은색 리본핀으로 단정하게 묶었고, 탄력성이 있는 잘 가꾸고 다져진 하얀 피부를 드러내기를 주저하지 않던 과감함도 이젠 아래위 긴 츄리닝으로 엄숙하게 가리고 있었다. 그녀는 물을 충분히 뿌리고 난 후에 바디샴푸를 충분히 스펀지에 짜서 풍성한 거품을 만들어서 남근석 위에 골고루 구석구석 바르고 닦았다. 그녀는 구멍이 숭숭 뚫려 있는 현무암을 아래쪽부터 성실하게 닦았고, 천천히 위로 올라가며 닦았다. 그러다가 그녀는 귀두 부분에까지 닿았고, 그곳은 이상하게도, 부드러운 하얀 털모자를 쓴 듯이 돋을새김으로 우아한 곡선을 이루며 절묘하게 형태를 잡고 있었다. 그녀는 치분히고 경긴했다. 성실히고 기룩히기끼지 했디. 도이치 앤드류가 울퉁불퉁한 현무암에서 그 옛날부터 깃들어 있었을 영혼의 숨결의 매듭을 찾느라 구멍마다 유심히 만지고 관찰하는 것과 비슷한 공감적 이해와, 진지함과 경건함이 녹아 있었던 것이다. 그는 그녀의 새로운 면을 본 것 같았다. 어쩌면 그녀는 자신의 행위를 용인하고 그것에 주안점을 두고 성실하게 나아가는 것에 다른 사람에게 말하지 못하는 그 뭔가가 있지 않을까 하는 생각이 문득 들었다. 아마 그것은 정혜가 알고 있을 것이리라.

그는 경건한 의식을 행하는 사모를 방해하지 않기 위해서 까치걸음으로 조심스럽게 멀리 돌아서 2층으로 향했다. 그러던 순간, 경박하게 카톡이 들이닥쳐서 그의 의도와 달리, 그들의 경건한 의식을 방해하고 말았다. 그는 카톡을 볼 겨를도 없이 부담스러운 그들의 시선과 마주치고 말았다. 그래서 엉거주춤한 걸음을 멈추고 어색한 미소를 지으며 인사를 하고 가던 길을 재촉했다. 그는 이 이상하고 한편으로 경건한 의식에서 벗어나는 것이 최선일 것이라고 생각했다.

그는 2층에 도착해서야 비로소 카톡을 확인했다. 문미디어 대표였다. 대구에 사는 그녀는 해인사 근처에 볼 일이 있어 왔다가 연락을 했다고 했다. 접촉사고 견적이 얼마 정도 나왔는지 나왔으면 영수증을 찍어서 보내달라고 했다. 근처에 계시면 직접 만나서 주는 것도 나쁘지 않다고 했다. 그런 것을 뒤로 하고 그는, 우선 방으로 들어가서 접촉사고 당시에 받아 둔 명함과 꽃뱀의 주소를 확인하는 것이 중요해서 곧바로 들어가서 서랍에 넣어둔 그녀의 명함을 찾아서 확인했다. 일치했다. 그는 우연히, 그날 그 시간에 밤티재에서 접촉사고가 났다고는 생각되지 않았다. 사람들의 눈에는 보이지 않는, 어떤 거대한 인연의 이끌림과 통제로 인하여 발생한 필연적인 사건임에 틀림없어 보였다. 괴이했다. 빙산의 일각이 아닐까. 어쩌면 그녀들의 이면에는 아무도 모르는 어떤 거대한 진실이 숨겨져 있지 않을까. 호기심을 자극했다. 그래서 그는 창밖으로 바라보이는, 평소에는 아무런 감흥도 없던 풍경화의 한 장면처럼 그 자리에 무표정하게 멈춰서 걸려 있던 댐의 두터운 입술과 억센 어깨가 서서히 조금씩 움직이는 것 같았고, 인위적으로 갇힌 훈풍에 미동도 없이 머물러 침묵으로 아래로 또 아래로 느릿느릿 가라앉은 거무스름한 빛깔이 엉금엉금 기어서 압도적으로 다가오는 것을 느꼈다. 더욱이 그 침울한 수면 아래에 미증유의 으스스한 괴물이 거칠고 불안하게 유영을 하다가 어느새 수면을 박차고 나와 자신을 덮칠 것 같았다. 순간, 그는 어떻게 해야 좋을지 갈팡질팡했고 명확하게 판단할 수가 없었다. 그녀들이 으스스한 괴물이 아닐까 하는 불길한 생각이 자꾸 들었다. 드디어 드러난, 꽃뱀과 문미디어 대표는 같은 우등한 혈통을 가진 기족이고 엄마와 딸의 관세였다. 이젠 모든 것을 처음부터 새롭게 받아들이고 조정해야 하고, 개별적인 접근에서 벗어나 전체적인 접근으로 다가가는 것이 상책인 것 같았다. 그럼에도, 그것을 알고 있음에도 올바른 방책이 쉬이 떠오르지 않았다.

그래서 그는 의자에 앉아서 창밖을 내려다보았다. 하염없이 그렇게 있다가 그는, 시선을 거두어들여서 책상 위에 있는 '기발한 시골 양반 라 만차의 돈 끼호떼'에 옮겼다. 돈 끼호떼와 싼초가 지금 이 상황에 처했다면 어떻게 접근했을까 궁금하기도 했다. 혼란스러움. 아마 그들은 망상과 번뇌에 빠져 허우적거리지 않았을 것이다. 타고난, 배우고 익힌 그들의 방식과 해법으로 불안한 상황을 직면하고 맞서며 늠름하고 진취적인 기상으로 부딪치고 달릴 것 같았다. 그래서 그는 돈 끼호떼가 세상을 바라보는 방식과 해법에 젖어들지 않기 위해서 붉은 계열의 그 두꺼운 책을 펼치지 않았다. 그 두꺼운 책 속에는 그들의 방식과 해법이 있고, 자신도 모르는 사이에 그것을 따라하고 익힐 것 같아서 그렇게 했던 것이다. 그는 이젠 자신이 세상으로 뛰어들어 실마리를 조심스럽게 찾아서 조심스럽게 당기며 풀고 싶었다. 그래서 더 이상, 만천하에 그들의 음흉한 정체가 드러날 때까지 돈 끼호떼의 기발하고 엉뚱한 혜안과 예지를 들여다보지 않기로 마음먹고 두 권이 두꺼운 책은 책상서랍에 넣어두었다. 그런에도 불구하고, 돈 끼호떼는 캄캄하고 그래서 답답한, 정체되어 갇힌 그래서 숨 막히는 공간에서 과감히 뛰쳐나와 자신의 현실적인 삶과 꿈속에 생뚱맞게 가끔씩 들어와서 중재할 것 또한 알고 있었던 것이다.

우선 그는, 문미디어 대표와 연결고리를 만들기 위해서 자동차 정비소에 가서 그랜저 견적부터 받아보기로 했다. 신성동 입구에서 합천 쪽으로 다소 경사가 있는 삼거리에 도착하기 전 오른쪽에 언제부터인지 알 수 없는 평평한 도로와 연결되어 있는, 조립식 건물로 나지막이 자리잡고 있었던 것을 합천을 오가다 상호가 괴이해서 눈여겨본 적이 한두 번이 아니었다. '비루먹은 로신안떼'였다.

자동차 정비소에 비쩍 마른 로신안떼는 없고 리프트 위에 올라가 있는 검은색 코란도가 있었다. 예전에 10년은 넘어선 것 같은 연식으로 인하여 하체에 군데군데 녹이 슬고 여기저기 상처투성이인 꾀죄죄한 몰골을 하고 있어도, 의연해 보였고 듬직해 보였다. 묶인 고삐를 풀고 달리면 여전히 오프로드를 거침없이 달릴 것 같았다. 많은 체력을 요구하는 '플러스 스트로크'는 무리일지도 모르겠지만, 마음만 먹으면 빙판 위를 질주하는 쇼트트랙 선수처럼 빙판을 가를 수도 있을 것 같았다.

준년 사내가 자동차 정비쇼 곁에 붙어 있는 사무실에서 나왔다. 기름때가 묻은 거무튀튀한 맨손을 방정맞게 어색하게 흔들며 다소 비실거리는 점잖지 않은 걸음걸이였다. 어젯밤 늦게까지 평소에 가까이서 편안하게 만나는 친구들과 정겹게 소주를 마신 것인지 아니면 자신의 아내에게 쫓겨나서 사무실 소파에서 새우잠을 잔 것인지 정확하지는 않으나 다소 피곤하고 불편한 표정과 행동을 연신 드러내고 있었다. 그래서 그런지 블랙의 바탕에 오렌지색 포인트가 들어간 멜빵정비복을 입은 모습도 어딘지 언밸런스하고 거부감을 자연스레 드러내는 것 같기도 했다. 더욱이 얼굴과 목덜미는 강한 햇살에 한동안 노출되어 그을려 구릿빛이었고, 그런 와중에 머리칼은 염색을 했는지 유난히 진한 검은색이었다. 구레나룻에 하얀 수염이 많이 보이는, 젊음의 심지가 서서히 타들어가는 늙수그레하고 초라한, 더더욱 짙은 음영을 깊숙이 드리우고 있었던 것이다.

"뭐 하러 왔소? 어디 고장 난 곳이 있소?"

지나치게 거칠고 투박한, 강하게 찔러드는 공격적인 경상도 사투리였다. 처음에는 어두운 표정을 지었으나 이내 하얀 치아를 드러내며 해맑게 웃으며 담배 한 개비를 물어서 라이터로 불을 붙였다. 올무에 걸린 먹잇감이라고 생각하는 모양이었다. 그는 그랜저 주위를 천천히 돌며 면밀하게 들여다보앉다. 어떻게 요리를 맛있게 해서 먹을지. 꽃뱀헌터는 그가 하는 행동을 지켜보고 있을 뿐이었다. 그래서 그는 곧바로 사장에게 대답하지 않았다. 절연되었다. 처음 대면하고 겪어보는, 어수선한 세상의 표창을 곧이곧대로 깊숙이 찔려서 고달프게 살아온 캐릭터에 대한 생경함 때문인지 강한 거부감 때문인지, 그것도 아니면 아직도 화려한 야구선수였을 때 융성하게 대접받았던, 상대가 먼저 알아보고 저자세로 웃으며 다가와서 친절하고 점잖게 인사하는 것을 잊지 못해서 그런지는 자신도 정확하게 판단할 수는 없었다. 그때의 아쉬움, 어쩌면 그도 겉으로 내색은 하지 않고 살아오고 있어도 예전에 부러워하고 시기하는 시선들에 의하여 둘러싸인 그때 그 시절로 되돌아가고 싶은 절실함과 간절함이 저렇게 현실에 반영되었는지도 모른다는 생각을 해보기도 했다. 그럴 때면 자의식에 온몸이 오그라들었다.

"범퍼를 교체할까요?"

꽃뱀헌터는 머뭇거렸다. 자신이 봤을 때는 미세하게 스크래치가 난 것뿐이었다. 그냥 타고 다녀도 무방하다고 생각했기에 4월 중순에 난 사고가 지금까지 아무런 조치를 취하지 않아도 되었던 것이다. 그러던 사이에 그는 그 사내의 옆모습을 우연찮게 살짝 지켜볼 수 있었다. 운전석 쪽 범퍼 앞에 무릎을 가슴 쪽으로 당겨 앉아 담배를 물고 일정하게 일렁거리

며 다가오고 흩어지는 담배 연기에 눈살을 찌푸리며 스크래
치 부분을 오른손으로 가볍게 쓰다듬고 있었다. 그 사내는 오
늘 하루 일당을 처음 보는 낯선 젊은이의 지갑에서 합리적으
로 꺼낼 수 있을 것 같은 확신에 찬 표정을 지으며 담배를 연
신 빨았다. 그러다가 어느 순간부터 눈동자의 초점이 간사하
고 치졸하고 노회하게 드러나더니 이내 자신의 스마트폰으로
거래처에 전화를 해서 부속을 주문하고 있었다. 그 사내의 강
제적인, 소통 없는 일방적인 모습에 다소 당황스러웠으나 문
미디어 대표와의 연결고리가 필요한 것도 있어 방관하며 침
착하게 지켜본 것도 없지 않았다. 그 사내가 하는 짓이 한편
으로 재미있기도 했다. 이 지역에 살려면 지역 사람들도 알아
둬야 할 것 같기도 해서 내버려두었다. 모르는 척 매출을 올
려주면 그에게 어느 정도의 마음을 사는 비용도 아끼는 것이
기에. 그렇게 생각을 하며 자신을 위로했다.

"범퍼는 안전을 위해서 조금만 손상되어도 교체하는 것이
낫습니다. 겉으로 보이는 것은 대수롭지 않은 상처로 보이나
이미 안으로 깊숙이 충격이 전달되어 피로가 누적되어 쌓이
고 쌓이면 다음에 예기치 않은 불행한 사고가 났을 때 제대로
안전하게 방어하지 못하는 수가 발생하고 말아요. 그것은 범
퍼 본래의 기능을 서서히 잃게 하는 것에 불과해요. 원래 범
퍼는 웅장하고 화려한 자동차의 디자인을 위해서만 존재하는

것이 아니라 사람의 생명을 지키는 것이 최우선 과제입니다. 그래서 조그마한 충격이 쌓이고 또 쌓이기 전에 과감하게 교체하라고 권유하는 것입니다.”

그 사내는 언제 그랬냐는 듯이 사투리를 쓰지 않았다. 다소 어색하지만 표준어를 쓰며 공손하고 친절하기까지 했다. 갑자기 표변하는 모습에, 그는 그 사내가 새롭고 이채롭게 보였다. 자본주의의 힘. 그것이 하루 일당에 대한 절실한 집착에서 빚어진 그늘진 모습인 것 같았지만, 한편으로는 정당하고 당연하며 한편으로는 안쓰럽고 측은하다는 생각이 들었다. 꽃뱀헌터는 지금까지 한 번도 밥벌이를 위해서 저렇게 치열하고 비열하게 사람의 눈치를 살피며 살아보지 않아서, 그 사내의 하는 양을 눈여겨 지켜볼 뿐이었다. 그럼에도 그 자신이 돈을 지불하지는 않겠지만, 주머니에 있는 달달한 사탕을 빼앗기는 기분을 떨쳐버릴 수가 없었다.

그 사내는 그랜저를 수리해 놓겠다고 했다. 해거름에 손수 와서 찾아가라고 했다. 그래서 꽃뱀헌터는 자신은 체육선생이고 다음 시간에 수업이 있다고 말하자, 그 사내는 사무실 근처에 세워진 오토바이를 가리키며 저것이라도 타고 가리고 했다. 낡고 녹이 슬어 주저앉을 정도로 오래되었고 심지어 왼쪽 백미러의 알맹이가 깨져서 빠져나간, 그래서 후방을 비추지 못하고 있었다. 타이어 공기압도 절반 정도였고 움직일 때

미디 삐미디미디 걱렬히게 빈응할 것 같았다. 비쩍 마른 늙은
이의 어깨를 타고 가는 아슬아슬한 느낌이 들 것이다. 그럼
에도 그 사내는 정감 있는 환한 미소를 띠며, 저렇게 볼품없
어도 아직 엔진에서 뿜어져 나오는 소리는 안정적으로 원래
의 상태를 유지하고 있고, 운동성능도 훌륭한 편이라고 말했
다. 운전면허증으로 운전할 수 있으니 걱정하지 말라는 말까
지 덧붙였다. 그 사내는 간사하고 치졸했으나 한편으로 친절
하고 인정이 있어 보였고, 그것은 아무래도 그로 인하여 자신
의 처자식에게 일용할 양식을 풍성하게 먹일 수 있고 보다 나
은 높은 질의 삶을 제공해 줄 수 있었기에 그럴 것이리라. 밥
벌이에 대한 곤궁과 비굴함이 여실히 드러나는 40대 중반의
일반적인 가장의 면면을 보는 것이라 씁쓸하지 않을 수 없었
다.

　그는 하체에 녹이 슨 오토바이를 타고 학교로 향했다. 세
월에 여지없이 시나브로 주저앉은 보디를 한 오래된 오토바
이를 타고 제법 경사가 있는 도로 위를 차창이 닫힌 그랜저
의 고립된 그래서 조용한 실내 공간과는 달리 훈훈한 봄볕이
온몸으로 다가와서 부드럽게 속삭이었고, 그것이 싫지는 않
았다. 신선함이었고 낯선 기분이었다. 간혹 일산 호수공원에
서 자전거를 타던 때와는 사뭇 달랐고, 잔잔하고 훈훈하게 다
가오는 봄바람을 내가 어느 정도 조절할 수 있다는 것도 그랜

저 안에서 누릴 수 있는 것과도 달랐던 것이다. 그는 넓은 도로를 천천히 지나가는 덩치 큰 벚나무들이 겨우내 앙상했던 가지들을 빼곡하게 빈틈없이 푸르른 잎사귀들로 가득 채워서 차분하고 근엄하게 있는 모습이 믿음직하게 보여서 오른손을 뻗어보기도 했다. 그런 와중에 오토바이 머플러가 찢어지는 굉음을 연이어 토해내었다. 녹이 파고들어오는 오래된 상처를 더 이상 버티지 못하고 바삭거리는 비스킷처럼 산산이 부서진 것 같았다. 경사가 심하면 심할수록 더더욱 허공을 향해서 토해내는 굉음은 커져만 갔고, 거칠었다. 그래서 그는 시선을 돌려서 되돌아가려고 그 사내 쪽으로 흘깃 보았다. 그 사내는 이미 알고 있다는 듯이 괜찮다며 손짓을 하며 흐뭇하게 웃어 보이기까지 했다. 그래서 그는 시선을 앞으로 고정시키고 공원주차장으로 향했다.

문득 그는 비루먹은 로신안떼를 타는 돈 끼호떼와 연이어 뒤따르는 당나귀를 탄 싼초가 떠올랐다. 21세기의 사내들이, 이 오토바이를 타고 16세기의 몬띠엘 평원을 파죽지세로 가르며 희뿌연 먼지와 찢어지는 소음을 내지르며 달리면 돈 끼호떼를 뒤따르는 싼초와 어딘지 모르게 어울린다는 생각이 들었다. 곧이어 풍차 삼사십 개가 나오는 대신에 산골짜기마다 깊이 간직하고 있던 물줄기들이 뿜어져 나와 모여서 각각의 하천을 이루고, 그것이 모이고 저장되어 갇힌 댐의 포용력과 웅징힘이 여실히 드러나 보였다. 기물어서 물이 빠진 그 자리에 예전에 옹기종기 모여 살던 집터의 흔적인 앙상한 바람벽이 간신히 그 자리를 버티며 암담한 나날과 가혹한 시간을 어렵사리 보내며 아직까지 지키고자 하는, 말하고자 하는 그 뭔가를 누군가에게 전하고 싶어 속살까지 깊숙이 파고드는 검푸른 호수의 싸늘함을 이겨내며 그 자리에서 떠나지 않고 허물어져가는 육체를 부여잡고 있는 것 같기도 했다. 아무래도 다복한 한 가족이 남기고 간 기나긴, 쌓이고 쌓인 기쁨과 즐거움, 슬픔과 아픔의 흔적들을 녹아내려 삭지 않는, 그것이, 아득하고 그리운 추억 된 그것이, 그지없는 그리움이 되어 형체를 간직하고 있었던 그곳을, 그들은 오토바이를 타고 한가로이 가로지르는 것이었다.

그는 공원주차장 가장자리로 합천호의 태동과 엇비슷한 시기에 서툴게 뿌리를 내린 육중하고 튼실한 느티나무들이 줄지어 서 있는 곳으로 가서 가장 안정적이고 가장 경치가 좋은 곳에 거친 소음을 울리는 오토바이를 멈추고 길고 평평한 벤치에 앉았다. 이곳에 사람들이 쉼 없이 오가며 앉아서 매듭없이 펼쳐지는 경치를 바라보며 근심걱정을 어느 정도 내려놓고 또다시 일상의 까다로움과 번거로움이 펼쳐진 곳으로 향할 수 있을 것 같았다. 일상과 비일상, 현실과 비현실의 중간에 끼인 쉼터인 것 같기도 했다. 어느 누구나 여기에 앉아서 까마득하게 멀리 내려다보이고 펼쳐지는 몽환적인 잠잠한 수면을 보면 누구나 자신의 마음의 짐을 내려놓을 수 있을 것 같았다. 어쩌면 그것은 각자의 몫인지도 모른다. 그는 머리 위에 무수한 잎사귀들이 화사하고 향긋한 봄바람에 수군거리며 자잘하고 소소한 이야기들을 풀어놓는 것 같아 눈을 감은 채 귀기울여 보았다. 알 수 없는 언어체계였다. 그는 그들의 언어를 이해하려고 애쓰지 않았다. 기다리고, 느끼고, 바라볼 뿐이었다. 스스럼없이 다가와서 흘러가게 내버려두었다. 유의미한 표정으로 미소 짓지 않고 무의미한 표정으로 일관했다. 상대의 삶을 모른 척 인정하는 것도 나쁘지 않은 것이다. 살아감에 있어 때때로 지나친 관심으로 상대의 시선 안에 머물 이유는 없는 것이다. 그것이 경계를 허무는 계기는 될지는 모르지만, 그 안에 녹아 있는 각자의 소소한 삶의 방정식을 외부에서 고차원적인 방법으로 접근하는 것이 그들에게는 두려움과 변화의 요구에 직면하게 만드는 것이리라. 그들 스스로 내면의 충실함을 다져서 외면으로 나아가는 길을 찾아 서서히 세상을 받아들이는, 점점 더 확대하게 만드는 것이 올바른 이해이고 배려인 것이리라.

어쩌면 이해와 배려도 조금 더 가지고, 우등하다고 자만과 오만에 빠지면 상대를 업신여기고 하찮게 생각하는 오류를 범하게 될 것이다. 그는 그것을 늘 부정하며 경계해 왔다. 끊임없이 상대에게 시간을 허락해서 기다리며, 그럼에도 상대에게 자기 연장과 심적 변화에 대한 동기부여와 의미부여의 의도성도 보이지 않았다. 스스럼없이 나아가서 행동하고 부딪치며 자기 성찰의 단계까지 이르면 나뭇잎들은 자기 정체성에 대한 깊은 이해와 확신을 가지고 저 멀리 봉화산 너머에서 화사하게 불어오는, 어느 시골 소녀의 산뜻한 방에서 풍기는 풋풋하고 향긋한, 사랑스러운 모습을 품고 설레는 마음으로 바람의 몸짓과 반응을 해서 더욱 화기애애하고, 유쾌하고, 즐거운 몸짓을 하며 살 것 같았다. 그것이 나뭇잎들 아래에서 눈을 감고 명상의 길을 걸으며 얻고 느낀 꽃뱀헌터의 소박한 즐거움이었다.

"수리 비용은 나왔나요?"

멀리서 날아온 카톡의 음성이 차분하게 앉아 있는 그를 깨웠다. 문미디어 대표였다. 그의 카톡에는 이모티콘이 덩실덩실 춤을 추고 있었다. 그녀는 그에게 수리 비용보다 더 많은 것을 원하고 있었던 것이다. 그로 인하여 삶의 새로운 길을 느끼고 확장하고 싶은 것이 분명해 보였다. 삶의 활기와 열정이 뭉그러지는 반복적인 아쉬움에서 이젠 벗어나서 소외되는 일은 없기를 바라는 것인지도 모른다.

그는 소심하지는 않았으나 그녀의 카톡에 곧바로 대답하지도 않았다. 그냥 덩실덩실 춤을 추는 것을 바라만 보고 터치하지 않았다. 뜸들이기. 시간을 벌어 그녀의 의중이 무엇인지 곰곰이 생각하고 싶었던 것도 있었다. 한창 운동하던 시절에는 즉각적인 반응속도로 인하여 곁에 있던 사람들을 당황스럽게 만들 때도 많았다. 어쩌면 그것이 자신의 아버지로 인하여 생긴 묵은 상처가 세월의 먼지를 뒤집어쓰면서 가라앉아 있던 것이 현실의 미세한 충격에 의해서 사악한 얼굴을 드러내는 것인지도 모른다고 최근에 와서야 깨달을 수 있었다. 그에게 아버지는 여기저기에서 불어오는 세상의 풍파를 막아주는 거대한 산이 아니었고, 아버지 자신이 자신을 가혹하게 원망하고 책망하는, 지질하고 하찮은 존재로서 남아 있었던 것이다. 아버지 또한 야구선수라서 허우대가 멀쩡하고 얼굴도 잘생겨서 젊었을 때는 여자들의 시선을 이리저리 끌고 다니며 부러움을 받으며 살아왔다고 외할머니로부터 들었었다. 그때 따라다니던 팬 중에 한 명이 엄마였다고.

그는 아버지에 대하여 더 이상 잔망스러운 생각을 하지 않기 위해서 벤치에서 일어서서 한참을 아래로 내려다보았다. 그의 습관 중에 하나였다. 멍하게 무연하게 어떤 한 사물을 주시하지 않고 흘려보내는 것이다. 사물에 의미부여를 하지 않는 것은 의식을 그곳 주위에 맴돌지 않는 것이기도 했다. 그래서 그는 혼자 있으면 그런 놀이를 하며 격하게 치밀어오르는 감정으로부터 자의식을 분리시켜 서로가 서로에게 불필요한 동기로 벌이지는 내적인 심한 동요로 인하여 자신을 지키며 살아온 것이리라. 그것이 내적 마그마방에서 어쩔 수 없이 생기는 기포를 제거하는 방법이기도 했다.

그는 찢어질듯이 울부짖는 오토바이에 올라타서, 천천히 움직였다. 엑셀을 당기면 나아가는 단순한 구조로 설계되어 있었다. 그는 스마트폰을 보고 수업시간에 조금 늦은 것을 깨닫고 주차장을 가로질러 물놀이장이 있는 곳에서 좌회전을 해서 비스듬한 경사를 간신히 올라갔다. 그는 체육수업에는 별로 의미를 두지 않았다. 늦으면 이사장에게 전화를 해서 융통성을 발휘하면 자유로운 시간을 만들 수 있었기 때문이었다. 아무튼 오토바이는 경사진 도로를 싼초의 당나귀처럼 뒤뚱거리며 힘겹게 올라가고 있었다.

꽃뱀헌터는 점심밥을 먹고 간이침대에 누워 편안하게 풋잠을 청했다. 그는 아직도 문미디어 대표에게 카톡을 보내지 않았다. 풋잠을 자고 느슨하게 생각을 하고 난 후에 내면적으로 어느 정도 농익은 후에 천천히 보낼 예정이었다. 침착하고 차분하게. 그럼에도 쉬이 잠이 오지 않아서 멀뚱멀뚱 천장을 마감한 석면을 바라보고 있다가 간이침대 머리맡에 있는 침대 협탁 위에 놓아둔 스마트폰을 들여다보았다. 그는 꽃뱀의 카톡 이미지를 확인하고 싶었다. 언제나 자신의 얌전한 모습과 아리따운 미모로 사내들의 열정을 적절하게 조절해서 관리하는, 그래서 더 나은 조건과 환경에 놓인 사내들을 더 가까이에 두고 경쟁시키는 사용자에 가까운 인물인 것이다. 그러면서도 그녀는 사내들에게 한 번씩 상을 주는 것도 잊지 않을 것이다. 제일 외곽에 있는 사내는 눈웃음을 보낸다든지 그것보다 한 계단 안에 있는 사내는 손을 잡는 것을 허락한다든지. 정중앙 제일 가까이에 있는 한 사람에게는 유독 서로의 혓바닥의 부드럽고 때로는 격한 왕래를 인정하며 침의 달달함과 오묘함을 맛보며 민감하고 섬세하게 받아들일 것이다. 그러면서 가까이에 있는 고급스런 푹신한 호텔의 침대에 편안하게 누워서, 그것도 아니면 BMW 조수석을 한계치까지 뒤로 밀어서 옹색하지 않은 적당한 공간을 만든 후에 아래에서 위로 자유롭고 간절한 섹스를 리얼하게 펼쳐나갈 것이다. 아직도 그는 그녀의 끈끈한 거미줄에 온전히 걸려들지 않아 자유로운지도 모른다.

그녀의 카톡 이미지에 어느새 회식 때 노래방에서 여러 명이 찍은 사진이 올라와 있었다. 흐릿한 기억 너머에 있는 기억을 한 장의 사진을 통해서 조금이나마 일깨우고 있었다. 어렴풋이 다가오는가 싶더니 이내 사라졌다가 또 다가와서 환하게 미소 짓는 것을 반복하다가 뚜렷한 이미지를 만드는 것 같았다. 그녀는 없고 그를 중심으로 영어선생과 국어선생과 사회선생이 소파에 앉아 있는, 다소 풀어진 눈빛으로 어딘가를 응시하고 있는 모습이었다. 화려한 사이키가 쉼 없이 느리게 돌아가며 천장과 바람벽에 오묘한 모양과 찬란한 빛깔을 만들어내었고, 마치 태양을 중심으로 운행하는 각기 다른 행성처럼 일정하게 자신의 궤도를 잃지 않고 끊임없이 자전하고 공전하는 것 같았다. 그는 사진 속에 있는 자신의 다소 풀어진 몸가짐을 들여다보고 지구가 아닌 어느 행성에 불시착한 알 수 없는 시공을 가지고 있는 우주인의 모습이 아닐까 하는 생각이 들기도 했다. 어쩌면 꽃뱀의 족속들도 태양계 밖 더 나은 문명을 가진 곳에서 종족의 무궁한 안녕과 보존을 위해서 지구로 은밀하게 스며든 것인지도 모른다는 생각이 문득 들었다. 그러면 자신은 지구를 수호하는 독수리오형제와 다르지 않다고 생각했다. 그런 치기어린 생각을 하다가 희미하게 웃어보이기도 했다. 흐릿하고, 흐느적거리는 꿈결로 나아가는 길은 명징하지 않아야 가능한 일이지만 이상하게 의식은 황금빛 햇살을 몇 가닥씩 받아들이는 것 같았다. 그래서 그는 스마트폰에서 슈베르트의 송어를 잡기 위해서 플레이를 눌렀다. 송어가 한 마리씩 거친 물살을 헤치고 올라오고 있었다. 그러다가 그는 심리적인 안정을 취할 때 예전부터 왜 슈베르트의 송어를 틀어놓았는지 알지 못했고 의문을 가지지도 않았었다. 더욱이 자신이 혼자 식사를 할 때 왜 슈베르트의 송어를 틀어놓고 식사를 하는지 오래 전부터 귀를 기울이지도 않았었다. 이사장 댁에 도착해서 점심을 먹을 때는 송어를 틀지 않았고 저녁식사를 초대받아 식사를 할 때도 송어를 틀어놓았다. 아무래도 전자는 외로움이었고 후자는 생소한 환경에 대한 부담감과 어색함일 것이리라. 하지만 점심식사 때는 그 법칙에 들지 않는 오류를 범하고 있었나. 정확하게 설명할 수는 없겠지만, 간헐적 오류.

그때 괴이하게도, 사이키의 현란하고 고혹적인 모양과 빛깔에서 볼 수 없는 크고 작은 송어의 무리들이 천장과 바람벽을 자연스레 유영을 하고 있었던 것이다. 그때까지 또렷한 의식도 흐느적거리는 지느러미의 단순한 몸짓을 좇다가 어느새 피곤함을 느꼈는지 지그시 눈을 감고 연이어 하품을 했다. 영원히, 잠결로 다가가서 편안하게 누워 포근함과 안락함을 누리며 달콤한 꿈결로 이어질 것이라는 생각은 추호도 하지 못했다.

그 또한 단순한 송어의 몸짓과 흐느적거리는 지느러미를 보고 유영하며, 뒤따랐다. 송어 꼬리의 미세한 움직임으로 조그마한 포말이 생기는가 싶더니 이내 점점 더 커졌다. 어느새 투명한 유리구슬의 크기로 커지다가 탁구공만 했고 정구공으로 커졌다. 그는 아주 맑고 투명한 물속을 자연스레 사지를 천천히 움직이며 앞으로 나아갔다. 물의 저항은 없고 호흡의 저항도 없었다. 불편한 점도 없고 오히려 유쾌하고 즐거운 일이었다. 어쩌면 그는 물고기의 족속이 아닐까하는 의구심이 들기도 했다. 뱀이 다리를 포기하듯이 그는 꼬리지느러미를 포기했는지도 모른다는 생각이 들었다. 아주 까마득한 옛날에 그것을 포기하는 대가로 긴 다리와 긴 팔을 얻어 육지로 나와서 동굴에서 생활하면서 사냥을 하고 풀어진 느슨한 시간을 보내며 하루하루를 간신히 버티며 살아온 것 같았다. 그때 즈음에 꽃뱀도 뱀의 족속에서 벗어나 새로운 종으로서의 시작을 했는지도 모른다. 다리를 포기하지 않고 인류의 태동 안으로 은밀하게 스며들어 지금까지 이어온 것인지도 모르는 일이었다. 그들의 족속들이 인류를 완전히 소멸시키고 신인류로 지구를 점령할지 아무도 모르는 것이리라. 그는 천천히 아득하게 몽환적으로 보이는 느릿하게 포말이 발생하는 꼬리지느러미를 따라 달콤한 잠결로 나아갔고, 그것이 달콤한 꿈결로 이어질 것도 흐릿하게 느끼고 있었다.

꽃뱀헌터는 붉은색 혼다 커브를 탔다. 다소 녹이 슬어 오래되어 보였다. 그는 비스듬히 기운 산길 비포장도로를 올라가고 있었다. 희뿌연 먼지가 나는 그 뒤를 싼초가 윤기 없이 너덜너덜한 검은색 스쿠터를 타고 뒤따랐다. 벌써 몇 날 며칠째 산허리를 돌아서 넘고 계곡을 건너고 또 산허리를 돌아서 넘고 계곡을 건너고 있었다. 그는 어제 는개를 맞으며 하루 종일 오토바이를 쉬지도 않고 성큼성큼 다가오는 어둠을 맞이하며 싸늘한 추위를 피하기 위해서 어느 길가 폐가의 대청마루에 텐트를 치고 빵 한조각과 육포와 물을 마시는 것으로 겨우 요기를 하자 경직되어 있던 육체가 아래로 서서히 미끄러지듯이 가라앉더니 눈꺼풀이 저절로 내려앉았고, 해가 뜨기 전, 새벽녘에 무겁게 지표를 더듬고 짓누르는, 느릿느릿하게 다가오는 눅진한 안개의 치밀한 침투에 민감하게 반응하여 그는 잠에서 깨어나지 않을 수 없었다. 그는 우선 머리맡에 알람을 미리 해놓은 스마트폰이 울리기 전에 일어나서 시간을 확인하고 전등을 켰다. 그제야 그는 팬티도 입지 않고 잔 것을 깨닫고 얇은 담요 밑에 어수선하게 깔려 있는 나이키 츄리닝을 입었다. 곁에 웅크려 자고 있던 싼초는 삼각팬티를 입고 호흡할 때마다 유난히 볼록한 배를 밀어올리고 있었다. 낮에는 알 수 없었던, 그래서 숨기고 있었던 어색한 모습을 볼 수 있었다. 대머리였다. 자동차 정비할 때는 알 수 없었던 모습이었다. 그는 싼초에 대하여 너무 모른다는 생각이 들면서 한편으로 측은하기도 했다. 가발을 쓰고 있어서 그런지 유난히 머릿결이 검었던 것이다. 꽃뱀헌터는 눈가를 비비며 허리를 숙여서 텐트 밖으로 나왔고, 가는 몸짓으로 유영하는 안개를 멀리 밀어내고 있던 아침햇살이 몇 가닥 소심하게 드리우기 전에 커피 한 잔을 마시기 위해서 물을 끓였다. 텐트 안에서 여전히 싼초가 자면서 거칠게 호흡하는 소리의 긴혹 잠꼬대를 하는 소리가 들렸다. 그 소리에, 끊임없이 다가오던 안개가 어느 순간에 멈추고 뒷걸음질 치는 것 같기도 했다. 그는 새벽녘에 싼초의 거친 호흡과 잠꼬대를 들으며 여유롭게 마시는 커피가 제일 맛있다는 생각이 들 때도 있었다. 그는 이런 일련의 일들이 바람의 성을 찾아가기 위한 긴 여정이라고 생각하며, 이 정도의 수고스러움과 번거로움을 참고 인내해야 바람의 성을 지키는 무시무시하고 으스스한 괴수와 대적할 수 있을 것 같았고, 그곳에서 뿜어져 나오는 마술적인 야릇한 향기와 파장을 일시에 날려버릴 수 있을 것이라 생각했다. 아직도, 그곳에 도착하기 위해서는 긴 밤과 연이어 다가오는 긴 낮을 더 보내야 하는 것도 아는 것이리라.

그들은 태양이 떠오르는 것과 동시에 출발했다. 그들은 능선을 올라가다가 아직 잎사귀가 나오지 않은 옅은 졸참나무 그늘이 있는 곳에서 오토바이를 세웠다. 그는 저 멀리 간신히 비포장도로를 올라오는 싼초를 한가롭게 내려다보고 있었다. 이미 자신이 만든 희뿌연 먼지는 가늘게 부는 산들바람에 저만치 거리를 두고 확산하고 있었다. 그는 어깨에 짊어진 배낭에서 물병을 꺼내어 한 모금 마시고 길가에 피어 있는 진달래꽃을 몇 개 꺾어서 코에 가져갔다. 향긋한 향기를 발산하지 않았다. 그래서 먹어보았다. 꽃뱀헌터가 진달래꽃을 씹으며 떨떠름한 표정을 짓고 있을 때에 싼초가 가까이 와서 멈췄다. 바퀴도 작고 엔진성능도 뒤떨어지는 너덜거리는 오토바이를 타고.

"방랑기사 나리. 혼자 가시면 어떻게 합니까?"

"그러게 말이다. 아마 너에겐 무리일 것이다. 나의 애마는 바퀴도 크고 오프로드용이라 잘 미끄러지지 않지만 너의 애마는 바퀴도 작고 온로드용이라 비포장도로에 들어오면 안간힘을 쓰지 않을 수 없을 것이다. 더욱이 나의 애마는 엔진보호덮개도 있고 오토바이 허리를 돌아 뒤로 뻗어있는 머플러의 보호덮개도 있어 아무리 가파르게 기울어도 치고 올라갈 수 있지만 너의 애마는 그렇지 않을 것이다."

"방랑기사 나리, 불공평합니다."

"세상은 원래 태어날 때부터 불공평하다. 그렇다고 나의 애마를 너에게 줄 수는 없지 않으냐. 나의 애마는 나의 것이고 너의 애마는 너의 것이다. 그럼에도 불구하고, 너와 난 하나의 공동체 속에서 살아간다. 그 일원으로서 사회에 혼재되어 흩어져 있는 그 불공평을 어느 정도 불식시켜야 한다. 안정화작업. 연약한 아녀자를 황토방이나 오피스텔로 불러서 더럽고 추악한 행위를 자행하는 것을 미연에 방지하는 것 또한 방랑기사의 임무이고 책임인 것이다. 사악한 행동거지는 보통 음지에서 일어나기에 그것을 염탐하기는 여간 힘들지 않단다. 그래도 너와 난 정의와 공정, 올바른 가치를 비웃는 추악한 그들의 타락을 찾아내어 발본색원해야 하는 것이다. 그것이 우리가 존재하는 이유이고 방랑기사의 책무인 것이다."

"아무튼, 저의 속도에 보조를 맞춰주라는 것입니다."

"알았다, 싼초. 저 산만 넘으면 바람의 성이 보일 것이다. 그곳이 지구에서 생성되는 모든 사악한 바람들의 본류인 것이다. 사악한 괴수의 아지트지. 세상을 좌지우지 홀리고 농락하는 괴수의 본색을 보고 과감하게 응징해야 할 것이다."

"그래도 너무합니다. 점심도 딱딱한 빵 한 조각에 굳은 육포가 전부였고, 목이 마르면 흐르는 계곡물을 마시는 것이 고작입니다. 도대체 누구를 위해서 그렇게 쉬지 않고 달리고 또 달리기만 하는 것입니까? 소인에겐 바람의 성도 세상을 농간하는 괴수도 대수롭지 않고 필요 없는 것입니다. 오직 다가오는 추운 밤과 다가오는 끼니가 더 급합니다."

"인류를 위해서. 올곧은 사회의 정의와 가치를 지키기 위해서. 가까이는 너의 아내 마리 구띠에레스도와 엘 또보소의 둘시네아를 위해서."

"저의 아내 마리 구띠에레스도와도 상관이 있습니까?"

"상관이 있다. 으스스한 괴수는 훈훈한 봄바람 속에 은밀하게 타오르는 충만한 욕정의 씨앗을 살짝 뿌리고 고운 흙으로 덮어두기에 그렇다. 그러면 그 봄바람은 산을 넘고 강을 건너고 연이어 산을 넘고 강을 건너서 너의 아내 마리 구띠에레스 도의 가슴 언저리에 닿아서 발아할 것이다. 그러면 멀리서 방랑하고 있는 별 볼 일 없는 넌, 멀리서 개고생을 하는 그리움의 대상일 뿐이다. 그러면 그녀는 마을을 지나가는 어느 약장수의 따스한 손길과 능숙한 언변에 혹해서 구석진 곳에 숨어들어서 은근하고 격하게 사랑을 나눌 것이리라. 그러면 넌, 어느덧 이방인이 되어서 멀리 존재하는 아득하고 아슬아슬한 사내로 밖에 보이지 않을 것이다."

"저의 아내 마리 구띠에레스도는 지조가 있습니다."

"그 지조, 외롭고 고달픈 일이란다. 무시로 다가와서 출렁거리며 타오르는 격한 욕구는, 오직 가까이에 기웃거리는 사내의 따스한 손길과 뜨거운 입술로 아래로 서서히 가라앉히고 평온하게 잠재울 수 있는 것이란다. 그래서 결혼이란 사회적 장치가 있어 주변에서 머물게 하는 것이다. 가까이서 어루만지고 쓰다듬고 있을 때는 모르지만, 멀리서 스마트폰으로 연락만 하면 오래도록 그 사랑스러운 관계를 도탑고 성실하게 유지하지 못하는 것이란다. 그 미세한 틈새로, 으스스한 괴수가 손수 조제한 사악한 봄바람은, 그 미세한 틈을 비집고 들어서 새로운 사적인 세계를 만들고 구축하는 것이란다. 그것을 사람들은 '봄바람'이 났다라고 말하지. 그것은 사내도 다르지 않은 일이지. 넓은 들녘에서 투박하고 거친 손으로 딸

기농사를 짓는 농부의 성실함에 살며시 스며들면 빌징기가 난 누렁이마냥 집에 붙어 있지 않고 대처로 나가서 여자를 사고 섹스를 하는 것이란다."

"저는 그래도 저의 아내를 믿고 있습니다."

"때때로 그 믿음의 두께와 밀도만큼 슬픔과 불행도 깊고 넓어지는 것이란다. 세상을 지탱하기 위해서 믿고 의지하는 것이지만, 그것이 참으로 아름답고 숭고한 것으로만 오롯하게 존재하지 않는 것이지. 그래서 세상이 단조롭지만은 않은 것인지도. 싼초, 태양도 뉘엿뉘엿 넘어가고 있어 오늘은 저기 저 잔디밭에서 무수하게 쏟아지는 별들의 화려한 잔치를 보며 내일을 기약해 보기로 하자. 어쩌면 저 골짜기에 조그마한, 사람들이 눈치 채지 못하는 깊고 은은하게 지속적으로 흐르는 조그마한 계곡이 있을 것 같다. 우선 그곳으로 가서 희뿌연 먼지를 씻어내도록 하자."

그 다음날 태양이 뜨기가 무섭게 그들은 바람의 성으로 향했다. 아침나절 즈음에, 그들은 희미하게 블레이드가 보이는 곳까지 이를 수 있었다. 웅장하고 거대한 몸집으로 산봉우리마다 길게 끝없이 이어지고 있었다. 이젠 비로소 볼 수 있고 닿을 수 있는 거리까지 온 것이다. 꽃뱀헌터는 감개무량하지 않을 수 없었다. 그간 참아왔던 가혹한 시간들과 어려운 상황들이 새삼스럽게 다가와서 감동과 감탄, 심지어 눈물이라도 나올 것만 같았다. 한낮에는 강렬하게 내리꽂는 햇살을 저항하며 힘들고 고달프고 어려운 시간을 보냈고 밤에는 땅에서 올라오는 냉기와 겨울의 아쉬움의 끝자락에 맺힌 가혹한 냉기로 인하여 참으로 잔인하고 괴로웠던 시간이었다. 그런 상황에서도, 꾀를 부리지 않고 앞으로 달렸기 때문에 여기까지 도착할 수 있었던 것이리라. 그런 와중에 싼초는 연신 투덜거리고 불평불만을 늘어놓았지만, 그가 포기하지 않고 따라와 주었던 것이 고맙기도 했던 것이다.

"저기를 보아라, 싼초. 저 거대하고 무시무시한 무리들을. 봉우리와 봉우리가 잇닿아 일정한 간격으로 절도 있게 줄을 서서 괴수의 지령만을 기다리고 있는, 괴기스럽고 으스스한, 한편으로 씩씩하고 용맹한, 일정한 간격으로 질서정연하게 끝도 없이 펼쳐져 있지 않느냐 말이다. 저곳이 세상의 사악한 바람을 만들어 사내들의 마음을 뒤숭숭하게 만들어 성실하고 근면한 가장을 권태롭고 태만한 삶으로 밀어넣어 가정을 버리게 한단다. 더욱이 사랑스럽고 음전한 여인에게 음란한 삶으로 유혹하고 인도하는 근원, 인류에게 필요 없는 메케한 매연을 연신 뿜어내는 공장과도 같은 곳이란다. 한달음에 달려가서 길게 하늘을 향해 뻗은 쇳덩어리와 한가롭게 돌아가는 블레이드를 엿가락 휘듯이 과감히 파괴시켜버려야 한다. 그것이 우리들의 책무이고, 인류의 안정적인 삶이 영속되는 것이기도 한 것이다. 세인들의 시선에는 이런 우리들의 행위들이 다소 초라해 보이기도 하고 엉뚱하고 기이하게 보일지도 모르나 꼭 성취해야만 하는 일이란다."

싼초는 스크래치가 많이 난 검은 색 헬멧을 벗어 백미러에 걸어놓고 두건을 쓴 채 한나절을 더 산길을 타고 가야 닿을, 산봉우리를 길게 늘어선 풍력발전기를 바라보고 있었다. 아무리 봐도 그는 잘 다듬어진 주위 경관과 이질적인 높다랗게 솟은 쇳덩어리와 큰 선풍기 날개에 불과해 보였다. 그럼에도 그는 방랑기사 나리가 바라보는 시선 속에 머물러 있는 지점에 자신에게 노출되지 않은, 자신이 볼 수 없는 신비한 이해 못할 불가사의 한 뭔가가 있다고 생각했다. 풍부한 학식과 밝은 혜안과 심오한 삶의 지혜가 남다른 방랑기사 나리를 믿고 나아갈 수밖에 없는 것이리라. 하지만 자신의 시선 안에 머물러 있는 것은 그렇게 대단한 괴물로 다가오지 않는, 부드러운 바람의 숨결이 머물러 있는, 간혹 거친 바람이 자주 왕래하는 산마루에서 가끔씩 볼 수 있는 아름다운 경관이었다. 그럼에도 그는 방랑기사 나리에게 겉으로 내색하지는 않았다. 자신의 생각과는 달리 부조리와 불합리에 대한 일시적인 저항으로 무심결에 튀어나오는 것을 막을 수는 없었다.

"저는 풍력발전기로 밖에 보이지 않는 데요."

"아직도 넌 사물의 이면을 보지 못하고 있다. 낮에는 저렇게 보일지 모르나 차츰 태양이 기울고 어둠이 먼 곳에서 잰걸음으로 다가올 때면 봉우리마다 견실하고 늠름하게 우뚝 솟아있는 것들이 서서히 악의 기지개를 펴는 것이다. 표면적으로 볼 때는 뿔뿔이 흩어진 개별적인 하나하나로 떨어져 있지만 땅속으로 긴요하게 연결되어 있는 것이지. 비근한 예를 들면, 너의 시선은 아직도 4대강공사의 거대한 콘크리트의 위용만 보고 있는 것이다. 그 속에서 몇 만 년을 소박하고 성실하게 살아온 생물들의 견고한 터전을, 얽히고설킨 풍성한 이타적인 터전을 들여다보지 못하고 있는 것이다. 더욱이 아랑곳없이 거침없이 무식하게 걷어낸 강바닥의 풍성한 아름다움을 제대로 보지 못하는 것과 다르지 않는 것이다. 싼초, 유구한 역사를 담고 살아온 강바닥의 부드러운 숨결과 올곧은 가치를 오직 절대자의 이상과 편의를 위해서 희생한 것과 다르지 않은 것이다. 그의 일방적인 강제성으로 빚어진 파괴는 후대에 길이길이 뼈저리게 이어질 것이고, 그것은 강바닥에 쌓인 진솔하고 소박한, 아름답고 정겨운 이야기를 듣지 못해서 그런 것이다. 강물 속에 치열하게 살아가는 그들의 터전을 소상하게 들여다보지 못해서 그런 것이기도 하지. 인간이 제아무리 절대적인 권력을 가지고 있어도 자신이 가진 힘의 70%만 써야 하고 넘치거나 과하면 그 힘에 그 당사자가 화를 입기 마련인 것이다. 제아무리 거대한 힘을 가진 절대자도 그들의 소박한 일상을 마음대로 갈아엎을 수는 없는 것이다. 그것이 몰인정한 잔혹성이고 폭력성인 것이란다. 상대를 배려하지 않는 이기적인 추잡한 소행이기도 하지. 싼초, 아직도 그 이면에 이어진 사악한 뿌리의 견고함이 보이지 않는 것이냐?"

"아무리 봐도."

"저것은 하나의 큰 덩어리이다. 2만개가 넘는 부품들이 도로 위를 내달리는 단 하나의 목적을 위해서, 적당한 위치에서 만나고 결속하고 머물면 도로 위를 힘차게 달리는 온전한 자동차가 되듯이, 고정되어 단순하게 움직이는 저것들도 별도 달도 없는 칠흑의 고요한 세계로 접어들면 서서히 그들의 사악한 본색을 드러내어, 틈틈이 정기적으로 훈련을 하듯이 개별적인 삶을 버리고 하나의 큰 덩어리로 나아가서 세상에 해악을 끼치기 위한 준비운동을 하는 것이다. 그 변신하는 절호의 찬스를 노려야 한다. 그들은 변신을 하면서 서서히 성장하고 숙련되는 완성의 단계로 접어든다. 그것은 꽃뱀이 허물을 벗으면서 서서히 성장하는 것과 조금도 다르지 않지. 매달 다가오는 매직과 궤를 같이한단다. 그때를 놓치면 또 한 달을 더 기다려야 한단다. 알겠느냐? 자 서두르자. 태양이 떨어지기 전에 당도해서 바람의 성이 있는 괴수를 만나서 대화를 해서 담판을 짓든지 적당한 선에서 절충을 해서 타협을 하든지 그것도 아니면 갑옷과 투구 사이에 미세한 틈을 노려 과감하게 비수를 꽂을 것인지 그때그때 상황을 봐서 결정하도록 하고, 또 다시 가파른 능선을 희뿌연 먼지를 만들면서 힘차게 달려보자."

그들은 태양이 뉘엿뉘엿 넘어갈 즈음에 바람의 성에서 다소 떨어진 한적한 곳에 도착했다. 그곳은 거대하고 웅장하게 단절되어 멈춰 있는 험준한 산맥의 높이와 잇닿아 있을 정도로 높았다. 그 위로 순연한 구름들이 한가롭게 흘러가고 있었다. 그 바람의 성이 멀리서도 가로세로 정확한 치수로 자른 화강암을 바닥부터 쌓아 올라가면서 흙을 채워서 누르고 밟거나 쳐서 단단하게 하는 방법을 선택한 것 같기도 했다. 견고하게 보였고 튼튼하게 보였다. 그때, 그림 같은 아름다운 풍경이 일순간 걷잡을 수 없이 변하고 있었다. 지금까지 훈훈한 바람만 불어오던 것과는 사뭇 다른 거칠고 포악한 바람이 멀리서 서서히 다가왔고, 그 바람의 서늘함을 온몸으로 느낄 수 있었다. 그들은 안간힘을 쓰며 조금씩 가파른 곳을 더 올라가자 언제 나타났는지 짙은 안개가 대오를 그리며 거침없이 몰려오기가 무섭게 안개비가 내렸고 연이어 는개가 내리는가 싶더니 이슬비가 내렸다. 빈틈이 없었다. 잇달아 빗줄기가 굵어졌고 폭우가 거칠게 쏟아졌다. 마치 자동소총을 코브라헬기에서 집중적으로 사격하는 것과 다르지 않았다. 지표를 낮게 웅크리고 뻗어나아가던 친연수이 나뭇가지와 잎두 갈피를 잡지 못하고 강하게 뒤치었고, 송두리째 뽑히고 꺾이며 날아가지 않는 것을 다행이라고 생각해야 할 정도였다. 시간이 지날수록 나뭇가지가 부러졌고 나뭇잎이 떨어졌다. 심지어 조그마한 돌멩이들도 여기저기 마구 날아다녔다. 앞으로 돌진하지 못할 정도로 포악한 비바람이 앞을 가로막고 있었다. 차츰 폭이 좁은 산길로 빗물이 모여들었고, 유속도 거칠었고 빨랐다. 그럼에도 그들은 흙탕물이 쏜살처럼 흘러내리는 질척거리는 산길을 잠시 섰다가 우회하고를 반복하며 간신히 올라갔다. 그런 가혹한 상황에서도, 그들은 앞으로 돌진했고, 지칠 줄 모르는 투지와 열정으로 오토바이의 엑셀을 당겼다가 풀었다가 브레이크를 잡았다가 풀었다가를 반복하며 가까스로 안전한 곳에 도착할 수 있었다. 그 경계를 넘어서자 이상하게도 지금까지 아비규환의 모습과는 확연히 다른, 순하고 상냥하고 맑고 신선하고 고요했다.

　그들은 거대한 바람의 성 쪽으로 조심스럽게 걸어갔다. 꽃뱀헌터가 앞서고 싼초가 뒤따랐다. 꽃뱀헌터는 헬멧을 쓰고 오른손에는 총신이 긴 엽총을 들고 자세를 낮춰서 걸었고 싼초는 젖은 윗옷을 벗어 오른손에 쥐고 뒤따랐다. 싼초는 노란색 두건을 쓴 채 평상시 걸음으로 걸을 뿐이었다. 앞서고 있던 꽃뱀헌터는 그런 싼초의 몸을 낮추라며 손짓을 했고, 그제야 싼초는 자세를 낮추고 뒤따랐다. 꽃뱀헌터는 바람의 성으로 다가갈수록 맑은 대기 속 공기의 입자들이 촘촘하지 않고 성글었고 가볍게 가라앉아 차분함을 잃고 있는 것을 미세하게 느낄 수 있었다.

드디어 거대한 성문 앞에 도착할 수 있었다. 고요하게 머물러 있던 대기가 어느새 요란하게 움직이더니 사나운 돌풍까지 몰고 왔다가 짧지 않은 시간을 광적으로 혼란스럽게 아래위 여기저기 휩쓸거나 스쳐 지나가며 깊은 상처를 내고 음흉하고 기괴한 울음소리를 반복적으로 남기고 사라졌다. 그러자 으스스하고 불안한 생각들이 맞물리어 잇달아 운집하는 것을 느낄 수 있었다. 그래서 꽃뱀헌터는 의식적으로 축 늘어진 양어깨를 재빠르게 아래위로 올렸다가 내렸고 머리를 상하좌우로 흔들며 가까이에 다가와 있던 두려움과 공포를 멀찌감치 떨쳐버리기 위해서 안간힘을 썼고, 느닷없이 고함을 질렀다. 그러자 이상하게 불안한 마음이 가지런해지는 것을 느낄 수 있었고, 두꺼운 성문 뒤에 존재하는 괴수에 대한 지나친 걱정과 두려움에 대한 감정의 치열한 분화도 미연에 방지할 수 있었다. 그와 반대로 싼초는 조마조마한 마음으로 꽃뱀헌터 꽁무니에 붙어 있었다. 여차 하면 혼자라도 멀리 도망갈 준비까지도 하고 있었다.

꽃뱀헌터는 거대한 방패처럼 생긴, 구석구석 두꺼운 철판으로 덮입힌 거무스름한 성문 앞에서 용기와 기개와 신념을 잃지 않고 무시무시하게 다가온 현실적인 위압감을 의연하게 받아들이고 있었다. 그는 둥근 원으로 된 묵직한 문고리를 잡을 찰나에, 기이하고 기괴한 소리가 성문 뒤 습기를 충분히 머금은 아득하고 깊은 곳에서 굴절되어 울리는 것을 들을 수 있었던 것이다. 태어나서 처음 들어보는, 이유나 근거로 설명이 되지 않은 혼란스럽고 잔인한 야생에서 우는 삶의 본능적격한 울음소리와도 엇비슷한 것 같았다. 그는 자신을 강하게 의식적으로 밀쳐내는 격앙된 저항이라는 것을 인식하고 있었던 것이다. 그럼에도 그는 개의치 않고 단단한 쇠로 만든 문고리를 위로 올렸다가 상하게 내려쳤다. 성안 깊은 곳, 음침하고 습한 내실에까지도 울릴 정도로 깊고 넓은 음역을 가지고 메아리를 계속 증폭시키는 것 같았다. 그러자 성문에 덮입혀 놓은 거무스름한 철판 위에서 미세한 빛을 내뿜는가 싶더니 흐릿한 문양에서 뚜렷한 문양으로 음각에서 양각으로 변하더니 어느새 입체적인 모양으로 유연하고 자유롭게 움직였다. 카터뱀이었다. 순간 그는 뒷걸음질 치지 않을 수 없었다. 그는 환영이라고 생각했으나 쉽사리 카터뱀의 무리들이 사라지지 않고 그 자리에서 연속적으로 몽환적인 형형한 야릇한 불빛을 내뿜으며 현혹적으로 움직이고 있었던 것이다. 처음에는 자신을 공격하기 위해서 집요하게 다가온다고 생각했으나 그들의 시선과 방향성은 성문의 중앙에 위치한 문고리를 향하고 있었던 것이다. 그때였다. 단단하게 고정된 두 개의 문고리가 차지고 끈끈한, 어느새 말랑거리며 흐물흐물 녹아내리고 있는가 싶더니, 길쭉한 하나의 형체로 점진적으로 변하고 있었던 것이다. 처음과 끝에 머리와 꼬리가 형성되어 명확하게 자리를 잡자 일사천리로 생존에 필요한 신체기관들이 하나씩 또렷하게 생기고 정립하고 있었던 것이다. 깊이를 알 수 없는 검고 음험한 눈동자가 생기고 길이를 알 수 없는 가늘고 긴 혓바닥이 생기는가 싶더니 온몸에 가로로 노랗고 빨간 줄무늬가 3개 생기고, 그 사이 체크 모양의 얼룩무늬가 생겼다. 명확한 의식을 가지고 있는 아름답고 화려하고 섹시한, 유연하게 자유자재로 움직이는 카터뱀 암놈이었던 것이다.

카터뱀 2마리, 유혹적인 암놈들의 몸놀림에 성문에 고정되어 있던 수놈들이 필사적으로 밀어붙이듯이 기어왔다. 망망대해에서 생긴 파도가 남해에 어느 무인도 해안가로 밀고 들어오는 끈기와 집요함이 있었던 것이다. 지칠 줄 모르고 격앙된 눈동자에는 자신의 삶에서 가장 소중한 순간임을 여실히 드러내고 있었던 것이다. 이 순간을 놓치면 영원히 낙오자라는 낙인을 이마에 찍고 살아가야 한다는 것을 모두 다 알고 있는 치열함과 절박함을 내포하고 있었던 것이다. 수놈들은 짝짓기를 위한 고귀하고 성스러운 행위를 하고 있었고, 오직 그것이 생의 한가운데서 가장 귀하고 축복받은 일이라는 것을 온몸으로 드러내고 있었던 것이다. 어쩌면 그들은 그곳에서 몇 백 년을 기다려온, 오묘한 마법의 사슬에 짓눌려 갇힌 그곳에서 어떤 구세주의 노크를 묵묵히 기다리고 있었던 것인지도. 어쩌면 그들을 그가 해방시킨 것인지도 모른다. 아니면 그가 그들에게 드리워진 가혹한 굴레를 너무나도 손쉽게 풀어주어 회개의 성스러움과 거룩함으로 인도하기 위함인지도 모른다. 아마 그럴 것이다. 그것이 절대자가 그들에게, 간악하고 무시무시한 성주에게 바라고 원하는 것이리라. 성안 깊숙한 곳까지 쳐들어가서 굴복시키는 치열한 싸움 대신에 차분하게 기다려주는 것도 절대자의 넓은 아량이고 보살핌인 것을 그는 이미 알고 있었던 것이다.

꽃뱀헌터는 빈둥거리며 시간을 보냈다. 점심밥을 먹고 풋잠을 자고 일어나서 수업을 하고 또 늘어진 지루한 수업을 채우자 하루의 시간이 이미 저만치 가 있고 어스름과 함께 제법 서늘한 바람이 불기 시작했다. 그는 하루 일과를 마치고 경사진 아스팔트 도로를 걸어서 이사장집으로 향하고 있을 때 자신은 생활인으로서 어울리지 않는다는 생각이 들었다. 아침에 일어나서 바쁘게 출근 준비를 하고 성실하게 일을 하고 퇴근해서 아내가 기다리는 화목한 집으로 향한다는 것이 어딘지 자신에게는 어울리지는 않은 생뚱맞다는 생각이 들었던 것이다. 오래전부터 문득문득. 하는 수 없이 살아가는 것이라 생각했다. 예전에 운동선수 때의 반복적인 일상도 생활인은 아니었던 것이다. 그 순간만 집중하면, 그 나머지 하루의 긴 시간은 거기에 알맞게 무의미하게 풀어지는 것이었다. 그는 그 풀어지는 시간을 대면해서 생활하는 것이 얼마나 버겁고 힘겨웠는지, 그래서 동료들이 다 떠나고 나면 혼자 얼마나 외로워하고 고독했던지. 그는 자신이 세상에 오롯이 두각을 나타낼수록 더더욱 그랬던 것이다. 가까운 친구들이 하나둘씩 떠나가고, 그들은 반목과 질투와 시기심으로 늘 그 자리에 오롯이 있던 자신을 아래로 끌어내리기에 여념이 없었던 것이다. 그런 일련의 모습들이 안쓰럽고 싫었다. 그럴 때면 가끔씩 그는 아비의 불행한 삶이 불현듯이 떠올랐다가 사라지곤 했다. 한곳에 정을 주지 못하고 한 여자를 사랑하지 못하는 그런 측은한 삶을 말이다. 어떤 여자가 결혼을 원하면 뒷걸음질 치며 과감히 떠나버리는 것이었다. 그는 이런저런 생각을 하면서 이사장집으로 한참 걸어서 내려가다가 오토바이가 주차장에 있는 것이 뒤늦게 떠오르자 학교로 되돌아갔다. 그는 늘 이런 사소한 착오적인 상황이 우연히 일어나면 자책하지도 남을 원망하지도 않고 감연히 받아들였다. 이런 것도 삶의 긴 여정 속에서 필요한 부분이라고 생각했다. 그럴 즈음에 카톡이 경박하게 왔다. 문미디어 대표가 거창으로 가고 있다고 했다. 우선, 그는 오토바이를 타고 자동차 정비소로 가서 그랜저로 바꿔 타고 가야만 했다. 그러고는 영수증을 찍어서 카톡으로 보내야겠다고 생각했다.

잠시 후, 꽃뱀헌터는 자동차 정비소에 도착했다. 오전에 왔을 때와 변함없이 검은색 코란도가 리프트 위에 있고 다른 리프트에 그랜저가 있었다. 그는 괴괴할 정도로 가라앉아 있어 아무도 없을 것이라 생각했다. 가끔 승용차가 도로 위를 질주하면서 거침없는 소음을 길게 던지고 가곤 해도 을씨년스럽기는 매한가지였다. 그는 사무실 문을 열고 들어가자 우선 눈에 들어오는 것이 일편단심이라는 붓글씨. 가로로 한쪽 벽면을 차지하고 있었다. 바로 그 아래 탄력이 죽어 있는 밤색 3인용 가죽소파가 있고, 그곳에 그 사내가 길게 누워서 다소 불편한 거친 호흡과 희미한 미소를 던지며 편안하고 태연자약하게 자고 있었던 것이다. 손톱 밑에 기름때가 꾀죄죄하게 끼여 있던 그 사내는, 자면서 무의식적으로 가발을 당겼는지 어깨 위에서 처참하게 벗겨져 있었고, 그래서 그런지 이마가 유난히 넓어 보였고 가로지르는 굵은 주름이 몇 가닥 또렷하게 새겨져 있었다. 애처로웠다. 그 사내 앞으로 두꺼운 유리가 깔려 있는 밤색 탁자가 있었다. 빈 소주병이 두어 개 있고 그 곁에 비어 있는 넓은 쟁반이 있었다. 걸쭉한 탕수육 소스가 쟁반바닥에 너저분하게 깔려 있고 젓가락의 외면으로 두 조각의 탕수육도 풀어져 있었다. 그 위에 나무젓가락과 입술을 닦은 구겨진 휴지가 수북하게 쌓여 있었다. 그 나무젓가락의 주인들은 저마다의 일상으로 재빠르게 돌아가고 없었다. 그곳에, 음식물 쓰레기와 생활 쓰레기가 있는 그곳에 파리들이 달콤한 소스를 탐하고 있었다. 그 달콤한 소스에 축축하게 풀어져 있었던 먹다 남은 탕수육은, 어쩌면 파리들에게 진수성찬인지도 모른다는 생각이 문득 들었다.

꽃뱀헌터는 그 사내의 어깨를 조심스럽게 흔들어서 깨웠다. 그러자 그 사내는 어떤 기상천외한 꿈을 꾸다가 깨어났는지 한동안 멍하니 올려보다가 얼떨결에 혼잣말을 했다. '방랑기사 나리. 방랑기사 나리.' 그러다가 그는 눈을 비비며 초점 없이 막연히 올려보다가 깜짝 놀랐는지 소파에서 벌떡 일어났다. 아직도 그 사내는 벗겨진 가발을 의식하지 못하고 있었다. '누구시드라.' 그 사내는 혼잣말을 했다. 그러다가 의식이 되돌아왔는지 정면에 있는 책상으로 분주하게 다가가서 간이 영수증에 수리 비용을 썼고, 타이어 공기압도 체크했고 워셔액도 빈틈없이 보충했다고 강조했다. 그 사내는 서비스라고 몇 번이고 되풀이했다. 그것이 그 사내가 다가오는 손님을 대하는 자기만의 방식이고 상술인지 모른다는 생각이 들었다. 미미하고 작은 것을 선심 쓰듯이 주고 중요하고 큰 것을 얻는 알찬 방식. 장사치가 하루하루를 버티는 생존 방식.

꽃뱀헌터는 영수증을 책상에 올려놓고 사진을 찍어서 문미디어 대표에게 곧바로 전송했다. 그는 지갑에서 카드를 꺼내 그 사내에게 건네자 별로 달갑지 않은 표정을 짓는 것을 보자, 그 표정을 무시한 채 일시불로 계산하고 사무실 밖으로 나왔다. 그는 그 사내에게 가격을 묻지도 확인하지도 않았다. 그는 물건을 흥정할 때 비싸고 싼 것에 관심이 없었고, 큰 손해를 보지 않는 한에서 그것을 거의 다 사주었다. 그러다가 많이 속은 적도 있었으나 알뜰하고 깐깐한 주부는 되기 싫었던 것이다.

그 사내는 꽃뱀헌터를 뒤따라 나와서 리프트에서 그랜저를 내려주었다. 아까와 달리, 그 사내는 회색 모자를 쓰고 있었다. 모자챙 오른쪽 가장자리에 기름때가 유난히 묻어 있는 모자였다. 그는 그 사내와 악수를 하고 반갑게 미소 지으며 헤어졌다. 그는 생활인인 그 사내의 손길이 핸들을 잡고 시동을 걸고 출발하면서도 쉬이 떠나지 않는 그 뭔가가 있다는 것을 깨달았다. 그것이 오래도록 남아 자신에게 따스한 위안이 될지도 모른다는 생각이 들기도 했다. 그 사내의 투박하지만 따스한 손길.

그는 공원 쪽으로 향했다. 가던 도중에 카톡이 또 왔다. 그는 왼손으로 핸들을 잡고 불안하게 오른손으로 확인했다. 문미디어 대표였다. 그녀는 벌써 거창에 도착했고 시간이 허락하면 한번 만나자고 했다. 사업적으로 만날 사람이 있어 내려왔다가 약속이 어긋나서 스케줄이 비어 있다고 했다. 그는 이젠 그녀를 부딪쳐봐야겠다고 생각했다. 그녀가 어떤 인물이고 뭘 원하는지. 그래야 꽃뱀을 손쉽게 포획할 수 있는 실마리를 잡을 수 있을 것 같았다. 일정한 거리를 두고 저만치 방관자로 존재하면 그녀에 대하여 다른 사람들이 판단하고 재단하고 평가하고 얘기하는 것밖에 모르는 것이었다. 그래서 그는 거창으로 출발하겠다고, 카톡을 보냈다.

거창으로 가는 길은 내려올 때와는 사뭇 달랐다. 생소하고 어색하기 그지없었다. 거꾸로 운행하는 것이라 처음 보는 생경한 경치가 펼쳐지고 있었다. 그럼에도 한번은 보았기에 피상적인 사물의 모습들에서 나름대로 익숙함을 자아내고 있었다. 그는 급하게 쏟아지는 도로 아래로 시선을 떨구었다. 작년에 집중적으로 폭우가 쏟아지지 않아서 만수위까지 닿을 수는 없었다. 그는 그 아쉬움이 도로 아래로 뚜렷하게 드러나는 띠로 형성되어 있는 것인지도 모른다고 생각했다. 그것을 먼 상공에서 보면 레코드판처럼 균일하게 나열되어 있는 토성의 띠와 엇비슷하게 닮아 있을 것 같았다. 그는 또 그런 생각도 해보았다. 그럼 저 아래 페인트붓으로 그어놓은 듯 무미

건조한 띠가 차가운 얼음알갱이가 아닐까하는 생각도 해보았다. 그래서 식물들이 뿌리를 잘 내리지 못하고 변함없이 예전의 그 모습을 유지하며 간신히 버티며 나아가고 있었던 것인지도. 그때 태양이 조용히 가라앉아 다소 불안한 도로를 운행하고 있던 조용한 그랜저 실내를 가로질러, 카톡이 느닷없이 침범했다. 경박했다. 문미디어 대표였다.

그는 카톡을 확인하고 밤으로 향하는 외진 도로를 달렸다. 거창으로 가는 막차인지 실내등을 켠 채 큼직한 버스가 앞서 달리고 있었다. 굽은 도로를 재빨리 빠져나갔다. 날렵한 그랜저가 겨우 따라갈 정도였다. 그 덩치 큰 녀석이 매일 다니는 익숙한 길이라서 그런지 뒤뚱거리지 않고 자유자재로 편안하게 핸들을 꺾는 것 같았다. 이미 길과 버스가 하나가 된 것 같았다. 일체감을 느낄 수 있는 노련한 운전 솜씨였다. 그는 버스를 가이드 삼아 거창으로 향했다. 점점 낮의 공간에서 밤의 공간으로 바뀌는 곳에서 거친 호흡으로 버스는 앞질러 달리고 있었다. 그는 혼자 운전할 때 늘 곁에 사랑하는 여인이 앉아서 자신을 비스듬히 사랑스럽게 바라보며 일상의 소소한 얘기를 재미있게 하고 흐뭇한 미소를 연신 던져주는 것이 오랜 바람이었다. 요즘 밤으로 향하는 외진 곳을 혼자 운행을 할 때, 그런 생각들이 밀려들어 자신을 초라하게 만들 때가 없지 않았다. 하지만 그는 늘 혼자였고, 그래서 늘 고독하고 외로웠는지도 모를 일이었다.

　이미 버스는 사라진지 오래되었다. 그는 속도를 늦추고, 다리를 건너고 하천을 따라 곡선으로 뻗어 있는 도로를 가다가 유유히 흐르는 물줄기 쪽으로 바라봤다. 어둠에 쌓여서 크고 작은 돌멩이와 돌덩이와 바위를 비집고 돌며 흐르는 강물은 상세하게 볼 수 없었지만, 달리는 차창을 열어 바람이 전하는 신선함을 느낄 수 있었다. 그 계곡 맞은편에 펜션이 이쪽을 향해서 오롯이 보기 좋게 불을 밝히고 있었다. 예상치 못한 외진 곳에 위치해 있었다. 서울에서 내려올 때는 확인하지 못하고 우연히 지나쳤던 곳이었다. 그랬저 속도와 조급증에 비례해서 주위환경 또한 거기에 있는지 없는지 무의미하게 지나가는 것이었다. 그는 봉산으로 향하지 않고 신원으로 향했다. 아까 그녀에게서 온 카톡에 목적지가 정해져 있었다. '꽃 피는 산골'이라는 상호가 있다고 했다. 그녀는 이미 도착해서 알아서 음식을 주문하겠다고 했다. 적극적인 그녀의 행위 이면에는 음흉한 뭔가를 숨기고 있다는 것을 미세하게 인식할 수 있었다. 겉으로 드러나는 단정하고 반듯한 그녀의 모습 뒤에 또 다른 음흉한 속임수가 숨어 있지 않을까 하는 불안과 두려움이 자신에게로 조금씩 좁혀온다는 것을 느낄 수 있었던 것이다. 그래서 그는 돈 끼호떼라면 이런 상황에 어떻게 했을까 하고 생각해 보기도 했다. 방랑기사는 이런 상황에

처해도 마르고 퀭한 눈동자 속에서 불안과 두려움을 찾을 수는 없을 것이고, 아마도 비루먹은 말을 타고도 정면승부를 할 것이다. 그에겐 불안과 두려움도 사치일 것이다. 비록 사지가 깨지고 부서지는 불행한 상황에 처할지라도 그는 앞만 보고 거침없이 돌진해서 정의와 공정의 깃발을 꽂을 것이다. 아마도 그것이 인류가 그에게 숙명이라는 굴레를 씌운 방랑기사의 의무이고 책무이기 때문에.

그는 금방 삼거리를 지나쳐서 또 삼거리가 나오는, 오른쪽으로 가면 밤티재로 가는 곳이고 왼쪽으로 가면 신원으로 가는 길이었다. 서울에서 내려올 때 접촉사고를 낸 그곳이었다. 그는 예전부터 도로를 걷거나 승용차를 타면서 삼거리를 연이어 만났던 것을 기억하고 있었다. 그때마다 늘 한쪽을 선택해야 하고 다른 한쪽을 외면했었다. 목적지가 늘 있는 것이 아니어서 길 위에서 길을 잃을 때가 한두 번이 아니었다. 그럴 때면 어느 쪽으로 발걸음을 옮겨야 할지 삼거리 초입에 멈춰 서서 주위를 휘둘러보거나 파란 하늘을 올려다보며 여지없이 흩어지고 소멸하고 뭉치는 순연한 구름을 한없이 올려보다가 어디서 나타났는지 공기를 박차고 공간을 찢으며 가로지르는 새떼의 비행이 있으면 그들의 힘찬 날갯짓에 시선을 한없이 뒤따라가다가 유유히 사라지는 흐릿한 모습을 아쉬워하며, 이내 제자리로 돌아와서 삼거리의 애매한 지점에서 어정쩡한 모습으로 멍하니 서서 땅바닥을 내려다보고 있었던 일이 비일비재했다. 오른쪽으로 가야할지 왼쪽으로 가야할지 갈팡질팡 혼란한 시점에 길 가장자리에 외롭고 강인하게 버티고 살아가는 하얀민들레꽃을 우연히 발견하게 되었다. 길고 긴 낮 동안 언제나처럼 타들어가는 강렬한 태양을 온몸으로 받아내며 간신히 버티고 있었던 것이다. 더욱이 몇 날 며칠 비가 내리지 않으면 새벽녘에 내린 미미한, 충분하지 않은 이슬로 또 하루를 어렵사리 이겨내야 하는 악순환을 겪는 것이었다. 한편으로 애처롭고 한편으로 대견하다는 생각이 들기도 했다. 단단하고 메마른 아스팔트에 가혹하게 고립되어 갇힌, 그럼에도 향긋한 꽃을 피워서 오늘을 다짐하고 내일을 기약하는 강인한 생명력에 찬사와 감탄을 보내지 않을 수 없었다. 그러다 보면 삼거리에 멍하니 서있던 그는, 그 삼거리가 인생의 삼거리와 다르지 않았다는 생각을 조심스럽게 하지 않을 수 없었다. 어느 쪽을 선택해도 새떼의 비행처럼 다가올 고단한 비행이 남아 있고, 심술쟁이 바람이 우연히 부려놓고 간 척박한 자리에 간신히 정착해서 뿌리를 내려야 하는 것이었다. 어쩌면 삼거리는 인생의 길 위에서 잠시 쉬어가는 쉼터인지도 모른다. 선택의 기로에서 주저주저하면서 미미한 두려움과 기대가 스며들어도, 그곳에 새로운 것에 대한 소망이 더 짙게 스며들어 있었기에. 그는 또 삼거리는 길

위에서 아무나 마주치고 만날 수 있는 오아시스인지도 모른다는 생각도 해보았다. 그곳에 잠시나마 머물면 눈앞에 펼쳐진 것밖에는 보이지 않았고 그 이외의 것은 생각나지 않았기 때문에 그랬던 것이다. 어쩌면 그곳은 인생의 강렬한 햇살과 거친 모래바람에서 어느 정도 자유로워지는, 각박하고 치열하고 냉정한 현실에서 일시적으로 잠시 벗어날 수 있는 그런 곳인지도. 그 짧은 찰나에 일어나는 것이라 사람들이 인식을 하지 못하고 지나치기에 그것을 제대로 볼 수 없는 것인지도. 그래서 하얀민들레도 그곳에 뿌리를 내렸을 것이리라.

얼마 가지 않아 '꽃피는 산골'의 팻말이 길가에 서있었다. 그는 도로 아래로 다소 경사가 있는 곳으로 차창을 열고 천천히 내려갔고, 비포장도로였다. 내려가는 도중에 그랜저가 앞으로 많이 쏠렸고, 그럼에도 군데군데 콘크리트 포장으로 그랜저의 운행을 조금씩 도와주고 있었다. 그런 옹색한 길가에 이삭모양의 붉은빛이 도는 꽃을 피우고 있는 띠가 무리를 지어 차분하게 어둠 속에서 자라고 있었다. 레스토랑과 정원을 밝히는 불빛이 은근하고 찬란하게 빛을 뿜어내고 있었다. 그래서 그런지 깊은 산속에서 웅크리고 있던, 무거운 걸음으로 성큼성큼 다가오고 있던 어둠이 한 걸음씩 물러서 있는 듯 보였다. 그는 주차장에 그랜저를 세우고, 레스토랑 앞에 있는 널찍한 연못을 살피다가 연꽃 사이로 천천히 움직이는 붉은색 금붕어 무리를 유심히 바라보고, 따라가 보았다. 금붕어들은 아늑하고 한적한 곳으로 사라졌고, 그는 연못을 가로지르는 방부목으로 만든 다리난간에 기대어 서서 금방 본 붉은색 금붕어가 사라진 곳을 한 없이 내려다보았다. 그들은 분수가 촉촉하게 떨어지는 시끄러운 곳에서 다소 거리가 있는 한적한 곳에서 안식을 찾는 중이었다. 그때 레스토랑 외벽에 붙어 있고 정원 사이사이 숨겨진 스피커를 통해서 낮고 잔잔한 음악이 흘러나왔다. 평소에 자신이 좋아하는 곡이었다. Eagles-Hotel California.

레스토랑은 큰 통나무를 이용해서 만든 건물이었다. 질감이 투박하고 정감이 가는 곳이었다. 출입문을 밀치고 들어가자 쉰을 가득 채우고 또 앞으로 성큼성큼 출발하는 희끗희끗한 아줌마가 카운터에서 아까부터 그를 기다리고 있었던 것인지, 이미 몸에 익숙한 친절과 성실함으로 다정다감하게 인사를 하고 3층으로 올라가보라며 눈짓과 손짓으로 안내했다. 그런 와중에 잠시 그는 레스토랑 실내를 두리번거리며 찬찬히 둘러보았다. 손님들은 구석진 곳에서 한 테이블을 차지하고 오순도순 둘러앉아 정겹게 식사를 하고 있었다. 아이도 있고 어른도 있었다. 실내는 전체적으로 한산했고 그곳을 훈훈한 공기가 머물러 있었다. 그는 그녀에게 시선을 돌려서 따스한 미소로써 답례를 하고 왼쪽으로 뻗어 있는 비스듬한 계단

쪽으로 가서 하니씩하나씩 밟으며 올라갔다. 연이어 이어진 계단은 미로처럼 올라가면 갈수록 엄밀하고 비밀스런 곳으로 인도하는 것 같았다.

그는 3층에 도착했다. 그녀는 건물을 오랫동안 견고하게 받치고 있는 아름드리 통나무 뒤 비밀한 곳에 앉아 있었다. 그가 다가가도 자신 앞에 둥근 크리스탈 용기 안에 일렁거리는 촛불만 바라보고 있었다. 레몬라벤다향이 나는 촛불이었다. 그는 인기척을 하지 않고 그녀를 내려다보았다. 그녀는 시선을 아래로 떨군 채 그 주위를 미미하게 밝히는 촛불의 일정한 리듬에만 주시하고 있었다. 그는 그녀가 테이블 맞은편에 이미 도착한 것을 알고 있을 것이라 생각했고, 그는 그렇게 믿었다. 애써 그녀가 의식적으로 외면하고 일렁거리는 촛불을 무작정 주시하고 있었던 것은, 어쩌면 자신에게 차분하고 신중한, 얌전하고 다정다감한 성품을 의도적으로 보여주기 위함인 것 같았다. 그와 동시에, 그녀는 깊고 애절한 염세적인 슬픔을 한 움큼 끌어다놓고 있었다. 가치 높이기.

어쨌든, 그녀의 처지와 표정이 이글스의 호텔 캘리포니아와 절묘하게 잘 어울린다는 생각이 들었던 것이다. 자신을 상대로 수작을 부리고 있었던 것인지도. 그것이 새롭게 공을 들여서 탑재한 비밀병기인지도. 이미 그녀는 앞날을 예측하고 준비한, 그녀 자신이 원하는 바를 획득하기 위해서 포석을 깔고 기다리고 있었던 것인지도. 그래서 그는, 그녀가 핸들링하는 방향으로 모르는 척 따라가보는 것도 나쁘지 않는 것 같아서 적당한 거리에서 기다리며 염탐하기로 마음먹었다. 그런 상황에, 그는 그녀를 찬찬히 살폈다. 예전보다 머리칼은 훨씬 더 자라서 묶을 수 있을 것 같았고, 상의는 네이비 반팔 티셔츠에 카라가 있고 하의는 핑크에 가까운 밝고 화사한 팬츠를 입고 있었다. 아무래도 그녀는 클라이언트와 골프를 치고 오는 길인 모양이었다. 그는 훨씬 더 자란 그녀의 머리칼 아래로 시선을 움직여 티셔츠 단추가 두 개 풀어진 곳에 머물렀고, 목덜미에서 시작해서 가슴골로 향하는 안정적이고 적당한 곳에 18K 얇은 체인이 보일 듯 말 듯 숨어 있었다. 그의 시선이 단추가 풀린 틈 사이를 비집고 들어갈 찰나에 그녀는 일렁거리던 촛불에 고정시키고 있던 시선을 갑자기 들었다. 애매하게 시선이 마주치자 서로 안절부절못했고, 그녀는 엉거주춤 일어났고 그는 얼른 나무의자를 끌어당겨 회피할 수 있었다.

그때 그녀가 이미 주문해 놓은 요리가 들어왔다. 쉰이 넘은 아줌마와 다소 젊어 보이는 중년 사내가 쟁반에 음식을 들고 왔다. 돈가스였다. 그녀는 반색하며 이 레스토랑은 이 메뉴가 가장 훌륭하다고 말했다. 값도 저렴하고 아이들도 좋아한다고 말했다. 그녀의 부드럽고 감미로운, 여유롭고 포근한 말씨가 이상하게 그의 단단하게 뭉쳐진 근육과 탄력 있는 구릿빛 살결을 미세하게 자극하는 것을 느낄 수 있었다. 그녀의 촉촉한 눈빛도 한몫했다. 그녀는 소탈하고 유쾌한 표정과 말투로 그에게 다가왔고, 뒤늦게 가지고 온 레몬소주를 한 잔씩 들이키고 더욱 편안한 분위기를 조성하고 우아하게 씹었다. 그녀는 맞은편에 앉아 있는 다소 어색해 하는 그를 지그시 응시하면서 말갛게 웃으면서 먹었다. 그녀는 그의 시선에 고정한 채 덩치가 있어 주인에게 돈가스 양을 두 배로 달라고 주문했다고 말했다. 우선 그는 그녀의 배려와 친절에 감사했고, 포크로 찌르고 나이프로 깊숙이 잘라 입속에 들어갈 일정한 크기로 나눠서 돈가스 한 점을 입속에 넣어보았다. 깊은 곳까지 촉촉하게 익은 돈가스였다. 그윽하고 훌륭했다. 일산에 살 때 일반 가계에서 팔던 일회적인 돈가스가 아니었다. 걸쭉한 소스가 적당하게 스며든 두툼한, 담백하고 촉촉한 육즙을 느낄 수 있는 맛깔스런 풍성한 맛이었다.

그녀는 연이어 술을 권하면서 다소곳했다. 몇 잔을 주거니 받거니 하며 그녀는 오래전부터 아는 사이처럼 붙임성 있고 유쾌하고 진중하게 다가와서 여유롭고 편하게 얘기했다. 이 레스토랑은 가끔씩 오는 곳이라고 말하며 아까 본 중년 사내와 아줌마는 늘 올 때마다 새롭게 다가오고 스스럼없이 물러나는, 그럼에도 예의와 격식을 잃지 않는 성실하고 점잖은 부부라고 말했다. 사내는 젊었을 때 검도를 해서 몸피에 절도와 품격이 은근하게 묻어나고 늘 가슴에는 용기와 관용, 이타적인 친절과 선을 품은 채 타인을 배려하고 적극적인 행위로써 사회에 이바지하기 위해서 검도의 상단 중단 하단의 기본자세를 연마하듯이 자신의 내면 어두운 곳에 느닷없이 쌓이는 번민과 상념의 찌꺼기들을 일소하기 위해서 시간이 허락하면 죽도로 휘두르고 투명한 공간을 반복적으로 찌르고 베며 스멀거리는 사악한 내적인 괴물과 싸우며 간신히 밀쳐낸다고 말했다. 더욱이 그 중년 사내의 아내는 곱고 우아하고 편견과 투기가 없는 늦가을 감나무 우듬지에서 잘 익어가는 홍시처럼 세월을 받아들이고 어둠이 켜켜이 쌓인 아득한 밤에 내리는 된서리의 침입에도 감연히 받아들여 내적인 성찰로 이어진다고 말했다. 그 부부는 반듯한 품성을 잃지 않고 살아가는 본보기가 된다고 말했다. 그것은 무수한, 지난한 삶을 반복 재생하며 살다가 어느 순간부터 살포시 내려앉아 터득한 삶의 지혜인지도 모른다고 말했다. 그러면서 그녀는 하던 말을 멈추고 그를 뚫어지게 응시하다가 술을 한 잔 더 들이켰고, 그 아내가 연상이라고 덧붙였다.

꽃뱀헌터는 그녀가 차분한 분위기와 공손한 말씨로 세련되고 깔끔한 포장지를 찬찬히 싼 이유를 대충 이해할 수 있을 것 같았다. 그것은 그녀의 고도화된 상술이었고, 연상이라는 말을 자신에게 강조하고 주지시키고 싶었던 것이다. 그래서 그녀는 자신의 선천적으로 적절하게 다듬어진 보디를 잠시나마 공유하고 싶었던 것이 분명해 보였다. 그녀는 시치미를 떼고 자신의 감정의 미세한 부분의 일렁거림까지도 의식하고 있었고, 그것이 얼굴 표정으로 드러나지 않기를 바라고 있었던 것이다. 그럼에도 그는 모르는 척 돈가스를 먹고 권하는 레몬소주를 마셨다. 마시면서도 그는 이상했다. 슈베르트의 송어를 듣지 않아도 그녀와 돈가스를 먹을 수 있었다. 불편한 자리인데도 말이다. 이글스의 호텔 캘리포니아가 연속으로 재생되어 그런지도 모를 일이었다. 이것도 이상했다. 그녀가 기획한 것인지도 모른다는 생각이 어렴풋이 들었다. 그러는 사이에, 그녀는 레몬소주를 두 병이나 비웠다. 그러자 얼굴이 불콰해지고 서서히 혀끝이 꼬이면서 온몸이 느슨하게 풀어지는 것을 볼 수 있었다. 그는 자신도 모르게 좌중에 흐르는 애매한 분위기에 빨려들어가는 것을 느낄 수 있었다. 그런 와중에도 정신과 의식은 또렷했고 가끔씩 그녀의 뒤에 있는 조그마한 창문을 통해서 밀려드는 어둠의 그림자들을 바라보다가 되돌아와서, 그녀가 혀 꼬부라진 소리로 연이어 따라주는 레몬소주를 마셨다. 그녀는 '라스베가스를 떠나며'의 주인공 니콜라스 케이지처럼 미친 듯이 마시고 또 마셨다. 악덕 포주 유리의 손아귀에서 못 벗어나는, 자포자기 상태로 겨우 연명하는 창녀 세라를 우연히 나타나기를 기다리는지도.

얼마 지나지 않아 그녀는 밀가루포대가 쓰러지듯이 나무의자에 쓰러졌다. 눈을 감은 채 혼잣말을 하면서 헝클어진 머리칼 사이로 미미한 미소를 띠기도 했다. 그 순간 그는 이상하게 아까 시선이 머물던 가슴골 쪽으로 갔다. 아마 그것이 어쩌면 사내의 본능적인 시선인지도 모른다. 그 깊은 곳에 따스함이 머물러 있고 포근한 안식을 누릴 수 있는, 그것이 곧 격렬한 섹스로 이어지기를 바라는, 그 음흉한 미소를 지으며 자신도 하는 수 없는 사내라는 것을 인식하면서 자조적인 웃음을 띠었다. 그럼에도 그는 여전히 사지에 머물러 있고, 아직도 규모와 성질을 모르는 적과 대면하고 있다는 것을 잊지 않고 있었다.

그때 그녀의 따스한 가슴골에서 조그마한 방패가 비집고 나왔다. 실내가 어슴푸레해서 가까이 다가가서 확인해 보고 싶었다. 꽃뱀이 그의 방에서 찾았던 그것과 비슷한 것인지 말이다. 그래서 그는 엉거주춤 나무의자에서 일어나서 맞은편 쪽으로 조심스럽게 가서 허리를 숙이고, 그녀의 가슴골 가까이에 얼굴을 가져가서 확인해 볼 생각이었다. 그 찰나에 그녀가 눈을 뜨고 몸을 일으켰다. 그는 당황스럽고 무안해서 창문 쪽으로 시선을 돌렸다. 서로가 그런 애매한 상황을 보내고 있을 때 그녀가 먼저 혀 꼬부라진 소리로 말했다.

"호텔 캘리포니아로 갑시다."

호텔 캘리포니아는 봉산면에 있는 모텔 상호였다. 그녀는 거의 의식을 잃어 그랜저로 봉산으로 이동해서 주차장에 주차를 하고 호텔 502호실로 들어갈 때까지, 그녀는 늘어진 육체를 간신히 가누고 있었다. 그러던 그녀가 어느 순간 돌변하더니 거칠게 그를 침대 쪽으로 강하게 밀쳐서 눕혔다. 억세고 다급했다. 가냘프고 연약한, 무기력하고 인사불성인 조금 전의 그녀가 아니었다. 그 순간, 그는 이제까지 그녀가 한 행동은 다 기획이었다는 것을 깨달을 수 있었다. 그것을 알고도, 그는 그녀를 강하게 밀쳐내지 못했다. 거세게 다가오는 파고를 해안 안쪽 깊숙한 곳으로 아무렇게나 뻗어있는 부드러운 속살로 받아들일 뿐, 맞서거나 격하게 대항하지도 않고 순하게 받아들일 뿐이었다. 그것이 사내인 그가 할 수 있는 최선인지도 모른다.

그녀는 모텔 안의 구조와 집기에 몹시 익숙했고, 이미 몇 번 와 본 낯설어 하지 않는 모습이었다. 그녀는 에로틱한 불빛을 던지는 이상야릇한 공간 안에서 자연스레 유영을 하듯이 편하고 자유자재로, 경쾌하고 민첩하게, 흐느적거리고 느릿느릿하게 움직였다. 그녀는 그를 자신이 꿈꾸고 원하던 방식대로 강하게 이끌었고 지금까지 숨겨온 강한 욕구를 끄집어내느라 여념이 없었다. 이미 그녀의 육체가 붉게 타올라 이글거렸고 이젠 주체할 수도 통제할 수도 없는 그런 상황에까지 이르게 되었던 것이다. 짧고 가벼웠고, 무겁고 조밀하지 않은 터치와 배려로 온전히 채우지 못한 허기와 갈증을, 어두운 내면의 곳간에 쟁여 쌓아둔 것들을, 그의 육체적 밸런스와 견고함과 아름다움으로 인하여 봇물이 터지듯이 넘쳐흘러버리고 있었던 것이다.

그녀는 자제력을 잃었고, 그 타오르는 불덩어리에서 벗어날 수 있는 방법은 그를 끊임없이 자극해서 점점 더 높은 단계의 쾌감, 소위 흐릿한 황홀경으로 치솟아 무아지경의 울타리로 들어가는, 급기야 안으로 깊숙이 빨려들어가는 격한 사정으로 끝을 맺을 수 있을 것이리라. 그래서 그녀는 그의 상의와 하의를 연이어 벗겨서 하얀색 캘빈클라인 드로우즈만 남겨둔 채 자신의 옷들을 순식간에 벗었다. 40대 중반에 접어든 그녀의 행동은 민첩하고 기민하고 요란했다.

그는 그녀의 미친 듯이 달려드는 과도한 행위에 수긍하고 연동할 뿐 적극적으로 자신이 자신의 쾌락을 위해서 좇거나 리드하지는 않았다. 그냥 그녀가 하는 대로 내버려둘 뿐이었다. 그럼에도 소극적이지 않고 집중력을 잃지 않는, 적정선에서 머물러 있었다. 성의 없는 절실하지 않는 섹스를 하는 것으로 내비치고 싶지 않았다. 그녀는 자기본위적 편향으로 기울어져 있을 것 같았기 때문이었다. 그것은 벤츠아줌마에게는 어울리지 않았고 그녀에게만 어울렸다. 절실하게 원하고 있어도 비어 있는 공허함은 어쩔 수 없었다. 그런데 느닷없이 언제나 바라고 기다리던 건실한 육체를 소유한 사내가 출현하자 그녀는 일시적으로는 이타적인 선행을 베풀 것이었지만, 차츰 늘 날카로운 발톱이 서있던 그때의 외로움과 쓸쓸함에 대한 보상심리로 본의 아니게 짜증을 부릴 것이 분명해 보였다. 하지만 지금까지는 그런 철부지 같은 모습은 보이지 않았다. 건실한 사내의 넓은 가슴팍에 매달려 있는 평온함과 안정감, 굵고 단단한 양어깨와 넓적다리에서 오는 터질 듯이 억세게 다가오는 주체할 수 없는 흥분과 전율에 흠뻑 젖어 있었기 때문이었다.

꽃뱀헌터의 스킬은 넓적다리의 굵기만큼이나 대단했다. 그녀는 그에게 매달려서 헤어나지 못하고 있었다. 그의 육체는 이른 봄에 달짝지근한 수액을 선사하는 고로쇠나무처럼 춥고 척박한 땅에서도 우뚝 솟아 늠연함을 잃지 않고 있었다. 그녀는, 그의 육체의 풍성함과 단단함에서 달콤한 수액을 탐하고 있었던 것이리라. 투명한 호스를 입술과 목덜미, 가슴과 허리, 에널과 페니스에 깊이 박아서 혓바닥을 날름거리며 달달함을 취하고 있었던 것이다. 아기가 엄마의 따스한 품에서 유두를 빨아 자양분을 채우듯이 말이다. 어쩌면 그는 그녀에게 엄마 같은 존재인지도 모른다. 설명할 수 없고 표현할 수 없음에도 그녀의 번잡한 행위는 엄마의 품속에 안겨 허기진 배를 채우기에 여념이 없는 모습 같기도 했다.

그녀의 집요한 욕구로 인하여 꽃뱀헌터는 많이 지쳐 있었다. 그럼에도 사내들의 본능은 사정으로 가는 길 위에서 늘 격하고 성실하고 부지런했다. 자신도 예외는 아니었다. 그럼에도 그는 삽입과 사정으로 이어지는 과정에서 오는 쾌감의 농도가 짙지 않다는 것을 온몸으로 느끼고 있었다. 40대 중반에서 가파르게 오르다가 잠시 머문 그녀에게서, 온몸으로 다가오는 느낌은 그렇게 달갑지도, 신선하고 새롭고 풋풋하지도 않았다. 다소 식상하고 단조롭고 심심한, 애써 집중해야 하는 연식이 쌓인 그런 보디를 소유하고 있었다. 그렇다고 목덜미에 굵은 주름이 불규칙적으로 생기고 뱃가죽이 축 처지고 옆구리 살덩이로 인하여 움직일 때마다 제각각 아무렇게나 움직이는 일은 없었다. 겉으로 보이는 육체와는 상이하게 원시적인 형태인 알몸과 알몸으로 만나면 얻어지는 형언할 수 없는 그 뭔가를 육체는 느끼고 있었던 것이다. 벤츠아줌마와는 상이한 어떤 감정과 감각과 느낌으로 말이다. 개운하지도 않았고 뒤끝이 구린 찜찜함이었다.

꽃뱀헌터와는 달리 그녀는 절실했다. 끊임없이 다가와서 깨물고 빨고 핥으며 그를 가혹하게 자극했고, 그런 행위로 한 번도 경험하지 못한 진한 쾌감과 잔잔한 여운을 취하고 있었다. 눈동자가 몽롱하고 흐릿하게 풀어진 채 혼자 교성을 지르고 혼자 실성한 듯이 이야기하며 강하게 당기고 밀며 비비고 꼬집으며 격한 섹스를 했다. 광인에 가까웠다. 그녀는 혼자 혼곤하게 취해 있었고 아래위 좌우를 가리지 않고 스스럼없이 이어지고 매듭을 지었다. 연이어 새로운 지점에서 반복적인 행위를 이어나갔다. 그런 지칠 줄 모르는 행위의 요인은 그녀의 남편에게서 입체적으로 폭넓고 풍성하게 얻지 못한, 언제나 초라하게 돌아누워 자신이 자신의 욕구를 간신히 식히고 위로하는, 이글거리는 화염을 달래어야 했던 그 어두운 시절에 대한 보상 차원에서 그런 행위를 하는 것인지도 모르는 일이었다. 어쩌면 그것이 급격하게 치솟는 본능의 절규의 그늘에서 서식하고 있었던 외로움의 또 다른 얼굴인지도 모를 일이었다.

연이어 그녀는 격한 섹스를 하고 잠이 들기 전에 간지럽게 귀엣말을 했다. "꽃뱀헌터, 새벽에 한 번 더 해줄 수 있지. 그땐 말이지, 좀 더 거칠게 다뤄줬으면 해"라고 말하며 달달하게 늘어진 육체를 침대 속으로 깊이 밀어넣었다. 그녀는 충분히 만족한 모양이었다. 그녀의 호흡은 고르고 일정하고 편안했다. 그녀의 표정은 확인하지 않아도 알 수 있을 것 같았다. 그녀의 달달한 목소리에서 묻어나는 것이었다. 화사하고 충일했고 즐겁고 행복했다. 그런 상황에 방치된 그는, 그녀의 지칠 줄 모르는 열정과 투지에 온몸에 기운이 빠져 노곤해서 여지없이 눈이 감기는 것을 더 이상 참지 못하고 잠의 뜨락으로 나아가고 말았다. 억지로 하는 막연한 노동에서 얻어지는 땀방울이었다. 감미롭지 않았다.

  그는 새벽에 눈을 떴다. 잠자리를 옮긴 탓인지 물컹거리는 비릿한 물체 탓인지 깊이 잠이 오지 않았다. 그는 곁에 누군가가 누워 있다는 것조차도 잊고 있었다. 그래서 깜짝 놀라지 않을 수 없었다. 연이어 기억의 입자들이 이미지를 만들었다. 그녀였다. 그는 몸을 약간 비틀어 스마트폰을 찾아서, 희미한 불빛으로 확인하고 싶었던 것이다. 그녀는 지저분하게 헝클어진 머리칼 사이로 달콤한 미소를 머금고 있었다. 간혹 외롭고 쓸쓸한, 애처롭고 애틋한 그녀의 눈동자 속에 머물러 있던 어두운 그림자가 낯설게 느껴질 정도였다. 그러다가 훅 끼치는 것이 있었다. 그럼에도 그 찰나에 사내의 욕정이 강하게 부채질 한 것인지, 그는 그녀의 가슴골 양쪽으로 볼만하게 자리 잡은, 연식에 대한 강한 저항으로 아래로 심각하게 처지지 않은 유방을 만지고 싶은 강한 충동이 생겼다. 그래서 그는 손을 조심스럽게 가져가서 만지며 아마 꽃뱀의 유방도 이렇게 형성되어 자신의 터치를 바라고 있을 것이라 생각했다. 아직도 꽃뱀은 젊고 파릇파릇해서 무게 중심이 아래로 쏠리는 일은 없을 것이고 탄력 있는 형태와 모양을 잃지 않을 것이 분명했다. 뭇 사내들이 분홍빛 유두를 강하게 깨물어주기를 바라는 마음으로. 그는 꽃뱀 엄마와 격한 섹스를 하는 도중에 꽃뱀과의 섹스도 염두에 두고 있었다. 그는 그녀의 유두를 만지작거리면서 한번 깨물어주고 싶어서 입술을 서서히 가져갔다. 승모근이 있는 깊숙한 곳에서 어떤 기이한 소리가 들리는 것 같았다. 그는 환청이라 생각했다. 멈춰 있던 입술을 재차 앞으로 가져가자 또다시 기이한 소리가 들렸다. 어둠이 고르게 쌓이고 쌓인 황막한 사막에서 멀리서 아련하게 들리는, 강한 적의를 품고 있는 포식자의 울음소리 같기도 했다. 올무에 걸린 어린 고라니의 처절한 울음소리 같기도 했다.

그는 기이하고 음험한 소리를 듣자 그녀가 두려워지기 시작했다. 어젯밤부터 거의 엉겨붙어 하나의 큰 덩어리로 있었기 때문이었다. 그는 육체를 재빠르게 거두어들이고 경계하는 눈빛으로 침대에서 몸을 일으켰다. 그런 와중에도, 그 음험한 소리의 출처를 확인하고 싶은 강한 호기심이 생겨서, 그녀의 헝클어진 머리칼과 목덜미 사이에 깊숙이 묻힌, 얇고 가는 18K 체인을 확인하고 싶었다. 하지만 그것이 자신을 강하게 밀쳐내는 느낌이었다. 더 이상 더 가까이 다가오면 숨기고 있던 날카로운 이빨로 목덜미를 기습적으로 물어서 강하게 흔들어버릴 것이라 엄포를 놓는 것 같기도 했다. 그럼에도 불구하고, 자신은 꽃뱀을 잡는 꽃뱀헌터인 것을 잊지 않았다.

인류를 위해서 자신의 희생은 필요한 일이고 그 본분을 다하는 것이 자신의 의무이고 책무라는 것을 말이다.

그때 그녀는 흡족하고 은근한 미소를 지으며 자신을 향해 돌아누웠다. 그제야 목덜미에 눌리고 머리칼에 가려져 있던 조그마한 방패의 뒷면을 볼 수 있었다. 초조하고 불길했다. 그것도 잠시 뿐, 모든 상황을 초연하고 의연하게 받아들이기로 마음먹고 오른손을 서서히 뻗어서 조그마한 방패를 앞면으로 돌렸다. 갑자기 순한 달빛에 가까운 은은한 빛을 발산했다. 연이어 조그마한 방패 안에서 뱀 두 마리가 좌우 이리저리 흔들며 기어다니는 것을 볼 수 있었다. 그 뒤를 무수한 뱀들이 뒤를 따랐다. 그러다가 일순간 흑백의 영상들이 사라지고 거무스름한 방패만 남았다. 돋을새김으로 섬세하게 새겨진 무수한 뱀의 문양만 남겨둔 채. 그 순간 그는 그녀의 목덜미에서 방패목걸이를 벗기고 싶은 강한 충동과 욕구가 생겼다. 이상하게 이제까지 의연하던 마음의 뜰에 무지막지한 두려움과 공포가 운집하는 것을 느낄 수 있었다. 어쩌면 그녀가 갑자기 머리를 쳐들고 가늘고 긴 혓바닥을 날름거리며 몸통과 꼬리를 이리저리 흔들며 달려들 것 같았다. 두렵고 기이하고, 잔망스러운 생각들이 연이어 몰려왔다. 그래서 그는 주섬주섬 팬티와 겉옷을 입고 호텔 밖으로 나왔다. 우선, 그는 처음 직면하는 이 기이한 상황에서 일정한 거리를 두고 새롭게 대처해야겠다고 생각했다. 그것이 실수를 줄이는 것이었고, 사람들 속에 정체를 숨기고 살아가는 그들의 정확한 실체를 파악하기 위함이었다. 한편으로 처음 경험하는 희귀한 상황이라 두렵기도 했다. 방랑기사 돈 끼호테라면, 예수라면, 이순신이라면 어떻게 했을지 궁금하기도 했다. 그분들이라면 과감하게 손을 뻗어 방패목걸이를 벗겼을 것이다. 아직도 그는 자신의 내면에 함께 살아가는 방랑기사와 예수와 이순신의 존재를 인식하지 못하고 있었던 것이다. 머지않아 그런 착오와 번거로움은 없을 것이리라.

그는 호텔 캘리포니아 울타리를 나왔다. 그랜저에 시동을 켜고 출발했다. 서늘했다. 어젯밤에 열어둔 차창을 통해서 서늘한 공기가 밀려들었다. 그때 태양도 먼 산 뒤에서 기지개를 켜고 있었다. 그는 다가오는 아침을 차분하게 맞이하며 '호텔 캘리포니아'를 흥얼거리며 봉산면을 느슨하게 빠져나갔다.

아직도, 그녀는 꽃뱀이 아니라고 생각한다

꽃뱀은 이른 새벽에 깨어나서 철제 2층침대 1층에서 미동도 없이 얼굴을 내민 채 누워 있었다. 재차 눈을 감고 잠으로 다가가고 싶었으나 이상하게 정신이 말똥말똥 더욱 맑고 투명해지는 것을 느낄 수 있었다. 그녀는 희읍스름한 창문 쪽을 바라보며 조금만 있으면 이슬을 깨우고 대지를 조금씩 예열시키는 앳된 태양이 번거로운 몸치장을 하고 수줍어하는 표정으로 느릿느릿한 거동을 드러낼 것을 이미 알고 있었다. 그러다가 그녀는 이불을 덮고 애써 눈을 감아 보았다. 그럼에도 그녀는 이불 밖으로 얼굴을 내밀지 않았다. 푹신한 침대 속에서 자연스레 호흡하면서 회색 창문으로 투영되어 비집고 들어오는 희끄무레한 빛의 알갱이들이 더욱 운집하면서 밤 동안 다소 낮아진 방 안의 온도를 서서히 끌어올릴 것이다. 요즘은 보일러를 틀지 않아도 아침 저녁으로 춥지 않았고 늘 적당한 온도를 유지하고 있었다. 그럼에도 한번씩 비가 올 때면 서늘한 기운이 몰려오고 있었다. 그렇다. 어젯밤 잠이 들 시간에 총총한 별빛이 하늘 가득 채우고 있을 즈음에 거무스름한 구름이 기신기신 몰려오는가 싶더니 이느새 서쪽 하늘부터 재빠르게 채우고 있던 것을 보고 잤었다. 어쩌면 밖에 봄비가 추적추적 내려서 정원의 울타리 역할을 하는 덩굴장미의 꽃봉오리를 촉촉하게 자극할 것 같았고 휑뎅그렁한 학교에서 유일하게 한 그루 있는 단감나무의 여린 잎사귀들 사이에 소박하게 핀 노란 감꽃에 충분한 수분을 공급할 것 같기도 했다. 지금 와서 느끼는 것이지만 방 안의 공기가 다소 습기를 머금고 있고 그래서 눅눅하면서도 끈끈하게 사지를 짓눌러 늘어뜨리는 것을 미세하게 느낄 수 있었다.

그녀는 이곳에 2월말에 내려와서 벌써 5월 중반으로 접어들고 있다는 것이 한편으로 기특하고 한편으로 대단하다는 생각이 들었다. 처음에는 익숙하지 않은 외진 환경과 투박한 말투로 인하여 소극적인 행동으로 주위를 관망할 뿐이었지만, 차츰 시간이 쌓이고 쌓여서 다소 친근한 일상적인 반복으로 빚어지는 사람과 사물에 대한 붙임성으로 서서히 닫힌 마음이 열리는 것을 느낄 수 있었다. 처음에는 높고 반듯한 도심과는 달리 낮고 투박한 시골에 대한 두려움도 있었고 평소에 다소 소심한, 낯을 가리는 그녀에게는 생소하고 낯선 곳이기도 했다. 그럼에도 그녀의 마음이 서서히 이완되었고 민감하게 받아들이고 경계했던 것들이 서서히 풀어지는 것을 느낄 수 있었다.

2월말에 엄마가 승용차로 무거운 짐을 내려주고 갔고, 틈만 나면 필요한 옷가지며 화장품을 가져다주고 갔다. 그래서 그런지 대구라는 곳이 멀어 보이지 않았고, 떨어져 있어도 외롭지 않았다. 그럼에도 가끔씩 가는 것은 해피 때문이었다. 해피는 끼니때마다 먹이를 먹는 둥 마는 둥 오매불망 자신을 기다리고 밤늦게까지 제대로 잠을 이루지 못하며 이리저리 뒤척이다가 심지어 낑낑거리기도 한다고 했다. 그 좋아하는 아빠와의 산책도 귀찮고 싫어하는 표정을 드러내었고, 늘 시큰둥한 표정으로 출입문 앞에서 자신을 기다린다고 아빠로부터 연락이 왔었기에 집에 가지 않을 수 없었다. 그녀가 버스를 타고 서부정류장에 내리면 해피는 출입문 앞에서 안절부절못한 채 주인이 반가워서 우렁차게 짖는다고 했다. 서부정류장을 직선거리로 200미터 정도 밖에는 되지 않아도 자신의 체취와 향수를 기억하고 있었던 것인지도 모른다. 살랑거리는 바람을 타고 큰 도로를 건너서 낮은 건물과 높은 건물을 비집고 들어서 닿은 열린 창문으로 미세하게 들어오는 그것을 해피의 후각은 맡고 쉽게 파악하는 것 같았다. 그것도 아니면 해피의 청각이 정류장에 내리는 자신의 발걸음소리를 인식하는 것인지도 모른다. 수많은 남녀노소의 발걸음소리들 속에서도 유독 자신의 발걸음에서 오는 미세한 소음의 데이터를 입력하고 있어 그것과 엇비슷하면 반응하도록 설정되어

있는 것인지도 모른다 아무튼 해피가 그런 어수선한 행동을
하고 나면 오래되지 않아 자신이 도착한다고 아빠가 말했다.
아빠는 늘 그것이 이상하고 기이하다고 말하곤 했다.

꽃뱀이 1층 현관문을 열면 해피는 반갑게 짖었고 황금색
긴 털을 이리저리 흔들며 어리광을 부리듯이 달려들었다. 부
드러운 긴 혓바닥으로 손등을 핥고 머리를 문지르면서 다정
다감한 행동을 하며 그녀 주위에서 맴돌 뿐이었다. 5인용 소
파에 앉아 있으면 소파에 올라와서 배를 깔고 반듯하게 누워
서 자신을 한없이 올려다보았고 화장실에 가면 화장실에까
지 따라와서 물기가 없는 곳에 엉덩이를 붙이고 앉아서 바지
를 내리고 팬티를 내리는 것을 지그시 바라보고 있었다. 2층
자신의 방으로 들어가서 옷을 갈아입으면 침대 곁에 우두커
니 서서 브라와 팬티만 걸친 보디를 넋 놓고 올려다보고 있었
다. 그때는 해피의 눈빛이 다소 엉큼하고 느끼하다는 생각이
들기도 했다. 그녀는 해피의 눈동자에 자신의 보디를 한없이
뚫어지도록 바라보다가 억세게 덮쳐오던 사내들의 눈빛 속에
머물러 있던 그 열기와 욕구와 엇비슷한 것이 고스란히 남아
있는 듯도 했다.

하지만 그녀는 대수롭지 않게 여겼다. 어릴 적부터 그래 왔
기에 그랬다. 해피는 가족이고 자신에게 소중한 존재였던 것
이다. 아직 결혼할 상대는 없지만, 만약에 결혼을 하면 해피

를 데리고 가야할 것 같았다. 유난히 자신을 따르는 것을 보고 있었던 아빠도 가끔씩 그렇게 하라고 했다.

해피는 골든 리트리버였다. 부드럽고 화려한 황금색이 유난히 잘 어울리는, 뛸 때마다 구불거리는 풍성한 털이 경박하지 않고 차분하게 아래위로 올라갔다 내려갔다 제자리에서 흔들리며 떨어지고 맴돌았고, 그것이 친근하고 매력적으로 보였다. 머리 양쪽으로 축 늘어진 귀는 불필요한 소리와 정보는 차단하고 오직 주인을 위해서 필요하고 알찬 것만 받아들이도록 설정된 것 같았다. 늘 자신만 응시하던 촉촉한 눈동자는 넓은 들판을 즐겁고 자유롭게 뛸 때를 생각하는지 총에 맞아 잔잔한 호수 위에 고통에 퍼덕거리며 떨어지는 먹잇감에 대한 집중력인지는 알 수 없으나 늘 순수하고 맑았고, 그윽하고 유순했다. 안으로 깊이 집어삼킬 수 있는 큼직한 입은 늘 반쯤 벌려 긴 혓바닥을 드러내며 체온 유지에 대한 충실함을 여실히 보여주고 있고 그 위에 잇닿아 있는 낮게 주저앉은 검은 코는 대지에서 풍기는 어떠한 향취도 맡고 판별할 수 있는, 심지어 주인의 매직 기간 동안에 흐르는 고통의 메아리가 붉은 피로 흔적을 남길 때 스멀스멀 풍기는 사멸의 향취도 맡을 수 있었다. 코와 입 중앙에 일직선을 그으면 양쪽 눈 사이로 양쪽 귀 사이를 지나고 정수리가 나왔다. 그 정수리는 박바가지를 엎어놓은 것처럼 미끈하고 둥글었다. 보기에도 명확하고 기민한, 건실하고 믿음이 가는, 친밀하고 애정이 깊은 행동과 성품이 그곳 언저리에서 맺히고 생육되어 인식의 탈을 쓰고 명징한 의식의 거울에 비추어 정신의 바탕 위에서 각자 숨을 고르며 나아가고 멈추고, 돌진하고 우회하는 상황 속에서 공공의 선과 가치를 깨뜨리지 않고 손상을 입히지 않는 선에서 드러낼 것 같았다.

그녀에게 해피는, 긴박하게 돌아가던 한 치의 오차도 용납하지 않는 세상의 공전과 자전의 운행 속에서 벗어날 수 있는 유일한 길이었다. 그녀를 중심으로 촘촘하게 이어지고 체결된 세상과의 관계와 사람들과의 관계에서 일순간 벗어나 충만한 사랑과 활기를 되찾을 수 있는 길이기도 했다. 해피는 늘 신선함을 주고 즐거움을 주고 새로움을 주었다. 늘 성실하게 다가와서 다정다감하고 사랑스러운 몸짓과 눈짓으로 애교를 부리면서 차분한 신뢰를 보였고 황금빛 털 속에 일정한, 따스한 기운은 화사한 햇살을 깊이 받아들여서 그녀의 품에 안기었던 것이다. 선천적으로 차가운 자신의 보디를 태양의 거친 숨결 속에서 어느 정도 방치하고 드러내어 따스함을 외부로부터 받아들여야 살아가는 꽃뱀이기에, 해피는 더 없이 고마운 존재이었다. 해피의 따스한 보디는 따스한 태양을 품고 있는 화사하고 넉넉하고 풍성하고 편안한 길이도 했다.

그런 즐거운 만남이 있고 가족들과 저녁식사를 하고 난 후

어김없이 박 병원장으로부터 카톡이 왔다. 꽃뱀은 친구를 만난다는 핑계를 대고 외출을 하려고 하면 해피는 으르렁거리며 온몸으로 현관문을 막고 심지어 바짓가랑이를 물고 배를 깔고 누워서 놓아주지 않았다. 아마도 아빠의 도움이 없었다면 외출도 못했을 것이다.

박 병원장은 성형외과 의사였다. 그는 S대를 나온 엘리트였다. 가볍고 유연한 티타늄 소재를 사용한 값비싼 검은색 안경테를 쓴 중년이었다. 그는 하얗고 고운 얼굴빛을 하고 있었고 안정되어 있는 눈빛과 시선 처리로 환자들을 반갑게 맞았고 환자들에게 늘 다정다감하게 다가가서 친절하게 얘기하고 경청하며 보편적인 상식에서 벗어나지 않는 패턴으로 예측할 수 있는 행동을 했다. 키는 늘씬했으나 알맞게 근육이 붙어 있지 않아 덩치는 커 보이지 않았고 어깨의 폭도 좁았다. 그래서 다소 옹색하게 보였다. 양어깨 중앙에 솟아오른 목덜미는 가르마를 탄 머리를 간신히 받치는 듯이 왜소해 보였고 겨울철에 볼 수 있는 고니의 긴 목처럼 어딘지 애처롭게 보일 때도 있었다. 수염과 구레나룻에 하얀 털이 하나씩하나씩 날 나이임에도 보이지 않았고, 검은 머리칼은 단정하게 정돈되어 있었다. 오른쪽 가르마 있는 쪽으로 유난히 검은색을 띠는 것으로 보아 아무래도 가볍게 염색한 것이 틀림없어 보였다. 하얀 가운을 입은 그는 호리호리했고, 단단하고 억센 육체적인 매력은 없어 보였다. 그럼에도 이목구비는 뚜렷했고 어느 한곳이 결핍되거나 발달된 곳이 없는 평범한 형태와 크기로 존재하고 있었다. 항상 얼굴에는 화사한 미소를 잃지 않으려고 애쓰는 것 같지 않아도 자연스레 흘러나오는 것이 몸에 배인 것임에 틀림없어 보였다.

꽃뱀이 그를 처음 만난 것은 그의 자식들에게 바이올린을 가르칠 때였다. 초등학교 2학년과 4학년 아들과 딸이었다. 그의 집은 수성구의 부촌이 있는 곳에 자리 잡은 펜트하우스였다. 평수는 가늠할 수 없을 정도로 컸고 실내인테리어는 아이보리 대리석으로 마감한, 화려하고 고급스럽기 그지없었다. 자신의 집은 오래된 주택이라서 하수구에서 풍기는 퀴퀴한 냄새인지 곰팡이냄새인지 출처와 원인을 알 수 없는 악취가 가끔씩 대기가 무겁게 가라앉으면 은근히 스며들고 간혹 훅 끼치는 것을 평소에도 느낄 수 있었다. 병원장의 집은 그렇지 않았다. 대구시내의 야경이 훤하게 보이고 앞산이 한눈에 들어왔다. 베란다에서 볼 때 경치는 훌륭하고 도로 위에 달리는 자동차들이 빈틈없이 줄을 지어 불빛을 발산하며 달리고 있었다. 간혹 허공을 강하게 찢으며 울리는 경적소리도 흐릿하게 풀어져서 아렴풋하게 다가오는 것을 느낄 수 있었다. 그녀는 바이올린 활 긋기를 가르치다가 잠깐 화장실에서 소변을 보고 나와서 화초가 많은 베란다에서 밖을 내려다보고 있을 즈음에 그녀 뒤에서 말갛게 미소를 띠며 바라보던 퇴근한 그를 만나곤 했다. 그는 한참을 단아한 자신의 뒤태를 바라보고 있었고, 그 짧은 순간에 그는 그녀에 대한 강한 끌림을 느꼈는지도, 자신의 와이프에게서 느끼지 못한 풋풋함과 싱그러움, 새로움과 활기를 느낀 것인지 단언할 수는 없으나 넋이 나간 사람처럼 빤히 들여다보고 있었다. 포식자가 새로운 먹잇감에 대한 감시와 탐색과 별반 다르지 않았다. 어떻게 힘을 빼서 굴복시켜 날카로운 이빨을 부드러운 목덜미에 가져가 천천히 누를지 말이다. 그럼에도 그는 겉으로 내색하지 않았고 평소와 다름없는 온화한 미소와 친절로 다가와서 머물렀다.

그 이후 그녀는, 그 정갈한 집에서 식사도 하고 차도 마시며 자연스레 그의 집 분위기에 스며들 수 있었다. 그래서 그의 와이프와도 가깝게 지낼 수 있었다. 그의 와이프는 중성적인 이미지가 물씬 풍겼고 여자로서 사내들의 시선을 사로잡거나 강제로 멈추게 할 정도로 넘치는 매력과 섹시함은 찾을 수는 없었다. 무난한 외모에 무난한 보디를 가진 것이 장점이자 흠이었다. 뚜렷하게 예쁜 곳도 없고 뚜렷하게 모난 곳도 없는 그렇다고 길거리에서 흔하게 볼 수 있는 보편적인 얼굴은 아니었다. 넓은 이마가 훤하게 빛이 났고 피부는 맑고 투명했다. 엉덩이는 풍성했으나 가슴은 메말라 있었다. 성형외과 와이프의 아이러니. 나중에 호텔 스위트룸에서 격렬한 섹스를 하고 난 후에 그의 입을 통해서 안 사실이지만, 솔직히 말해서 그도 자신의 와이프를 미치도록 사랑하고, 예쁘고 아름다워서 결혼한 것은 아니라고 말했다. 적당한 미모와 적당한 위치에서 아이를 낳고 양육할 수 있는 안정감을 엿볼 수 있었기에 결혼했다고 말했다. 그것보다도, 장인이 시내에 큼직한 건물 한 채와 조그마한 건물 한 채가 있고, 예전에 성서 공단이 들어설 때 그곳에 잡스러운 부동산이 무지 많아 보상금을 어마무시하게 받아서 결혼한 것이라고 집에서 일하는 운전기사가 자신을 집에까지 데려다주면서 이런저런 얘기를 하면서 들려준 얘기였다. 이상하게도, 병원장 자신이 만족하는 섹스를 하고 나면 여지없이 그런 류의 진솔하고 정직한 얘기를 스스럼없이 풀어놓았고 운전기사도 상사에게 보고하듯이 차근차근 얘기했다. 더욱이 병원장은 최근에 예쁘고 어린 20대 초반의 간호사와 만나서 즐겼다고도 말했다. 시간과 밑천이 많이 들었다고 말했다. 붉은 하트가 새겨진 돌체앤가바나 스니커즈와 청바지를 사주고 거기다가 프라다 핸드백도 사주고 얻은 값비싸고 따스한 보디라고 말했다. 어쩌면 그 아가씨에게 처녀라는 성스러운 딱지를 막연하게 기대하고 있었던 것인지도. 순진하게. 그의 말속에는 자식을 사랑하고 자신의 와이프를 어느 정도 사랑하는 마음씨가 다소곳이 숨겨져 있는 것을 느낄 수 있었다. 병원장에게 꽃뱀도 특별한 케이스가 아니며 간호사처럼 한순간 즐기는 상대일 뿐이라고 일반화시키는 것이었다. 자신의 와이프도 처녀는 아니었다고 말했다. 이 시대에 처녀의 성스러움을 기대한다는 것은 너무나도 순진하고 너무나도 어리석은 것인지도.

그렇게 꽃뱀은 병원장과 스폰서 계약을 맺었다. 그는 꽃뱀에게 필요한, 충분한 용돈을 주고 서로 불편하지 않은 시간에 한번씩 만나서 아무런 부담이 없이 격렬한 섹스를 주고받는 것이, 계약조건이었다. 이런 종류의 계약은 문서에 사인을 해서 남길 필요도 없고 양쪽 어느 누군가가 싫증이 나면 손을 털고 등을 돌리면 되는 것을 그들 자신들이 너무나도 잘 알고 있었던 것이다.

꽃뱀은 택시를 타고 병원장을 언제나 만났던 그곳으로 갔다. 가끔씩 만나서 각자 참아 오고 숨겨온 열정과 욕구를 풀고 헤어지는, 어쩌면 불온한 아지트인 셈이었다. 앞산에 있는 겉이 화려한 4월이라는 호텔이었다. 그는 먼저 도착해서 수영장이 있고 스파가 있는 로얄 스위트에 체크인하지는 않았다. 호텔 실내가 지나치게 넓은 것도 있었으나 어깨가 넓지 않고 넓적다리가 가는, 단단한 가슴과 뚜렷한 복근이 없는, 엉덩이에 탄력이 없어 말라 있는, 심지어 가슴 언저리에 있는 유두도 안으로 기어들어가는 소멸의 과정에 놓인 것을 그 자신이 너무나도 잘 알고 있었기 때문이었다. 몇 년 전에 폐교된 어느 시골의 초등학교 운동장처럼 을씨년스러웠다. 그래서 그는 태어나면서 왜소한, 육체적 결함에서 오는 콤플렉스가 있어 수영장에서 공개적으로 나체를 드러내는 것을 꺼려했다. 그럼에도 불구하고, 푹신한 침대 속에 살며시 스며들면 그의 완강한 페니스는 오로지 직선을 추구했고 적극적인 욕구에 상응하는 격한 반응과 스테미나로 그녀를 실망시키지 않으려고 무던히도 애를 쓰는 모습이 시종일관 역력히 섬세하게 드러났다. 다소 아쉬움이 없는 것은 아니었다. 가끔씩 만나서 섹스만 하고 헤어지는 그녀의 든든한 육체적인 친구와는 결이 달랐고 차원이 달랐다. 하지만 병원장은 병원장의 매력이 있었다.

꽃뱀이 502호실의 벨을 누르자 그는 4월이라는 상호가 가슴팍에 뚜렷하게 박힌 하얀색 가운을 입고 있었다. 낮에 병원에서 입는 가운 색깔과 다르지 않아 늘 이상한 느낌이 들 때가 있었던 것이다. 그는 이미 칫솔질을 하고 샤워를 하고 기다리고 있었다. 그녀를 보자마자 적극적으로 달려들었다. 그는 그녀에게 샤워할 시간과 여유를 주지 않았고, 한낮에 하얀 피부에 흘러내려 말라버린 땀과 먼지를 아랑곳하지 않고 달려들어 덮쳤고 자신의 끓어오르는 욕구를 채우기에 여념이 없었다. 느긋함도 배려심도 없는, 자신이 지불한 비용을 자신이 소비하는 당연한 모습이었다. 이기적이었다. 그녀는 그런 그를 살짝 밀치며 가볍게 미소 지었고 때로는 근엄한 표정으로 치열하게 다가와서 습격하는 그의 과도한 행위를 자제시켰다. 그럼에도 그는 백화점에서 산 귀한 물건을 조바심이 나서 승용차 안에서 박스를 여는 심정이었다. 설렘이었고, 기쁨이었고, 환희이었다. 그래서 그녀는 하는 수 없어 하얀 가운 안에 숨어 있는 자신을 향해 격앙된 페니스를 평소에 바이올린 활을 쥐고 당기고 밀던 여린 오른손으로 가볍고 부드럽게 쓰다듬어주었다. 그제야 그는 숨소리를 죽인 채 차분해졌다.

병원장은 늘 섹스를 주도적으로 이끌었다. 온몸에 근육은 골고루 형성되지 않은, 남성적인 골격과 매력은 없는 초라한 그런 체형이었다. 그럼에도 가슴 중앙에 양쪽 유두 사이 가슴골이 있는 부분부터 시작한 가슴털은 조밀하게 굵고 곱슬곱슬하지 않고 직모에 가까웠다. 시들시들하지 않고 생기를 잃지 않는, 윤기가 날 정도였다. 가슴골에서 폭넓게 시작한 까칠한 털은 아래로 폭을 좁혀 내려가 명치를 거쳐서 배꼽 주위에서 또 오밀조밀하게 군락을 형성해서 무성하게 자라고 있었다. 그 기세는 아래 페니스가 있는 곳에서 정점을 찍었고, 그곳에서 다소 듬성한 털이 넓적다리에 무릎을 거쳐서 장딴지와 발끝까지 이어지고 머물렀다. 꽃뱀은 보기에도 왜소한, 그럼에도 그의 주도인 섹스의 패기와 열정이 온몸에 난 털에서 나오는지도 모른다고 생각을 해보기두 했다. 그래서 그런지는 모르겠지만, 간드러지는 격렬한 섹스를 하고 난 후에 그의 가슴에 안겨서 가슴털을 쓰다듬고 만지작거리는 것이 재미있고 즐거웠고, 그런 행위가 나름대로 정서적으로 안정이 되어 차분해지는 것을 발견할 때도 있었다.

꽃뱀은 병원장과 침대에 누워 풀어진 느슨한 육체를 서로 느끼며 그의 털을 쓰다듬을 때 해피의 풍성하고 구불거리는 황금빛 털을 쓰다듬을 때가 떠올랐다. 손으로 느껴지는 촉감은 상이했으나 그때도 머리부터 꼬리까지 골고루 어루만지며 행복했다는 생각이 들었다. 그것은 병원장도 해피도 마찬가지인 것 같았다.

가끔씩 만나는 병원장과의 관계 속에서 섹스가 주를 이루었다. 그와의 만남은 처음부터 그렇게 설정되었기에 한계를 보이는 것이 당연한 일이었다. 간혹 보디와 보디의 만남 속에 주고받는 격한 삽입과 진한 사정을 한 후에 꽃뱀은 갑자기 시들어지고 응축된 페니스에 대한 애정이 치밀어오르는 것을 느끼며 가슴털을 부드럽게 쓰다듬고 있던 손을 아래로 미끄러지듯이 나아가서 페니스를 장난치듯이 만지작거리다가 어느새 진지해지는 자신을 느끼곤 했다. 이내 몸을 살짝 돌려 배털 위에 헝클어진 머리를 얹고 시들어 주저앉아 있던 페니스를 애정 어린 시선으로 말갛게 바라보다가 입술을 가져가 천천히 빨고 핥았다. 그러면 시무룩한 표정으로 멍한 상태로 있던 페니스는 새로운 면모를 보이며 열정적으로 나아가서, 언제 그랬냐는 듯이 명랑하고 쾌활하고 즐거웠고, 단단한 어깨와 유연한 허리를 곧추세워서 자신의 은밀한 곳으로 서서히 들어오는 것을 바라보며 충만한 행복감에 젖어드는 자신을 발견하고 온몸이 뜨거워지는 것을 느낄 수 있었다.

그렇게 또 다른 세계가 열리는 것이다. 그녀는 늘 그 새로운 문을 자신이 혼자 열 때보다 사내와 함께 열어서 두 손을 꼭 잡고 안으로 들어가는 것을 더 즐기고 지향하고 추종했다. 그래서 혼자 외로이 자위하는 것보다 가까이 있는 힘깨나 쓰는 사내들 중에 하나를 초이스 해서 격하게 섹스를 하는 것이 더 신선하고 재미있고 즐겁고 유쾌했다. 그것으로 인하여 하나님에 대한 불경함과 죄책감은 없었다. 교회 울타리 안에서는 성실하게 봉사하는 얌전한 행위와 공손하고 다정다감한 말투로써 여러 교인들에게 친절과 배려로 다가가면 되고 교회 울타리 밖에서는 강하게 억압되고 통제되는 열정과 욕구에 대한 반대급부로 섹스에 대한 자유와 성실을 좇으면 되었다. 그녀는 그것이 자신이 삶의 방향성이고 가치이고 신념이라고 생각하며 살았다. 천성적으로 다소 소심하고 우유부단한 성격은 가지고 있어도 달아오르는 성적 욕구를 여유롭게 풀어서 안식을 찾을 때는 대범하고 적극적이었다. 늘 새로운 체위를 요구했고, 한 번 한 체위는 식상해서 그날 밤에 반복하지 않았다.

간혹 꽃뱀이 레슨을 할 때 그가 이른 퇴근으로 들어올 때면 레슨 하는 아이 방 근처에서 서성거리고 있었던 것이다. 그럴 때면 그녀는 의도적으로 아이들에게 동요연주를 시켜놓고 방에서 나와 거실을 가로질러 화장실 쪽으로 가면 소파에 앉아 있던 그는 자신의 와이프가 잠깐 집을 비우고 없으면, 그 짧은 시간을 놓치지 않고 화장실 앞에서 기다리고 있다가 그녀의 어깨에 가볍게 손을 얹고 미끄러지듯이 내려가 여지없이 유방의 달콤한 과즙을 취했다. 그러면 그녀는 이상하게 더 깊이 더 짜릿한 전율과 열기가 온몸에 훅 끼치는 것을 느낄 수 있었다. 뇌의 식량과도 같은 행복의 전도사인 도파민이 이럴 때 제대로 쾌감이라는 손님을 끌어다놓고 무기력한 현실의 창에서 벗어날 수 있는 짧은 기회를 주는 것이었다. 그럼에도 이젠 서서히 예전과 비슷한 쾌감의 터치와 농도로 다가오는 것이 별로 특별하고 대단하게 다가오지 않는 것을 느낄 수 있었다. 중독. 그녀는 자신이 이미 중독의 단계에 들어선 것을 어렴풋이 느끼고 있었다. 그래서 늘 새로운 변화와 장소를 찾고 있었던 것인지도 모른다. 이슬비가 내리는 후텁지근한 공원의 한적한 공중화장실에서 혀가 뽑히는 강렬한 키스를 하고 바지를 내리고 부드러운 오럴과 연이어 격렬한 섹스를 하고 싶어 한번씩 섹스를 나누는 친구에게 정중하게 얘기를 한 적이 있었다. 그래서 곧바로 성사 되었다. 고급스럽고 아늑한, 부드럽고 안온한 침대에서 나누는 일반적인 섹스와 차원이 다른 생경한 섹스였다. 아이들을 가르치다가 한번씩 병원장과 사모가 사랑을 속삭이는 격조 높은 고급스러운 침대에 누워서 자위를 하고 싶은 충동도 일었다. 그럴 때면 산산하게 흘러가는 영상 속으로 사랑스런 해피가 떠오를 것 같았다. 왜 그런 생각이 드는 것인지 명확하게 설명할 수는 없었다.

그녀는 병원장과 섹스를 하고 나서 집에 오면 이상하게 해피는 평상시 반갑게 맞이하던 살갑고 친근한 모습을 찾아볼 수 없었다. 어떤 행위와 말에도 무기력하게 무반응으로 현관문 앞에서 머리를 축 늘어뜨려서 차가운 하얀 타일에 맥없이 누워 있었다. 절절한 사랑과 소망과 희망이 없는, 아래로 깊숙이 가라앉은 미움과 절망과 카오스의 늪에서 헤어나지 못하고 있는 비참한 표정이었다. 항상 애교스럽고 귀여운 표정으로 머리를 아래위로 흔들고 꼬리를 좌우로 흔들며 반갑게 다가왔던 예전의 그 해피가 아니었다. 실연을 당한 한 사내가 식음을 전폐하고 독주에 의존한 실낱 같은 희망을 품은 어둡고 침통한 표정과 흡사했다. 해피는 불퉁하게 아는 척도 하지 않았고, 차가웠고 냉담했다. 그럴 때면 그녀는 죄책감이라는, 교회에서 느끼지 못하는 낯선 감정의 무늬와 형태에 직면하게 되었다. 어색하고 생경하고 번거로웠다.

어쩌면 해피는 그녀에게 도덕적 가치와 숭고를 불러들이는 전도사인지도 모른다. 하나님보다 더 섬세하고 또렷하게 자신의 내적인 두터운 피막을 뚫고 들어오는 것을 느낄 수 있었다. 그 시원은 명징하게 알 수는 없었다. 하지만 대략적으로 짐작할 수는 있었다. 아마 해피와의 관계에서 불거져 나왔을 것이었다. 그 옛날 어린이에서 청소년으로 접어들 때 몸의 변화로 가슴이 나오고 거웃이 하나씩하나씩 생겨 불안하고 초조할 때 거칠고 무섭게 다가오던 세상으로 인하여 아래위 굴곡 있는 정동의 급작스런 추락과 상승으로 쉽게 짜증이 나고 때때로 회복될 수 없는 모멸감과 수치심으로 방치되어 죽음의 길목에 어슬렁거리다가 마음의 중심을 간신히 잡을 수 있었던 때가 있었다. 그것을 도와준 것이 해피였다. 그녀가 해피를 처음 만났을 때 무기력하게 주저앉아 있던 자신에게 다짜고짜 다가와서 가슴에 안겨 어리광을 부렸고, 대가도 없이 손등을 부드럽게 핥아주었다. 사회적인 불신과 편견도 없이 자신의 모든 것을 드러내어 한치 앞을 보지도 못하는, 질풍노도의 시기에 해피는 은은하게 빛나는 등불이 되었다. 어쩌면 도덕적 가치와 숭고는 그 옛날 칠흑 속에서 방치되어 있을 때 사방을 밝히는 은은하게 빛나는 그 등불인지도 모른다.

그녀는 이불 속에서 병원장에게 왜 몸을 허락했는지 곰곰이 생각해보았다. 그래서 병원장을 처음 만나고 아이들과 와이프를 만났을 때를 생각해보았고 그의 집에서 저녁식사를 할 때도 생각해보았다. 스트라디바리우스. 그는 식사를 할 때 스트라디바리우스에 대한 얘기를 꺼내었고, 아이들이선생님 덕분에 훌륭하게 성장해서 유명한 바이올리니스트가 되면 사주고 싶은 악기라고 했다. 얼마 되지 않은 수요 속에 가격은 천정부지로 치솟아 있을 것이겠지만, 아이들을 위해서 그 정도는 해줘야 부모로서 자격이 있지 않겠느냐고 말할 때 식탁 맞은편에 앉아서 시선을 떨군 채 젓가락질을 하고 있었던 그녀는, 그의 말을 좇아 시선을 갑자기 들어올리자 두꺼운 안경알 너머에서 은근히 바라보고 있던 그의 눈빛과 마주쳤다. 무엇인가 내재되어 있는 비밀스럽고 견고한 그러면서도 당당하고 거침없는 다채로운 의미를 그의 시선 속에서 느낄 수 있었다. 그의 침착한 눈빛 속에는, 당신에게도 사줄 수도 있는 풍부한 재력과 너그러운 마음씨를 가지고 있다고 조용히 속삭이는 것 같았다. 그 대가로 젊고 싱그러운, 향기롭고 사랑스러운 당신의 속살을 음미하는 것이라고 말하는 것 같았다. 그 이후 그는, 그녀가 곁에 있으면 가끔씩 의도적으로 스스럼없이 허공에 '스트라디바리우스'라는 단어를 던졌다. 그러면 그녀는 스트라디바리우스의 성스럽고 고귀한 자태를 상상하다가 자신이 스트라디바리우스로 연주하는 꿈을 꾸었다. 3천

명의 집중된 시선과 관심 속에서 자신을 우러러 경외의 대상으로 바라보는 웅상하고 자분한 카네기홀에서, 다소 어둡고 다소 낯선 차이코프스키 바이올린협주곡 3악장을 광포하게 연주하고 있었던 것이다.

그녀는 병원장에게서 스트라디바리우스라는 명기를 은연중에 원하고 있었다. 그가 사줄 수 있고 사줄 것이란 기대를 품고 있었다. 그러면 만인이 열광하는, 어릴 적부터 꿈꿔오던 꿈의 무대에서 연주할 수 있을 것이라 믿었다. 언제부터 그 명기가 자신의 심중에 터를 잡고 어둡고 침침한 곳에서 자리를 잡았는지 정확하게 말할 수도 없고, 알 수도 없었다. 그곳에 병원장이 한 올의 햇살을 드리웠던 것이다. 의도적인 행동이든지 그렇지 않든지 그것은 상관할 바가 아니었다. 자신의 내면에서 웅크리고 있던, 꿈틀거리고 있던 야비하고 노회한 괴물을 깨웠던 것이다.

평소에 그 괴물은 실체를 숨긴 채 칠흑 같은 무의식의 공간에서 숨소리도 내지 않고 음험하게 살아오고 있었던 것이다. 있는 듯 없는 듯 모양과 형태를 바꾸고 숨긴 채 말이다. 그러다가 어떤 일상적인 경험이나 충격으로 그 괴물에게 우연히 떡밥을 던지고 날카로운 미늘을 숨긴 낚시에 갯지렁이를 끼워서 낚아올리는 것이었다. 보통 낚싯줄이 끊어질 정도로 팽팽하게 잡아당기는 것만으로도 그놈의 크기와 무게를 가늠할 수 있었으나 이상하게도 이 특별한 놈은 적확하게 예측할 수 없는 모호한 움직임이었던 것이다. 어쩔 때는 거대한 바윗덩 어리처럼 무겁고 어쩔 때는 솜털처럼 가볍게 움직이고 있었 던 것이다. 그것은 어둠이 짓누르는 깊숙한 무의식의 바다에 서 이리저리 눈치를 보며 간신히 버티며 살아가는 이름 없는 잡어는 아니었고, 사람들이 태어나면서 부모로부터 이름을 얻듯이 그 괴물도 어쩌면 부모의 불성실한 행동과 불신으로 부터 얻어지는 것인지도 모를 일이었던 것이다. 허영과 탐욕.

병원장은 그녀의 허영과 탐욕을 자극하고 저격했던 것이 다. 적당한 미끼로 적당한 섹스를 즐기기 위해서 던진 것이리 라. 그는 그것을 사줄 생각은 추호도 없고, 그녀가 원하고 바 라는 이미지를 계속적으로 쌓아두는 것으로 그녀를 자신 곁 에 묶어둘 수 있었다는 것을 오랜 경험으로 이미 알고 있었던 것이다. 희망고문인지도. 거대한 배를 항구에 묶어둘 때에 견 고하고 튼튼한 쇠사슬을 이용하듯이 말이다. 허영과 탐욕이 라는 견고하고 튼튼한 쇠사슬로. 그것을 그녀가 아는지 모르 는지 덥석 물고 입맛을 다시고 있었던 것이다.

그녀는 이불 속에서 얼굴을 내밀었다. 아까보다 훨씬 더 밝 아진 방 안을 인식할 수 있었다. 그녀는 2층침대 1층에 누워 서 손을 뻗으면 닿을 정도의 거리에 미리가 아까부터 이불을 부스럭거리는 소리를 들을 수 있었다. 아마 미리는 달콤한 자위를 할 것임에 틀림없을 것이다. 어젯밤 간만에 같이 저녁 식사를 하면서 등심을 구웠고, 소주와 맥주를 각자 여러 병씩 마셨다. 술기운이 온몸에 서서히 약삭빠르게 뻗어나가자 그렇지 않아도 평소에 솔직한 그녀가 대범하게 자신의 욕구불만에 대하여 열렬히 토해내었다. 분위기가 무르익는 것과는 상관없이 그녀는 기다렸다는 듯이 거침이 없었다.

"난 말이지, 아직도 내가 원하고 바라는 갈급한 섹스를 한 번도 해보지 못했어. 늘 스마트폰으로 포르노를 보며 자위를 하는 것이 유일한 위안거리였지. 나의 은밀한 그곳은 여전히 거미줄을 치고 있었고, 대학교 때 과 선배와 미지근하고 불결한 섹스를 한 것이 다였어. 그땐 서로 술이 많이 취한 상태에서 갑작스럽게 벌어진 일이라 경황도 없었고, 입속에서 풍기는 구역질나는 악취로 인하여 평소에 바라던 그윽하고 달콤한, 향기롭고 축복받는 섹스를 하지 못하고 지저분하고 난해한 섹스를 하고 말았어. 흐지부지. 찬란하고 거룩한 광채로 나의 오감을 자극하고 에널 주위에 짜릿짜릿한 전율이 흐르는 것도 맛보지 못했지. 한 번 뿐인 처녀성을 잃으면서도 말이지."

꽃뱀은 발음이 제대로 형성되지 않는 흐릿한 미리의 말을 듣기만 했다. 미리와 달리 꽃뱀은, 평소에 자신의 의사를 겉으로 뚜렷하게 드러내는 것을 꺼리고 애매모호한 위치에 있는 것을 선호했다. 더욱이 술을 마실 때에도 경거망동하지 않았고 조심스럽고 얌전하게 행동했다. 그녀는 자신의 입 밖으로 사생활을 드러내면 큰일이라도 날 것처럼 행동했었다. 그것으로 자신이 자행했던 불미스러운 일들이 자신의 내면 깊숙하고 음침한 곳에 갇혀 있지 않고 세상의 불민한 시선 속에서 불거져 나오면, 세인들의 눈총을 받으며 조마조마하게 살아가야 할지도 모르기 때문이었다. 미리에 대한 신뢰와 믿음이 두텁지 않아서 그런 것은 아니었다. 언제까지나 이렇게 선한 영향을 미치며 좋은 관계로 서로에게 위안이 되는 거리에서 따스하게 바라볼 수 있을 것인지 아무도 모르기 때문에 그러했다. 닥쳐올 앞날을 모르기에. 당장 내일부터 견원지간이 될지도 모르는 불길한 예감이 들었기에. 그래서 꽃뱀은 자유분방한 섹스를 하는 일련의 사건들에 관한 이야기를 하지 않고 종교적인 성실함과 절제, 하나님의 은혜와 지혜가 넘치는 충일하고 사랑스러운 행위로 나아가고 펼치는 교인에 대하여 얘기했다. 늘 어려운 처지에 놓인 사람들에게 봉사하는 삶을 살기를 바라는, 그것이 삶의 지표이자 방향성이라고 얘기하며 불순한 자신의 본모습을 감춘 채 미리와의 대화를 주고받고 있었다.

"김선생, 난 자위를 하루에 한 번씩은 꼭 해. 새벽에 일어나서 이불 속에서 할 때도 있고 샤워할 때 보드랍고 미끄러운 하얀 거품 속에서도 할 때도 있어. 자위는 삶의 활력소이고 아드레날린이지. 그것이 없었다면 하루의 시작과 끝을 어떻게 마무리 짓고 내일을 맞이해야 할지를 모르겠어. 그래서 결혼 적령기에 이르면 결혼을 해야만 하는 것 같아. 그 치밀어오르는 욕구로 인하여 이러저러 끌려다니며 온몸을 제대로 가누지도 못하게 하고, 넓적다리 위 치골의 골짜기에서 가냘프게 우짖는 욕망의 울음소리를 차분하게 위로하기 위해서 책상 모서리 부분에 의도적으로 서서히 문지른다든지 침대에 누워서 격하게 바운딩을 하는 것이 다잖아. 삶의 테두리 안에 자신을 가두어 지금까지 쌓아온 품위와 인품을 외부의 시선들 속에 노출시키지 않으려고, 그래서 최소한 하루에 한 번씩은 나를 아끼고 사랑하는 차원에서 자위를 하는 것이지. 그렇게 하고는 있었지만, 예전에 수업하는 도중에, 나의 육체를 은근한 시선으로 은밀하게 더듬으며 책상 아래서 자위를 하다가 발각된 그 건장한 학생의 바지를 내려서 페니스를 만지작거리고, 빨고, 핥고 싶은 강한 충동으로 미칠 지경이었지. 연이어 고요한 연못 그곳에 서서히 깊숙이 밀어넣고 싶은 욕구가 나를 몹시 괴롭히곤 했어. 그럴 때마다 간신히 억눌러서 집에 가서 얼른 자위를 해야겠다고 생각하며 나를 평정의 뜰로 이끌곤 했어. 어쩌면 자위는 선생의 체면을 유지시키는 최소한의 도구인지도 몰라. 신이 인간에게 선사한 고귀한 선물,

즉 섹스 다음으로 소중한 것이라고 생각해. 김선생도 그렇게 생각하지. 김선생도 한번씩 하지?"

"아니오."

꽃뱀은 말을 얼버무렸다. 이런 말을 겉으로 드러내기가 민망했다. 평소에 자신이 섹스를 하는 것은 무료한 현실을 이겨내기 위한, 자신이 자신에게 선사하는 소중한 선물이고 축제라고 생각하며 살았다. 마치 창녀가 뭇 사내에게 몸을 파는 것은 고귀하고 신성한 것으로 치부하고 도덕적 가치와 의식을 새롭게 조작하는 것과 다르지 않았다. 내면화 작업. 늘 자기 본위의 새로운 설정으로 야멸찬 세상의 시선들을 받아내고 이겨내는 것인지도 모른다. 그러므로 예측할 수 없이 다가오는 불확실한 내일을 확신에 찬 희망과 용기를 품고 살아가는 것인지도.

"김선생은 섹스에 무관심하고 무지한 것 같아. 그렇지 않으면 솔직하지 않던지. 혹시 학교 울타리 안에서만 상냥하고 친절하고 얌전하고 정숙한 행동을 하는 것은 아니겠지! 그런 부류가 무진장 많아. 내숭을 떠는 애들이. 이율배반적인지. 어딘지 불순한, 불분명하고 이상야릇한 구린내가 풍기는 것 같아."

꽃뱀은 속으로 뜨끔했다. 하지만 이내 빙그레 웃으며 가지런한 하얀 치아를 드러내었다. 미리에게 고정되어 있던 시선을 옆으로 돌리며 시간을 벌었다. 거실에 있는 다소 두꺼운 벽길이 TV를 둘러본다든지 늘 그 자리에서 사람들의 무거운 육체를 안으로 깊이 품어 휴식과 위안을 주는 아이보리색 소파를 둘러본다든지, 그럼에도 결국에는 식탁에 앉아서 통유리 너머 아득하게 보이는 댐 위에 늘어선 흐릿한 가로수의 불빛에 머물렀다. 외면이었다. 그러다보면 그녀는 평정심을 찾을 수 있었다.

"김선생은 프로인 것 같아. 여성스러움이 물씬 풍기는, 단아하고 정갈한 외모에 적절하게 나올 것은 나왔고 들어갈 것은 들어간, 그래서 참신함과 아름다움을 소유하고 있잖아. 꼬리를 치지 않아도 사내들이 다가오고, 해맑게 한번 웃으면 우중충한 분위기도 밝아지게 만드는 기이한 마력을 가지고 있는 것 같아. 나의 혜안이, 피상으로 겹겹이 쌓이고 굳어진 보호막을 날카롭게 찔러들어가 본질을 들여다보는 재주가 있어. 그래서 내가 가끔씩 시를 쓰는 것인지도 모르지."

그러다가 미리는 한참 꽃뱀의 시선을 빤히 뚫어지게 쳐다보았다. 그러다가 그녀는 의자에서 엉거주춤 일어나 갑자기 꽃뱀의 입술에 키스를 했다. 의외의 일격이었다. 꽃뱀은 당황스러웠으나 촉촉하고 따스한 온기가 자신의 입술로 전달되는 것을 느낄 수 있었다. 순간 정적이 감돌았다. 그때 꽃뱀은 미리의 눈동자를 지그시 바라보고 있었다. 잠잠하던 뜨거운 열정이 서서히 끓어오르는 것을 느낄 수 있었고, 그 뒤에 웅크리고 있던 한 움큼의 외로움과 슬픔이 잇따라 배어나오는 것을 느낄 수 있었다. 환시일까! 아주 어린 미리가 어디론가 멀리 도망가는 전도사와 엄마를 놓치지 않기 위해서 미친 듯이 뒤쫓는 모습이 보이는 것이었다. 미리는 엉엉 울면서 엄마를 놓치지 않기 위해서 넘어지면 또 일어나서 뛰었고 재차 또 뛰고 있었던 것이다. 엄마는 그런 미리를 외면한 채 전도사의 손에 이끌려 어디론가 그들이 원하는 은밀하고 아득한 곳으로 사라지는 것이었다. 미리는 뒤따라 뛰다가 땅바닥에 넘어져서 한없이 울고 또 울었다.

꽃뱀은 그녀의 외로움과 슬픔을 외면하기 싫어서 식탁에서 몸을 일으켜 살짝 키스를 하고 화장실로 갔다. 더 이상 머물렀다가는 격한 현실적인 낭패, 즉 서로 다른 외로움과 슬픔을 위로하기 위해서 얼싸안고 서로가 서로의 육체를 공유하는, 그 선을 넘을 것 같은 불길한 예감이 들었기 때문이었다. 오늘은 여기에서 멈춰야 할 것 같았다. 그래서 화장실에 가서 치아를 닦고 세면을 했다.

이젠 꽃뱀은 빨려들어가는 푹신한 침대에서 일어나야겠다고 생각했다. 그래서 몸을 일으켜서 침대 밖으로 나왔다. 이불을 부스럭거리던 미리는 얼굴을 베개 깊숙이 묻고 미소를 머금은 채 평온하게 자고 있었다. 자위의 순기능이었다. 그녀는 방문을 열고 거실로 나왔다. 어젯밤의 어수선한 흔적은 말끔하게 치워져 있었고, 실내에는 끈적거리는 느끼한 기름내가 여전히 밤 사이 갇힌 상태에서 머물러 있었다. 밤사이 환기가 제대로 이루어지지 않았던 것이다. 그래서 그녀는 3인용 아이보리 소파 곁에 있는 폭이 제법 넓은 발코니창호 쪽으로 가서 옆으로 닿을 만큼 밀었다. 그러자 새벽의 신선한 공기와 단감나무 잎사귀들 사이에 깃들어 있는 쾌활하게 지저귀는 새들의 울음소리와 입을 꽉 다문 덩굴장미의 꽃봉오리에서 배어나는 수수하고 맑은 향취가 사방에서 밀려들었다. 대구 2층 집에서 느낄 수 없는 활기찬 싱그러움이고 신선한 기쁨이기도 했다. 정원에는 추적추적 비가 오지 않았으나 무척 찌푸린 어두운 날씨였다. 머리통을 한 대 쥐어박으면 울음보를 터뜨릴, 안으로 깊이 밀폐된 슬픔을 간신히 참고 있는 모습이었던 것이다. 어젯밤 미리의 눈동자에 머물러 있던 그것과 다르지 않았던 것이다.

그녀는 맞은편 통유리가 있는 쪽으로 가서 밤 사이 드리워진 회색 계열의 두꺼운 커튼을 차분하게 걷었다. 그러자 합천댐으로 인하여 학교가 이전할 때 심은 손가락 굵기 만한 벚나무가 어느새 여학생이 안으면 겨우 손가락이 맞닿을 정도로 우람한 몸피를 자랑하고 견실하게 자라고 있었다. 울타리 밖에서. 짙은 녹색으로 향하는 무성한 잎사귀들이 한낮의 강렬한 햇살보다는 새벽의 촉촉한 이슬을 더욱 선호하고, 부드럽고 상냥하게 받아들이는 것 같았다. 어린이에서 청소년으로 접어드는 하루하루가 다르게 성장하는, 생기와 활력이 넘치는 풋풋하고 참신한 모습이었다. 새벽부터 금성산 너머 태양이 기운차게 뜨는 그곳에서 치기어린 유치한 바람의 장난도 없어 시간과 절차에 따라 예의범절을 익힌 학생들이 다소곳하게 의자에 앉아 있는 것 같기도 했다. 그녀는 한 달 전에 탐스럽고 성한, 화사하고 수수한 벚꽃이 일순간 시선을 붙잡아두었던 기억을 하고 있었다. 가까이서 그렇게 정감 있고 아름다운 때로는 얌전한 벚꽃을 본 적이 없었고 그래서 황홀하고 신비스러웠다. 경이롭기까지 했다. 그때 이후로 어중간하게 닫혀 있던, 낯선 곳에 내려와서 동거하며 내적인 불안을 숨기고 순간순간 하루하루 살아가는 그녀에게, 이상하게 불안한 낯선 감정과 구겨진 불편한 의식이 무뎌지고 서서히 녹아내리는, 어느새 고체에서 액체로 변하는 것을 느낄 수 있었던 것이다. 봄에 활짝 핀 벚꽃으로 인하여.

꽃뱀은 자신을 지키는 편견과 불신과 오만의 견고한 방어막이 일순간에 와해된 것은 느낄 수 있었던 것이다. 화려하지는 않았으나 소담한 벚꽃이 주는 감흥이라고 생각했다. 과거에 기분 좋은 아름다운 추억이 깃들어 있을 것이라 생각했다.

하지만 기억의 골짜기는 높고 깊고 아득해서 의식의 투명한 칭에 쉬이 착상되지 않았다. 아무레도 그 원인은 찾을 수 없을 것 같다는 망연자실한 상태로 낮게 가라앉은 침묵으로 방치되어 있었던 거실 소파에 앉아 기분 전환 삼아 스마트폰으로 포르노 동영상을 시청했다. 그러자 미지근한 온도를 유지하던 육체가 서서히 땔감을 모아서 군불을 지피는 것을 느낄 수 있었다. 그래서 그런지 그녀는 자신의 왼손을 얇고 부드러운 하트가 아로새겨진 잠옷 속으로 가져가 아담한 유방의 정중앙에 오롯이 위치한 탐스러운 유두를 쓰다듬어보았다. 민감하고 사랑스러웠다. 그녀는 그 유두 속에 점멸하는 빛을 품고 있는 것을 느낄 수 있었던 것이다. 그 빛이 농롱하게 빛나는 삼천포 빨간 등대의 모습 같다는 생각을 가끔씩 해보기도 했다. 선박들, 막막한 어둠 속에 파도가 이리저리 크게 흔들리는 바다 한복판에서, 어부들에게 방향과 안식을 선사하는 길잡이. 어쩌면 유두는 뭇 사내들에게 나침의 역할과 달콤한 안식을 선사하는 성스러운 재능을 타고났다고 생각하기도 했다.

그녀는 검지와 중지 사이에 유두를 끼우고 살짝 힘을 가했다. 그러자 아픔과 함께 뭉클한 뭔가가 멀리서 가까이로 다가와 머무는 것을 느낄 수 있었다. 그래서 그녀는 스마트폰을 소파에 놓고 오른손으로 넓적다리 위 치골이 있는 촉촉한 그곳으로, 잠옷의 느슨한 고무줄을 지나 서서히 미끄러지듯이 부드럽게 내려가서 꽉 다문 봉오리 주위를 쓰다듬었다. 거칠고 무성했다. 비옥한 하얀 대지 위에 뿌리를 내린 이끼 속에 갈잎을 얽은 둥지에 알록달록한 따스한 온기를 품은 새알이 서너 개나 있을 것 같은 그곳에, 한동안 머물러 내려다보다가 둥지 속으로 검지를 슬며시 밀어넣어 새알을 찾았다. 그리자 잔잔한 그리움이 섞인 즐거움이 다가오는 것을 느낄 수 있었다. 그럼에도 새알을 찾을 수 없어 그녀는 중지를 더 밀어넣어서 은근하고 끈기 있게 주위를 샅샅이 살피며 나아갔다가 돌아오며 힘들면 잠시 쉬었다가 재차 사뿐히 움직이며 나아가서 새알을 찾았다. 그러자 그녀의 육체는 경직되었다가 느슨해지는가 싶더니 이젠 천천히 손가락의 움직임에 따라 자유로워지는 것을 느낄 수 있었다. 가볍고 풍성했다. 온도에 풀어진 설탕이 거미줄처럼 엉키고 엉키어 덩어리가 된 솜사탕처럼 달콤하고 절묘했다. 이젠 둥지 안에서 조심성 있게 새알을 찾던 검지와 중지는 다소 대범해져 열정을 좇았다. 그러면서 그녀는 유두를 강하게 압박하던 왼손으로 잠옷을 무릎 위까지 내리고 어설프게 걸쳐진 팬티는 그대로 둔 채 새알을 찾기 위한 일념으로 나뭇잎을 갈퀴로 샅샅이 치우듯이 집요하게 나아갔다.

그녀는 입속에서 신음소리가 튀어나왔다. 애써 억누르지

않았다. 자연스럽고 단순했다. 그러던 중에 여기저기 흩어져 있던 미세한 기억의 입자들이 내면의 어두운 공간 속에 어설프게 착상하는 것 같더니 서서히 점이라는 윤곽을 드러내는 것이었다. 그 속에서 까만 눈동자가 생기고 몸통이 생기고 연이어 사지가 형성되는가 싶더니 어느새 생명체의 미세한 숨결과 움직임을 드러내는 것이었다. 그러자 연쇄적인 반응으로 혈관을 따라 움직이던 입자와 고관절 속에 형체도 없이 무정형의 모습으로 살아가는 것들이 서서히 한곳으로 모이는 것이었다. 발끝에서 새끼손가락에서 무의미한 나날을 보내며 어떤 외부의 격한 충격으로 까마득하게 잊고 있던 자신의 정체성을 공고히 하고 초음파로 방향을 인식하듯이 한곳으로 집중하는 것이었다. 우연히 잊고 있던 기억의 실체를 드러내고, 얼굴을 내미는 순간이었다.

중학교 때였다. 해질 무렵 앞산공원을 해피와 산책을 하고 있었다. 개나리도 목련도 피고 진달래도 피어 세상이 온통 저마다 고유의 간절한 색깔을 창의적으로 드러내며 세상으로 유혹의 미소와 향기를 던지며 사람들의 무분별한 시선을 불러들이고 있었다. 낯익은 길이라 해피는 앞서고 그녀는 뒤따랐다. 해피는 알아서 자신의 분변을 조절할 수 있을 정도로 영리했지만, 그녀는 산책할 때면 늘 크로스백에 생수와 플라스틱그릇과 비닐봉투와 휴지를 준비했다. 그것이 해피를 데리고 산책하는 최소한의 도리인 것 같아서 늘 그랬다. 한 시간 정도 산책을 하고 해피가 목이 마르고 피곤한 기색이 드러나자 그녀는 화사하게 핀 벚꽃의 굵은 가지가 길게 드리워진 벤치에 앉아서 플라스틱그릇에 생수를 따라주었다. 해피는 목이 말라 급하게 혓바닥을 반복적으로 움직이며 갈증을 해소하고 있었다. 그러더니 벤치 위에 뛰어올라 몸을 길게 늘어뜨리며 누워서 머리를 그녀의 넓적다리에 올려놓았다. 그녀는 아빠가 데리러 올 때까지 이렇게 벤치에 앉아서 기다리고 싶었다. 어느덧 태양이 서녘 하늘 아래로 가라앉고 어둑어둑해졌다. 공원에 있던 사람들도 하나둘씩 각자의 집으로 향하고 있었고, 한산했다. 그때 느닷없이 해피는 늘어뜨린 머리를 들고 벤치에서 내려가서, 두 다리를 들어서 그녀의 양쪽 다리에 하나씩 올려놓고 견고하게 밀착해서 아담한 가슴 부위 쪽으로 머리를 가져가 부드럽게 문지르며 애무를 했다. 그러자 그녀는 유두가 민감하게 반응하는 것을 느낄 수 있었고 온몸이 서서히 뜨거워지는 것을 느낄 수 있었다. 그래서 그녀는 오른손에 들고 인터넷을 검색하던 스마트폰을 치골의 골짜기에 가져가 문질렀다. 왼손은 해피의 반질거리는 머리와 반질거리는 털을 쓰다듬으며 말이다. 그때 아빠로부터, 스마트폰의 진동이 울리는 것을 느낄 수 있었다. 하지만 그것이 새로운 진지한 쾌감으로 이어지는 것이었다. 신선함이었고 새로움이었다. 지골에 머물러 있던 스마트폰의 진동은, 아빠의 친근한 손길인지도 모른다는 생각을 해보기도 했다. 그녀는 스마트폰을 받지 않았다.

꽃뱀은 미리와 산책을 했다. 학교 울타리 밖 검은 빛을 품은 육중한 벚나무들 사이사이 경사진 곳으로 산책로가 숨겨져 있던 것을 우연히 발견하게 되었다. 미리도 동료 선생에게서 들었지만, 새벽에 일찍 일어나 산책하는 것을 싫어해서 그곳에 아늑한 산책길이 있었다는 것을 까마득하게 잊고 있었다. 미리는 다소 헝클어진 머리칼을 쓸어올리며 하품을 하면서 걷고는 있어도 탐탁하지 않은 표정으로 현관문을 나섰다. 그 미리가 사택을 돌아서 큰 돌덩이로 서너 계단을 아슬아슬하게 내려가자 짜증을 부리고 있던 거친 말투와 불퉁한 표정은 온데간데없이 명랑하고 활기찬, 발랄하고 경쾌한 모습으로 표변하는가 싶더니 어느새 몇 발자국 앞장을 서며 걸었다. 그녀는 새벽 공기가 눅눅하고 끈끈하게 짓누르고 휘감아도 불쾌하거나 찝찝해 하지 않았다. 도리어 산책로를 가볍고 상쾌하게 뛰듯이 사뿐사뿐 걸었던 것이다. 시커먼 매연으로 도심의 곳곳에 낮고 무겁게 내려앉아 텁텁하고 흐리터분한 냄새를 풍기던 그것과는 태생부터 다른 것이었다. 아마 그곳에는, 낡고 퇴색되고 산패된 공기의 입자 속에 표독하고 무서운 형체를 어름어름하게 숨기고, 허기진 구토와 잔인한 폭력성이 깃들어 있을 것이리라.

미리는 굵은 바나나 잎사귀로 얽은 푹신한 산책길이 처음이라 어색했다. 갈색에 가까운, 사위와 지나치게 이질적이지 않은 것이라 안정감을 주고 친근감을 주기에 충분했다. 무성하게 짙은 녹색으로 나아가는 벗나무 잎사귀들 사이사이 태양이 깊숙이 찔러들지는 못할 것 같았다. 크고 작은 가지들마다 촘촘하고 빽빽하게 생의 집착으로 눌어붙은 잎사귀들이 차분하고 침착하게 근면하고 성실하게 매순간 채우고 있었기 때문이었다. 그래서 한낮에도 서늘하고 선선할 것 같았다.

꽃뱀은 검은색 바탕에 노란 P가 도드라진 피츠버그 야구모자를 쓰고, 오른손에 스마트폰을 들고 있었다. 그녀는 늘 새로운 환경에 접하면 안으로 신경을 집중하는 것이 아니라 밖으로 신경을 집중했다. 밀림에서 포식자는 늘 자신의 부드러운 목덜미에 날가로운 이빨을 들이밀 준비를 하고 호시탐탐 노리고 있다는 것을 알고 있었기 때문이었다. 민감하게 집중하고 과도하게 긴장했다. 그래서 늘 피곤했고, 스트레스에 노출되어 자신만의 출구를 찾기 위해서 섹스에 집중하는 것인지도 모른다. 세상에 던져지는 순간 사람들은 자신의 처지와 재능을 재빨리 인식해서 세상의 알고리즘대로 흘러가야

삐걱거리지 않고 살아갈 수 있었던 것이다. 꽃뱀도 그것과 다르지 않은 생각과 가치관을 가지고 있었다. 그래서 선생이라는 신분, 그런대로 세상에서 대접받고 존경받는, 많지는 않지만 적당한 보수를 받고 뭇 사내들과 농익은 섹스를 즐기며 살아갈 수 있었던 것이다. 그런 것들이 그녀에게는 무료한 삶에서의 출구이고 활력이고, 신선한 자극이었던 것이다.

그에 반하여, 미리는 보무당당하게 걸었다. 세상으로 이타적인 걸음걸이로 나아가는 것이 아니라 이기적인 걸음걸이로 나아갔다. 꽃뱀이 다소 소극적인 것에 비하면 미리는 적극적이었고 소심한 것에 비하면 대범했다. 미리를 뒤따르는 꽃뱀이 자세히 살펴보면 양쪽 엉덩이와 넓적다리에 근육이 골고루 형성되어 탄력 있고 단단한 실루엣을 연출하고 있었다. 다크 블루에 왼쪽 호주머니 아래 작고 예쁜 아베크롬비가 새겨져 있는 바지였다. 상의는 붉은색 후드에 가로로 하얀색 돋을새김으로 새겨진 아베크롬비를 입고 있었다. 그녀는 흥겨운지 혼자 노래를 흥얼거리며 느릿느릿 듬성듬성 살피며 걸었고 휘파람을 부는 것도 인식하지 못한 채 태연하고 천연덕스럽게 걸었다. 곁에서 보면 늘 거리낌 없이 생각하고 행동하는 것들이 상대방에게 호감으로 다가오는 독특한 여성이었다. 한번씩 무의식 속에서 떠도는, 끓어올라 치미는 자의식과 피해의식으로 감정 조절 기능이 와해된 것처럼 다혈질적인 울분을 토해낼 때도 있었지만, 대체로 예측할 수 있는 행동으로 친근한 말씨와 예의로 살갑게 행동했던 것이다. 그녀는 회복 탄력성이 뛰어난 긍정적인 사고 체계를 가지고 있었던 것이다.

예전에 꽃뱀은 희끄무레한 이른 새벽에 산책을 했던 적이 없던 것으로 기억되었다. 늘 이슬이 깨고 햇살이 드리워지면 어슬렁어슬렁 밖으로 나와서 해바라기를 하며 생활의 패턴과 일과를 생각하며 걸었다. 그렇게 살아가는 것이 어릴 적부터 이어온 삶의 일상성이어서 그것이 오히려 편안하고 자연스러웠다. 그러나 최근에 들어서 예전에 싫었던 것들이 성큼성큼 다가오는 것이 싫지 않았고, 심지어 가까이 가서 어루만져주고 싶은 생각마저도 들었다. 가끔씩 그 원인이 뭘까 곰곰이 생각해보기도 했지만, 쉬이 찾을 길이 없었다. 그러다가 대개 어영부영 지나치기가 일쑤였다. 그래서 오늘은 그 기이한 실마리를 찾고 싶었다. 심지어 요즘 평소에 즐거움이고 기쁨이었던 병원장과 뭇 사내들과 섹스를 나누는 것까지도 부질없고 유치하며 때로는 하나님께 죄를 짓는 것이 아닐까 하는 생각마저도 들었던 것이다. 죄의식. 처음 느껴보는 감정의 패턴이었고 그래서 범연하고 생경했다. 다른 사람들이 느끼고, 하나님께 죄를 사하는 그런 감정이 이런 성숙하고 경건한 느낌이라는 생각을 인식하기 시작했던 것이다. 그녀는 여기 학교로 부임하고 나서 대구에서 행한 일들이 잘못된 선택이고 잘못된 행동이라는 것을 내면으로 스멀스멀 기어들어오는 것을 느끼지 않을 수 없었다. 혹시 꽃뱀헌터의 존재로 빚어진 현상이 아닐까 하고 생각을 해보기도 했다. 지금까지 예사롭게 난잡한 섹스를 하고, 그래서 쌓아온 과거의 책갈피들을 끄집어내어 흐뭇한 미소를 짓는 것 자체가 불경한 일이었다는, 그런 생각이 들었다. 이상하고 괴이했다. 곰곰이 사려 깊이 생각해보면 꽃뱀헌터가 이 학교에 부임하고 일어난 간단치 않은 현상인 것 같았다. 그런 생각에 이럴 즈음에, 그때 의외로 꽃뱀헌터를 산책길 안으로 끌어들여 동행하게 만든 것은 미리였다. 아까와는 달리 미리는 단정하고 차분하고 진지했다.

"저번 달에 부임한 체육선생님은 어떻게 생각해? 잘생겼지! 보디도 훌륭하고 성품도 훌륭한가봐!"

미리는 하던 말을 잠시 멈추고 자신이 내딛는 발걸음을 내려다보면서 묵묵히 걸었다. 대단히 절제된 언어를 사용하고 절제된 행동을 하는 것을 꽃뱀은 미세하게 느낄 수 있었다. 아마 그녀는 잔잔한 꽃뱀헌터의 영상을 끌어모아서 자위를 할 때 그의 절제된 육체를 도구로 사용하는 것이 분명해 보였다. 그래서 그런지 그녀는 자신의 육체를 강하게 의식하는 것 같았다. 그것이 꽃뱀이 미리를 면밀하게 들여다봤을 때 억지로 꾸민 듯 어색한 행위로 드러나 보였던 것이었다. 어떤 고요한 충격으로 어딘지 거북하고 불편한 구석이 있어도 애써 참아 넘기는 그런 행위였다. 심지어 허공으로 언어를 던질 때에도 절제된 공손함이 내비쳐졌고 호방하게 내딛던 발걸음도 요조숙녀의 얌전하고 방정한, 우아하고 고운 모습을 잃지 않으려고 무던히도 애를 쓰는 것 같았다. 그녀의 내면에는 이미 꽃뱀헌터가 안식을 찾고 있었던 것인지도 모른다. 그것으로 그녀가 외지고 고립된 하루하루의 무려한 일상을 풍성하고 아늑하게 이끌어가고 있었던 것인지도.

그러자 그녀에게 꽃뱀헌터가 새로운 캐릭터로 다가오는 것이었다. 처음에는 호감이 가는 동료에서 눈에 밟히는 캐릭터로 다가와서 막연하게 머물러 있었으나, 그럼에도 오감을 자극해서 극한의 격렬한 감정을 경험하고 싶을 정도는 아니었다. 그녀에게 그는 어느 정도 거리를 둬서 자신의 주위에 머물면서 자신의 표정이나 행동에 의미부여를 해서 즐거워하고 놀라는, 자가발전 라디오처럼 혼자 소리를 내며 살아가기를 원했다. 초원에 방목을 해서 우연히 마주치는 의외의 그런 만남을 생각하고 있었고, 자신의 수족관에 다양한 종류의 외래 어종 중에 하나였다. 그 정도였다. 그런 있는 듯 없는 듯 맺히지 않는 흐릿한 사내가 미리가 좋아하는 내색을 드러내자 뚜렷한 형태와 모습으로 다가와서 의미 있는 자잘하고 환한 미소를 던지는 것이었다. 질투. 지금까지 그는 자신에게 어느 정도 호감이 가는, 한 번 원나잇을 즐기는 흥미로운 소재로 자신에게 존재하고 있었던 것이다. 하지만 조금 전부터, 그는 그녀에게 새로움을 선사하는 존재로서 오롯이 다가오는 것이었다. 그녀는 자신의 감정이 왜 이렇게 돌변했는지 곰곰이 생각해 보았다. 마른 병원장에게 없는 지금까지 만나서 섹스를 한 뭇 사내에게도 없는 선천적으로 타고난 육체의 밸런스와 견고함과 아름다움을 소유하고 있었기 때문이었다. 그것 때문에 그에게 감정의 물결이 거침없이 흘러내렸던 것이다.

"그 사람 어떤 사람일까? 자상하고 성실한 사람 같아. 아내가 아프면 일찍 일어나서 밥을 짓고 소고기무국을 끓이는 자상한 사람 말이야. 손수 설거지도 하고 스팀청소기로 방과 거실을 말끔하게 청소하는 그런 사랑스런 사람 말이야."

이미 미리의 내면에는 꽃뱀헌터가 깊숙이 침윤되어 있었고, 어쩌면 다가올 미래에 자신의 남편으로 생각하고 있었던 것이리라. 그래서 먼 곳에서 일어나는 남의 일처럼 낭만적인 흐릿한, 일정한 거리를 둬서 말하는 것이리라. 어느덧 부풀어 오른 감정의 포화상태에서 벗어나고자 하는 임시방편인지도 모를 일이었다. 자상하고 차분한 말투와 예의에 신경을 쓰는 다소곳한 행동거지에서 엿볼 수 있었다. 그녀는 이미 첫날밤을 기다리는 아름다운 처녀인 것이다. 때로는 당혹스럽고 조마조마하고 불안한, 때로는 즐겁고 아기자기 신선한 감정의 격한 일렁거림으로 이리저리 중심을 잡지 못하고 표류하는 것을 느낄 수 있었던 것이다. 받아들임의 초입은 늘 어수선하고 번거로운 것이었다. 그럼에도 그녀는 그렇게 무연하게 흐르는 변화의 격한 흐름 속에서 중심을 잡고 안정감을 잃지 않았던 것이다. 그것이 한 단계 더 나아가는, 내면이 성숙해지는 길이기도 했다.

그러다가 산책길의 처음이자 끝인 교문 앞에 이를 수 있었다. 벚나무 터널을 지나 직선이 끝나는 완만한 곡선이 떨어지는 지점에 이슬을 머금고 초췌한 긴 벤치가 느티나무 아래에 안정적으로 놓여 있었다. 누군가에 의해 많이 앉고 일어선, 그래서 닳아버린 흔적이 있는 예스러운 벤치이었다. 미리는 그곳에 앉고 싶어 했으나 퇴색된 밤색 페인트 위 이슬이 투명한 결정체를 이루며 촉촉하게 내려앉아 있어 꽃뱀을 향해 바라만 보고 해맑게 웃을 뿐이었다. 꽃뱀은 그런 미리를 외면하고 교문 입구에 5톤은 될 법한 표면이 거친 바윗덩어리 쪽으로 발걸음을 옮겼다. 그녀는 아스팔트를 걸으며 그 바윗덩어리의 가슴팍에 붉은 한자가 아로새겨져 있는 곳으로 다가가서 손가락으로 쓰다듬어보았다. 몇 달이 지났음에도 그녀는 그곳에 그 바윗덩어리가 있었는지 없었는지 언제부터 그 자리에서 무거운 닻을 내리고 있었는지 관심도 없고 생각조차 하지 못하고 일상적인 삶에 쫓기며 살아왔던 것을 이제야 느낄 수 있었다. 팍팍한 일상에 벗어난 사물을 예의주시하지 않았고, 그래서 그 존재에 대해서도 둔감해 있었던 것이다. 이제야 그 존재에 대한 압도적인 무게와 덩치를 느낄 수 있었던 것이다. 뒤따라오던 미리가 한자를 보며 '예지'라고 말했다.

꽃뱀은 가까이 다가가서 적당한 높이와 애정 어린 시선으로 무표정한 바윗덩어리를 바라보자 괴이한, 어떠한 형태를 닮은 것 같았다. 그래서 꽃뱀은 몇 걸음 물러서서 웅크리고 있던 거대한 형체를 바라보았다. 생명이 없는 그래서 따스한 온기와 편안한 호흡도, 일정한 맥박도 없는 차가운 보디를 소유하고 있었다. 한참을 그렇게 뚫어지게 바라봐도 쉬이 이미지가 떠오르지 않았다. 그때 팔짱을 낀 채 고정된 시선으로 의아하게 봐라보고 있던 미리가 아무렇지 않게 꽃뱀에게 말을 던졌다. 그녀는 시인이라 창의력과 상상력이 뛰어나고 세상에 무의미한 존재로 방치되어 있었던 것을 중심을 이루는 뼈대를 만들어 소소한 의미의 살과 단단한 근육을 형성하고 혈관으로 따스한 생기를 서서히 불어넣으면, 더욱이 생명이 없는 아무렇게나 던져진 사물들에게서 미세하게 뛰는 맥박을 찾아내고 온기를 불어넣는 탁월한 재주를 가지고 있었던 것이다.

"저건 아무래도 태초에 하나님이 창조하시다 실수로 만든 이 세상에 존재하지 않는 물장군의 종인지도 몰라. 처음에 너무 거대하게 만들어 놓아서 크기를 가리지 않고 개구리와 뱀을 마구잡이로 포획하자, 하나님이 특단의 조치를 엄정하게 내려서 역동적으로 움직이는 심장도 멈추게 하고 온몸 구석구석 미세하게 연결된 모세혈관도 먼 곳부터 차근차근 온기를 거두어들였을지도 몰라. 피식자에게 몰래 다가갈 수 있는 헤엄다리가 과감하게 절단되었고, 그래서 이렇게 화석처럼 차갑게 굳어서 그때의 화려한 영광과 찬란한 모습을 숨기고 역사 속에 은둔한 채 간신히 연명하고 있었던 것인지도."

미리는 그때 그 시절 그곳에서 직접 지켜본 것처럼 리얼하게 말했다. 어쩌면 그녀는 그것을 진실로 생각하고 있었던 것인지도 모른다. 엄마가 자신을 버리고 전도사의 손에 이끌려서 자신을 차갑게 외면하고 사라진 그것을 밀쳐내기 위해서 풍성한 상상력으로 새로운 세계를 만들어 짜임새 있게 구축하고 있었던 것 같았다. 그래서 엄마가 전도사의 손을 잡고 자신을 버리고 도망간 그 명확한 사실과 기억을 잠시나마 잊을 수 있었던 것인지도. 그 어렴풋한 것이 내면의 터를 잡고 세월의 두께처럼 오랫동안 쌓여서 고유한 무늬를 형성하고 있었던 것인지도.

"그럼 저 가슴팍에 아로새겨진 저 붉은 한자는 뭐지? 저것은 하나님이 사용했던 언어가 아니잖아."

"저것은 아무래도 하나님의 충성스런 수하로 있는 번개의 훌륭한 솜씨일 것이야. 한자도 하나님의 언어 중에 하나지. 그것 중에 하나를 번개가 간결하고 또렷하게 아로새겨놓은 거야. 인류에게 던지는 메시지일거야. 제아무리 대단한 능력과 힘을 가지고 있어도 경거망동해서는 안되고 하나님의 율법 안에서 자유로워야 한다는, 그래서 잔인하고 광폭한 인류에게 본보기를 보여주기 위함으로 저렇게, 늘 가슴에 품고 약한 자를 짓밟거나 죽이지 말고 존중해 주라고, 상처 부위에 철수세미로 긁는 아픔을 순간순간 느끼라고 주홍글씨처럼 가슴팍에 아로새겨놓았을 것이야. 그렇지 않으면 인류도 저렇게 서서히 온기를 잃은 채 지구상에서 차갑고 단단한 화석으로 남을 것이라고."

미리의 얘기가 끝나기가 무섭게 꽃뱀은 이상하게 전신이 떨리고 온몸에 온기가 슬슬 빠져나가는 것 같은, 심지어 오한이 나고 속이 매스꺼운 증상을 느낄 수 있었다. 그러면서 과거에 뭇 남성들과 섹스로 쾌락을 좇으며 환희와 즐거움을 만끽했던 그때의 소소한 부분까지도 리얼하게 터치하며 다가왔던 것이었다. 하지만 예전과는 달리 찝찝한 기분이었다. 개운하지 않았고, 누군가가 자신의 개인적인 사소하고 비밀한 행위까지도 내려다보는 섬뜩한 느낌마저도 밀려들었던 것이다. 그래서 얼른 그곳에서 벗어났다. 다소 휘고 경사가 있는 임도가 뻗어서 우회하는 쪽으로 한참을 걷다가 기숙사가 있는 지점에서 멈췄다. 그곳은 운동장보다 한참 높았고 학교건물 3층 중앙에 위치한 이사장실을 엇비슷하게 바라볼 수 있는 곳이었다. 그녀는 무의식적으로 이사장실 쪽으로 시선을 던졌다. 의미 없는 시선이었지만 이사장이 엇비슷하게 바라보고 있었다면 의미를 두고 다가올 나날에 활력을 불어넣은 계기와 확신을 던지는 시그널이 되었을지도 모른다. 그녀는 3층으로 길게 뻗어서 늘씬한 기숙사를 보다가 그 맞은편으로 시선을 던졌다. 경이롭고 신비로울 정도로 아름다웠다. 처음 맞이하는 광경이었다. 어른 키보다 높은 연두색 울타리가 경계를 만들어 우뚝 솟아 있었고 그 안으로는 잘 정돈 된 평온하고 넓은 정원이 끝없이 펼쳐져 있었다.

미리도 뒤따라와서 울타리 안에 펼쳐진 신선하고 평온하고 아름다운 광경을 바라보았다. 그녀도 처음 접하는 광경인지 아니면 지금 이 순간에 연출된 광경인지, 명확하게 알 수는 없으나 경이로움으로 감탄사를 허공에 연신 던졌다. 일순간 고요하고 엄숙했다. 언어의 피편들이 하나둘씩 기포를 보글보글 일으키며 차올라 터지지 않고 서서히 아래로 가라앉는, 깊이를 알 수 없는 고요함과 엄숙함으로 가라앉는 것이었다.

까마득하게 넓은 정원은 하루도 쉬지 않고 성실하고 부지런하게 움직이는 정원사들의 정성과 노력과 수고가 여실히 드러났다. 어설프게 뻗은 잘못된 가지는 어릴 적부터 고정된 형대를 잡고 키우면서 서서히 평생 거의 또 같은 형태로 자라고 버티는 얼굴을 가지고 살아가는 것이었다. 만약에 웃자란 가지와 전체적인 형태를 깨뜨리는 가지가 돋아나면 전지가위로 여지없이 잘라버릴 것이다. 과감하고 매정했다. 그러면서도 정성과 사랑을 아끼지 않았고 나무마다 소망과 꿈을 심어주고 거름과 물을 아낌없이 선사하며 하루하루를 보람 있게 보내고 있었던 것이다. 단순하고 순수해 보였고 모양과 굵기가 달라 더욱 아름답고 이채로웠다. 태어날 때부터 화려한 모양과 고혹적인 향기를 풍기는 나무들은 여기에 낄 수 없는 엄정한 조건과 불신이 있었던 것이 분명해 보였다. 분명히 그 조건은 이곳의 주인이 만들고 진행할 것이 자명했던 것이다. 그때 꽃뱀 오른편에 서서 한참 차분하고 침착하게 서 있던 미리가 꽃뱀을 흐뭇하게 바라보며 낮은 목소리로 자세하게 말했다.

"이곳은 이사장이 가장 아끼는 곳이래. 아이들을 데리고 수업시간에 몇 번 들어가 본 적이 있어. 아이들이 정말로 편안하게 생각하고 좋아하는 곳이지. 저기 야트막한 곳에 아이들이 고추도 심고 상추도 심고 가지도 심고, 키워서 식사시간에 싱싱한 채소를 먹을 수도 있어. 하얀색 토끼도 있고 고라니도 있고 사슴도 있어. 지난 겨울에 유난히 눈이 많이 왔을 때 전교생이 토끼를 잡으러 미친 듯이 뛰어다닌 적도 있어. 늘 반복적인 무기력한 형태의 공부에 지친 아이들은 즐거워했고 재미있어 했어. 산토끼는 워낙 눈치가 빠르고 동작이 재빠르고 날쌔 혼자서는 잡을 엄두가 나지 않았지. 그럴 때면 아이들은 서로 묵계한 듯이 몇십 명씩 일렬로 서서 폭을 좁혀가는 방식으로 서서히 걸으며 골짜기로 토끼를 몰았지. 토끼몰이. 그러면 토끼들은 놀라고 경황이 없이 이리저리 뛰어다니다가 골짜기에 갇히고, 여러 마리 토끼를 잡을 수 있었어. 그때 처음으로 살이 포동포동하게 찐, 두려움에 떨어 더욱 불안한 토끼의 붉은 눈동자를 볼 수 있었어. 홍채에 멜라닌 색소가 없어 그대로 드러나는 혈관의 모습이 얼마나 서늘하고 측은하게 다가왔는지 몰라. 움칠움칠. 아이들은 한 번씩 조심스럽게 오른손으로 양쪽 귀를 잡고 왼손으로 엉덩이를 받쳐서 잡아보고는 살려주었어. 아이들은 굴을 파고 은둔하는 토끼들이 자유롭게 살아가는 방식대로 내버려두었어. 그것이 이사장이 원하고 바라는 교육관이래. 저기 저곳으로 들어가는 이중문이 있어. 학생들에게는 수시로 들어갈 수 있게 비밀번호도 공유하고 있지. 최근에 바뀌기는 했어도 말이야. 한번 들어가지 않을래?"

꽃뱀은 아름다운 정원이 있는 울타리 안으로 들어가고 싶지 않았다. 어딘지 께름칙하다는 생각이 들었다. 저 울타리 안으로 들어가면 이사장이 원하는 형식과 내용으로 가지런하게 정돈되어 살아가야 될 것 같은, 이사장의 장중에서 영원히 못 벗어날 것 같은 불길한 생각이 들었기 때문이었다. 그녀는 최근까지 그의 흉물스런 끈끈한 시선과 우연을 가장한 예고 없이 들이닥치는 무뢰한 만남을 의식적으로 피해 다니고 있었다. 그런 와중에도, 어느 정도 거리를 유지하지 않으면 인사상의 불이익을 초래할 것을 알고 있었기에 쉽지 않은 일이었다. 한번은 이사장실로 불려들어가서 이런저런 얘기를 하는 것을 경청해야 했다. 그는 느끼한 시선으로 불필요한 이런저런 얘기를 교묘하게 물었다. 그는 집요했고, 사업가답게 붙임성 있는, 주관적이고 잇속을 차리는 노회한 태도로 다가와서 부모님의 직업이 무엇인지 동생은 공부를 잘하는지를 물었고, 학교 생활이 어떤지 불편한 점을 없는지 물었다. 그 사이사이 느끼한 시선은 이목구비를 한참을 지그시 보다가 목덜미 위에 풍성한 머리칼에 시선이 머무는 것 같더니 어느새 하얀색 블라우스에 유난히 두드러지게 입체감을 드러내는 유방 언저리에 주저앉았고, 오랫동안 머물렀다. 그녀는 애써 그의 시선을 피했지만 그의 시선은 교묘하고 치밀하게 자신의 하얀색 블라우스 안에 자리 잡은 브라 속으로 투박한 시선을 깊숙이 밀어넣은 것을 느낄 수 있었던 것이다. 그의 시선은, 집요하게 유두를 문지르며 지속적으로 자극하고 있어도 이상하게도 토할 것 같은 비릿한 냄새가 나지 않았고, 그래서 저항하지도 않았다. 그녀는 자신의 육체가 평소와 다르게 온순한 반응을 드러내는 것이 괴이쩍었다. 이미 보디가 정신보다 앞선 그 무엇을 원하고 있고 그래서 본능적으로 영민하게 반응하고 있었다는 것을 뒤늦게 깨달은 것이었다. 스트라디바리우스.

그녀의 보디는 이사장이 스트라디바리우스를 사줄 수 있을 것이란 확신이 생긴 것이었다. 이사장은 병원장의 클래스보다 한 계단 위에 부를 축적하고 있었다. 그것을 이해타산으로 느낀 것이 아니라 육체가 본능적으로 알아서 그렇게 행동하고 있었던 것이다. 오랫동안 뭇 사내들 사이에서 섭렵하고 체득한 것이었다. 어쩌면 조상 대대로 내려온 무의식의 골짜기에 쌓이고 쌓인 경험적 인식인지도 모른다. 어쨌든 그녀는 이사장의 비릿하고 느끼한 미소가 싫지 않았던 것이다. 그래서 그의 농익은 시선을 방치한 채 멀리서 다가오는 즐거움과 기쁨을 음미하고 있었던 것인지도 모른다. 스트라디바리우스.

그들은 천천히 걸었다. 승용차 한 대가 지나갈 정도의 폭이 좁은 임도였다. 화강암처럼 딱딱하게 굳은 콘크리트가 삭막하게 산허리를 파고들어가고 있었다. 오른손에 스마트폰을 쥐고 회색 치마레깅스를 입고 하얀 운동화를 신은 채 가파른 임도를 걷는 것이 다소 어울리지 않는 불편한 모습이었다. 꽃뱀이 앞섰고 미리가 뒤따라 아침으로 향하는 차분하고 정적인 숲속을 조용히 걸었다. 그때 등 뒤 쪽에서 느닷없이 브람스의 바이올린 협주곡 D장조 2악장이 다가왔다. 잔잔한 새벽의 고요함을 깨우기에는 충분했던 것이다. 새벽의 청아한 새소리들도 고독하고 쓸쓸한 전경에 깃들어 밝은 아름다움으로 발현하는데 조연으로 역할을 충분히 해주고 있었던 것이다. 서로에게 제법 잘 어울리는, 상생하고 공감할 수 있는 아름다운 연주였다. 독주 바이올린과 오케스트라의 대위법이 잘 어울리는 섬세한 곡이었다. 꽃뱀은 걷다가 눈을 감은 채 브람스 자신은 유달리 탐탁하게 생각하지 않은, 그럼에도 새벽의 청아한 새소리들과 아다지오 악장의 섬세한 터치가 자신을 더욱 깊은 심취의 정원으로 인도하고 있었던 것이다. 그렇게 그녀는 차오르는 숨소리를 가다듬고 아름다운 연주에 차분하게 젖어들다가 속으로 되뇌었다. 스트라디바리우스.

잠시 후, 꽃뱀은 왼쪽으로 묘지가 도로를 따라 길게 늘어서 있는 그곳을 지나자 이슬비가 촉촉하게 내리기 시작했다. 그러다가 어딘지 출처를 알 수 없는 옅고 가는 구름이 황매산 깊은 곳에서 풀어져나오는 것도 볼 수 있었던 것이다. 그녀는 음산하게 다가오는 주위환경에 다소 위축되어 있었고, 낯선 곳에 대한 두려움도 없지 않았다. 반면에 뒤따라오던 미리는 의기양양한 밝은 표정과 발랄한 행동으로 꽃뱀을 앞질러 빠른 걸음으로 나아갔다. 그녀는 이런 오묘한 환경과 신선한 분위기를 좋아하는 것 같았다.

"이런 오묘한 환경과 신선한 분위기 속에서 한 번은 꼭 산책해 보고 싶었지만, 여자의 몸인지라. 산책길이 엄연히 존재하고 있다는 것을 알고 있었지만, 여러 사내들이 숲속에서 작당을 하고 달려들면 제아무리 운동으로 다져진 몸일지라도 제압하기는 힘들어. 그래서 옛날부터 함께 산책할 파트너를 찾고 있긴 했어. 오늘이 그날이구나 싶어."

꽃뱀은 그녀의 말과 행동에 긍정도 부정도 하지 않은 채 엷은 미소를 머금고 무거운 발걸음을 옮길 뿐이었다. 그녀는 대기가 몹시 주저앉아 두껍고 무거운, 그곳을 따스한 햇살도 기웃거리지 못하고 오직 무수한 산새들만이 재잘거리는 새벽을 맞이하고 깨우는 그런 전경을 맞이하는 것이 처음이었다. 더욱이 등 뒤 저 멀리 아득하게 넓고 아름다운 정원에서 브람스가 바이올린의 감미로운 선율로 촉촉하게 다가와서 가늘고 긴 머리칼에 매달리고, 그녀 앞에서는 온몸을 감싸안으며 다가오는 이슬비와 가늘게 풀어져서 끊어지고 회복되며 연결되는 구름의 기이한 형태적 적응변이를 이루며 다가오고 있었다. 그런 외부적인 변화에도 불구하고 자신의 내면이 차분해지고 침착해지는, 안정의 공간으로 나지막이 가라앉는 것을 인식할 수 있었다. 그래서 그런지 그녀는 자신의 지나간 삶의 이런저런 것들을 회상했다. 이루 헤아릴 수 없는 많은 사내들과의 관계들이 물밀 듯이 밀려들었고, 섹스를 하는 그 순간순간들이 새롭고 정감 있는 미소로 다가왔다. 그녀는 실오라기도 걸치지 않은 채 넓고 사각거리는 푹신한 침대에 누워서 뽀얀, 부드러운 넓적다리를 활짝 벌려서 자위하는 것을 즐겼다. 오른손으로 치골 깊숙한 곳을 친절하고 성실하게 자극하고 왼손은 분홍빛 유륜의 정중앙에 위치한 단단해지는 유두를 자극하면서, 사내가 샤워를 하는 막간 종종 그런 사소한 행위를 하며 끓어오르는 불길을 어느 정도 잠재울 수 있었다. 그녀가 눈을 감고 심취해 있는 동안에 사내는 샤워를 하고 나와서, 혼자 자위하며 즐기는 그녀의 동영상을 찍어서 보여주곤 했다. 그런 자신이, 외부적인 시선으로 바라본 자신이 더욱 요염하고 생동적인 움직임으로 다가왔고, 생경했고, 유혹적이었다. 그래서 더욱더 자극적이었다. 이상하게 그 동영상을 보고 그 사내에게 평소보다 더 열정적으로, 성실하게 봉사하고 말 없이 복종하고 사랑해주었던 기억이 났다. 무릎을 이빨로 가볍게 물고 빨고 핥으며 손가락을 가볍게 물고 빨고 핥으며, 그 와중에 손가락은 그의 유두를 거칠게 꼬집고, 그의 페니스를 천천히 흔들어주며 비어 있는 쾌락의 공간을 조금씩 채워주었다. 결국 섹스의 정점은 사정으로 이어지지만, 콘돔에 갇힌 억압되고 고립된 사정이 아니라 자유로운 이상과 상상이 존재하는 장소, 즉 음식물을 잘게 부수고 사랑의 언어를 만들고 내뱉는 그곳으로 향하게 허락했었다. 그 가래 같은 비릿한 그것을.

　그런 생각이 들자 꽃뱀은 격렬하게 자위를 하고 싶었다. 온몸에 전달하는 감동과 전율을 느끼면서 말이다. 하지만 지금은 산책길 위에 걷고 있고, 미리가 없고 혼자 있었으면 외진 어두운 잡목림 속으로 숨어들어 손가락으로 전달되는 따스한 감동을 느낄 수도 있었을 것이다. 그래서 그녀는 샤워할 때를 기다리기로 했던 것이다.

　"가끔씩 체육선생이 꿈속에 나타나서 섹스파트너가 되곤 해. 김선생에게만 이야기하는 것이야. 그의 억센 어깨에 매달려 격하게 신음소리를 하며 자유로워지는, 늘 팍팍한 현실의 무게와 존재의 난해한 일상성에서 벗어날 수 있었어. 흐릿하게 정해지지 않은 선택과 결정들이 선명하게 다가와서 가지런하게 정렬되는 순간에 여지없이 꿈에서 깨어났지. 아쉽게도 말이야! 영원히 꿈에서 깨지 않았으면 좋겠다고 생각하곤 했어."

　느닷없이 미리가 꽃뱀에게 던진 말이었다. 상대가 누구인지 자신의 연적인지도 모르고 말이다. 평소에 쉽게 마음을 주고 쉽게 믿는 미리답게 스스럼없이 던진 말이었다. 꽃뱀은 순간 당황했다. 그녀는 여유를 가지면서 미리가 차지하고 싶은 소유물에 대한 집착을 하면 할수록 이상하게 그것을 갈취하고 싶은 충동저인 생가이 뚜렷하게 들었다. 그 원인을 정화하게 알 수는 없었다. 자신의 행위는 초등학교 때 잘생기고 머리가 좋은 남학생에 대한 유치한 집착과 호감 정도로 치부하기에는, 지나치게 악의적이고 계획적일 게다. 그럼에도 그녀는 겉으로 내색하지 않았고 자신이 원하는, 어쩌면 자신이 원하지 않아도 미리에게는 주기 싫었던 물건인지도 모른다. 자신의 주위에 맴돌면서 늙어 죽어도 미리에게는 허락하지 않을 것이고, 그러다가 자신이 충분히 품고 가져보고 싫증이 나면 비둘기에게 먹이를 나누어주듯이 던져줄 것이다. 그것을 짐작도 못하는 미리는, 아직도 꽃뱀을 가장 친하고 다정한 친구로 생각하고 있었던 것이다.

"이런 생각을 말로 표현할 수 있는 사람은 김선생뿐이야. 그만큼 당신을 믿고 존중해. 아빠 이외의 사람 중에는 김선생이 가장 가깝고 소중하다고 생각하고 있어. 왜 그런지는 모르겠어. 처음 화장실에서 봤을 때 이선생님과는 소울메이트가 될 것 같은, 그래서 잘해주고 친절하게 봉사하듯이 최선을 다해서 오랫동안 사귀고 싶은 그런 사람이었어. 그래서 지금 김선생과 함께하고 이런저런 얘기를 나누고 있는 것이겠지만."

그들은 경사가 완만한 곳에 도착했다. 임도 위 양지바른 곳에 거의 합천댐의 역사와 얘기를 같이하는 한 세대의 때가 묻어 있는 고즈넉한 사찰이 있었다. 그들은 찬찬히 주위를 살폈다. 그런 상황에도 이슬비는 더욱 굵어져서 빗방울로 서서히 변하고 있었다. 다소 거칠게 뿌려지고 사이사이 희뿌연 구름의 무리들이 더욱 조밀하고 낮게 황매산 음침한 잡목림 속에서 성큼성큼 보폭을 조절하며 다가오자 그들은 더 이상 발걸음을 정상으로 옮기지 못하고 그곳에서 우두커니 지켜보고 있었다. 연신 짙고 희뿌연 구름이 사찰의 처마 끝에 길게 늘어뜨리고 있는 풍경의 자취를 멀리서 가까이서 볼 수 없게 빈틈없이 메우고 있었다. 가벼운 바람이 불어도 풍경소리는 이쪽에까지 들리지 않고 처마 끝에서 벗어나지 못하는 생의 가혹한 굴레에 묶여 있을 것 같았다.

꽃뱀은 주위를 휘둘러보았다. 희뿌연 구름과 무수한 빗방울들이 불안하게 뒤섞이는 흐름으로 바뀌자, 이젠 길가에 늘어선 상수리나무는 조금 전과 달리 짙고 무성한 잎사귀들 위에 떨어지는 빗방울들에 갈피를 잡지 못하고 이리저리 헤매고 있었다. 먼 공해에서 일시적인 돌풍의 영향으로 해안 기슭에 외롭게 정박하고 있는 조그마한 배의 불안한 움직임과 다르지 않았다. 그녀는 이슬비와 달리 빗방울로 변하자 코팅된 노란 바람막이 속으로 수분이 침윤하여 온몸이 차가워지는 것을 느낄 수 있었다. 온몸이 오슬오슬 떨리고 입술이 파랗게 변하고 있는 것을 느낄 수 있었다. 그래서 그녀는 가까스로 올라온 임도를 내려가기로 마음먹고 미리에게 떨리는 입술을 치아로 몇 번 깨물어 누르며 말했다. 그럼에도 미리는 내려가고 싶은 생각은 추호도 없었는지, 오히려 이런 변화무쌍한 환경과 상황이 기쁘고 즐거운 것 같았다. 미리는 이왕에 옷은 젖었고 조금 더 정상을 향해서 산책하고 싶었던 것이 분명해 보였다. 그래서 꽃뱀은 내려가고 미리는 올라가는 길을 선택했다.

꽃뱀은 빗방울들이 사방에서 자신을 향해 집중적으로 쏟아지는 것 같아서 서둘러서 내려갔다. 불길했다. 빠른 걸음으로 옮기기도 하고 간혹 뛰기도 하며 말이다. 외부적인 불안한 환경과 변화에 심리적으로 많이 쫓기고 있다는 것을 스스로 느낄 수 있었다. 그래서 마음은 불안하고 급했고 걸음은 불규칙적이고 위태로웠다. 거친 물결에 휩쓸려들어가는 아이처럼 살려달라고 비명은 지르지는 않았으나 거의 혼절할 정도였다. 그런 상황에 그녀는 학교건물이 보이자 다소 안도의 한숨을 쉴 수 있었다. 그 즈음에 완만한 임도에 이르렀을 때였다. 길 한가운데 검고 둥근 막대기가 가로로 누워 있었다. 그녀는 깜짝 놀라 굳어버렸다. 그런 경황이 없는 와중에도 그녀는 조심스럽게 그것의 정체를 살피기 위해서 시선을 내리깔아 주도면밀하게 살폈다. 그것이 미동도 없자 몸을 수그려 더 가까이 다가가서 관찰했다. 그 순간 그것이 살아서 꿈틀거리는, 음험한 눈동자가 있고 두 갈래의 혓바닥이 있는 먹구렁이이라는 것을 깨달았다. 그 순간 그녀는 놀라 그 자리에서 주저앉을 뻔했다. 그녀는 뒷걸음질 치며 먹구렁이를 의식했고 멀찌감치 거리를 두고 먹구렁이를 피했다. 그때까지 가만히 찬찬히 올려다보고 있던 먹구렁이는 친절하게 온몸을 좌우로 움직이며 길가로 유유히 사라졌다. 그녀는 그 사라지는 먹구렁이를 보고 처음에는 놀라서 기절할 뻔했으나 어떤 이해할 수 없는 감정의 따스한, 미스터리한 분화가 일어나는 것을 미세하게 느낄 수 있었다.

그녀는 교문을 지나고 운동장을 가로질러 사택에 도착할 수 있었다. 현관문을 들어서자마자 축축하게 젖은 모자를 벗어 오른손에 쥐고 우선 그녀는 안방으로 들어가 보일러를 틀었다. 그러고는 화장실 앞에서 온몸에 밀착된 노란 바람막이와 회색 치마레깅스를 벗고 브라도 벗고 팬티도 벗었다. 그녀는 비좁지 않은 화장실 안쪽 벽에 걸려 있는 샤워기를 통해서 차가워진 몸과 불안한 정신을 본래의 상태로 회복시키기 위해서 수도꼭지를 틀었지만, 찬물이었다. 한동안 기다렸다. 그러자 미지근한 물이 나오는가 싶더니 제법 따스한 물이 나왔다. 그러자 그녀는 한참 동안 따스한 물을 온몸 구석구석 끼얹었다. 그러는 사이, 큼직한 드럼세탁기 맞은편 세면기 위에 고정된 투명한 거울에 김이 서려 서서히 자리를 잡기 시작하고 있었다.

꽃뱀은 차가워진 육체를 데우는 것이 최우선이었다. 더 방치했다가는 예기치 않은 검증되지 않은 수많은 바이러스로 인하여 생명에 위협을 받을 것을 적지 않은 경험을 통해서 이미 알고 있었기 때문이었다. 그래서 늘 체온이 떨어지면 신경이 민감해져서 주위 사람들에게 짜증을 부렸고, 어쩔 때는 꼬투리를 잡아서 싸우기까지 했다. 그래서 그런 환경과 상황에 처하는 것을 싫어하고 꺼렸다. 그럼에도 불구하고, 따스한 햇살을 충분히 흡수하는 것과 따스한 온수로 차가워진 체온을 점진적으로 끌어올리는 것은 더없이 느긋하고 흐뭇한, 상쾌하고 즐거운 일이었다. 그러면 어느덧, 온몸에 화사하고 충만한 온기와 잔잔하고 은근한 생기를 내뿜었다. 화장을 하지 않아도 피부가 반질거려 윤기가 났고 화장을 하면 더욱더 얼굴이 곱고 촉촉해지는 아름다움을 드러낼 수 있었다. 그럴 때면, 언제나 그때까지 맥을 못 추고 내면의 밑바닥에 가라앉아 있던 강한 욕구가 꿈틀거리는 것을 느낄 수 있었다. 그녀는 그것이 늘 반갑고 즐거운 일이었다. 가까이에 사내가 없으면 자위라는 간소한 도구로 추락해 있었던 자존감과 기분을 고양시킬 수 있었기 때문이었다.

그때 거실 쪽에서 어수선한 소음이 들렸지만 꽃뱀은 샤워기를 틀어놓고 자신이 원하는 지점을 집중적으로 자극하고 있어 제대로 들을 수가 없었다. 그 와중에 미리가 알몸으로 비스듬하게 열린 문으로 들어왔다. 그때 꽃뱀은 자신의 성스러운 행위에 심취해 있어 미리의 출현을 의식하지 못하고 자신이 원하는 행위에 몰두해 있었다. 미리가 가까이 다가와서 자신의 어깨에 손을 얹을 때까지, 그리고 미리가 자위를 도와주겠다는 말을 들을 때까지 그녀는 자신의 일에 성실하게 몰두해 있었다. 그녀는 애써 놀라는 것 같더니 샤워기를 미리에게 건네주고 미리의 눈동자를 촉촉하게 쳐다보는가 싶더니 과감하게 안으로 모이지 않는 그래서 예쁘지 않고 펑퍼짐한 유방에 손을 얹고 부드럽게 쓰다듬었다. 그들 각자의 육체는 상대를 원하고 있는 타오르는 충일한 욕구를 드러낸 채 능동적으로 나아가서 서서히 채워가고 있었다. 미리는 꽃뱀에 비해서 머리 하나 정도가 더 있었고 어깨도 넓고 단단해 보였고 허리에서 내려가는 엉덩이 라인이 굵고 선명하게 표현되었다. 엉덩이에 엉겨붙은 근육도 무수한 시간의 흔적과 땀의 흔적이 고스란히 맺혀 있는 저장고처럼 풍성하고 견고하게 형성되어 있었다. 엉덩이에서 시작하는 넓적다리의 튼실함도 종아리에까지 연결되어 있는 운동선수들의 전형적인 육체를 소유하고 있었다. 아름답다고 치부하기에는 너무나 건강하고 외형적인 윤곽이 남성을 지향하고 있어 단아하고 고운 여인의 부드러움을 머금고 살아가기에는 무리가 있는 그런 모습이었다. 꽃뱀과는 정반대의 모습과 성격을 소유하고 있어 시로에게 끌리는 것인지도 모를 일이었다.

겉으로 보기에는 미리가 섹스를 주도할 것 같았지만 실상은 그렇지 않았다. 꽃뱀의 농익은 손끝의 터치가 미리의 덩치를 일순간 흐물흐물 무너뜨리는 것이었다. 미리는 꽃뱀의 아담한 가슴을 만질 뿐 섹스를 주도할 정도로 숙련된 스킬을 가지고 있지 않아서 꽃뱀의 손끝이 머무는 곳마다 주체할 수 없을 정도로 지나치게 들뜨기 일쑤였다. 미리는 이렇게 긴장되고 이렇게 초조하게 정제된 쾌락을 맛본 적이 없었다. 입에서 더러운 술냄새가 나고 반강제적인 일방통행으로 당했던 투박한 섹스에 방치된 삶을 살아온 것이 다였기에 꽃뱀의 부드러운 터치가 신세계를 열기에 충분했다.

미리는 꽃뱀의 부드러운 행위를 모두 수긍했고, 그녀의 감각적인 터치를 감사하게 생각하며 끌려다녔다. 마치 노예가 된 듯이. 꿀을 탐하는 벌레들의 행위처럼 자연스러웠다. 일상적인 삶의 단선적인 방향과 무기력한 정체로 인하여 늘 밀쳐버리고 그래서 무뎌진 다채로운 감정의 움직임이 이채롭게 다가와서 머물렀다. 태어나서 처음 느끼는 전율과 감미로움이었다. 어릴 적부터 표현할 수 없었고, 표현하면 큰 죄를 짓는 것 같아서 늘 소극적이고 자폐적인 소통으로 망설이며 흐리멍덩하게 행동했던 것이다. 겉모습으로 드러나는 대범한 행동과는 달리 내적으로는 늘 자의식의 두꺼운 벽에 또 두꺼운 벽을 쌓아서 외부로부터 자신을 지키느라 여념이 없었던 것이다. 남녀 간의 사랑도 그래서 진도가 나가지 않았고 주저주저하다가 마음에서만 활활 타오르다가 뭉그러지고 끝날 때가 한두 번이 아니었다. 격하게 치솟다가 여지없이 가라앉는 식이었다. 그래서인지 동성도 다르지 않았다. 꽃뱀이 온몸으로 다가와서 쾌락의 정원에 자양분을 줄 준비를 하고 있어도 정작 미리는 자신이 쌓은 자의식의 벽으로 인하여 그 과실을 따먹지 못하고 쳐다만 볼 뿐이었다. 거의 블랙아웃 상태이었다. 출입구를 찾지 못하고 갈팡질팡 애매모호한 상태에 있을 때 꽃뱀이 적극적으로 다가와서 진지하게 애무를 하지 않았다면 진도도 나가지 못하고 그 자리에서 맴돌기만 했을 것이었다. 어쩌면 그것은 전도사의 손을 잡고 도망간 자신의 엄마로부터 물려받은 무형의 재산일지도 모른다.

꽃뱀은 미리에게 새로운 세계를 열어주는 선구자였다. 협상의 최우선 덕목은 디테일이듯이 그녀의 감각적 터치 또한 디테일했다. 민감하게 다가오는 곳마다 터치했고, 그것으로 미리는 섹스의 풍성한 아름다움과 즐거운 축제에 젖어들 수 있었다. 몽롱하게 젖어들고 달콤하게 젖어들었다. 살아오면서 내면의 벽에 군데군데 지뢰를 설치해서 파상적인 적의 공격을 막기 위해서 쌓은 두꺼운 벽이 조금씩 허물어지는 것을, 인생의 허무한 시절과 엄마에 대한 슬픔과 싱처, 이뻐에 대한 안타까움과 미안함이 조건 없이 매듭을 푸는 것을 흐릿하게 느낄 수 있었다. 그때 느닷없이 비스듬하게 열린 화장실문 쪽에서 꽃뱀의 전화벨이 울렸다. 아주 다급한 울림이었다. 연이어 미리의 벨소리도 들렸다. 엘 콘도르 파사였다. 그녀는 하늘을 지배하는 콘도르처럼 자유롭게 살고 싶었던 것인지도 모른다. 그것이 되지 않아서 늘 혼자서 보채며 살아왔는지도. 콘도르는 여전히 날고 있었다.

아버지는 과거에 살고 있고 어머니는 현재에 살고 있었다

꽃뱀헌터는 대병이라는 낯선 곳에 내려온 지 벌써 한 달을
온전히 채워가느라 여념이 없었다. 매서운 겨울 입김에서 벗
어나 화사한 봄의 정점으로 향하는 지점에 내려온 것으로 기
억되었다. 겨우내 자양분의 단절로 인하여 메말라 있던 가지
들에 서서히 생기를 불어넣고 있는 중에 말이다. 이 고장을
알리는 벚나무가 도로가에서 화사한 순백의 꽃을 미련 없이
떨쳐버리고 그 빈자리에 밀려드는 공허함과 상실감을 채우기
위해서 무성한 잎사귀들로 분주하게 새롭게 단장하고 있을
즈음이었다. 개나리도 피고 진달래도 피는 5월을 향해 가파
르게 나아가는 지점이었고 5월의 꽃인 향긋하고 화려한 장미
를 기다리는 지점에서 가파르게 나아가고 있었다. 그때부터
한 달을 완전히 채우지도 못했으나 이미 몇 해가 지난 것처럼
오래되어 익숙한 그래서 숙성된 나날을 보내는 것이 한편으
로 기이하기도 했다. 그것이 그의 장점이기도 한 환경에 대한
적응력이었다.
　며칠 전에 꽃뱀헌터는 사이클을 중고로 샀다. 산악자전거

를 사서 산으로 들로 다니고 싶었지만 도로 위에서는 무겁고 굼뜨기에 가볍고 날렵한 사이클을 샀다. 예전에는 열심히 타다가 어느 날부터 베란다에 처박아놓아 먼지만 수북하게 쌓여 있었던 것을 구매한 것이었다. 자전거 주인은 30후반의 가정이 있는 사람이었고 예쁜 딸이 있다고 했다. 꽃뱀헌터는 그것을 거래하기 위해서 진주시 하대동에 있는 진주제일여자 고등학교 옆에 있는 아파트로 갔다. 아파트 단지에 들어서자마자 붉고 가벼운 S-WORKS 자전거를 끌고 나왔다. 그는 그랜저 주위에 멈추자마자 자신의 자전거 자랑부터 시작했다. 프레임이 420만원이고 휠셋이 180만원이고 안장이 45만원이라고 했다. 그는 구동계에 대해서는 일언반구도 없었다. 그것이 그 자전거의 취약점인 것 같았다. 그래서 꽃뱀헌터는 그랜저의 주인인 건물주선배에게 사진을 찍어 전송해서 체크를 했고 곧 대답이 날아왔다. 왜냐하면 선배는 2000만원을 호가하는 자전거가 몇 대 있어 그것에 대한 식견이 남다를 것 같았다. 그는 틈만 나면 호수공원에 가서 자전거를 탔다.

"껍질만 훌륭해. 구동계도 최하급이고 페달도 최하급이야. 그런 사람은 겉으로 보이는 것에만 치중을 하지. 보통사람들이 구동계를 최우선으로 생각하는 것과는 달라. 가식적으로 위선적인 사람일 거야. 허세가 있는, 지갑에 있는 돈이 전부인 사람일 것이 분명해. 정희 그 찢어죽일 년은 아직도 전도사하고 암암리에 밀월 여행을 가서 서로 핥고 빨며 당기고 누르며 격렬한 섹스를 한다고 해. 교회에서는 온전한 척 성결한 척 행동하면서 말이지. 그 자전거 주인과 같은 과야."

느닷없이 정희가 튀어나왔다. 아직도 건물주선배는 정희라는 창녀처럼 얍삽하게 생긴 여자를 잊지 못하는 것이었다. 자신의 목적에만 급급한, 야비하고 간사한 그 여자를 말이다. 원래 술집 여자들이 고혹적인 매력과 향기를 발산하며 사내들의 뜨거운 피를 더욱더 충동질하는 것이리라. 정희라는 그 여자가 그런 부류인 것 같았다. 그러니 아직까지 그녀의 야릇한 이미지가 건물주선배의 피를 들끓게 하고 있으니 말이다. 체념되지 않는 게 어쩌면 소박하고 진솔한 사랑인지도 모른다.

자전거 주인은 250만원을 달라고 했다. 그래서 꽃뱀헌터는 군소리 없이 줬다. 그와 긴밀한, 눈치 보며 잔머리를 쓰면서까지 흥정하기 싫었다. 그런 쪽으로 꽃뱀헌터는 치열하게 계산적이고 치열하게 주도면밀한 사람이 아니었다. 자신이 조금 더 손해 보더라도 상대의 결점을 찾아서 부딪치며 깎고 이윤을 챙기는 그런 일반적인 사람이 아니었다. 그럼에도 그는 늘 필요한, 넉넉한 돈이 있었고 살아가는데 불편함이 없었다.

그 구매한 자전거가 테라스에 있고 이미 주문한 헬멧과 온몸의 근육을 견고하게 잡아주는 저지, 클릿슈즈와 클릿페달이 이제 도착해 현관문 쪽에 박스를 뜯지 않은 채 그대로 있었다. 대학교 때 캠퍼스에서 친구 사이클을 종종 타보고 호수공원에서 신문 구독을 하면 주는 자전거로 호수공원에서 종종 타봐서 낯설지 않고 쉽게 장비와 친숙할 수 있을 것 같았다. 그래서 나중에 자전거에 부착되어 있는, 전 주인이 달아준 싸구려 페달을 교체하는 단순한 작업을 해거름에 해야겠다고 생각하고 있었다.

그는 황토침대에 느긋하게 누워 있었다. 그는 활짝 열어놓은 창문 사이로 가볍게 들어오는 보드라운 햇살과 합천댐의 잔잔한 수면을 부드럽게 핥고 이리저리 거닐다가 들어온 상냥한 미풍의 하늘거리는 춤사위를 코끝으로 미세하게 느낄 수 있었다. 그는 이때가 삶의 행로 중에서 가장 유익하고 느긋하고 풍성하다고 생각했다. 멍한 상태에서 출처를 알 수 없이 다가오는 생각들과 잠시 머물다가 미련 없이 훌쩍 떠나는 생각들, 오랫동안 주저앉아 머물다가 한숨과 한탄을 남기고 떠나는 생각들에 대한 의미부여를 하지 않고 흘려보내는 것이 더 없이 달콤하고 신선하고, 흐뭇하고 행복한 일이었다. 그러다가 불현듯이 진주시 하대동에 갔을 때 각자 가까운 곳에 살고 있었지만 왜 아버지와 어머니를 만나지 않고 왔는지에 대한 생각들이 짙은 먹구름처럼 밀려들었다. 아픔이고 고통이었다. 그래서 의식적으로나 무의식적으로 강하게 외면하고 있었던 것이리라. 아버지와 어머니는 각자 외롭고 고달프게 살아가고 있었던 것이다. 아버지는 술을 신으로 믿으며 살고 있고 어머니는 개인적인 검증되지 않은 신을 믿으며 살고 있었다.

그는 지금까지 부모님을 만나서 따스한 사랑과 절실한 애정을 표현해 본 적이 없었다. 반가운 만남과 절절한 이별 또한 해본 적이 없었다. 어릴 적부터 운동선수인지라 거의 학교 숙소에서 살다시피 생활했었기에 가끔씩 집에 가면 알뜰하고 다정한 온기가 은근하게 배어날 법도 한데, 늘 싸늘한 냉기가 집안 구석구석 웅크리고 있었던 것이다. 그 즈음에 아버지는 중학교 체육선생이었고, 언제나 바빠서 얼굴을 볼 수 없었다. 늘 집에서 현관문을 열어주는 분은 어머니였고, 그녀는 차갑고 어두운 낯빛으로 핏기 없이 하얗게 미소 지을 뿐이었다. 그녀는 아버지의 먹먹한 사랑과 살가운 친절을 한 번도 받아보지 못한 모습이었다. 그녀는 말 없이 자신의 방으로 들어갔다.

그곳은 그녀의 고유의 영역이라 들어가고 싶지 않았지만, 어느 날 그녀가 잠시 집을 비우고 없을 때 강한 호기심이 발동해서 잠긴 방문을 열어보았다. 코를 찌르고 비위를 매스껍게 하는 매캐한 향의 거북스러움이 강하게 밀쳐내었다. 순간 그는 방문을 닫았다. 자신을 강하게 밀쳐내는 형체 없는 뭔가가 있다는 것을 느꼈고, 재차 방문을 열 엄두가 나지 않았다. 한참을 거실을 왔다 갔다 하다가 소파에 앉았다가 리모컨으로 TV를 켰다가 끄는 것을 반복하다가 방문을 열어볼 용기가 생긴 것이다. 방 안에 있는 그 알 수 없는 실체로 인하여 어머니가 서서히 변했다는 것을 깨달을 수 있었기 때문이었다.

가까스로 용기를 내어 방문을 열어 보았고, 갑옷을 입고 투구를 쓴, 왼손에는 긴 칼을 쥐고 오른손은 언제 칼을 뽑아 내려칠지 모르는 거칠고 억센 동적인 정적을 품고 있었다. 눈동자가 부리부리하고 콧날이 날카롭게 서있고 입술은 얇고 길었다. 귀는 얇게 뻗었으나 귓밥은 없고 아랫입술부터 턱 가장자리로 허연 수염이 꼿꼿하고 덥수룩하게 아래로 뻗어 있었다. 최영 장군신과 비교할 수 없을 정도로 하찮은 클래스에 머물고 있는 장군신이었다. 그 그림 속에 존재하는 장군신은 변방에서 머물다가 전사한 이름도 알려지지 않은 하찮고 보잘것없는 존재인 것만은 확실한 것 같았다. 그것도 아니면 왜구의 괴수가 볼품없이 아무렇게나 변복하고 은둔하고 있었던 것인지도. 세월의 때가 켜켜이 묻어 있는 오래된 그림에 장군으로서 위엄과 존엄과 용맹함이 없었다. 얕은꾀를 쓰면서 자신의 이익만 추구하는, 입꼬리와 양쪽 볼에 야비한 심술보가 짓눌려 박혀 있는 천해 보이는 얼굴이었다. 더욱이 그 그림

속에서 죽음을 부르는 음험한 살기와 생득적 외로움과 고독을 불규칙적으로 여실히 내뿜고 있었다. 혼란스럽고 요사스러운 그림이었다. 사람들에게 즐거움과 기쁨을 선사하는 선한 영향력을 선사하는 것이 아니라 불측하고 불순한 방향을 제시해서 죽음의 길목에서 서성거리게 할 것 같았다. 아무래도 저런 인물이 현실에 출현하여 배역을 맡으면 위험천만한 사기꾼에 가까울 것이다.

한쪽 바람벽에 그런 스산하고 음흉한 그림이 걸려 있고 그 앞에 제단이 있고 향불을 피우는 향로가 있었다. 그 곁으로 사과와 배가, 굴과 밤이 가지런히 담겨져 있고 쌀도 공기에 한 그릇 담겨져 있었다. 어머니는 매일 새벽에 일어나서 목욕재개를 하고 그 화적떼 두목 같은 그 그림에 지극정성을 들이는 것이리라. 그 그림이 어머니에게 어떻게 다가와서 척박하고 억눌린 마음을 열고, 불온한 악기를 불어넣었는지 그 간단치 않은 이유를 알고 싶었다. 그래서 벽에 걸려 있는 그 음흉한 장군신을 한동안 서서 쏘아보았다. 이젠 그는 온몸에 기운이 삽시간에 빠져나간 아까와 달리 발끝에서 시작해서 종아리를 거쳐서 넓적다리, 엉덩이에 잠시 머물며 맴돌면서 허리와 어깨로 삽시간에 줄기차게 뻗어나가 억센 근육에 새로움과 활기를 선사하는 것을 느낄 수 있었다. 그러므로 부리부리하고 맹렬한 눈동자로 그 음험한 괴수를 뚫어지게 바라볼 수 있었다. 그래서 그런지 그 짧은 순간에 그 괴수가 움찔하는 것을 느낄 수 있었다. 그리더니 눈동자도 아래로 내리깔고 다 소곳해지는 것도 느낄 수 있었다. 그때 딸그락거리는 현관문 열리는 소리로 인하여 더 이상 그 자리에 머물 수는 없어 재빠르게 방문을 닫고 나올 수밖에 없었다.

꽃뱀헌터는 부산에서 고등학교를 다녔다. 그는 집에 가끔씩 찾아와서 공허하게 머물다가 무기력하게 부산으로 내려가곤 했다. 그런 공허한 집안의 분위기 때문인지 집에 오는 것도 싫고 오래 머무는 것도 싫었다. 자꾸 집안의 스멀거리는 이상한 기운이 자신을 옭죄고 무겁게 밀쳐내는 것을 미세하게 느낄 수 있었다. 그래서 집에 대한 강한 저항이 있었고, 집을 벗어나고 싶은 객기가 한번씩 들 때면 부산에서 머물다가 지하철을 타고 해운대해수욕장에 가서 이쪽 끝에서 저쪽 끝까지 무의미하게 거닐며 삼삼오오 날아왔다가 날아가는 갈매기들을 무심하게 바라보곤 했다. 파도가 밀려들었다가 되돌아가는 그곳에, 조그마한 포말을 남기고 되돌아가는 그곳에, 바다 깊숙한 곳에서 사멸하고 남은 조개껍데기들이 뚜렷하게 박혀 있는 그곳에 태평스럽게 사뿐사뿐 움직이다 부리로 쪼는 갈매기들을 지긋이 내려다보다가 또 한쪽 끝으로 걸었다. 그러다가 멀지 않은 곳에서 무수히 많은 갈매기들이 무리를 지어 급하게 이리저리 회전하고 맴을 돌며 자연스럽고 격렬한 울음소리와 능숙한 비행 솜씨에 시선이 빼앗기기도 하면서 걸었다. 아득하게 먼 고요한 바다 끝 잔잔한 하얀 구름이 낮게 가라앉은 수평선 너머에서 가까스로 생성된 신선한 바닷바람이 온몸을 부드럽고 친근하게 핥고 지나가면 온몸에 켜켜이 눌어붙은 현실의 잡스러운 생각들과 망상들이 말끔히 떨어져 나갔고, 그래서 그런지 더욱 시원하고, 쾌적하고, 즐겁기까지 했다. 그러다가 그는 먼 바다에서 지나가는 크지 않은 배의 엔진소리에 이끌려 망연히 바라보다가 한쪽 끝에 도착할 수 있었다. 그럼에도 그는 해변이 끝나는 지점에 있는 조선호텔을 비켜 돌아서 계단을 올라 동백공원 산책로를 잘 이용하지는 않았다. 보통 부드러운 모레를 밟으며 때때로 운동화와 양말을 벗어들고 되돌아와서 해송의 잎이 밀생하며 짙은 그늘을 친밀하게 낳고 있는 그곳에, 언제나처럼 그 자리에 있는 말끔한 긴 의자에 길게 누워서 비스듬히 파란 하늘에 뜬 풍성하고 순연한, 흩어지고 소멸하는 하얀 구름의 이동을 흐뭇하게 바라보거나 망망대해에 어른거리는 수평선을 번갈아보며 한가롭고 느긋하게 시간을 보내곤 했다.

그가 어머니에게 비정상적으로 돌아가는 가정의 변화에 대하여 물으면 그녀는 일언반구도 없었고, 아버지 또한 그랬다. 점차 그는 아버지가 집에서 자고 일어나는 평범한 일상을 볼 수 없었고, 잠시 머물렀다가 어딘가로 사라지는 아버지의 뒤통수만 볼 수 있었다. 그의 육체적인 성장과 함께 그들은 지속적으로 관계를 유지하는 것 같지 않았고, 타인과 다름없이 우연히 거리에서 만나도 시선을 떨구거나 먼저 본 사람이 우회하는 발걸음으로 재빠르게 피할 것 같았다. 아마 그들은 그가 인식할 수 없는 어린 시절부터 틈이 서서히 벌어졌고, 시간이 더하고 곱해지자 주먹이 들어갈 정도로 회복이 불가능했을 것이다. 그러다가 어느 날부터 아버지는 집에 들어오지 않았고, 그러는 사이에 어머니는 우연히 찾아온 자신의 신을 만나서 그 공허한 빈자리를 채우고 있었던 것이리라. 그녀는 자신의 첫사랑을 만난 것처럼 신에게 애틋하고 절실하게 성실하고 은근하게 나아갔고 아마도 존경하고 경외했을 것이다. 그것이 아버지에게 여실히 무너진 공허한 삶의 지렛대를 곧추세우는 것이고 하루하루를 버티며 살아갈 수 있는 삶의 자양분이고 소소한 희망일 것이다. 그렇지 않았다면 사무치는 외로움과 고독으로 서늘한 죽음의 입김을 내뿜는 어두운 그곳으로 서서히 걸어들어갔을지도 모른다.

꽃뱀헌터가 나중에 안 사실이지만, 그때가 그가 대학교를 다니고 여름방학 때 잠시 시골에 있는 외할머니 댁에 갔을 때였다. 진주에서 가까운 시골이었다. 그는 아버지와 어머니로부터 받지 못한 지고지순한 사랑과 따스한 보살핌을 외할머니로부터 받았다. 그래서 틈만 나면 외할머니를 보러 시골에 갔고, 외할머니는 늘 마을 입구 버스승강장에 나와서 자신을 기다리고 있었다. 그는 저녁식사를 하고 대청마루 가장자리 쪽으로 누워서 짙은 어둠 속에서 풀벌레의 청아한, 잔잔하고 깊은 울음소리에 마음의 평온을 찾고 있을 즈음에 외할머니는 아버지에 대하여 스스럼없이 말했다. 아버지는 천하에 바람둥이였다고 말이다. 잘생기고 건장한 체격을 소유하고 있고, 온화한 성격과 미소로 늘 고등학교 앞에 여학생들이 줄을 섰고, 그 줄을 선 여학생 중에 한 명이 어머니라고 말했다. 그러다가 아버지가 시합 중에 공을 던지고 타자가 친 공이 마운드 옆으로 쏜살같이 빠져나가는 것을 재빠르게 낚아채다가 발목 부상을 입었다고 말했다. 그래서 병원에 몇 주 입원하게 되었고, 어머니는 외할머니를 졸라서 전복죽을 끓여서 바치는 온갖 정성을 다했다고 말했다. 그러던 중에 우연히 찾아온 사랑의 씨앗이 발아하고 수분을 머금고 잎사귀가 나오면서 서로가 서로에게 격렬하게 뜨거웠고, 열렬한 사랑으로 전이되었다고 말했다. 그래서 어머니가 고등학교도 졸업하기 전 늦가을 즈음에 임신을 했고, 하는 수 없이 결혼에까지 이르렀다고 말했다. 결혼을 해도 아버지는 무책임하게 또 다른 여자들에 겹겹이 둘러싸여 어머니를 따스한 미소로 바라보지 않았고, 늘 혼자 외로이 방치하였다고 말했다. 그래서 어머니는 사무치는 외로움과 고독으로 하루하루를 겨우 버티었다고 말했다. 남편의 따스한 손길도 친근하고 사랑스러운 말 한마디도 없이 혼자 외로이 심심한 방 안에 무릎을 세우고 가냘프게 흐느끼면서 갈급하게 누군가에게 기도했을 것이라고.

어느 날, 어머니 자신도 인식하지 못하는 사이에 그 외로움과 고독의 둥지에 이상하고 사나운 기운이 스며들게 되었다고 말했다. 그 형체 없는 사나운 기운은 어머니를 자신이 원하는 방향을 반듯하게 제시하고 이리저리 강압적으로 끌고 다녔다고 말했다. 물 한 모금 못 마시게 한다거나 혈변을 누고, 몹시 사나운 몸살감기처럼 온몸을 가눌 수도 없어 세상이 혼란스럽고 어지러워 중심을 잡지 못하고 누워 있어야만 하는, 그런 와중에 온몸의 뼈마디를 날카로운 바늘로 꾹꾹 찌르는 고통을 겪어야만 했던 것이리라. 어머니는 각성한 채 잘 수도 없고 미친 듯이 헛소리를 질러야만 했다고 말했다.

어머니는 잠을 이룰 수 없는 처참한 고통으로 시달리다가도 꿈이 많아지고 환영을 좇다가 방울을 발견하기도 하는, 수시로 환청에 시달려서 옷을 찢고 미친 듯이 발광을 했다고 말했다. 평판이 좋은 훌륭한 의사도 필요 없었고, 결국에는 무당의 길로 접어들었다고 말했다. 어쩌면 그것이 하늘의 뜻이고 섭리라고 밖에는 설명이 되지 않는, 더 이상 저항할 수 없는 음습한, 막다른 골목에까지 몰아붙였다고 말했다. 외할머니는 정상적인 신이든지 비정상적인 신이든지 각자 자신이 가지고 살아온 고유의 패턴과 방식을 버리지 않으면 신이 가혹한 환경과 상황을 만들어 잔인한 고통을 선사하고, 그런 과정을 통해서 신의 패턴과 방식으로 서서히 인도하는 것이라 말했다. 그것을 거절하거나 용납하지 않으면 잔인한 멸시와 고통이 뒤따른다고 외할머니는 말했다.

그러다가 어머니는 자신의 생각과 무관하게 강제적으로 장군신을 영접했다고 말했다. 어머니는 피할 수 없는 선택이었고, 그 선택 밖에 할 수 없었다고 말했다. 그것만이 그 사나운 기운이 허락한 최소한의 자비일 것이라 말했다. 그 곁에서 딸을 지켜보던 외할머니는 안타까웠고 가슴이 찢어지는 아픔이고 고통이었다고 말했다.

외할머니는 그해 여름과 가을 사이, 밤낮의 기온이 제법 싸늘하게 스민 어느 따스하고 맑은 날 세상을 떠났다. 그녀는 마지막으로 유언을 장황하게 늘어놓고 떠난 것이었다. 어쩌면 손자가 성인이 될 때까지 기다리고 있었다가 미뤄두었던 자신의 임무를 완수하고 모든 것을 내려놓고 평온한 상태에서 세상을 떠난 것인지도 모르는 일이었다. 따스한 온기가 사라진 그녀의 얼굴은 은은한 미소를 머금고 삶의 매듭을 거의 다 풀어버린 것으로 여겨졌다.

그는 돌아가신 외할머니에 대한 추억이 되살아나면 늘 은근한 미소가 얼굴 가득 자리를 잡았다. 슬프지 않고 언제나 훈훈해지는 것을 느낄 수 있었다. 외할머니는 살아있을 때나 이미 돌아가셔서 멀리 떠났을 때에도 언제나 가까이에서 자신과 함께 살아가는 것 같은 착각이 들 정도였고, 화사한 이미지가 반복적으로 생산, 확산되어 자신의 주위에서 오랫동안 머물면서 기분을 고양시키는 것을 느낄 수 있었다. 연이어 마을 입구에 언제나 듬직하게 뿌리를 깊숙이 내리고 짙은 그늘을 드리우는 큼직한 느티나무의 의연한 모습이 떠올랐고 먼발치에서 바라볼 수 있는 할머니의 기와집이 떠올랐다. 어른 어깨 높이로 투박하게 쌓은 돌담이 일정하게 안팎의 경계를 구분하고 있었고, 그곳을 무성한 담쟁이들이 감각적인 더듬이를 뻗어나가며 사나운 태풍에도 견딜 수 있는 돌담을 견고하게 부여잡고 있는 모습이 떠올랐다. 그 아늑한 곳에 하루도 빠뜨리지 않는 비질로 넓고 평평한 마당이 단정하고 깨끗했고, 그곳을 서너 마리의 암탉들이 무리를 지어 다니기도 하고 따로 다니기도 하며 먹이를 찾고 있는 모습이 넉넉하고 아련하게 떠올랐다. 하루에 한 번씩 외할머니가 '구구'하고 외치며 마당에 던져주는 모이를 쟁취하기 위해서 뒤뚱뒤뚱 뛰어오는 암탉의 모습이 떠올랐다.

그는 황토침대에 누워서 천장을 망연히 바라보면서 그때의 아련하고 풍성한 추억들을 새롭게 더듬으며 자신도 의지할 낭만적인 추억이 있었다는 것이 새로웠고, 고맙고 감사한 일이었다. 아버지와 어머니에게서 당연히 얻고 성취해야 할 삶의 형식과 내용을 외할머니가 투박하게 가까스로 채웠다는 것이 한편으로 불행한 일이었지만, 그럼에도 그것으로 만족하고 싶었다. 유약한 유년시절부터 충동적인 청소년기에 이르기까지 따스한 외할머니의 존재라도 없다면 삶의 갈피를 잡지 못하고 방황했을 것이고, 그 얼마나 외롭고, 힘들고, 고 달팠겠는가! 메마르고 건조한, 광막한 고비사막에서의 오아시스였다. 할머니의 존재는.

그런 생각들을 하고 있다가 그는 천장과 창틀 사이에 거미줄이 조잡하게 드리워진 것을 볼 수 있었다. 거미는 보이지 않았지만, 그 어딘가에 숨어서 거미줄에 걸려드는 먹이에 대하여 시선을 집중하고 감각을 집중하고 있었던 것이 분명했다. 어쩌면 무료한 시간을 자신과 비슷한 방법으로 늦은 아침과 정오 사이 어중간한 시간에 점심을 먹고 포만감에 이끌려 낮잠을 청하고 있었던 것인지도 모른다. 견고한 거미줄이 끈 끈하게 연결되어 있어 가벼운 하루살이라도 엉겁결에 날아와 걸려들면 거미줄이 출렁거려 끈끈한 올무에 감기는, 그 진동으로 낮잠의 유혹에서 벗어나 눈꺼풀을 간신히 밀어올리며 서서히 먹이를 주시할 것이 분명해 보였다. 그래서 그는 천장의 가장자리에 숨어 있을 것 같은 거미를 아까부터 의식적으로 찾았다.

꽃뱀헌터는 거미집 쪽에서 시선을 거두지 않고 집중하고 있었다. 그러다가 거미의 유무가 궁금하기도 해서 몸을 일으켜서 침대헤드보드에 의탁했다. 그는 어떻게 저곳에 터를 잡고 정착했는지 의아하기도 하고 궁금하기도 했다. 최초의 인류가 역사의 이정표도 없는 지구에 터를 잡고 살아가는 것처럼 불안하고 초조하며, 생경하고 어수선하게 환경과 사물들이 다가왔을 것이 분명했다. 무표정한 상태와 모습으로 다가오지 않는 것들에게 애써 다가가서 말을 건네며 친근감을 표시하고 따스한 미소를 보내는 것이 생존의 근거와 터전이 되기에 스스럼없이 행동하는 것이었다. 그러다가 기둥을 세우고 서까래를 걸치고 지붕을 얹으면, 추위와 눈비를 피할 수 있는 조그마한 여력이 생기게 되면 내면에 존재하는 정복자의 본성, 즉 탐욕과 포악성이 꿈틀거리는 것을 서서히 느끼는 것이리라. 그러면 더욱 잔인해지고 포악스러워져서 힘없이 연명하는 미물들의 생존권과 존엄성을 강제로 빼앗고, 자신의 입장에서의 질서와 법규를 만드는 것이리라. 거미도 어쩌면 최초의 인류처럼 저 천장 가장자리에 숨어서 가늘게 호흡하면서 때를 기다리며, 날아드는 하루살이의 영역에 보이지 않는 그물을 쳐서 기다리고 있었던 것인지도 모른다. 자신의 탐욕과 포악성을 숨긴 채 말이다. 그는 바람둥이인 아버지도 꽃뱀도 세상에 거미의 거미줄처럼 보이지 않는 견고한 그

물을 쳐놓고 기다렸다가 자신이 원하는 옵션을 가진 목표를 초이스 하는 것 같았다. 적당한 재력과 적당한 섹스를 취할 수 있는, 그런 와중에도 또 다른 옵션으로 다가오는 것을 탐하고 과감하게 버릴 수 있는, 그러한 상대를 찾는 것 같았다. 아버지는 그런 복잡하면서도 치밀한 계산으로 생활하다가 우연히 욕구에 취해서 엄마의 자궁에 깊숙이 삽입을 해서 자신을 싹트게 한 것일지도 모르는 일이었다. 아버지의 원하지 않는 삶이고 피할 수 없는 상황이기도 했을 것이다. 그래서 군대도 가지 않은 젊은 나이에 어머니를 받아들였을 것이다. 통제되지 않은 자신의 삶을 방치한 채 어머니의 삶을 서서히 오염시켜서 고립된 공간에서 밀폐된 일상을 가까스로 영위하도록 내버려두었던 것 같았다.

천장 어딘가에 숨어 있는 거미가 꽃뱀과 많이 닮은 것 같기도 했다. 그녀가 이 한적한 고등학교에 부임하고 나서, 그 이전에는 떠돌이생활을 하면서 먹이를 사냥하는 배회성 거미에 속한다면 지금은 일정한 집이나 그물을 쳐서 한곳에 정착하는 정주성 거미에 속하는 것이었다. 그러다가 그녀는 떠돌이 생활을 잊지 못해서 훌쩍 떠날지도 모른다는 생각도 해보았다. 어느 날 그녀는 삶의 속박에 제한되거나 구속되기 싫어서 규칙적이고 반복적인 일상성을 버리고 몸을 부풀리고 펼쳐 억새풀 끝에서 미풍의 회오리가 불 때를 기다려서 가벼운 거미줄의 날개를 이용해 아주 먼 새로운, 미지의 땅으로 떠날 시도 모르는 것이었다. 어쩌면 그녀도 이곳 고등학교의 무수한 학생들이나 선생들의 가슴 속에 심어놓은 강렬한 이미지와 현혹적인 자태와 흐느적거리는 몸짓을 흩뿌려놓고 훌쩍 떠나버릴지도 모른다. 그들 각자의 마음의 정원에 던져진 그녀의 야릇한 이미지의 씨앗들은 각자가 알아서 자양분을 듬뿍 주어서 건강하고 충실하게 자라게 할 것이다. 그것들이 웃자란 나무가 될 수도 있고 아름답고 향긋한 향기를 발산하는, 싱그럽고 예쁜 꽃들이 될 수도 있을 것이다. 그녀와는 별개로 말이다.

그는 머리맡에 둔 스마트폰을 집어들었다. 카톡으로 들어가서 바뀐 꽃뱀의 이미지를 들여다보았다. 시선을 정면으로 응시하지 않고 살며시 회피하는 듯, 그러면서도 유난히 봉긋한 형태를 유지하려고 애쓰는 하얀 브라의 끈이 살짝 보이는, 충일하고 팽팽한 긴장감을 자아내는 유방이 정면을 향하고 있는 새로운 사진이었다. 단단하지만 따스해 보이는 누런 벽에 깃털의 윤곽이 뚜렷한 하얀 천사의 날개가 양쪽으로 고정되어 밸런스를 유지하는 곳에서 찍은 사진이었다. 그녀의 회피하는 야릇한 시선 처리가 오히려 그녀의 도발적인 섹시함을 더욱 부각시키는 요인이 되었고, 이상야릇한 신비스러움과 충동적인 호기심을 더욱 자극해서 사내들의 시선에 잔잔한 여운을 던지는 효과를 쉼 없이 자아내는 것 같기도 했다.

그녀는 허리가 잘록하게 들어가는 블랙진을 입고 손목 아래까지 내려오는 핑크 계열의 니트를 입고 있었다. 니트는 몸의 일부인양 밀착해서 어깨와 유방의 곡선을 더욱 돋보이게 했다. 목덜미에서 부드러운 곡선으로 이어지는 부분 즈음에 쇄골이 뚜렷한 윤곽을 드러내고 있었다. 그녀는 오른쪽 어깨에는 길게 늘어진 검은색 미니 크로스백을 메고 있고 왼손에는 명함인지 메모지인지는 확실하지 않으나 별로 중요하지 않은 것만은 확실해 보였다. 손가락으로 누르고 접은 흔적이 있었다.

그는 그녀의 드러난 행위가 자신을 유혹하기 위해서 연출한 것이라 직감적으로 느낄 수 있었다. 그녀는 거의 고립되다시피 한 외진 곳에 내려와서 수시로 치밀어오르는 강한 욕구를 자위로 간신히 누르고 있었으나 한계 수위를 넘쳐흐르는 것이 분명했다. 그래서 그녀의 자존심이 허락하는 한도 내에서 예쁘고 도드라진 부분을 아낌없이 드러내어 미지의 땅을 개척하듯이 새로운 먹잇감을 찾기 위한 수단으로 이용하는 것이 분명해 보였다. 일종에 미끼를 던지는 것이리라. 그는 그녀가 던진 미끼를 한번 모른 척 물어보고 싶었다. 그녀가 어떻게 나오는지 궁금하기도 했다. 아무래도 반응속도가 우회적으로 더디게 나타날 것이다. 그녀의 엄마와는 다를 것이다. 마지막 타오르는 불꽃이 꺼지는 것이 불안하고 조마조마해서 안절부절못한 채 마치 실성한 듯이 달려들어 격하게 빨고 핥지 않았는가. 그는 그녀는 그러지 않을 것이라 생각했다. 아직도 엉덩이가 처지지 않은 젊고 탄력 있는 피부를 소유하고 있어 내일의 격한 섹스를 염려하고 걱정할 정도는 아니었다. 그래서 그는 그녀에게 메시지로 느낌표를 찍어서 보냈다. 만약에 그녀가 카톡의 울림을 듣는 순간 즉각적인 행동으로 그 느낌표를 들여다보면, 답장은 보내지 않고 지긋이 바라보며 그 느낌표의 진위를 파악하느라 골머리를 쓰다가, 미끼를 던진 보람이 있는 환희의 미소를 지어보일 것이 분명해 보였다. 그래서 그는 그녀의 움직임을 지켜보기로 했다. 그때 가서 어떻게 대응할 것인지 판단해도 늦지 않은 것이기에.

그는 이런저런 생각을 하다가 스르르 눈이 감기는 것을 느낄 수 있었다. 의식은 서서히 흐릿하게 풀어졌고 어느새 고요한 낮잠으로 미끄러지듯이 걸어들어갔다. 아주 멀리서 꽃뱀이 오묘한 자태를 흐느적거리며 에로틱하게 손짓하는 것 같기도 하고 은근한 미소를 잔잔하게 자아내며 하늘거리는 유혹으로 다가오는 것 같기도 했다. 그녀는 멈춘 듯이 다가와서 머물렀고, 어느 지점에서 더 이상 다가오지 않고 그 자리에서 요지부동 머무르며 유혹하고 있었던 것이다. 그가 다가오기를 바라는 애매한 행동과 표정으로 그녀만의 향기를 발산하고 있었던 것이다. 뭇 사내들이라면 누구나 다가가서 경배하고 경외할 그런 사랑스럽고 풋풋한 화장을 한 채. 애써 드러내지 않아도 드러나는 그래서 더욱 농염한 빛깔과 향기를 발산하는 그런 요염한 행동과 표정을 한 채 말이다. 그녀는 흐릿하게 그곳에서 오랫동안 머물렀고, 그 또한 오랫동안 그곳에서 머물렀다.

태양이 뉘엿뉘엿 해질 즈음에 꽃뱀헌터는 일어났다. 그는 한밤중이라고 착각이 들 정도로 깊고 길게 잤다고 생각했으나 아직도 태양은 창문 밖에서 여전히 남아서 미적거리는 열기를 발산하고 있었다. 그는 얇은 이불을 가랑이 안에 감은 채 몽롱한 의식에서 벗어나기 위한 시간을 벌고 있었다. 그러다가 낮잠을 자는 동안에 꿈속에서 명징하고 뚜렷한 영상이 흘러갔던 것을 인식할 수 있었다. 디젤청바지에 노스페이스 등산재킷, 트렉스타 등산화를 신고 검은색 아크테릭스 소형 배낭을 메고 저물어가는 어둑어둑한 들녘을 한가로이 걷다가, 어느새 무거운 갑옷을 입고 견고한 투구를 쓰고 허리에 장검을 찬 채 갈색의 갈기를 휘날리는, 사선으로 유려하게 뻗은 긴 목과 가늘지만 튼튼한 발목을 지닌, 군살 없는 날렵하고 굳센 허리와 우아한 보디 밸런스를 지닌 영민하고 민첩한 명마 아할테케를 타고 제각각 향기를 발산하는 무수한 야생화가 피어 있는 들녘을 거침없이 달리고 있었다. 그는 늠름하고 대범한, 의연하고 기품 있는 이순신 장군의 위용을 드러내고 있었다. 오직 백성과 나라를 구하겠다는 일념으로 사지에 뛰어들어 두려움과 공포에 맞서고 얼싸안으며 때때로 강하게 밀쳐내기도 하고, 그래서 그런지 한 나라의 임금과 간신배들이 치열하게 투기할 정도의 비범함과 영용함을 드러내 보이는 차분하면서도 위풍당당한 모습이었다. 마을을 지나칠 때마다 백성들이 나와서 머리를 조아리고 존경과 경배의 진솔하고 절실한 목소리로 세상을 구해달라고 했다.

그는 낮잠을 깬 후 멍한 상태에서 많지 않은 분량의 꿈속을 더듬어보면서 자신이 서서히 이순신 장군처럼 기발한 기사라 만차의 돈 끼호떼처럼 위대한 영웅으로 새롭게 설정되고 조정되는 것 같았다. 인생의 긴 항해 속에서 느닷없이 어떤 거창하고, 어떤 잔인한 일이 우연히 발생하는 것은 아니라고 생각했다. 신의 정교한 스케줄이 있어 차근차근 시간시간 하루하루를 천천히 성실하게 나아가서 그 인생 속에서 신의 섭리와 깨달음을 얻고 자기성찰의 시간을 얻게 될 것이라 생각했다. 그는 이미 예정되어 있던 신의 설정으로 예전에는 야구 선수로 살아가다가 부상으로 깊은 실의에 빠지면서 더욱 인생의 깊이와 두께를 깨닫고 당면한 현실에 이르게 되었고, 이젠 그것을 자양분 삼아서 세상의 불의와 부조리를 말끔하게 제거하기를 바라면서 새로운 캐릭터를 선사하는 것이리라.

어쩌면 이순신도 아니고 돈 끼호떼도 아닌 이 시대에 어울리고 적합한 자신만의 새로운 캐릭터로 빠르게 변하는 시간과 환경 속에서 신선한 새로움과 공익적 가치를 찾고 세상을 밝혀주기를 바라는 마음에서 신은 이미 자신이 태어나기 오래 전부터 자신을 초이스해서 관리하며 주시하고 있었던 것이리라. 그는 그렇게 믿고 싶었다. 아무래도 자신이 기준점으로 해서 주위에 머물러 있는 사람들에게 새로운 일상과 현실을 던질지도 모른다는 생각을 하지 않을 수 없었다. 어쩌면 현실에서 겪을 수 없는 기상천외한 사건이 벌어져서 자신도 그들도 감당할 수 없는 영역에 던져져서 오랫동안 방치되고 놓일지도 모른다는 생각도 해보았다. 환시인지는 모르지만, 엄마의 장군신도 자신의 갑작스런 출현으로 꼬리를 감추는 것을 짧은 시간이나마 본 것 같았다. 그래서 엄마가 자신을 싫어하고, 장군신과 밀접한 교감과 주종의 관계가 형성이 되자 차츰 거리를 둔 것 같다는 생각도 해보았다. 그렇지 않으면 그 장군신에게 엄청나게 핍박받는 것인지도 모르는 것이다. 그때 고등학교 때 방문을 열어보고 장군신을 무엄하게 올려다본 것을 엄마는 장군신을 통해서 알고 있었던 것 같았다. 그 이후 아무런 말도 없이 엄마는 자신의 공간에 있는 신성하고 귀한 물건들을 챙겨서 어딘가로 훌쩍 떠나버린 것이었다.

그는 황토침대에서 일어나 이불을 걷어서 팬티를 찾았다.

그는 늘 잘 때는 팬티만 입고 잤고 깨어나면 알몸이었기 때문이었다. 팬티는 맥없이 풀어진 채 황토침대 아래에 떨어져 있었다. 그는 그것을 집어서 입고 네이비 계열의 나이키 츄리닝을 주섬주섬 입고 신축성이 좋은, 손목까지 내려오는 회색빛 얇은 티를 입었다. 그러고는 화장실에 가서 세수를 하고 현관문에 있는 자전거용품을 뜯어보았다. 그때 느닷없이 카톡이 왔다. 꽃뱀이었다. 물음표가 찍혀 있었다. 그녀는 나에게 뭔가를 원하고 있었다.

그는 조금 설레기도 했다. 혼자 외로이 살아서 그런지 꽃뱀의 메시지로 인해서 살짝 들뜨는 것은 어쩔 수 없는 일이었다. 더욱이 옥션에서 주문하고 상품을 뜯어보는 즐거움과 겹치자 더욱 그러했다. 이럴 때면 결혼을 해야겠다고 생각이 문득 들다가도 어떤 두려움이 자신의 그런 생각을 강하게 밀쳐내는 것 또한 알고 있었다. 때마침 아비가 떠올랐다가 사라졌다. 부모에게 버림받은, 불행한 과거의 삶이 그를 통제하고 가로막는 것 또한 알고 있었다. 철저한 학습효과. 미약하고 어설프게, 즉각적이고 곧이곧대로 세상을 받아들이는 어린 시기에 가족이 존재하는 이유에 대한 깊은 회의와 모멸감을 가지게 만들었고, 그것이 이슬비에 촉촉이 젖듯이 시나브로 체득되었던 것이리라. 그래서 가족이라는 울타리를 만드는 것을 꺼려했고 멀리 했었던 것이다. 가족의 공동체적인 장점을 보지 못하고 단점만 찾고 바라보았던 것이다. 본능적으로. 어둡고 암울했던 그 당시, 그것이 자신을 지키는 최선의 방법이라고 생각했을 것이 분명했다. 더 상처받고 더 아파하고 더 고통 받기 싫어서 착하고 여린, 순수하고 맑은 본질적 자아에 견고한 방어벽을 친 것이 그런 어처구니없는 형태로 드러난 것 같았다. 일종의 방어기재가 꿈틀거렸을 것이라 믿어 의심치 않았다. 아마 아비도 그랬을 것이다. 그래서 가정을 만드는 것이 두려운 것인지도.

그는 옥션에서 오는 물건을 기다리는 재미와 기대는 외로움과 고독의 방증이라고 생각했다. 그래서 빠른 시일 내에 그 외로움과 고독을 밀쳐내기 위해서 한 여자를 얻어서 같이 많은 시간을 보내며 일상에서 오는 무려함과 무기력함을 씻어버리고 싶은 마음도 없지 않았다. 주위에 여자가 없는 것은 아니었다. 벤츠아줌마 같은 부류들, 이사장 사모 같은 부류들, 꽃뱀 어머니 같은 부류들. 그들은 마음속에 음습하게 깃들어 있는 표현하지 못하고 구겨진, 어눌하고 억눌린 그들의 사랑에 대한 반대급부를 원하고 있었던 것인지도 모른다. 키도 버스 천장에 닿을락 말락 할 정도로 크고 어깨도 넓고 단단하고 복부도 대리석을 깔아놓은 것처럼 말끔하고 반듯했다. 유연하고 굳센 하체는 엉덩이에서 시작하는 견고하고 알찬 근육으로 섹시함을 여실히 드러내었다. 그것이 그들의 삶의 에너지를 북돋아주고, 그래서 무기력하고 느릿한 삶의 일상에서 벗어나게 하는 촉매제가 되었던 것인지도 모르는 일이었다. 그래서 발정 난 암캐 마냥 가족의 울타리를 벗어나 새로움과 활력을 찾기 위해서 자신에게 미친 듯이 열렬하게 다가오는 것 같았다. 마치 첫날밤에 예약한 스위트룸을 체크인 해서 들어가듯이. 하지만 그는 그들에게 육체적 절실함만 허락하고 따스한 마음까지는 허락하지 않았다. 그는 그들을 진정으로 측은하게 생각하고는 있어도 마음을 터놓은, 다정한 연인은 아니었기 때문이었다. 어느 선에서 1차 방어벽을 쳐서 더 이상 침입하지 못하게 막았고, 그들은 1차 방어벽을 뚫지 못했다. 그것을 뚫어도 또 2차 방어벽이 있고 최종적으로 3차 방어벽을 뚫어야 신솔한 모습을 발견할 수 있었던 것이다. 아직까지 그것을 뚫은 여자는 없었다. 대학교를 다닐 때에도 거의 대부분의 여인이 1차 방어벽을 뚫는 것으로 만족해야 했었다. 그 방어벽의 단계는 그가 살아오면서 만든 견고하고 단단한 편견과 피해의식의 벽인지도 모른다. 자신을 비호하기 위해서 만든, 그래서 더욱 단단하고 견고한 벽 말이다. 그럴 찰나에, 그는 정혜라는 순진무구한 아가씨가 선량하게 다가와서 흐뭇하게 머물렀다. 전체적으로 동그란 이미지가 아름답고 명랑한 모습이었다. 동그란 얼굴과 동그란 눈망울에서 깃들고 빚어지는 동그란 미소와 동그란 웃음이 매력적인 소녀 같은 여인이었다. 그녀만 생각하면 이상하게 부모님 주위에 맴도는 짜증나는 현상들이 사그라지는 것을 느낄 수 있었다. 더욱이 근심과 걱정, 분노와 울분이 어디론가 꼬리를 감추고 사라지는 것을 인식할 수 있었다.

그는 기분이 좋아 흥얼거리며 클릿페달과 클릿슈즈를 들고 테라스로 나갔다. 그는 스마트폰으로 ABBA의 I Have A Dream과 The Winner Takes It All을 연속으로 들으며 S-WORKS자전거 앞에 쪼그려 앉았다. 그는 기계를 다루는 데 탁월한 재주가 별로 없었다. 그래서 어떻게 해야 할지 판단이 서지 않아서 우선 종이박스에서 클릿슈즈를 꺼내었다. 전용 렌치와 영어로 된 설명서가 있었고, 결합하는 그림도 있었다. 설명서대로 해보았다. 신발 바닥에 고정하는 부품을 육각렌치로 고정시켜서 그것이 자전거와 결합하는 구조였다. 그는 멀뚱멀뚱 쳐다만 보다가 부품을 이리저리 가져가서 맞춰보자 부품이 자리 잡을 곳에 들어가자 신발과 어울리는 안정적인 모습을 드러내는 것을 알 수 있었다. 그래서 그곳에 나사를 고정시켰고, 처음해보는 것이었지만 잘 고정되었고 일종의 성취감도 없지 않았다. 이것이 삶의 소소한 즐거움인지는 나중에서야 깨달을 수 있었다. 하루를 채워가고 일상을 채워가는 순간순간 중요한 일, 더욱이 유명한 사람을 만나서 얘기하고 시간을 보내는 것이 소중하고 귀한 것만은 아니란 것을 깨달았다. 새벽에 일어나서 창문을 열면 어김없이 공짜로 다가오는 신신한 공기와 아랫집 정원수에 깃들어 지저귀는 새소리들이 흐릿하게 다가와서 귓가에 내려앉으면 혼란스러운 정신과 기분을 서서히 말끔하게 정돈하는 것을 느낄 수 있었다. 이런 것이 삶의 소중하고 귀한 부분이라는 것을 예전에도 알고 있었지만, 여기에 체육선생으로 내려오고 나서 더 절실하게 느낄 수 있었던 것이었다.

　싸구려 페달을 교체하기 위해서는 적어도 클릿슈즈에 따라오는 한정된 육각렌치만으로 되지 않을 것 같았다. 미처 사이즈가 조금씩 다른 육각렌치 세트도 준비하지 않은 것을 깨달았다. 적어도 신문을 구독하면 주는 자전거에 부착되어 있는 싸구려 페달을 제거하는 데도 스패너 세트가 필요할 것이 예상되었다. 암담하고 막연했다. 그런 상황에도 ABBA는 노래를 부르고 있었고, 이미 패자의 길로 접어들어 가고 있는 자신에게 승자의 기운을 북돋아주었다. 그때 또다시 정혜라는 아가씨의 이미지가 방긋 웃으면서 다가와 있었다. 꽃뱀이 세련된 이미지라면 정혜는 무구하고 순한 이미지로 다가와서 어울렸다. 꽃뱀의 내면의 성품을 알 수 없을 것 같이 표리가 완전히 분리되어 기억을 편집하고 공익적 가치를 왜곡하는 것과 달리 정혜는 겉으로 드러나는 모습과 행동이 명징했다. 이반 되거나 모순되지 않은 있는 그대로의 모습으로 비틀지 않은 자연스런 천성이 배어났고, 더욱이 작위적이지 않은 명랑하고 선량한 아름다움이 피어나는 것이었다. 꽃으로 비유하면 꽃뱀은 가시가 날카롭게 숨어 있는 고혹적이고 화려한 노란 장미에 가깝고 정혜는 가시가 없는 단순하고 청초한 진달래에 가까웠다.

그는 1층에 내려가서 공구 박스가 있는지 정혜에게 물어볼 찰나에 스마트폰에서 카톡이 울렸다. 국어선생이었다. 파블로 네루다 시 몇 줄이 와 있었다. '나는 지난 가을의 네 모습을 기억한다. 너는 회색 베레요 조용한 가슴이었다. 네 눈 속에서 황혼의 불꽃들이 싸우고 있었다. 그리고 나뭇잎은 네 영혼의 물에 떨어졌다.'였다. 그때 현관문 쪽에서 벨 울리는 소리가 들리는 것 같았다. 그는 테라스에 나올 때는 창호를 조금씩 열어두는 습관이 있었다. 완전히 닫아두면 벨소리가 미약하게나마 들리긴 해도 간혹 흘려버릴 때가 없지 않았다. 그는 그 벨소리의 주인공이 '정혜가 아닐까'하는 생각이 선명하게 다가오는 것을 느꼈다. 음흉한 그러면서 계획적인 이사장 사모님이 포석을 깔기 위해서 뭔가를 보냈을 것이 분명해 보였다. 국어선생이 파블로 네루다의 시를 보낸 것도 그것과 다르지 않은 것이었다.

그는 자신의 주위에 머물고 있는, 꿈과 소망을 키워가는 여자들을 어쩌면 통제할 수 없는 공간에서 서식할 것 같은 불안한 생각이 들었다. 그녀 자신들의 사적이고 간절한 욕구를 충족시켜줄 수 없다는 것을 잘 알고 있었기 때문에, 그는 자신의 치밀어오르는 욕구의 갈증과 정신적인 불안함을 어느 정도 불식시킬 수 있을 정도로만 관계를 맺고 싶었다. 그런 적당한 관계 유지를 원하고는 있어도 그녀들은 그렇지 않을 것이기에, 그것이 낭패였다. 그녀들 각자는 개인으로 다가오고 자신은 전체를 받아내야 하는 것을 오랜 경험으로부터 이미 알고 있었기 때문에. 늘 가까이서 만나는 꽃뱀과 국어선생 그리고 정혜, 한번 자신을 격하게 안아보는 것이 소원인 이사장 사모, 남편에 대한 강한 욕구불만으로 틈만 나면 간절하게 다가와서 격하게 끌어안고 싶어 하는 문미디어 대표, 마지막으로 목사의 육체적, 정신적 학대와 수탈에 피신해 있는 벤츠아줌마.

그는 그녀들에게 어쩌면 무기력한 현실의 마지막 보루이자 위안처인지도 모른다. 자신의 크고 따스한 품에 들어오면 당면한 현실에서 불평등하게 푸대접 받던 것들이 일순간 풀어지고 자유로워지고 편안해지는 것인지도 모른다. 그러므로 집착하고 있던 욕망이나 과오와 실기로부터 완전히 벗어나 새로운 미래를 설정할 수 있을 것 같은 최소한의 꿈을 심어주는 것인지도 모르는 일이었다. 그녀들의 마음을 알 수 없는 것이겠지만, 대충 어렴풋이 느낄 뿐이었다. 그것이 그의 강점이었지만, 한번씩 당황스럽기도 했다. 그녀들의 속마음이 순수하게 말을 걸어오는데 정작 그녀들의 겉마음은 엉뚱한 말과 행동을 하고 있을 때가 비일비재했다. 속마음과 겉마음이 다른 이율배반적인 모습이 싫었다. 그는 화가 치밀었지만 겉으로 드러낼 수는 없었다. 그것은 어릴 적부터 타고난, 그래서 민감한 예지인 것을 자신만 알고 있었던 것이었다.

그녀들 중에서 유독 애매모호한 위치에 있는 여자가 꽃뱀이었다. 그녀는 좋아하지도 싫어하지도 않는 표정과 행동으로 삶을 경영하고 있었다. 그것이 그녀만의 삶의 훌륭한 처세일 것이다. 세상에 예쁨과 유혹이라는 미끼를 끼워 관망하고 있다가 자신이 원하는 재력과 보디를 소유하고 있으면 잽싸게 당겨서 손맛을 보는 것이 그녀의 천성적으로 타고난 그녀의 간교한 술책이자 노림수일 것이었다. 그것을 탓할 이유는 없었다. 그것이 그녀가 세상을 받아들이고 접근하는 방식이라는 것 또한 알고 있었기 때문이었다. 그럼에도 은근한 시선이 그녀에게 머무는 것이 이상하기도 했다.

그는 가끔씩 늘 여자들이 자신의 주위에서 기웃거리며 성취하는 것이 무엇인지 궁금하기도 했다. 그리고 아버지도 자신처럼 이렇게 여자들의 숲속에 고립되어 즐겼을 것이라는 생각에 이르자 어쩌면 자신도 아버지가 지나간 발자취를 그대로 걸을 것 같아서 불쾌했고, 그래서 괴로웠다. 저 아마득한 출처를 알 수 없는 해괴망측한 분노와 증오가 들끓고 심지어 저의까지 늘었나. 그는 어릴 저부터 아버지처럼 불성실하고 부덕한 삶을 살지 않고 아내에게 친절하고 성실하고 공손하게 예의를 잃지 않고 하루하루를 살아가겠다고 맹세하며 살아왔었다. 그래서 아버지를 강하게 부정하며 살아왔었다. 가장 가까이 있는 사람을 가장 아끼고 사랑하는 그런 사람이 되겠다고 다짐했었다. 그것이 가정의 행복이고 축복이라는 것을 믿으며 말이다. 하지만 자신 주위의 여자들 속에서 벌어지는 간사하고 치졸한 사건과 여러 현상들 속에서 아버지의 짙은 그림자가 문득문득 떠오르고 느낄 때마다 소름이 돋아날 때가 한두 번이 아니었다. 그래서 여자를 선택하고 사귀는 데에 보통 사내들이 하는 그런 사소하고 일반적인 것들의 진행이 더디고 느슨하다는 것을 최근에 깨달을 수 있었던 것이다. 늘 아버지와 어머니가 만든 족쇄에 자신이 갇히는 식이었다. 주위에 즐겁고 행복한 가정으로 꾸미고 살아가는 생각과 소망은 어딘지 어색했고, 심지어 불안하기 그지없었다. 그래서 그런지 헌신적이고 종교적인 성실과 감사로 봉사하는 경건한 삶을 살아가는, 착하고 순한 정혜 같은 스타일을 찾았는지도 모른다.

그가 현관문을 열자 정혜가 고급스러운 검은색 나무쟁반을 들고 총명한 눈빛을 아래로 떨군 채 있었다. 그녀의 시선은 그의 건장한 보디와 서글서글한 눈매를 제대로 올려다보지 못하고 허리춤에 머물 뿐이었다. 그녀는 머리칼을 단정하게 꾸미기 위해서 동그란 머리띠를 하고 핑크빛 하트가 큼직하게 앞치마에 새겨진 것을 두르고 제법 굽이 있는 검은색 구두를 신고 있었다. 그는 예전보다 더 디테일하게 신경을 쓴 흔적을 그녀의 화사한 화장과 보랏빛 립스틱에서 미세하게 찾을 수 있었다. 부담스럽게 더 두껍지 않고 발랄하고 촉촉하게 스며든 것을 알 수 있었다. 상대에게 호감을 가지면 여자들의 마음은 그런 데서 드러나는 것 또한 알고 있었다. 어떤 여자들은 겉으로 드러내지 않고 속으로만 속앓이를 하는 부류도 있었지만, 정혜는 그것보다는 조금 더 적극적이었다. 그럼에도 정혜가 꽃뱀처럼 음모를 숨기고 취하는 불온하고 천박한 행동으로 드러나는 것이 아니라 좋아하는 감정을 다소 수줍어하면서도 있는 그대로 표현하는 것이 그런 순수하고 아름답고 화사한 모습으로 드러나는 것이라 믿어 의심하지 않았다. 때 묻지 않고 정직하고 순결한 정혜. 귀엽고 예쁘고 싱그럽고 상큼하게 드러나 보였다.

"사모님이 황매산 철쭉꽃이 지기 전에 함께 꽃구경을 하자고 해요. 낮에는 사람들이 너무 많이 밀어붙이니까 해가 질 즈음이 좋다고 그래요. 사모님이 다음 주 주중에 시간을 좀 내어주라고 해요."

정혜는 양손에 든 쟁반을 불쑥 내밀면서 사투리를 쓰지 않으려고 에쓰며 또박또박 기어들이기는 수줍은 낮은 목소리로 말하고 쑥스러운지 재빨리 계단을 내려갔다. 잠시 후 정혜가 내려간 계단 아래쪽에서 꽈당 넘어지는 소리가 들려왔다. 그는 그 소리의 출처를 확인하지 않아도 대충 알 것 같았다. 정혜가 다소 긴장을 하고 당황을 해서 다리를 헛디딘 것 같았다. 그는 걱정은 되었으나 내려다보지 않았다. 그것이 그녀에 대한 따스한 배려이고 이해인 것 같았다.

그는 쟁반 위에 있는, 수수하고 향긋한 꽃이 단순하게 그려져 있는 묵직한 도자기 밀폐용기를 식탁 위에 올려놓고 확인해 보았다. 따스한 온기를 간직하고 있는 육개장이었고 붉은 고춧가루의 옷을 입은 큼직한 무섞박지였다. 그는 말갛게 웃으며 냉장고를 열어서 넣으려는 순간 지금까지 자신이 볼 수 없었던 깔끔한 반찬그릇이 탐스럽게 채워져 있는 것을 확인할 수 있었다. 요 근래 밖에서 대충 밥을 먹고 들어와서 집에서 저녁식사를 하지 않아서 그냥 지나쳤던 것이 오늘이 되어서야 눈에 들어오고 있었다. 그래서 오늘부터는 일찍 퇴근해서 압력밥솥에 밥을 해야겠다고 속으로 다짐했다. 즐거운 마음으로 정성을 들인 밑반찬을 음식물 쓰레기로 버리고 싶지 않았고, 그런 행위를 하면 마음이 불편할 것 같았다. '음식을 버리면 천벌을 받아.' 늘 달콤한 추억과 흐릿한 기억을 머금고 있는 돌아가신 외할머니가 시골집 입식 부엌에서 음식을 하며 가끔씩 던지던 말이었다. 냉장고에 가지런하게 정돈되어 있는 밑반찬들은 이사장 사모가 정혜에게 시켜서 돈과 시간을 할애해서 만든 것이겠지만, 정작 그 맛깔스런 반찬은 정혜가 만들었다는 것을, 새삼스럽게, 그는 알고 있었다. 외할머니의 손길처럼 따스하고 인정이 있는 정혜의 손길이 고스란히 남아 있었다는 것을 알고 있었기 때문에.

그는 경황이 없어 정혜에게 자전거 페달을 교체하기 위한 공구에 대하여 물어보지 못한 것을 그제야 깨달을 수 있었다. 그래서 그는 1층에 내려가서 그녀에게 물어봐야 할 것 같았고, 그렇게 했다.

그는 노크를 하고 한참 지나서야 정혜가 현관문을 열었다. 그녀는 화사한 미소를 머금은 채 차분하게 나타났다. 그녀는 조금 전과 별 차이가 없었으나 구두를 벗고 실내화를 신고 있자 그녀가 미세하게 작아진 것을 깨달을 수 있었다. 그녀도 그것을 살아가면서 순간순간 의식하고 있었던 것이다. 그래서 그런지 그녀는 거짓말이 탄로 난 아이처럼 다소 당황한, 불안한 눈빛으로 그를 조심스럽게 올려다보고 있었다. 그것이 그녀의 콤플렉스임에 틀림없었고, 그에 대한 흠모 중에서 일부분이 보기 좋고 늘씬한, 크고 단단한 보디도 한몫했을 것이라 믿어 의심하지 않았다.

그는 그녀의 총총한 눈망울을 지그시 바라보며 사이클을 중고로 샀고 싸구려 페달을 교체하기 위해서 공구가 필요할 것 같다고 담담하게 얘기했다. 그러자 그녀는 신발장에 있을 법한 공구함을 찾기 위해서 신발장문을 일일이 열어보았다. 식구도 많이 있지 않은데 신발장에는 남자구두는 몇 켤레밖에 보이지 않고 거의 다 여자구두로 가득가득 채워져 있었다. 아직도 박스를 열어보지 않은 듯 깨끗하게 그대로 있는 것도 있었다. 그는 그녀가 신발장 구석구석을 허리를 숙여 아래도 살피다가 뒤꿈치를 들어서 위도 살피기를 하며 공구함을 찾는 허둥대는 모습을 보자 갑자기 안쓰러운 웃음인지 대견한 웃음인지 자신도 의식하지 못한 채 알 수 없는 내용의 웃음이 흘러나왔다. 그러자 그녀는 뒤돌아서 다소 심각한 표정을 하며 여기에 있었던 것으로 기억되었는데, 누군가가 사용한 것 같다고 하며 운전기사에게 물어보고 2층으로 보내겠다고 말했다.

잠시 후 운전기사가 벨을 눌렀다. 그는 하얀색 와이셔츠 바탕 위에 검은색 슈트를 입고 체크 자동넥타이를 하고 있었다. 오른손에 큼직한 검은색 공구함을 들고 있었다. 그는 이사장의 바쁜 비즈니스가 없으면 대부분 사모님의 외출을 돕기 위해서 집 근처에서 항시 대기하고 있었다. 운전기사 대기실은 따로 없어서 한 블록 아래 위치한 자신의 집에서 대기하고 있다가 정혜가 콜을 하면 10분 안에 집 앞에 대기하는 식이었다. 그는 아직 장가를 가지 않은 40대 초반이었다.

그는 머리숱이 많이 올라가 있었다. 그는 웃을 때마다 고르지 않은 하얀 이를 드러냈고 그것을 숨기느라 의식적으로 오른손으로 가렸다. 그래서 그는 잘 웃지 않는 것 같았다. 어눌하고 침울하다는 생각이 들 정도였다. 그의 핸디캡은 언제나 행위의 제약을 가하고 있었던 것으로 보였다. 하루 이틀 형성되고 체득된 것이 아니라 유년기 때부터 그런 억눌린 행위의 제약을 받으며 살고 있었던 것이다. 아마도 그것이 지금까지 이어지고 고착되어 사회생활에 밀접하게 관여하고 있었던 것이다. 자신도 모르는 사이에, 이방인처럼 불쑥불쑥 찾아와서 왜곡된 행위를 낳고 훌쩍 떠났을 것이 자명했다. 그는 키는 컸으나 근육은 옹골차게 자리 잡지 못해 어중간한 지점에 머물러 있었다. 마지못해 타협한 계약처럼 불완전하고 빈약했다. 그런 와중에도, 복부 비만은 없었다. 다행한 일이었다. 그래서 그런지 그의 일상은 사무적이고 깐깐해 보였고 철두철미해 보였다. 호감이 가는 여유 있는 그런 중년은 아니었다. 그가 뭇 여성들의 시선을 사로잡아 이리저리 끌고 다닌다는 것은 꿈에도 생각할 수 없었다. 일상의 틀에 짓눌리고 갇힌 지나치게 답답한 사내여서, 외적인 매력과 남성적인 매력은 거의 소실되어 찾아볼 수가 없었다. 아마도 그런 그의 겉모습이 지금까지 혼자 외롭게 방치하게 만든 것이리라.

꽃뱀헌터는 운전기사가 불안하고, 강한 저항의 눈빛을 던지고 있다는 것을 미미하게 느낄 수 있었다. 그 원인은 천천히 알아보기로 하고 공손하게 공구함을 받아들며 따스한 미소로 대했다. 그럼에도 운전기사는 경계의 끈을 풀지 않고, 침통한 표정에서 벗어나지 못하고 있었다. 그는 차갑고 냉소적으로 미소 지을 뿐이었다. '분명히 뭔가 있다.' 자신의 영역 밖에서 어떠한 사소한 일이 발생하고 있다는 것을 강하게 느낄 수 있었다. 운전기사는 자신과 거의 한집에서 살아가고 있었으나 삶의 사이클을 다른 곳에 부려놓고 있어서 서로 겹치는 일상의 파열음은 발생하지는 않았다. 그는 그 원인과 이유도 찾을 수가 없었다. 아무래도 자신의 출현으로 인해서 위태위태한 뭔가가 소멸의 위기에 처한 것이 분명해 보였다. 불안한 조바심의 발로인지도 모를 일이었다. 그것이 운전기사가 꿈꿔왔던 소중한 삶의 전부인지도 모른다는 생각이 들었다. 한때 야구가 자신에게 전부이듯이. 조심스러웠다. 또 다른 거대한 세계를 받아들이듯이 말이다. 그는 운전기사가 멀리서 가까이서 볼 수는 있어도 이렇게 사적인 영역 안으로 들어온 것은 처음이었다. 그래서 개인적으로 그를 더 깊이 이해할 수 있는 계기가 될 수 있는 것이라 믿어 의심치 않았다.

"체육선생님 하는 것보다 야구선수 하는 것이 더 낫지 않아요. 예전에는 열렬한 팬이었어요. 박찬호를 능가하는 강속구 투수. LA다저스가 눈여겨보는 차세대 슈퍼스타가 될 재목. 야구선수에게 이상적인 체격. 예전에 신문에서 많이 접했어요."

투박한 사투리가 아니었다. 잔인하게 차가웠다. 냉정하게 한 치 오차도 없이 돌아가는 기어 같았다. 운전기사는 웃음기 없는 침통한 표정으로 자신이 할 말만 던지고 아래층으로 내려갔다. 아마도 그는 꽃뱀헌터에게 시한폭탄을 던지고 간 것이었다. 그가 선방을 날렸고, 무방비 상태에서 급소를 맞은 꽃뱀헌터는 온전히 받아내야만 했다. 세월에 많이 퇴색되었다고 생각하고 있었던 과거의 소소하고 중요한, 고통스럽고 비극적인 사건과 일들이 자신을 거칠게 다루고 있었다. 지금까지 간신히 참아왔던, 외면하고 표현하지 않았던 무겁게 가라앉은 무뚝뚝한 감정들이 스스럼없이 뿜어져 흘러나왔다. 그는 큼직한 공구함을 내려놓고 곰곰이 생각해보았다. 여기서 거의 한 달에 가까운 삶을 살아왔지만 그를 마주친 적이 없었고 동일한 삶의 리듬 안에 놓인 적이 없었다. 자신의 갑작스런 출현으로 잃을, 상실될 뭔가를 찾는다는 것은 쉽지 않은 일이었다. 그러다가 한참을 이런저런 생각에 잠겨 있다가, 고요하고 어두운 무의식에서 의식으로 간신히 끄집어내듯이 아주 아득하고 먼 곳에서 흐릿하게 어른거렸다. 정혜가 손을 흔들며 해맑게 웃는 모습이었다. 맞다. 정혜였다! 목양견이 본능적으로 먹잇감을 치지하기 위해서 이빨을 살벌하게 드러내며 경계하듯이 그도 그런 불안한 상황에 처한 것 같았다. 자신이 여기에 내려오지 않았다면 정혜에 대한 구애를 더욱 체계적으로 접근해서 적극적으로 디테일하게 확장할 수 있었다는 것을, 자의든 타의든 간에 꽃뱀헌터 자신이, 확장성이 강한 구애의 장애물이었다는 것을 이제야 깨달을 수 있었던 것이다. 그래서 운전기사가 초면인 사람에게 무뢰하고 격하게 저항했던 것이리라.

꽃뱀헌터는 세상에는 각자의 영역이 있고 그 영역 안에 머물면 아무런 저항도 없이 조용히 살아갈 수 있겠지만, 다른 이의 영역에 느닷없이 침입을 하면 현실적 강한 저항과 맞서야 한다는 것을 깨달았다. 운전기사에게 그는 불온한 침입자에 불과했고, 운전기사가 감히 넘볼 수 없고 제압할 수 없는 곳에서 서식하고 있는, 태생적 한계에 직면하게 만드는 몇 단계 위의 클래스에서 유유자적 생활하고 있었던 사람이었던 것이다. 그곳에서 오는 계층 간의 간극과 위화감 때문에 운전기사는 거울에 비친 자신의 모습을 보고 얼마나 초라하고 작게 보였겠는가! 어쩌면 운전기사가 그 무뢰한 침입자를 처단하거나 위해를 가할지도 모른다는 생각도 해보았다. 정혜의 손을 다정하게 잡고 한가롭게 공원을 걷고 있을 때 그런 광경을 보고 눈이 뒤집히어 충동적인 격한 마음으로 달리는 승용차로 순식간에 밀어버릴지도 모르는 일이었다. 그래서 그는 정혜와 다소 거리를 유지하는 것이 나을 것 같았다. 성실하고 근면하게 살아가고 일하는 운전기사를 더 자극하고 싶지 않았다. 그것이 이 학교에서 조용히 숨어서 꽃뱀의 실체를 드러내어 만천하에 알리고, 더 이상 세상을 혼탁하게 만들지 못하게 족쇄를 채우고 가늘고 긴 혓바닥을 뽑아서 어둡고 습한 지하 깊숙한 곳에 가둬둬야 할 것 같았기 때문이었다. 그것이 인류의 보편적인 진리와 공공의 선을 지키는 최소한의 수단이고 의무인 것 같았다.

그리고 꽃뱀헌터는 정혜가 아니라도 손만 뻗으면 닿을 수 있는 여자들이 많았고, 운전기사는 정혜가 전부였던 것이었다. 그래서 겉으로 갈급해 보였던 것이다. 그럼에도 불구하고, 그는 여자는 나눠가지는 것이 아니라 차지하고 갖는 것이란, 명확한 해답을 알고 있었다. 그는 생각은 그렇게 하고 있어도 무 자르듯이 쉽게 결정할 수 있는 것도 아니라는 것도 알고 있었다. 생각대로 될지가 의문이었다. 사내들의 본능에 다른 사내를 배려해야 하는 의무는 없기 때문이었다.

그는 원터치로 열리는 창호를 열고 테라스로 가서 스마트폰에서 ABBA의 노래 I Have A Dream과 The Winner Takes It All을 연이어 틀었고, S-WORKS를 눕혀놓고 스패

너로 싸구려 페달을 천천히 어렵사리 클릿페달로 교체하다가 문득 운전기사가 떠올랐다. 운전기사는 정혜가 꿈이고 가치이고 신념일 것이다. 동그란 정혜를 자신의 아내로 맞이하는 것이 최후의 승자가 될 수 있는 유일한 길이라고 생각하는 지도 모른다. ABBA의 노래처럼. 그런 생각에까지 이르게 되자 정혜라는 여자가 더 친근감이 있게 더 다정다감하게 다가오는 것 같았다. 그는 클릿페달로 교체하고 자전거를 세워서 페달을 뒤로 회전시켜 보았다. 회전하는 소리와 질감이 그런대로 훌륭하고 걸리는 데 없이 잘 돌아갔다. 전체적으로 이상은 없었지만, 고급 프레임에 어울리지 않는 열악한 구동계가 자꾸 눈에 거슬렸다. 시마노 울테그라 정도면 그런대로 괜찮다는 건물주선배 말이 뇌리를 떠나지 않았다. 그는 S-WORKS를 벽에 세워둔 채 거실에 들어와서 저지를 입어 보았다. 그는 팬티만 입고 넓적다리 근육을 제대로 끌어당겨 엉덩이 근육 쪽으로 강하게 당겨주는 충일한 만족감을 주는 검은색 바탕에 가장자리에 파란색의 포인트가 있는 탄력 있는 빕숏과 전체적으로 붉은색 바탕 위에 적절한 검은색의 배합이 어울리는, 그곳을 NaLiNi 상표가 하얀색으로 돋보이게 가슴 언저리에 가로로 프린팅되어 있는 반팔저지, 그 하얀색 상표가 상하 저지의 밸런스를 균일하게 맞추고 있었다.

그는 화장실에 가서 거울 앞에 서서 자신을 들여다보았다.

처음 입어 보는 자전거 저지였다. 레슬링 유니폼처럼 긴 어깨끈이 무릎 위에서 시작하는 근육을 단단하게 잡아줘서 그렇지 않아도 육중하고 억센, 견고하고 아름다운 육체를 더욱 돋보이게 만들었다. 그는 거울을 들여다보다가 초등학교 저학년 때 야구 유니폼을 처음 입었을 때 거실에 있는 거울에 자신의 모습을 보고 흐뭇한 마음으로 해맑게 웃었던 기억이 났다. 그런 모습을 부모가 소망과 행복을 품은 은근한 미소로 바라봐준 기억이 흐릿하게 생각났다. 기억의 조작! 그는 자신의 가정에도 그런 소망이 머물고 있었다는 기억이 새로웠고, 기이하다는 생각마저도 들었다. 늘 집에만 오면 본진이 지나가고 연이어 여진이 언제 덮칠지 모르는 환경과 상황에 놓인 자신이 위태로웠고, 불안했고, 초조했다. 이상하게도 그때의 기억이 조작되었거나 아니면 앞뒤의 기억을 날카로운 메스로 도려낸 것인지도 모른다고, 그는 생각했던 것이다. 어쨌든 그는 그런 기억이 있어 자전거 저지를 입는 현 상황에 떠올라 따스한 활기를 불어넣어 일시적이나마 훈훈한 즐거움과 자극을 선사하는 것이 싫지 않았다. 그때의 아버지는 여느 아버지와 다르지 않았다. 성실하고 근후해 보였다. 그래서 그런지 지금까지 부모를 통해서 쌓이고 쌓인 분노와 증오를 일시적으로 걷어낼 수 있었던 것이다.

그래서 그는 내일 부모를 찾아뵙기로 마음먹었다. 지금까지 미루어왔던 일이었다. 각자 어렵사리 살아가는, 알코올중독 기도원에 고립된 아버지부터 찾아보고, 그러고는 어느 산골마을 장군신을 모시고 외로움을 보듬고 살아가는 어머니를 만나러 가야겠다고 생각했다. 그는 어릴 적 처음으로 야구 유니폼을 입었을 때의 설레었던 희미한 기억이 몽글몽글 피워올라 이제까지 척박하고 메말라 있었던 옹색한 가슴에 따스한 온기를 불어넣은 것을 느낄 수 있었던 것이다.

그는 뒤늦게 두건을 사지 않은 것을 깨달았다. 살아오면서 늘 하나씩 빠뜨리는 일이 다반사였고, 그는 실없이 웃을 뿐 자책하지 않았다. 그는 헬멧을 쓰고 클릿신발을 신고 한손으로 자전거를 들고 2층에서 계단을 밟으며 1층으로 내려갔다. 가벼웠다. 저물어가는 정원에는 길고양이들도 참새들도 잠시 들렀다가 부드러운 잔디를 밟고 장난을 치며 한가로운 울음소리를 던지며 머물지 않았고, 마치 세상과 동떨어져서 고립된 성처럼 삭막하고 휑뎅그렁했다. 오직 남근석만이 저만치서 보란듯이 홀로 정원 가장자리에서 푸르디푸른 잔디를 박차고 오롯이 솟아 있었다. 그 위로 서쪽 하늘에서 저물어가는 태양이 고운 입자들을 은근하고 촉촉하게 던지고 있었으나 어딘지 갇혀 있는 가혹함과 절박함에서 벗어날 수는 없었다. 아직도 그는 사모가 저 남근석을 거룩하고 경건한 신으로 대하듯이 성스러운 행동과 마음가짐으로 경외와 찬사를 보내는

지 미친 듯이 열정적으로 집착하는지 명확하게 알 수는 없었다. 아이러니. 사모 곁에서 늘 머물러 있는 정혜에게 물어보면 단번에 상세하게 알 수 있었던 일이긴 했으나 지금까지 적당한 기회가 오지 않았다. 다음 주 황매산 철쭉제를 구경하러 가면 적당한 기회가 생기고, 그때 물어보면 될 것이었다.

그는 적삼목으로 된, 자신의 키보다 높은 마호가니색 목재 대문을 열고 밖으로 나왔다. 처음 신어 보는 클릿슈즈가 부자연스러웠다. 아스팔트를 밟을 때마다 탄력 있는 밑창으로 받아내지 못하고 나막신을 신었을 때처럼 또각또각 불편한 소리를 내는 것이 잘 적응되지 않았다. 그는 건물주선배에게 클릿슈즈의 사용법을 상세하게 들었고, 자전거와 익숙해질 때까지는 자전거와 친해지는 애씀이 있어야 한다고 말하기도 했다. 시간이 허락할 때마다 애정을 가지고 부단한 노력을 해야만 자전거를 타다가 어떤 불행한 상황이 갑작스럽게 발생해도 당황하지 않고 자연스럽게 대처할 수 있다고 덧붙이기도 했다.

그는 이사장집에서 나와 생각지도 못한 거대한 울타리를 볼 수 있었다. 예전에는 느끼지 못한 성이었다. 지나가는 사람들의 시선을 끌게 하는, 주위를 압도하는 뭔가가 있긴 있었다. 그는 울타리를 오른쪽에 두고 반듯한 아스팔트를 한참을 걸으며 이사장의 재력과 허세를 함께 볼 수 있는 것 같았다.

필요도 없는, 보여줘야 하는 이런 거대하고 화려한 껍질에 치중하는 것이 별로 탐탁지 않았고, 자신과도 어울리지 않았다. 그는 아무리 초라한 집일지라도 그 속에 맺히고 고여 있는 사랑과 행복과 진실이 중요하고 고귀하다고 생각하고 있었다. 미움과 거짓을 가리기 위해서 높고 튼튼하게 쌓아놓은 것은 위선적이고 사악한 것이라 생각했다. 이사장의 행동거지도 그렇고 사모의 행동거지를 봐서도 어림짐작할 수 있었다. 그는 불편하게 걸으며 이쪽 블록에 이사장집밖에 없다는 것을 처음으로 깨달았다. 집터 자리는 텅 비어 있고 그곳은 잡풀들이 무성하게 자라고 있었다. 나중에 정혜로부터 들은 사실이지만, 그 공터도 이사장의 땅이라고 말했다. 이쪽 블록을 다매입해서 다른 사람들이 집을 지어 살지 못하게 한 것이라고 말했다.

그때 카톡이 요란하게 연속적으로 울렸다. 벤츠아줌마였다. 반팔저지 허리춤에 있는 호주머니에서 팔을 뒤로 꺾고 돌려 꺼내었다. 그 사이 연락이 오지 않아 일산으로 올라간 것이라 생각하고 있었다. 그는 주위 사람들이 개인적인 충분한 시간을 가지며 자신의 내면의 숨결과 울림을 느끼고 들으며 마음의 안정을 되찾을 때까지 연락을 하지 않는 것이 그들의 소소한 성취를 돕는 것이라 생각하고 있었던 것이다. 그는 늘 그들이 성취를 이루고 다가올 때까지 인내심을 가지고 기다려주었다. 그녀는 자신의 내면 깊숙이 어수선한 침전물을 그에게 과감하게 때로는 소심하게 꺼내놓았기에 그 빈자리에서 오는 그 나이에 어울리는 공허함과 허망함이, 소외감과 열패감이 있었던 것이다. 그는 그녀에게 그곳을 새롭고 고귀하게 알찬 것으로 채울 수 있는 회복과 생성의 시간을 허락한 것이었다. 그런 시기에는, 주위 환경과 상황의 영향을 많이 받기 때문에 한가하고 조용한, 고요하고 아늑한 해인사라는 장소가 나쁘지 않은 곳이었고, 최적의 장소라고 생각했다. 인간 내면의 연약한 곳은 비어 있음의 헛헛함이 싫어 본능적으로 채움으로 향하기 때문에, 그 짧은 시간과 간격 속에, 어떤 고결하고 아름다운 것이 스며들면 선한 영향을 미치는 것이고 속되고 추한 것이 스며들면 악한 영향을 미치는 것을 그는 이미 경험을 통해서 알고 있었다. 그런 일련의 현상은 침울하고, 비참하고, 안쓰러운 그녀에게 주어지는 현실적 선물인지 낭패인지는 다소 시간이 지나면 각자의 외적인 현상으로 뚜렷하게 드러날 것이다. 그것을 기다려주고 받아들이는 것이 꽃뱀헌터의 선량하고 고귀한 삶의 소박한 행위 중에 하나였다. 이미 세상을 받아들이는 고정관념과 편견과 시선이 고착되어 유연하지 않는, 예외를 인정하지 않는 그녀에게 자신의 내면에 무엇을 채울 것인가 자신이 선택하고 자신이 받아들이는 것이기에.

사진이 여러 장 날아오고 있었다. 시간이 허락하면 한번 들르라는 메시지가 닐이와서 안착해 있었다. 그는 사진을 확인하다가 그녀의 모습과 표정을 보고 그녀의 내면에 무엇을 채웠는지를 대충 알 것 같았다.

그녀는 자기 연민과 초라함에서 벗어나기 위해서 벤츠와 명품으로 다른 사람들과 차별화를 시키며 살아왔을 것이다. 사람들과 일정한 거리를 두는 것이 자신을 더욱 고고하고 찬란하게 만들고, 돋보이게 하는 것이라 생각하며 살아왔던 것이리라. 하지만 그것이 더욱 자신을 외부와의 단절과 고립을 자초하는 것이라 생각하지 않을 수 없었던 것이다. 하지만 지금은 그 세련되고 고급스럽고 화려한 겉껍질을 훌훌 던져버리고 수행자의 제복을 입고 있있고, 거기에다 삭발까지 하고 있었다. 이제 그녀는 남편이 믿고 따르는 신에서 벗어나기 위해서 선전포고를 한 것이고, 그것은 등을 돌리겠다는 의사표현인 것이다. 교회에서 보냈던 그 많고 긴요한 시간들을 하찮고 보잘것없는 것으로 치부하는 것이기도 했다. 더욱이 남편의 가학적이고 현실적인 그늘에서 벗어나는 계기인 것이기도 했다. 지금까지 참아왔던 현실적 부조리를 인내하며 바꾸는 것이 아니라 그 발원지에서 벗어나는 것이 가장 올바른 선택이라고 생각하며 결단을 내린 단호한 모습이기도 했다. 그녀의 이미지에 맺혀 있는 해맑은 미소를 바라보면서 유추할 수 있었던 것은, 지금까지 결박된 인연의 사슬을 끊어가는 과정인 것 같았다. 그럼에도 천진한 두 딸의 미쁜 모습을 잊지 못해서 밤낮으로 힘겨운 나날을 보내고 있는 것을 그녀의 표정 속에 애처로움으로 드러나는 것도 느낄 수 있었다. 그 가증스럽고 사악한, 위선적이고 가식적인 남편으로부터 온몸으로 지킨 그 딸을 말이다. 그녀는 같이 살아가면 아이들에게 더 아픈 나날을 선사할 것을 너무나도 잘 알고 있었기에 차라리 가끔씩 얼굴만 보고 오는 것이 더 낫다고 생각하는 그런 표정이기도 했다.

그녀는 게임체인지를 하듯이 새로운 종교로 처절한 내면화를 해서 새로운 플랫폼 안에 새로운 인식과 가치관으로 바꾸고 싶었던 것이다. 다시 태어날 수 없는, 반듯이 필멸할 수밖에 없는 인간의 일회성적인 삶에서 못 벗어나는 현 상황에서 구질구질하게 살아온, 아슬아슬하게 외줄 위에서 어렵사리 인생의 발걸음을 옮긴 순간순간 잊고 새롭게 단장하고 싶었던 것이리라. 그러기 위해서는 잔인하도록 고통스럽고 가혹한 육체적 시련을 겪어내야만 가능한 일이란 것을 그녀는 이미 알고 있었던 것이다. 그래서 지금까지 클래스의 상징처럼 생각하고 있었던, 과거의 불편하고 초라한 이력에 대한 무분별한 시선을 어느 정도 억누르고 불식시킬 수 있었던, 윤택하고 세련되어 보였고 편리하고 유익했던 벤츠와 명품을 아무에게나 홀홀 던져버리고 소박한 수행자의 의복을 입고 그에게 시진으로 증명하고 싶었던 것인지도 모른다.

꽃뱀헌터는 신성동을 가로질렀다. 경사가 심한 2자선 도로를 클릿슈즈를 결속하지 않은 채 브레이크를 잡으며 천천히 내려갔다. 자전거 브레이크 잡는 소리가 요란하게 들려서 정돈되지 않은 소박한 시골 풍경을 일깨우는 것 같았다. 그래서 그런지 2차선 주위로 늘어선 건물들이 며칠 전과는 판이했다. 아니면 그가 제대로 인식하지 못하고 있다가 이제야 사물을 제대로 인식하게 된 것인지도. 친근감 있게 있는 그대로 스스럼없이 다가왔고 이슬이 맺히듯이 어느덧 결정체로 맺혀서 소박하고 소중하게, 태생적인 순수한 모습을 드러내고 있었던 것이다.

그는 건물들이 품고 있는 소소한 부분까지 볼 수 있었다. 태양의 기울기로 시시각각으로 달리하는 그림자들의 위치와 형태를 볼 수 있고 외벽에 덧칠한 빛바랜 페인트의 흔적들도 볼 수 있었다. 건물 안속에 더 깊숙이 숨어 있는 선과 면으로 이루어진 투박하고 초라한 모습까지도 말이다. 왼쪽으로 그 옛날 문을 닫은 허름하고 낡은 목욕탕이 있고 그 아래는 2층으로 된 나지막한 대병교회가 있었다. 신도들의 왕래가 빈번하지 않은, 할머니들과 아이들만 중추적인 역할을 하는 그런 조그마한 교회였다. 그 앞으로 썰렁한 놀이터와 주차장이 있고 팔각정도 있어 사람들이 쉴 수 있는 공간도 있었다. 넉넉했다. 그 곁에 아름드리 벚나무가 잎사귀들을 넓게 펼치며 짙은 그늘을 만들어 여러 사람들이 모여 앉아 이야기를 나누기는 적합했다. 썰렁했다. 그 아래로 브레이크를 잡고 천천히 내려가자 아담한 우체국이 있고 덩치만 큰 농협이 있었다. 그 맞은편에 서흥여객이 시동을 끈 채 짧은 시간이나마 휴식을 취하기 위해서 주차해놓은, 대병터미널이 있었다. 그 아래 잇닿아 있는 대병면사무소와 그 안에 정갈한 보건소도 있었다. 면사무소 입구에서 바라보면 파출소가 있고, 그곳은 밤낮을 가리지 않고 불을 밝히고 있었다.

그는 건물들이 한없이 낡은 것을 보고, 그것과 다르지 않게 그 안속에서 일상을 자잘하게 쪼개어서 유지하며 살아가는, 그 속에는 늙고 주름져 있는 노인들이 주축을 이룬다는 것을 확인할 수 있었다. 짜글짜글한 피부와 퀭한 눈동자들이 이제야 눈에 들어왔다. 기이했다. 대체로 그랜저를 타고 빠르게 내려갔다가 올라오는 것이 다였기에 이렇게 자전거를 타고 브레이크를 잡아가며 천천히 내려가다가 들여다보지 않아서 그런 것 같았다. 아마도 걸어서 내려가다가 그 노인들과 우연히 만나서 이런저런 얘기를 주고받으면, 그 안에 또 다른 새로운 세계가 열릴 것이다. 그 세계는 그 노인들의 개별적인 세계이겠지만, 화려한 나날을 그리워하며 애잔한 추억에 젖어드는 그들의 전체적인 세계이기도 했다. 이젠 그들은 죽음으로 가는 길목에 우두커니 외롭게 앉아 있는, 풋풋하고 촉촉한 피부에 반질거리는 생기는 아득하게 먼 옛날의 일상처럼 낯설게 느껴지는, 그 경계를 이미 훌쩍 뛰어넘은 죽음의 길목에서 초라하게 앉아 있는 그런 곳 같았다. 하지만 그 속에서 소망의 온기가 미미하게 느껴졌다. 지금까지 그런 세세한 모습을 제대로 볼 수 없었고, 인식하지 못했다. 타성. 바쁜 일상으로 인하여 느리고 무의미하게 다가가서 애정 어린 시선으로 의미와 감정을 부여하지 않아서 그럴 것이다. 따스한 시선으로 다가가서 잠시라도 머물면서 그들의 호흡을 느끼고 주름살을 바라보면 어느덧 그들을 폭넓게 이해하게 되는 것이리라. 그러면 일상적인 소소한 것들이 하나씩하나씩 다가와서 부드럽게 터치하는 것을 느낄 수 있을 것이다. 그것은 평소에 친근한 환경과 사물이 자신에게 다가와서 자연스레 말을 걸어오는 것과 다르지 않았다.

그는 회양관광지 주차장을 한 바퀴 돌고, 설계될 때부터 외곽으로 일방통행으로 난 도로를 따라 붉은색 S-WORKS를 타고 내리막길을 클릿슈즈와 결합하지 않은 채 브레이크를 잡으며 내려갔다. 오른쪽으로는 벼랑처럼 급격한 경사가 있고 길가에는 큼직한 벚나무들이 순백의 꽃잎들을 홀가분한 마음으로 던져버리고 그 자리를 무성한 잎사귀들이 자리를 잡고 있었다. 풍성함을 뽐내는 듯했으나 그것 또한 예전의 화려한 영광을 못 잊는 듯 아쉬움을 드러내는 것 같았다. 그것을 가끔 불어오는 시원한 바람의 몸짓이 유감없이 전달하는 것 같았다. 그 즈음에 선홍빛 부드러운 입자들이 싱그러운 잎사귀들에게 다가와서 따스한 위로의 언어를 건네며 차분하게 포용하고 있는 듯했다.

그는 내리막길로 내려가다가 자기도 모르게 양쪽 페달을 밟자 찰각거리는 소리를 내며 자전거와 한 덩어리로 결속되는 것을 느끼고 클릿슈즈를 가볍게 분리시켜 보았으나 이미 때가 늦은 것을 깨달았다. 처음이라 분리할 수가 없었다. 의도치 않은 결속이었다. 당황스러웠다. 그는 부모도 이런 의도치 않은 결속으로 처음에는 당황스러울 것이라 생각했다. 찰각거리는 소리를 들으며 단단히 결속된, 어쩔 수 없이 살아가는 것이라 생각했다.

그는 당황해서 브레이크를 잡으며 내려가다가 언제 나타났는지 역주행하는 검은색 승용차를 발견했다. 그는 의식적으로 브레이크를 강하게 잡고 왼쪽 발로 땅을 밟으려 했다. 분리가 되지 않은 그런 당황스런, 어수선한 행동이 고통의 서막인 것을 아스팔트 위에 넘어지고 나서야 깨달은 것이다. 철퍼덕. 예전에 외할머니 옆집에서 돼지를 잡기 위해서 옴짝달싹하지 못하게 꽁꽁 묶어놓은 모습이 떠올랐다. 교통법규를 위반한 검은색 승용차가 다가오자 그것을 절실하게 느낄 수 있었다. 두려움과 고통 속에서 내동댕이쳐진, 다가오는 죽음을 외면하기 위해서 울부짖는 그런 처절한 울음소리를 말이다. 모가지 아래쪽 부드러운 살결에 벼린 긴 칼로 깊숙이 찌를 것을 이미 알고 있었기에 그럴 것이다. 그것을 알고 있었기에 시골마을이 찢어지도록 거칠게 우는 것이리라. 그는 지금 이 순간이 그때의 순간과 다르지 않다는 것을 깨달았고, 그래서 그는 주위를 깨울 정도로 큰소리를 질렀다. 역주행한 검은색 승용차는 길가에 쓰러져 있는 자신을 보고 멈추는가 싶더니 차창을 열어보지도 않고 어느새 쏜살같이 달아났다. 나중에 안 사실이지만, 그 검은색 승용차를 탄 사람은 건설업을 하는 질이 나쁜 얍삽하고 치졸한, 돈으로 세상의 잣대를 정하고 판단하는 평판이 좋지 않은 그런 난전의 장사치라는 말을 들을 수 있었다.

그는 넘어질 때 손을 땅에 짚지 않아서 온몸으로 받아내야만 했다. 찰과상과 타박상. 크나큰 고통이 순간적으로 급하게 찔러들어도, 그것은 참을 수 없을 정도는 아니었다. 하지만 부끄러움이 몰려들었다. 쪽팔렸다. 공을 던지다가 마운드에서 미끄러지는 것과 다르지 않았다.

그런 감정이 몰려드는 것과 동시에 그는 필사적으로 클릿슈즈를 양쪽으로 움직여보았다. 그제야 자전거와의 가혹한 인연, 즉 단단한 결속이 풀렸다. 그는 견고하고 단단한 결속에서 벗어나는 것이 이렇게 자유롭고 홀가분한 것인지 이전에는 미처 알지 못하며 살았다. 어쩌면 아버지도 어머니와의 단단한 결속에서 벗어나기 위해서 늘 가정을 벗어나서 다른 여자를 만나서 바람을 피웠는지도 모른다. 그렇지 않았다면, 이미 정신병원에 입원해서 사지를 결속한 채 정신을 흐릿하게 만드는 알약을 먹고 실낱 같은 생명을 간신히 부여잡고 살아갈지도 모르는 것인지도. 그것은 어머니도 마찬가지인지.

그는 대리석으로 만든 무대가 있는 쪽으로 천천히 걸으며 건물주선배가 던진 말이 떠올랐다. '클릿슈즈를 신고 자전거를 타면 세 번은 넘어진다고.' 그 당시에 그는 그 말의 의미를 잘 파악하지 못하고 건성으로 듣고 흘려보낸 것이었다. 어이없이 자빠지고 묵직한 고통이 알싸하게 몰려오자 그 선배의 말이 절실하게 다가왔다. 그럼 아직도 두 번은 더 넘어진다는 말이었다. 제대로 된 장비와 유니폼을 갖추고 어떤 새로운 세계로 들어서면, 언제나처럼 그 세계의 입구에서 겉돌거나 부딪치면서 가벼운 상처가 나고 물집이 생기는, 함부로 그 안으로 들어가는 것을 용납하지 않는 것이었다. 새 야구글러브를 구입하면 무두질이 되지 않아서 손가락을 불편하게 만드는 것과 다르지 않았다. 어떤 방식으로든지 그 세계는 어느 정도의 대가를 지불하라고 요구하는 것이었다. 통과의례. 텃

새를 부리는 똥개처럼 개집 앞에서 으르렁 으르렁 거리면서 진성성을 보이기를 원하는 것이었다. 그것은 세상사와 다르지 않았다. 그는 식당이 있고 선착장이 있는 곳을 지날 즈음에 그때 아까 지나갔던 검은색 승용차가 공원을 돌아서 또 다시 여유롭게 지나가는 것을 볼 수 있었다. 이젠 차창을 반쯤 열고 검은색 선글라스를 끼고 있었다. 머리칼은 짧고 앉은키도 작았다. 상의에 펭귄이 박혀 있는 밝고 화려한 색깔과 디자인으로 사람들의 시선을 사로잡을 수는 있어도, 사람들에 대한 호기심과 호감을 자극하지는 않았다.

아무래도 그 사람은 도로에서처럼 거칠고 무뢰하게 살아왔고, 살아가는 동안에 역주행하는 것이 아주 흔한 일인지도 모른다. 법과 원칙을 무시하고 편법과 탈법으로 점철된 삶을 영위하며 살아가는 것이 일상이 된, 윤리를 무시하고 능률을 따르고 전통적인 가치를 무시하고 실리를 따르는 전형적인 장사치의 수단과 방법으로 살아가는, 표리부동하고 몹시 뻔뻔한 사람인 것 같았다. 그는 자신의 아버지도 저런 부류의 사람인지 모른다는 불길한 생각이 들었다. 겉으로는 억실억실하고 멀쩡해 보여도, 당신이 원하고 추구하는 것이 있으면 무엇이든지 가지고 누리고 보는, 어머니와의 결혼은 껍질일 뿐 알맹이는 집 밖에서 추구하고 찾는 그런 부류 말이다. 그래서 그는 역주행하는 검은색 승용차가 지나간 도로 위를 따라 시선을 따라가 보았다. 그 사람은 매캐한 매연만 남기고 사라졌다.

　그는 콘크리트 도로 위를 달렸다. 협소하고 구불구불한 도로가 이어졌다. 경사가 가팔랐고, 그 가파른 길을 따라 그랜저를 몰고 올라갔다. 길가에는 억새풀이 푸르른 열기를 가득가득 빨아들이고 조심스럽게 내뿜고 있었다. 하지만 산중턱에 2층짜리 붉은 벽돌집이 볼품없이 조금씩 드러나자마자 온몸에 오돌토돌한 소름이 돋았고, 갑자기 주위환경이 살풍경으로 변했다. 그는 몹시 긴장했고 그래서 온몸에 힘이 급속히 빠져나가는 것을 발견하고 놀랐다. 그는 아버지를 언제 만나고 헤어진 것인지 기억할 수가 없었다. 어렴풋이 떠오를 뿐이었다. 그는 이상하게 붉은 벽돌집에 더 가까워질수록 온몸에 식은땀이 났다. 그는 주저주저 안절부절못하는 자신을 내려다보고는 오른발로 브레이크를 세차게 밟았다. 그는 지금까지 알고 있던 독한 알코올에 피부의 윤기를 잃어 퇴색된, 늙고 초췌한 아버지와 다른, 흉악하고 폭력적인, 잔인하고 거대한 괴물을 만나야 될 것 같은 막연한 두려움과 불안이 기신기신 몰려오는 것을 느낄 수 있었다. 어쩌면 그는 그 괴물과 백척간두 위에서 생사를 건 처참한 싸움을 벌여 둘 중에 한 명은 죽음의 그림자에 영원히 갇혀 가슴 아픈 운명이 되지 않을

413

까 하는 불측한 마음이 자꾸 들었던 것이다. 그에게 아버지는, 어쩌면 평생 당신만의 음험한 동굴 속에 사는, 그럼에도 자식 앞에서 본색을 잘 드러내지 않는, 험상궂고 잔인한, 피팍하고 충동적인 괴물로 존재해 왔던 것인지도 모른다.

그는 시간을 가지고 다가오는 두려움과 불안을 미련 없이 흘려보내자, 지금까지 살풍경이었던 주위환경이 차츰 일상적인 평범한 5월 중순의 싱그러운 날씨로 변해 있었다. 그래서 그는 브레이크를 떼고 엑셀을 밟았다. 괴물인지 확인해 보고 싶은 마음이 없지 않았다. 어릴 적부터 무작정 들곤 했던 아버지에 대한 적의와 번뇌와 망상들이 무의식의 골짜기에 무거운 발걸음으로 주저앉아 있다가 가끔씩 주위환경의 영향으로 급하고 빠르게 의식의 사지를 강하게 붙들고 괴롭히곤 했다. 그런 무절제 되고 무질서한 날카로운 파편들이 사방으로 퍼지며 날아와 내상을 입곤 했다.

그는 붉은 벽돌집에 도착했다. 1층은 최근에 시멘트벽돌로 거칠고 조잡하게 쌓은 흔적이 군데군데 남아 있었다. 원래는 견고한 벽돌로 벽을 쌓지 않은 텅 비어 있는 공간을 알코올 중독자를 수용하기 위해서 갑작스럽게 쌓은 것 같았다. 겉으로 봐도 1층과 2층의 겉모습은 확연히 달랐다. 1층의 표면은 거칠었고 2층의 표면은 붉은 벽돌로 가지런하게 쌓고 지붕도 화사한 모습을 잃지 않았다. 그럼에도 경직되었고, 호젓하고 음침했다.

　그는 잡풀이 무성한 정원도 아닌 조그마한 정원에 그랜저를 세우고 주위를 휘둘러봤다. 오래전부터 풀을 뽑지 않은 마른 잡풀들과 봄부터 자란 싱싱한 잡풀들이 어수선하게 뒤섞여 자라고 있었다. 정원도 아닌 정원의 가장자리로 다듬지 않은 엉성한 측백나무가 몇 그루 서있고 그 사이에 통나무 끝에 폐타이어가 고정되어 있었다. 검도연습을 위해서 마련된 것 같았다. 그때 그랜저 엔진소음을 들었는지 2층 현관문을 열고 50대 중반의 다부진 사내가 물끄러미 내려다보고 있다가 흐뭇한 미소로 이어졌다. 그 사내는 작은 키에 다부진 보디를 소유하고 있었다. 억센 북극곰의 어깨와 날렵한 표범의 허리를 소유하고 있었다. 무려한 일상에서 벗어나기 위해서 시간을 할애해서 꾸준히 만들고 연마한 보디였다. 그 사내는 갈색 뿔테안경을 끼고 있고 이마에 가로로 선명하게 우상처럼 주름살이 몇 가닥 또렷하게 가로지르고 있었다. 오른쪽 뺨에 날카로운 것이 가로로 선명하게 그어져 있었다. 손가락 한 마디 길이였으나 상처는 깊었던 것 같았다.

　"어서 오세요. 찾아주셔서 감사합니다."

　그 사내는 밝고 선명한 표준어를 쓰고 있었다. 그제야 그 사내는 활짝 미소를 지으며 꽃뱀헌터를 반갑게 맞이했다. 그 사내는 2층으로 올라오라고 손짓하며 현관문 입구 쪽에서 기다리고 있었다. 그 다부진 사내는 다가와서 악수를 청하고 현관문을 열고 중문을 지나서 자신의 방으로 친절하게 안내했다.

꽃뱀헌터는 들고 있던 묵직한 음료수 박스를 그 사내에게 건네며 검은색 3인용 소파에 앉았다. 꽃뱀헌터가 유리를 덮은 탁자와의 간격이 좁아 엉거주춤 엇비슷하게 앉자 그 사내가 묵직한 탁자를 앞으로 당겨주었다. 그러고는 그 사내는 반쯤 열린 방문을 밀치고 휑한 거실을 지나서 부엌에서 작은 병에 든 차가운 토마토주스를 들고 되돌아왔다. 그 사이 꽃뱀헌터는 다소 탄성이 죽어 딱딱한 소파 중앙에 앉아서 방 안을 훑어보았다. 그는 천장 아래 검은색 바탕에 하얀색으로 차분하게 고정되어 있는 액자 안에 성경구절이 제일 먼저 들어왔다. 욥기 8장 13절이었다. '하나님을 잊어버린 자의 길은 다 이와 같고 저속한 자의 희망은 무너지리라.' 그 성경구절이 여기 이곳 알코올의 끈질긴 악기로 인하여 젊음을 소탕하고 방탕하게 살아간 사람들에게 잘 어울렸다. 그들은 여기에 고립되기 전에 하나님을 믿든 믿지 않았든 이젠 하나님에 대한 믿음을 가져야 할 것 같았다. 그렇지 않으면, 그 사내의 손목에 유난히 핏줄의 움직임이 요란하게 이리저리 우락부락하게 튀어나온 것이 힘깨나 썼던 젊은 날의 모습이 흐릿하게 떠올랐다. 그 사내는 하나님을 강제적으로 주입시키는 목사였다.

여기에 알코올의 악령에 못 벗어나서 어쩔 수 없이 갇힌 그들에게 강압적으로 통제하고 행동하는 절대자에 가까웠던 것이다.

"어머니께 대충 들었습니다. 그래서 그런지 아버지가 젊었을 때를 많이 닮으셨네요. 얼굴도 정교하고, 앉을 자리에 앉은 이목구비의 참신함으로 인하여 두드러지게 잘생겼고, 더욱이 늘씬하고 건장한, 사려 깊은 보다는 사람들에게 두터운 신뢰와 믿음을 불러일으키기에 충분해 보입니다."

꽃뱀헌터는 이상하게 기분이 불쾌했다. 어릴 적부터 아버지와 자신이 많이 닮았다는 말을 들을 때마다 뱃속 깊은 곳에서 묵직한 그 무엇이 기포를 발생하며 가파르게 치밀어올랐고, 그럴 때면 여지없이 아랫배가 거북하고 설사로 이어질 때가 한두 번이 아니었다. 큰 시합을 앞두고 긴장할 때처럼. 신경성대장염.

"저도 어머니께 대충은 들었습니다. 젊은 나날을 정의롭고 화려하게, 사내답고 열정적으로 살았다면서요."

"부끄럽습니다."

그러고는 목사는 수화기를 들어서 전화를 했고, 머지않아 현관문이 열리는가 싶더니 방문 밖으로 조심스럽고 어수선한 두 명 정도의 발걸음 소리가 들리는가 싶더니 이내 사라졌다. 목사는 야구 얘기도 빼놓지 않고 했다. 목사는 꽃뱀헌터의 타고난 운동신경을 높이 평가하고, 잘만 했으면 메이저리그에서도 통했을 것이라 말했다. 그러던 중에 꽃뱀헌터는 걸쭉한 토마토주스를 마셨고, 반쯤 남겨놓을 즈음에 목사는 아버지부터 만나보라고 했다. 목사는 방문을 열고 거실로 나가서 부엌 곁에 있는 '상담실' 팻말이 있는 곳을 가리켰다.

꽃뱀헌터는 현관문 앞 거실에 혼자 남겨지자 몇 걸음 걷다가 이내 멈췄다. 그는 거실을 둘러보았으나 소파도 없고 큼직한 TV도 벽에 걸려 있지 않은 휑한 공간인 것을 이제야 깨달았다. 적요했다. 건물 밖에 소란스럽고 때로는 정겹게 울던 새소리들과 풀벌레소리들도 들리지 않는, 완전히 차단된 낮고 무겁게 가라앉은 폐쇄된 지하실 계단을 혼자 내려가는 느낌이었다. 사방은 콘크리트벽으로 견고했고, 내려가면 갈수록 높이와 넓이가 점점 더 좁아지는 것을 느끼면서도 내려갈수밖에 없는 그런 난처한 상황에 처해 있었던 것이다. 그는 아버지를 만나기 위해서는 계단을 밟고 더 음습한 곳으로 내려가야 한다는 것도 알았다. 두려웠다. 지금까지 아버지를 만나지 않은 무수한 세월만큼 그 두려움은 격렬한 짝짓기를 해서 또 다른 두려움을 낳고 낳았던 것이다. 그것이 자신의 의식을 자꾸 조이는 고문도구로 기생하고 있었던 것이다.

꽃뱀헌터는 '상담실' 팻말이 있는 방문 앞에서 멈췄다. 방문 손잡이를 돌리면 그 안에서 지금까지 한 번도 보지 못한 긴 혓바닥을 날름거리는, 핏줄이 선 잔인한 눈동자가 6개나 있는 잔혹하고 기괴한 괴물이 갑자기 덮칠 것 같았다. 그래서 몹시 초조하고 불안했고, 머뭇거리지 않을 수 없었다. 그때 방문 안에서 낮은 목소리가 나지막이 들리었다. 그는 의식적으로 귀를 쫑긋 세워서 상체를 비스듬히 기울였다. "허무한 시절 지날 때 깊은 한 숨 내쉴 때 그런 풍경 보시며 탄식하는 분 있네." '성령이 오셨네.'였다. 그는 찬송가를 부르는 아버지의 그런 목소리가 한편으로 반갑다는 생각이 들었다. 언제나 집안은 암울한 냉담과 무거운 침묵으로 무기력하게 낮게 가라앉아 있었고, 더욱이 거칠게 내뱉는 욕설과 압축된 강한 불만이 농후하게 섞인 증오의 입김밖에는 맡을 수 없었던 곳이었다.

그는 방문 손잡이를 잡고 조심스럽게 살짝 돌려서 방문을 열었다. 반쯤. 검은색 계열의 운동복을 입은 아버지의 옆모습이 보였다. 그 옛날 집에서 한번씩 입었던 눈에 익은 운동복이었다. 그는 험상궂고 우락부락한 괴물이 입에서 피를 내뿜으며 달려들 것이라는 예상과 달리 비참할 정도로 초라했다. 50이 갓 넘어 야위고 늙은, 메마르고 볼품없이 주글주글한 별 볼 일 없는 중년이 아니라, 노인이었다. 처음 옆모습을 들여다봤을 때 노인의 가면을 쓴 것처럼 낯설었고 부자연스러웠다. 평평하고 넓은 이마는 수축되어 있고 그 아래 눈두덩

위에 아치를 그리며 있던 눈썹도 많이 소실되어 있고 흰털도 유난히 많이 섞여 있었다 조잡했다. 평생 끈끈한 쾌락과 달짝지근한 알코올에 젖어 살아서 눈이 퀭하게 들어가 있고 눈동자는 목적 없이 모호한 눈빛을 던지고 있었다. 무차별적으로 다가오던 세상을 완강하게 밀쳐내며 저항하던 높다란 코도 힘없이 많이 주저앉아 있고 앞니를 드러내는 반쯤 열린 입술도 거칠고 메마른지 연신 혓바닥으로 아랫입술과 윗입술을 차례로 핥고 있었다. 이도 두어 개 빠져 있어서 그런지 찬송가를 부를 때 정확한 발음이 형성되지 않고 새어나가고 있었다. 그러다가 문득 과거의 즐거운 추억이라도 머무는지 약은 속임수에 속아가던 어머니의 잔상이 머무는지 한번씩 엷은 미소를 짓는 것도 잊지 않았다. 그의 머리칼은 이미 반백이고 어깨에 알알이 박힌 근육은 축 처지고 목덜미에는 짙은 음영이 드리워져 있었다. 반질거리는 윤기와 탄력 있던 피부는 까마득한 그 옛날에 이미 소실되어버렸고, 푸석푸석하고 좀스럽고 그래서 암갈색의 암울한 그늘 속에서 헤어나지 못하고 있었다. 환호하는 마운드 위에서 거침없이 야구공을 뿌리던 견고하고 굳센 모습은 어디에서도 찾을 수가 없었다. 뭇 여성을 다 안을 것처럼 넓어 보였던 단단한 가슴도 손가락으로 누르면 허물어질 것 같았고, 빨래판처럼 단단하고 뚜렷하던 복근도 말랑거리는 봉긋한 둔덕이 되어 하염없이 흐트러져 있

었다. 우람한 엉덩이와 폭넓은 넓적다리도 쇠꼬챙이처럼 볼
륨 없이 주저앉고 허물어져 간신히 대지를 지탱하고 있는 듯
했다.

꽃뱀헌터는 반쯤 열린 출입문을 완전히 열자 찬송가를 부
르던 아버지의 눈동자와, 일순간 마주쳤다. 부담스러웠으나
피하지 않았다. 때마침 아버지는 부르고 있던 찬송가를 멈추
었고, 초점 없이 뒤섞여 어지럽게 되어 풀어지고 이지러진 눈
동자에서 이상한 활기와 온기가 미세하게 일어나는 것을 느
낄 수 있었다. 사방으로 흩어져 소멸하지 않고 쌓이고 쌓여
머물러 아롱지게 맺히고 있었다. 짧은 시간이나마 찬란하고
거룩한 불씨가 일어나 형형한 광채를 드러내며 따스한 온기
를 담고 있었다. 그는 그것이 내재된 부모의 사랑이 그런 식
으로 미약하게 드러난다고 생각하고 있었다. 오판이었다.

"주여, 이제 오시나이까. 가냘프고 외로운 자를 긍휼히 여
기시어 구원의 메시지와 폭염에 주저앉고 일어서는, 늘어지
고 허덕이는 곳마다 시원한 소나기를 촉촉하게 내려주소서.
당신이 오실 때까지 오랫동안 기다리고 기다렸나이다. 매일
새벽에 일어나서 간절히 기도하고 묵상하며 당신의 말씀과
이미지를 깊이깊이 아로새기고 있었습니다. 당신의 어머니
동정녀 마리아는 아직도 여전히 성결한 사랑과 거룩한 아름
다움을 발산하고 있지 않습니까. 그녀를 처음 만났을 때 교복

을 입고 있었죠. 짧은 머리칼에 단정한 몸가짐. 그녀는 순수
하고 수수한, 그래서 참 푸푸하고 싱그러웠지요."

아버지는 꽃뱀헌터에 순식간에 달려들어 바짓가랑이를 잡
고 갈급하게 말했다. 두 눈에는 눈물을 글썽거리며 애처롭게
꽃뱀헌터를 올려다보고 있었다. 그는 그런 아버지를 한참 내
려다보다가 무릎을 꿇고 온몸을 끌어올렸다. 가벼웠다. 그는
태어나서 처음으로 방바닥에 주저앉은 아버지를 끌어올려 반
쯤 안아본 것 같았다. 왠지 수치심과 모멸감이 치밀어올라 창
피하다는 생각이 들었다. 그래서 그는 아버지를 깊이 안으려
고 하지 않았다. 아버지가 자신을 예수로 착각하는 것인지
는 몰라도 아직도 그는 과거의 상처와 비애로 인하여 껄끄러
운 데가 없지 않았다. 하지만 그런 혼란스런 마음도, 바싹 마
른 아버지를 반쯤 어중간하게 안았을 때 이상하게 아버지가
조금씩 작아지는 것을 느낄 수 있었다. 점점 더 작아지는 그
래서 엄마의 자궁 속에서 처음 생명의 움이 트기 시작했던 그
때처럼 미약하고 미세한 생명으로 남을 것 같았다. 어느 순간
에, 그것도 공허하게 소멸할 것 같았다.

"주님, 어찌 하오리까. 이젠 당신을 떠나보내지 않겠나이
다. 당신의 은총과 아량만이 저의 삶의 축복이고 길입니다.
왜 이제야 나타나셨나이까? 이젠 저를 두고 멀리 떠나지 말
아주세요. 어머니는 아주 건강하게 잘 있지요. 그래도 행복한

시절이 있었지요. 당신을 잉태하고 얼마나 많이 겁이 났는지, 그래도 한편으로 기뻤습니다. 아마도 이 아이가 인류의 보편적 사랑과 진리를 널리 알릴 것이라 믿어 의심하지 않았기 때문에요. 어머니는 참 예쁘고 사랑스러웠죠. 어쩔 때는 차갑고 도도하기도 했으나 대체적으로 다정다감했고 차분한 모습과 얌전한 행동으로 살았죠."

꽃뱀헌터는 아버지가 자신이 원하는 것만 기억하려고 애쓰는 것 같았다. 아니면 실성한 것처럼 행동하면서 자신의 과거에 행한 부덕한 행동과 과오를 회상하고 싶지 않은 것인지도 모른다. 진실로 진실로 꽃뱀헌터를 예수로 생각하고 존경하고 경외하는 것인지도 모를 일이었다. 어쨌거나 아버지는 과거에 갇혀서 머물러 있었고, 그 짧은, 자신만 행복했던 그 달콤한 시절을 생각하려고 무던히도 노력하는 것 같았다. 그렇지 않으면 당면한 현실이 막막하고 어두운, 팍팍하고 무기력한 일상과 현실을 온전히 받아들이지 못했을 것이다. 그래서 아버지는 과거에 살고 있었던 것인지도.

어머니는 무당이었다. 그녀는 겨우 20살의 꽃다운 나이에 어머니라는 다소 낯설고 가볍지 않은 딱지를 달고 고단한 삶의 나날을 보낼 수밖에 없었다. 처음에는 무서웠고 당황스러웠으나 앙증맞은 손가락과 발가락을 꼬물거리는 것을 바라보고 만지며 생존의 근성을 부드럽고 상냥하게 드러내는 것이 신기하고 기하기도 했다 더욱이 해맑게 배시시 웃는 사랑스러운 모습을 내려다보다가 아기가 무언가에 못마땅해서 신통이 나서 칭얼거리는 모습을 드러내면 하늘이 무너지는 느낌이었다. 그러면 그녀는 곰지락거리는 아기를 가슴 깊이 안으면 어느새 해맑게 웃으며 포근한 젖무덤 사이로 얼굴을 묻고 밀치며 젖꼭지를 찾느라 여념이 없었다. 그럴 때면 삽시간에 당황스럽고 경직된 마음이 일순간에 누그러지는 것이었다. 그녀에게 아기는 삶의 위안처이자 소중한 보물이었다. 그럼에도 그녀는 시간시간 하루하루 세세연년을 어렵사리 살았다. 그녀는 자신의 내면 깊숙한 곳에서 가끔씩 갑자기 치밀어 오르는 성욕에는, 보드라운 아기의 가슴에 미약하게 뛰는 고동소리와 천진한 웃음도 한쪽으로 밀쳐내는 소용없는 것이 되곤 했다. 그 성욕을 풀어줄 대상은 늘 밤늦게 술이 만취되어 간신히 집으로 찾아오는 것이 다였다. 늘 학수고대하며 기다리고 있던 충실한 기대와 바람은 순식간에 사그라지는 것을 느끼지 않을 수 없었다. 그녀는 술이 깨는 남편을 기다리다가 뜬눈으로 새벽을 맞이할 때가 비일비재했다. 한번은 팬티만 입고 거칠게 코를 골고 자는 남편을 깨우지 않고 팬티를 내려서 페니스를 손가락의 가벼운 터치로 나아가다가 어느 정도 꼿꼿하게 발기하자 촉촉한 입술을 가져갔다. 그녀는 만지고 빨며 당기고 깊숙이 밀어넣으며 의식 없는 남편의 페니스를 훔치듯이 혼자 외로이 조심스럽게 탐했다. 그러다가 그녀는 자신의 팬티와 브라를 벗어던지고 페니스를 깊숙이 안으로 밀어넣어보았다. 스멀스멀 다가오던 불안하고 어수선한 감정들이 일순간에 기준점을 정하고 가지런하게 정렬되는 것이었다. 조심스러웠으나 격했다. 차분했으나 충동적이었다.

그녀는 늘 섹스를 만취한 남편에게 몰래 훔쳐서 탐닉해야만 했다. 격하게 바운딩을 하며 이리저리 격하게 쑤시며 쾌락의 꽁무니를 좇을 때 그녀는 아무런 잡념도 생기지 않았다. 늘 묵직하게 짓누르던 침묵의 일상에서 못 벗어나며 살았던 순간순간이 삽시간에 흩어지고 소멸하는 것을 느낄 수 있었기 때문이었다. 아래로 어두운 내면으로 가라앉던 의식과 사고의 보수적인 폐쇄성도 멀찌감치 멀어져 있었고, 그래서 새롭고 청량한 활기와 격렬한 열기를 불어넣을 수 있었다. 그럼에도 남편은 깨어나서 그녀의 알몸을 격하게 받아들여 빨고 핥지 않고 마치 식물인간처럼 고요하게 미동도 없이 누워 있었다. 어쩌면 남편은 시체였고 온몸에 온기는 돌고 있었으나 의식은 없는 산송장인지도 모른다는 생각을 했다. 그런 상황에도 페니스는 발기했고, 그녀는 그것에 만족하며 위안을 찾았다. 평생 사내의 손길을 받아보지 못한 외로운 비구니보다 낫다고 생각하고 있었던 것이다. 그것이 그녀가 어수선하고 충동적인 현실을 간신히 누르고 버티며 나아가는 추진력이었던 것이다.

하지만 그녀는 온몸으로 격하게 섹스를 하고 충만한 아름다움과 노고를 만끽하고 나서, 내면의 빈자리에 어느 틈에 허전함과 공허함이 똬리를 틀고 있었던 것이다. 그녀는 늘 그것을 강하게 밀쳐내었고, 그럼에도 언제나처럼 기신기신 다가와서 싸늘하고 무겁게 채우고 있었다. 그것이 자신의 내면의 뜰에 똬리를 틀지 못하게 만드는 유일한 방법은 남편의 따스한 손길과 부드러운 애무라는 것을 그녀는 이미 알고 있었다. 자신의 육체에 배인 촉촉한 땀을 투박한 손길로 부드럽게 씻어주며 귓속에 따스한 입김을 불어넣으며 다소 나른한 피곤이 몰려오는 달콤한 목소리로 '당신을 영원히 사랑해.' 그런 사랑스러운 말을 들으면 지금까지 노곤하던 육체는 어느새 깊은 잠으로의 초대를 반길 것이리라. 요원했다. 남편은 만취한 상태에서 호흡이 빨라졌다가 느려졌다가 했을 뿐 코만 골고 있었고, 거의 산송장이나 마찬가지였다.

어머니는 그런 남편의 섬세한 배려와 사랑이 없자 거의 매몰되다시피 고립되었고, 그 공간은 지나치게 사적이고 보수적인 공간이기도 했다. 더욱이 그곳은 처절한 외로움과 고독이 서식하는 외진 공간임에 틀림없었다. 그래서 그런지 싱그러운 그녀의 피부가 서서히 축 늘어지고 시들해지고 있었다.

마치 광주리에 담아 놓은 야채를 잊고 햇살이 드리우는 곳에 한나절 놓아두었을 때처럼. 그때 음침하고 야비한 악기가 그녀의 영혼을 천천히 잠식하기 위해서 틈만 노려보고 있었던 것이다. 암중모색.

영혼의 빗장은 안에서밖에 풀 수 없는 고유한 영역이었다. 그녀는 하루하루 깊어만 가는 외로움과 고독의 음산한 숲속에서 자신도 모르는 사이에 그 빗장을 풀었던 것이다. 그렇지 않았다면 실성했거나 고층 건물에서 뛰어내렸을 것이다. 그것을 미연에 방지하기 위해서 그녀는 절친하고 마음을 터놓을 수 있는 친구를 찾기를 원했고, 그때를 놓치지 않고 야비하고 표독스러운 악기가 다가와서 친절하고 다정하게 속삭였을 것이다. 어머니는 처음에 굳게 닫힌 마음을 더 견고하게 닫아버렸지만, 점차 그 악기의 유혹이 치밀하고 끈덕지게 다가왔다가 사라지기를 반복하는 과정에서 그녀는, 그 계획적이고 치밀한 그리고 친밀하고 보드라운 언어를 구사하는 그 알 수 없는 실체에 대한 궁금증과 호기심이 조금씩 생기는 것을 느낄 수 있었던 것이리라. 아마도 그때가 초등학교를 다닐 때였을 것이다. 그러는 사이 별안간, 어머니는 따스하지 않았으나 미지근한 호감이 어느덧 생겼고, 그것을 그리워했던 것이리라. 그녀는 반복적으로 다가와서 사라지는 친절한 목소리로 인하여 메말라 있었던, 북극의 동토처럼 얼어 있던 각박한 마음이 어느 사이에 자신도 모른 채 서서히 풀어지는 것을 느끼지 않을 수 없었던 것이다. 의아했다.

어머니는 그 알 수 없는 실체를 미세하게 인식힐 즈음에 그녀는 이미 그것에 종속되어 있었다. 무취무색으로 다가온 그 야비한 악기가 서서히 본색을 드러내며 냄새와 색깔을 음산하게 내뿜고 있었다. 어쩔 수 없이 그녀는 일상에서 방사능에 노출되듯이 무방비상태에서 그 사악한 기운에 노출되었다. 그 사악한 기운은 더 노골적이었다. 점점 더 구체적인 골격과 형태를 갖추면서 거칠고 다듬지 않은 성격과 행동을 앞세워 꼬집고 때리고 발길질하는 것을, 어머니는 온몸으로 감내하고 막았다.

그런 불합리한 관계와 과정 속에서, 어머니는 무당이 되어가고 있었다. 그 사악한 기운의 입맛에 맞게 조정되어지고 있었다. 조미료를 치고 고춧가루를 뿌리는, 소금을 치고 간장한 국자를 넣는 그런 과정일 뿐이었다. 그 과정 속에는 격한 고통과 치밀어오르는 묵직한 아픔이 있었다. 어머니는 그것을 회피하지 않고 감연히 받아들였다. 선택의 여지가 없다는 것을 알고 있었기에 그랬다.

해가 저물 즈음에, 꽃뱀헌터는 어머니가 살고 있었던 곳에 도착했다. 큰길가와도 많이 떨어져 있고 사람들의 왕래가 많은 도시와도 멀리서 어렴풋이 보일 정도였다. 깊은 밤이면 희뿌연 빛의 테두리 속에 오묘한 빛의 알갱이들이 다가와서 어렴풋이 이채롭게 보일 정도의 거리였다. 지리산 골짜기에서 나와 있었다. 그녀는 대문을 활짝 열어 자식을 집 안으로 들이지 않았다. 그녀는 자식이 도착하기도 전에 녹이 슨 오래되고 낡은 대문 밖 덩치가 우람한 호두나무 아래 사람들이 앉아서 상대를 향해 험담하고 힐난하던, 때로는 담소를 나누기를 원하던 넉넉한 평상에 창백하게 앉아 있었다. 그녀는 무릎을 다소곳하게 모으고 조붓한 어깨를 늘어뜨리고 아까부터 초조한 기색으로 앉아 있었던 것이 분명해 보였다. 언제 봤는지도 모를 아득하고 분명하지 않는, 희미한 기억 속에 존재하는 자식의 이미지를 찾아서 설정하고 재정립하고 있었던 것인지도 모를 일이었다. 하나밖에 없는 자식을 만나기 위해서 오매불망 기다리고 있었던 것이 분명해 보였다. 오판이었다. 냉정하고 차가웠다. 그녀의 오른쪽 뺨에 깊고 길게 비스듬히 뻗은 한 가닥의 주름살이 차가움의 깊이를 더 했다. 어두운 골짜기처럼 안으로 깊이 절개되어 바위틈에서 차갑고 서늘한, 음산한 입김을 연신 뿜어낼 것 같았다. 그 골짜기 속에 오매불망 자식의 안녕과 평안을 위해서 기도하는 갈급하고 절실한 음성이 메아리가 되어 울릴 것 같지 않았다. 그녀는 이미, 어릴 적에 자식에게 자상하고 사랑스러운, 애틋한 눈빛을 던지며 늘 자애로운 미소를 머금고 다정다감한 행위를 뿜으며 친근하게 다가오던 어머니가 아니었다.

그녀의 외모는 세월의 채찍에 많이도 뒤틀리고 변형되어 있었다. 탱탱하던 볼살도 홀쭉하고 긴 머리칼 사이로 흰머리도 여기저기 어수선하고 너저분하게 섞여 있었다. 더욱이 목덜미는 음침한 어둠을 한참을 머금고 있다가 뱉은, 온기가 없고 거뭇거뭇했다. 지속적으로 열기를 받은 빛바래고 변형된 플라스틱처럼 늘어져서 주름이 처참하게 새겨져 있었다. 그녀는 세상의 번다한 시선에 신경을 쓰는 것이 귀찮고 번거로워서 염색도 하지 않았다. 그는 군대를 제대하고 그녀를 만나서 소고기 등심을 구워 먹고 헤어진 것이 마지막이었고, 그때는 그래도 두 손을 마주 잡고 어깨를 쓸어내려주는 자상함과 인자함은 엿볼 수 있었다. 하지만 이젠 그때와는 상이하고 구별되었다. 계층의 차이를 나누듯이 확연히 드러났다. 그녀는 예전에 그 어머니가 아니고 낯선 이방인이었다. 냉정하고 차가웠다.

꽃뱀헌터와 어머니가 냉랭하게 나란히 평상에 앉아 있었다. 저 멀리 서녘 하늘에서 담홍색 저녁노을이 짙게 드리워서 호두나무 잎사귀까지 은은하게 확산하여 은근하게 적시고 있었다. 그런 따스한 때로는 우울한 이미지를 자아내는 주위환경 속에서, 아들과 어머니 사이는 여전히 짓누르는 무거운 침묵이 흐르고 있고, 그래서 답답했다. 그 짓누르는 무거운 침묵을 깨뜨린 것은 어머니였다.

"아버지는 어떠서? 아직도 여전하지. 자신의 과오와 허물은 말하지 않고 언제나 병적으로 극구 외면으로 일관하지. 늘 과거에 화려했던 자신의 삶을 회상하며 흐뭇한 미소를 지으며 살 것이 분명해. 염치는 손톱만큼도 없는 더럽고 치졸한 인간이지. 그 사람 자신으로 인하여 얼마나 힘들어했는지, 가족은 안중에도 없는 거머리 같은 인간이야. 오직 자신의 삶만 소중하고 귀하다고 여기는 위인이야. 가족에 대한 희생은 조금도 없었고, 그런 것을 기대한다는 것은 꿈에도 있을 수 없었던 일이야. 그 허접쓰레기보다 못한 그 사람은, 가족의 행복과 사랑을 빼앗는 약탈자에 불과해. 그는 지금까지 단 한 번도 가족에 대한 행복과 사랑에 대하여 생각해본 적이 없을 거야. 오직 자신의 쾌락을 위해서 존재할 뿐이지. 이기주의자지. 그 사람이 가족에게 무심코 던진 불행의 씨앗으로 인하여 이렇게 잔인한, 고통스러운 삶을 살고 있어도 말이지."

일방적이었다. 어머니는 가슴에 맺힌 응어리로 끓어오르는 감정을 주체하지도 절제하지도 못하는 것 같았다. 자식이 지금까지 성장하고 건강하게 자란, 사이사이, 짓누르고 짓누른 그럼에도 치밀어오르는 분노와 증오를 원망과 울분을 깊은 탄식으로 내뱉으며 간신히 살아온 것 같았다. 누군가에겐 한 번쯤은 얘기하고 싶었던 것을 어른이 된 자식에게 여과 없이 토해내고 있었던 것이다. 그것이 외할머니가 죽음을 맞이하기 전에 손자에게 있는 그대로 고스란히 남기고 간 것과 그렇게 다르지 않는 것이리라. 어머니는 더 이상 말이 없었다. 어머니는 할 말을 다 하고 자신의 마음을 진정시키고 있는 것 같았다.

그때 낡고 오래된 대문 안쪽 마당에서 인기척 소리가 들렸다. 꽃뱀헌터는 앞만 바라보던 시선을 그쪽으로 돌렸다. 사내였다. 어머니는 냉정하고 차가웠다.

서먹서먹했다. 꽃뱀헌터는 어머니에게 일방적으로 듣기만 할 뿐 아무런 말도 섞어보지 못하고 그 자리를 일어날 수밖에 없었다. 어머니는 마음의 문을 높고 튼튼하게 쌓고 더 이상 접근해서 노크하지 말라고 경고하는 것 같았다. 견고하게 밀쳐내고 굳건하게 지키며. 그래서 과거에 파생된 어수선한 삶의 부스러기들을 현재에서 간신히 막고 있었던 것 같았다. 아버지가 과거에 머물러 있었다면 어머니는 현재에 머물러 있었다. 그것이 자신을 지키고 자신의 사내를 지키고 자신의 신을 지키는 것인지도 모를 일이었다. 아버지로부터 육체와 영혼을 온전히 잠식당하고 빼앗기고 힘겨워 했던 암담하고 처참한 과거로 회귀하기 싫어서 아마도 그럴 것이었다. 어머니는 현재에 살고 있었다.